Swallow Knights Tales

김철곤 글 · 김성규 그림

판타지 장편소설
FANTASYSTORY & ADVENTURE

dream
books
드림북스

SKT 1
Swallow Knights Tales 1
사라진 왕의 머리와 기사의 눈물

초판 1쇄 인쇄 / 2011년 7월 29일
초판 5쇄 발행 / 2019년 4월 24일

지은이 / 김철곤
그림 / 김성규

발행인 / 오영배
책임편집 / 편집부
펴낸 곳 / (주)삼양출판사 · 드림북스

주소 / 서울시 강북구 도봉로 173
대표 전화 / 02-980-2112 팩스 / 02-983-0660
편집부 전화 / 02-987-9393 팩스 / 02-980-2115
블로그 / blog.naver.com/dreambookss

등록번호 / 제9-00046호
등록일자 / 1999년 3월 11일

ⓒ 김철곤 · 김성규, 2011

값 15,000원

ISBN 978-89-542-4476-3 (04810) / 978-89-542-4475-6 (세트)

* 지은이와 협의하에 인지는 생략합니다.
* 잘못된 책은 구입한 곳에서 바꾸어 드립니다.

Swallow Knights Tales

김철곤 글 · 김성규 그림

SKT 개정판

1

사라진 왕의 머리와
기사의 눈물

dream books
드림북스

Swallow Knights
Tales

Contents

제1화

아직 어른이 아닙니다

1.

"이야아아아압! 정의의 검을 받아라앗! 이 극악무도하고 오만 방자하며 혹세무민하기 짝이 없는 어둠의 마법사여!"

쩌렁쩌렁 울리는 '용사님'의 고함이 내 귀를 때렸다. 깜짝 놀랄 만큼 진부한 대사다. 하지만 진짜 시시한 쪽은 '악의 마법사' 였다.

"오오오! 당신은 어째서 그렇게 강하고 정의로운 건가요. 앞으로는 착하게 살 테니 어떻게 하면 당신 같은 힘을 얻을 수 있는지 부디 알려 주세요."

에라이, 자존심도 없는 마법사 같으니라고. 용사한테 힘을 구걸하는 악당이 어디 있어! 악당이면 악당답게 배짱을 가지란 말이다!

오늘같이 창창한 날 이런 촌극이나 보고 있어야 한다니. 솟구치는 짜증에도 불구하고 용사는 기어코 품속에서 무언가를 꺼내고야 말았다. 그는 진지한 얼굴로 주변 사람들을 둘러본 뒤에 그 빨간 약병을 하늘 높이 치켜들었던 것이다.

"바로 이 용사 드링크를 먹으면 당신들도 나처럼 강하고 정의로워질 수 있다아!"

광장 분수대에 쭈그려 앉아 유치찬란한 연극을 지켜보던 나는 아주 익숙한 리듬에 실린 그 광고 대사를 중얼거리며 따라 했다. 벌써 네 번이나 저 연극을 지켜본 탓인가, 싫은 대사를 외워 버렸다.

용사는 대뜸 그 병을 따고는 벌컥벌컥 마시기 시작했다. 아아, 저 괴상한 걸 오늘만 네 병째 마시다니. 힘이 불끈불끈 솟고 정의감이 부글부글 끓어오르기는커녕 저렇게 마셔대다간 약물중독 되는 거 아냐?

크아아아! 하고 입을 닦고 빈 병을 추켜올린 용사는 뭐 씹은 듯한 표정이 아주 가관이었다. 그럼 이제 마법사의 차례. 그는 과장된 몸짓으로 용사의 다리를 부여잡으며 광장이 떠나가라 소리쳤다.

"아아니! 그런 귀한 것을 어디서 구할 수 있나요, 용사님!"

"놀랍게도 이 용사 드링크는 단돈 10셸링만 있으면 누구나 구할 수 있노라! 그러니까 이걸 파는 곳은 저 골목으로 들어가서 직진하면 빨간 간판이 나오는데 거기서……."

이 더운 날 갑옷을 덕지덕지 입은 '용사님'은 비 오듯 굵은 땀을 흘려대며 '용사 엑기스'를 파는 만물상의 위치를 혼신의 힘을 다해 설명해 주고 있었다. 그러나 비참하게도 정작 그의 명연기를 지켜보는 관객들은 세 명의 꼬마와 나 하나뿐.

아, 글쎄 그러니까 그딴 시시껄렁한 연극으로는 소비자의 주머니를 털 수 없다니까 그러네!

"지켜봐 주셔서 감사합니다. 다음 광고 연극은 10분 후에 시작합니다!"

그 성분을 알 수 없는 '용사 드링크'를 오늘만 네 병이나 마신 덕에 얼굴이 사색이 된 용사님이 억지웃음을 지으며 손을 흔들었고 곧 무대 뒤로 사라졌다. 나는 문득 저 '용사'가 인류의 운명을 걸고 지옥에서 올라온 악마들과 전쟁을 벌이는 진짜 용사만큼이나 불쌍하다고 느꼈다.

'원래 사는 게 전쟁이지.'

광고 연극이라는 것이 있다. 최근 모든 도시에서 대유행이다. 쉽게 말하자면 상점들이 돈 없는 연극인들을 고용해 자기들 제품을 홍보하는 판촉 광고랄까. 이젠 어느 도시 광장을 가도 용사 vs 마법사, 기사 vs 드래곤, 왕자 vs 마왕…… 가끔은 실험적으로 공주 vs 변태 귀족을 모델로 한 광고 연극들이 왁자지껄 판치는 꼴을 볼 수 있다. 물론 그 광고 연극들은 백이면 백 '무슨 무슨 약을 사 먹어라!' 혹은 '이 옷만 입으면 여자들에게 인기 만점!' 이라든지 '오늘 식사는 아무개 식당에서!' 라는 식의 속 보이는 대사로 끝난다. 어떤 연극이든 다 보고 나면 맥이 탁 풀려 버릴 만큼 시시하다. 그 얄팍함이 서글프긴 하지만, 다 먹고 살자고 하는 짓인데 괜히 빈정거리고 싶은 생각은 없다.

"여어, 미온! 많이 기다렸지!"

예의 용사님이 다가오며 나를 불렀다. 내 이름은 엔디미온 키리안. 별명은 미온이다.

분수대에 기대어 있던 나도 실없는 웃음을 지으며 손을 들어 주었다.

"오랜만이야, 약물중독 용사님."

"내 연기 어땠냐!"

안쓰러워 보이는 갑옷에 합판으로 만든 투구까지 꿰차고 있는 친구 놈의 모습은 용사는커녕 길거리 불량배들에게조차 깔보여 두드려 맞을 수준이었다.

"아아, 정말 실감 났어. 보고만 있어도 힘이 불끈불끈 솟더라."

난 시선을 피하며 어깨를 으쓱했다. 이 친구는 고향에서 나와 같은 일을 하던 중, 더 이상 못 해 먹겠다면서 때려치우고 수도로 올라온 녀석이다. 왕국 최고의 연극배우가 돼서 왕실극장에 서는 것이 꿈이라고 했던가. 그런데 결과는 왕궁 근처에 있는 광장에서 연극을 하고 있으니 그 꿈에(거리상으로는) 꽤 근접한 셈일지도 모르겠다.

"너, 그 일 그만둔 거냐?"

이 불볕더위 속에서 오븐과 비슷한 수준으로 뜨거워진 갑옷을 입은 친구는 곧 다시 시작할 연극 때문인 듯 갑옷을 입은 채로 내게 물었다.

일을 그만뒀냐고? 난 무덤덤하게 고개를 끄덕였다. 놀란 건 상대였다.

"뭐? 왜 그만둔 거야? 넌 인기도 많았잖아."

"그러는 넌 왜 그만뒀냐."

"그야 난 인기가 없었으니까."

그는 그렇게 말끝을 흐리다 고개를 저었다.

"아니. 난 정말로 연극을 하고 싶었으니까 어차피 그만두었겠지, 아마도."

"그래, 이제 연극하니까 속 시원해?"

"시끄러."

끈끈한 땀이 옷 구석구석에 배어 있는 그는 내 뒷머리를 가볍게 때리고 다시 가짜 투구를 썼다. 슬슬 다시 광고 연극의 무대 위로 올라가려는 것이리라.

그런데 이 친구가 갑자기 악의 마법사도 벌벌 떠는 '용사 드링크' 하나를 꺼내 건네주는 것이 아닌가. 난 아무 생각 없이 그걸 받아 들이켰다. 아무래도 목이 말랐으니까. 그런데!

"으아아악! 맛없어! 내장이 끊어질 것 같은 맛이잖아, 이거!

넌 어떻게 이따위 걸 연극할 때마다 마셔 재낄 수 있는 거냐!"

"좋은 약은 입에 쓴 법이오."

"쓰다고 꼭 좋은 약도 아니야! 그보다 여기 벌꿀이 들어 있다고 쓰여 있잖아? 대체 어떻게 만들면 이런 흉악한 벌꿀음료가 나와?"

"알 게 뭐야. 한 가지 확실한 건 벌꿀같이 비싼 재료는 안 들어갔다는 거지."

"뭐? 그럼 뭐가 들어갔는데?"

"너, 진짜 알고 싶어?"

"그, 그냥 모르는 편이 좋을 것 같다."

시장통에서 파는 체력회복물약이라는 게 다 이런 속 빈 강정이지. 단돈 몇 푼으로 체력이 완전 회복되는 신비의 물약을 기대하는 쪽이 어수룩한 거다. 하지만 별 볼 일 없다는 걸 알면서도 광고를 때리면 줄기차게 팔려 나가는 이유는 또 뭘까.

그가 무대로 떠나기 전에 물었다.

"야! 그런데 넌 왜 이 도시에 왔냐? 나처럼 연극이라도 하게?"

"아니올시다. 내 꿈은 자네 것보다도 훨씬 커다랗다네."

"뭔 소리래?"

"이거."

난 자랑스럽게 품속에서 추천장 하나를 꺼내 보여 주었다. 그것도 왕실의 인장이 찍혀 있는 엄청난 추천장이란 말씀.

그런데 그 녀석이 내 추천장을 읽어 보더니 감탄하기는커녕 얼굴을 잔뜩 일그러트리는 것이 아닌가. 왜 이래, 이 녀석?

"너…… 바보 아냐?"

"얼레?"

"이런 추천장 한 장 달랑 가지고 될 일이냐 이게!"

"왜에. 뭐가 어때서."

"뭐가 어떻긴! 이런 일이 추천장으로 되는 경우가 세상에 어디 있어!"

그가 손으로 추천장을 팡팡 치며 소리쳤다.

울컥! 난 내 소중한 추천장을 잡아챘다.

"이거 가짜 아니야!"

"아이고 황당해라. 정말 나하고는 비교도 안 되는 꿈이구먼. 내 인생보고 뭐라 할 상황이 아니네. 넌 예전부터 정말 엉뚱한 녀석이었어. 하하핫!"

그는 고개를 절레절레 흔들며 무대로 걸어갔다. 아니 대체 이게 어때서 그러는 거야! 라고 말을 하긴 했어도 솔직히 좀 미심쩍은 구석이 있긴 했다. 정말 이런 일이 추천장을 통해서 된다는 말은 들어 본 적이 없단 말이야. 하지만 그렇다고 다시 고향으로 되돌아갈 수도 없고.

난 내 커다란 여행 가방 위에 주저앉아 생각에 잠겼다. 잠시 지난 일을 떠올려 보자면 말이지…….

2.

히르카스 누님이 이렇게 화를 낼 줄은 몰랐다. 사표를 던진 내 팔을 부여잡고 눈물까지 글썽이는 통에 난 한참 동안 누님을 설득해야 했다. 그도 그럴 것이 난 그녀 가게 수입의 절반을 벌어다 주는 보물단지였으니까.

"미온 군! 갑자기 무슨 소리야! 그만두겠다니!"

"오늘부터 저도 성인이고 이제 제가 하고 싶은 일을 하고 싶어서요."

나는 딱 부러지게 말했지만 마담 누나는 내 팔을 놔줄 생각이 없는 것 같았다.

"하지만 너는 이쪽 업계에서는 천부적이라고! 넌 이쪽에 있으면 크게 성공할 거란 말이야! 그런 재능을 썩히겠다는 거야?"

"미안해요. 하지만 제겐 꼭 이루고 싶은 꿈이 있어요."

"꿈? 꿈이라니? 이 좋은 직장 버리고 대체 무슨 일을 하겠단 거야!"

"그건……."

이 세상엔 여러 가지 직업이 있다. 일상적인 직업으로는 밤마다 도시의 가로등을 밝히는 점등부부터 왕국의 살림을 책임지는 재상까지, 특이한 직업으로는 뒷골목에서 눈을 번뜩이는 소매치기부터 고대의 보물을 찾아 세계를 떠도는 유적사냥꾼까지. 모르긴 해도 이런저런 직업 다 합치면 분명 수천 종류는 가볍게 넘어갈 것이다. 나 역시 그 많고 많은 직업 중 하나를 선택했다. 아니 정확히 말하면 강제로 선택받은 것이다.

"미온, 꿈같은 소리 말고 정신 차려! 넌 평민이 벌 수 있는 가장 많은 돈을 벌 수 있어. 넌 이쪽 업계의 재능을 타고났다고!"

이런 말이 있다. 자신의 재능이 무엇인지 알고 그 재능에 맞는 일을 하면 인생의 절반은 행복하다고. 적어도 나는 내 재능이 무엇인지는 알고 있다. 내가 어렸을 때부터 부모님을 비롯한 수많은 사람이 입을 모아 칭찬을 아끼지 않은 나의 희귀한 재능 두 가지란 바로.

(1) 남자도 반할 미모
(2) 어떤 여자와도 5분 안에 친해질 수 있는 말재주

결국 위의 두 가지 장점을 조합하여 나올 수 있는 나의 천직을 심각하게 고심하신 부모님께선, 내가 14살 되던 생일에 그 직업을 점지해 주셨다. 뭐 확실히 내 재능에 어울리는 직업이기도 하고 이쪽 업계에선 일류라고 자부한다. 그러니까 내 직업은 호스트다.

"흐응. 너 미온이라고? 맘에 드는데. 언제? 내 별장으로 놀러 오는 건."

"저는 출장은 가지 않습니다. 미안해요, 누님."

"어머, 꽤 까다롭네. 그래도 귀여워어."

그러니까 고객들과 이런 살짝 위험한 대화가 오가면서 술을 따라 주거나 과일을 깎거나, 심히 간드러진 춤을 거뜬히 출 수 있는 것이 바로 나 엔디미온 키리안! 방년 20세다. 뭐 이 직업에 전혀 자부심이 없는 것도 아니고(자랑은 아니지만) 사방에서 스카우트 제의가 올 정도로 실력도 좋다고 자부하지만……. 문제는 이건 내 꿈과는 우주의 끝에서 끝만큼 거리가 있다는 것. 하나뿐인 귀한 아들 천직을 호스트로 못 박으신 부모님도 상식 밖이지만(아니, 14살짜리 자기 아들이 촛불 밑에서 재롱떨며 술 따르는 것이 그렇게도 흡족하셨습니까!), 나도 제정신이 박힌 청년인 이상 이 바닥에 뼈를 묻어 버리겠다는 무시무시한 결심은 할 수가 없었던 것이다. 화무십일홍(花無十日紅)이라 했다. 사는 게 다 그렇듯이 나도 언젠가는 늙고 신이 내린 이 미모도 시간의 풍파 속에서 끝없이 깎여 나갈 것이다. 아름다움이란 지혜와 달리 품고 있을수록 허무해지는 법이니까 말이다……라는 어려운 말 꼭 쓰지 않아도 이 직업은 솔직히 지긋지긋하단 말이야!

"너만 지명하는 단골만 수백이야! 죄다 팁으로 금괴를 내놓을 만큼 갑부들이고! 그런데도 그만두겠다고? 넌 하늘이 내린 호스트야!"

하늘이 그런 것도 내리던가?

"잘하는 일과 좋아하는 일이 꼭 같은 건 아니니까요."

난 결심했다. 물론 가진 건 반반한 얼굴과 말재주뿐인 내가 세상을 탈탈 털어 봤자 호스트보다 어울리는 직업은 없으리라. 하지만 아무리 재주가 좋아 많은 돈을 벌어도 그 직업을 좋아하지 않는다면 불행한 인생이다. 단 한 번 사는 인생이다. 아무리 서툴고 힘들어도 동경하는 꿈을 향해 자기 모든 것을 거는 것이야말로 후회 없는 인생! 나는 그렇게 믿는다.

3.

그러니까 나는 베르스 왕국 출신 목수의 아들이다. 즉, 베르스 시민이며 평민이라는 의미. 그리고 다 아는 사실이지만 평민은 귀족이나 왕족이 특별히 허가해 주지 않는 이상 고귀한 성당 묘지에는 묻힐 수 없다. 심지어 땅을 살 수 없는 천민의 경우에는 싫든 좋든 화장을 해야 한다. 그런 의미에서 돈이 많다는 건 이래저래 편리한 거다. 난 10대에 보통 사람들이 평생 벌 돈의 몇 배를 모았고, 그 돈을 성당에 기부해서 돌아가신 부모님을 성당 묘지 명당자리에 묻을 수 있었다. 나의 부모님은 1년 전 마차 전복 사고로 이 세상을 떠났다.

"잘 쉬고 계세요? 아버지, 어머니."

내 직장 '미소년의 숲(이 이름, 굉장하지 않은가?)'에 사표를 던진 뒤, 난 부모님이 쉬고 있는 석비 앞에 무릎을 꿇었다. 성당에서 팔고 있는 향단지를 하나 사서 돈 있는 자만이 초대받을 수 있는 무덤 앞에 놓은 뒤에 잠시 눈에 밟히는 삐쭉한 잡초들을 뽑아냈다. 쯧! 묘지 관리 좀 제대로 하지!

"저기, 반항하려고 이런 말 하는 건 아니지만요."

잡초들을 솎아내며 머뭇머뭇 입을 열었다. 솔직히 부모님이 살아 계셨다면 지금 내 결정에 찬성할 리가 없다. 항상 그랬듯 인자한 미소 뒤에 살기를 드러내며 '직업에는 귀천이 없단다'라는 협박 어린 격언을 들려줬을 것이 뻔하다. 그러나 부모님, '인생은 딱 한 번'이라는 격언도 있답니다. 그러니까 제가 하고 싶은 말은…….

"전 기사가 되겠습니다!"

나무 위로 하얀 새들이 푸드덕 날아올랐다. 오싹. 난 갑자기 부모님의 영혼이 날 확 쏘아보는 것 같은 기분에 몸을 움찔했다. 알고 있어요. 애당초 기사(騎士)란 평민한테 어울리지 않는 데다가, 꽃미남 호스트 따위는 악당을 물리치고 정의를 실천하는 기사와는 하등 관련도 없다는 것을. 하지만 이번만큼은 저를 믿어주세요. 제 인생을 걸고 기사에 도전하고 싶습니다!

"……라고 설득해 봤자."

난 부모님께서 더 이상 대답해 줄 수 없다는 것을 느끼고 새삼 눈가에 물이 고였다. 그냥 부모님께서 지는 척 내 왕고집을 받아주신 것이라 믿자.

엉덩이까지 내려오는 내 금발이 바람에 휘날려 귓가에 간질거렸다. 나의 재능과는 전혀 상관없는 '무모한 모험'을 시작한 것이지만, 그래도 부모님은 나를 믿어 주셨다고 믿자. '어째서 넌 항상 그렇게 엉뚱한 거니!'라고 푸념을 늘어놓으시면서도 지금 고향을 떠나는 내 옷깃을 매만져 주고 잘 다녀오라며 머리를 쓰다듬어 주셨을 것이라 믿자. 살아 계셨다면 틀림없이 그러셨을 것이라고 믿는 거다. 난 예법대로 단도를 꺼내 머리칼을 조금 잘라 손에 쥐었다. 마치 금실처럼 환한 머리칼이 손에 한 뭉치 들어온다. 그리고 그것을 무덤 위에 비처럼 뿌렸다.

"다녀올게요."

돈으로 쌓아 올린 거대한 성당의 꼭대기에서는 신도들을 부르는 종소리가 울리고 있었다.

4.

내 나이 13살 때, 내 고향에 젊은 왕실기사 나리가 찾아온 적이 있었다(물론 난 그때도 고을 최강 미소년으로 수많은 유흥업소가 군침을 흘리고 있었다). 진부한 이야기지만 가지런한 금발에 그림 같은 눈썹이 너무도 아름다웠던 그 기사님은(부모님의 손에 의해) 여장을 한 채 길거리 한복판에서 울고 있는 내게 다가와 머리를 쓰다듬어 주며 말했다. 아직도 그 목소리는 또렷이 기억이 날 정도다.

"귀여운 꼬마로구나. 네가 어른이 되면 스왈로우 나이츠에 들어오지 않겠니? 너라면 분명히 입단 시험을 통과할 수 있을 거야. 기다리고 있을게."

스왈로우 나이츠! 어째 야구단 이름 같다는 점이 묘하게 마음에 걸리지만, 아무튼 그것은 왕립 신전기사단의 명예로운 이름이었다. 그리고 그분은 내게 성인이 되면 왕궁으로 오라면서 추천장을 하나 건네주었다.

대체 내 어디가 기사에 어울렸는지 영문은 모르겠지만 어쨌거나 평민 꼬맹이인 내게 이런 과분한 기회를 주시다니. 게다가 내게 호스트가 아닌 다른 직업을 권해 준 사람은 하늘에 맹세코 지금까지 그분뿐이었던 것이다! 그래서 난 지금까지 그 추천장을 소중하게 간직하며 성인이 될 날만을 기다렸다. 굉장히 순진하고 단순 무식한 녀석이라는 말을 들어도 할 말은 없지만, 세상 사람 중에는 어렸을 때 동경한 것을 끝까지 가지고 가는 녀석도 있는 것이다.

"뭐? 그러니까 기사? 그런 걸 하려고 이 일을 그만둔다는 거야?"

"예."

마담 누님은 무척이나 당혹스러운 눈초리로 날 바라보고 있었다. 그런데 그 시선이 의심에 가득 찬 눈빛으로 바뀌더니만 갑자기 날 쏘아보는 것이 아닌가.

"화 안 낼 테니까 사실을 말해. 다른 업소에 스카우트된 거지, 너!"

"아, 아니에요!"

"웃기지 마! 기사를 꿈꾸는 호스트가 어디 있어!"

"……여기요."

난 조그맣게 중얼거리며 고개를 폭 숙였다. 아니 이거 뭔가 대단히 무시당한 기분이다.

"너처럼 아름다운 아이가 왜 기사 같은 우락부락한 싸움꾼 따위가 되고 싶다는 거야? 게다가 그건 귀족들이나 하는 거라고!"

"하지만 어려서부터 제 유일한 꿈이었으니까요!"

인간이라는 게 너무 솔직해도 오해받는다. 누님은 물벼락을 맞은 듯 어안이 벙벙한 얼굴로 나를 바라보고 있었다. '더 많은 돈을 벌기 위해서'도 아니고 '권력을 누리기 위해서'도 아니고 하다못해 '편할 것 같아서'도 아니고, 어엿한 어른 주제에 '꿈'이라고 말해 버렸다. 꿈을 좇으며 살기에 세상은 그리 녹록지 않다는 걸 누구나 알고 있다. 그래서 대부분은 거추장스러운 꿈 따위 적당히 포기하고 적당히 타협한다. 그 대가로 적당히 노력하며 살아가고, 그러다 나이를 먹은 뒤에 적당히 후회한다. 한 번도 타오른 적이 없는 미지근한 인생. 그렇게 사는 사람들을 비난할 생각은 없다. 하지만 그런 삶의 방식을 따를 생각은 더더욱 없다.

'어느 업소야! 얼마 부른 거야! 내가 두 배 줄게!'라며 내 팔을 놔주지 않는 히르카스 누님을 진정시키느라 난 수도 아스말 행 열차를 놓칠 뻔했다.

5.

이 시대의 '열차'라는 놈은 좀 웃기는 원리로 움직인다. 역에 정차할 때마다 플랫폼에 서 있는 마나인젝터(Mana—injector)라고 불리는 자들로부터 마나를 주입받는 이 열차는, 그러니까 생체 에너지를 연료로 달리는 무공해 엔진으로 되어 있는 것이다. 철도국은 엄격한 심사를 거쳐 온몸이 원기로 충만한 건강미 만점의 장정들을 마나인젝터로 고용했고, 근육질의 그들은 열차가 도착할 때마다 엔진과 연애라도 하는 양 뜨거운 열차 엔진을 꼬옥 포옹한 채 마나 연료를 불어넣어 줘야 했다(보는 사람 민망하니까 이 연료 주입 방식 좀 개선해 줬으면 한다).

한 구간을 달릴 때 필요한 연료는 대략 황소 10마리에서 추출할 수 있는 생체 에너지라고 한다. 그래서 결론은…… 열차표가 무지하게 비싸다는 것이다. 보통 평민이 열차 한 번 타려면 집을 담보로 잡아서 대출을 받아야 한다. 솔직히 돈이 넘쳐나는 귀족들 외에 이런 값비싼 열차를 탈 사람이 누가 있겠는가.

그런데도 어쩐 이유인지 엄청난 세금을 퍼부어 만든 전국의 철도망에는 오직 이 마나열차만 달린다. 열차표를 살 돈이 없다면 몇 번이나 마차를 갈아타고 산적, 강도들을 걱정하며 굽이굽이 돌아가야만 한다. 덕분에 이동의 자유는 돈 있는 자들만의 특권이다. 평민이 자기 자리를 떠나는 것은 거의 불가능한 것이다.

문득 어째서 왕국이 이 부조리한 열차를 군이 고집하는지 알 수 있을 것 같았다. 귀족들은 이동 수단에서 이동 이상의 무언가를 만끽하고 싶은 모양이다.

'젠장. 역시 마차 탈 걸 그랬나…….'

아, 이런 말 해 놓고 창피하지만 사실 나도 지금 마나열차를 탔다. 마차를 타면 아스말까지 몇 배의 시간이 걸리기 때문이지만, 이거 한 번 타느라고 내 한 달 벌이가 모조리 날아간 것을 생각하면 머리가 다 멍해진다. 게다가 승객들 대부분이 귀족들이니 이거 원 송구스러워서…….

"자네 말이야."

"예?"

내 앞의 노신사가 날 빤히 바라보며 말했다.

마나열차는 1인용 특실과 2인용 일반실로만 이뤄져 있다. 1인실 티켓은 귀족만 살 수 있으니까 난 당연히 2인실이다(그게 아니라도 1인실은 심장이 터질 만큼 비싸다). 나와 같은 2인실에 들어온 노인은 묘한 미소를 지으며 내 얼굴을 뜯어보고 있었다.

찔러도 피 한 방울 안 나올 것 같은 엄격한 외모에 반짝이는 외알 안경, 손에는 하얀 장갑에 검은 턱시도, 새하얀 백발을 한

올의 흐트러짐도 없이 깨끗이 넘긴 머리카락까지 뭐랄까, 온몸에 '권위'와 '위엄'이라고 쓰여 있는 것 같은 노익장이었다. 분명히 커다란 분수가 딸린 초호화 저택에 살면서 낮에는 승마를 하며 말에게 채찍질을 하고, 저녁 식사 때엔 밥상을 뒤집어엎으며 '레어로 익히라고 말했잖아!'라고 요리사들에게 채찍질을 하는 모범적인 귀족임이 분명하다. 그런데 그 꼬장꼬장해 보이는 노귀족이 대뜸 입을 열었다.

"자네 호스트지?"

어! 뭐, 뭐야! 어떻게 내 직업을! 난 내 가슴에 '전 호스트입니다'라는 이름표라도 붙어 있는지 한참 동안 내 몸을 훑어보았다. 이 할아범, 탐정이야?

"역시 호스트로군그래. 흥흥."

그는 그 권위적인 얼굴에 노골적인 비웃음을 드러냈다. 아니 왜 비웃는 거야! 호스트의 고객 대부분은 당신들 같은 귀족들이라고!

"왕국의 수도까지 가서 몸을 팔려는 건가. 이런 말 하면 기분 나쁘겠지만…… 역겹군. 아무 노력도 없이 운이 좋아 얻은 그 얼굴을 팔아먹으며 사는 게 부끄럽지 않나?"

난 이 노인네 이름도 모른다. 그러나 만난 지 1분 만에 이 사람이 세상에서 가장 싫어졌다. 수도까지 가려면 반나절이나 걸리는데, 반나절 동안 저런 소리 듣다간 달리는 열차 밖으로 뛰어내리거나 이 노인네를 창밖으로 집어 던질지도 모를 일이니 이쯤에서 기선을 잡기로 했다.

"그래요. 어르신 말씀대로 전 얼마 전까지 호스트였습니다. 그런데 그 이유만으로 초면에 역겹다는 말을 들어야 하나요? 제 미모는 부모님이 내려 주신 선물입니다. 부모님에게 받은 소중한 선물을 모독하는 것이 귀족의 품위입니까? 그리고 예쁘장한 얼굴만으로 장사를 할 수 있을 만큼 호스트가 만만한 직업도 아닐뿐더러 전 몸을 팔지도 않습니다."

난 내 보라색 눈동자로 도발적인 광선을 뿜으며 그를 바라보았다. 그는 마치 장기 상대라도 만난 듯 새파란 눈동자를 번뜩였다.

"자존심인가? 너희같이 거저먹는 족속들에게도 자존심은 있나?"

"어르신이 자존심이라 착각하는 아집과 차별은 없습니다."

열차가 출발하기 전부터 서로 이름도 모르는 나와 노인네가 살기 어린 두 합을 겨루며 불꽃을 튀겼다. 보통 이쯤에서 혈압이 오른 귀족이 '이런! 건방진 평민 놈이!'라면서 본색을 드러내야 보통인데, 이 노인은 오히려 즐겁다는 듯 의미심장한 웃음을 보이잖아? 설마 나 지금…… 말싸움의 달인을 잘못 건드린 건 아닐까. 노인이 가죽 주머니를 꺼내며 말했다.

"이 주머니에는 다이아몬드가 들어 있지. 자네가 평생 구경조차 할 수 없는 양이. 지금 내가 이 주머니를 자네에게 준다면 이 열차가 수도에 도착할 때까지 날 위해 봉사해 줄 수 있겠나? 어

떤가, 횡재 아닌가? 지금까지 자네에게 이 정도를 제시한 고객
은 없을 텐데?"

"싫습니다!"

"후후. 내가 남자라서? 아니면 그 알량한 자존심?"

'지랄한다'라는 육두문자가 목 끝까지 끓어올랐다. 내가 사람
(대부분 여자) 기분 달래 주는 데 이력이 난 사람이라면, 이 이름
모를 양반은 사람 성질 건드리는 기술을 배우는 데 한평생을 바
친 것 같다. 난 솟구쳐 오르는 짜증을 참아내려고 붉게 달아오른
얼굴을 돌린 채 길고 밝은 금발을 연방 쓸어 올렸다.

자, 이제 반격의 시간이다.

"좋아요! 봉사해 드리죠."

"응?"

난 순간 그의 묵직한 주머니를 낚아챘다. 난 승리의 미소를 지
으며 말했다.

"전 진짜 자존심이 센 호스트라서 몸을 팔지도 않고 거만한
변태 늙은이에게 애교도 부리지도 않아요. 게다가 이걸 어쩌죠?
여긴 술도 없는데요. 대충 내 아름다운 얼굴을 감상하시는 것만
으로 만족하시죠. 그럼 이 다이아몬드 감사히 받겠습니다."

자아! 이제 어쩔 테냐, 짜증 나는 늙은이! 결국 얼굴이 일그러
져선 이 주머니를 다시 빼앗아 가려고 천박하게 덤벼들겠지? 그
럼 나의 승리다. 점잖 떨며 다이아몬드를 포기해도 저쪽만 얼간
이가 되는 것이고. 그런데 그는 껄껄거리며 호탕하게 웃어 젖히

는 것이 아닌가. 얼레? 예상치 못한 반응인데 이거.

"크하하핫! 당돌한 애송이로다. 계집애 같은 얼굴과는 달리 성깔이 제법 있구면."

난 내 길고 얇은 눈썹을 꿈틀거리며 엄청난 재산을 빼앗긴 노인네가 어째서 웃고 앉았는지 고민했다.

아차, 설마! 난 황급히 주머니를 열어 보았다. 으악! 이건!

"뭐, 뭐야, 이거!"

주머니 안에 들어 있는 것은 다이아몬드는커녕 시커먼 납덩이들이었던 것이다. 이게 뭔지는 모르겠지만 어쨌든 거저 줘도 안 받을 것들이잖아! 그걸 본 내 눈매가 떨렸다.

"천한 평민을 상대로 사기를 치다니요. 귀족답지 않으시군요."

"그럴 리가. 그 주머니에 있는 건 때로 다이아몬드보다도 훨씬 큰 가치를 가진다네."

"흥, 어련하시겠어요."

이 노인네가 처음부터 날 가지고 논 것이다. 난 1차전 패배를 인정하며 노인에게 주머니를 돌려주었다. 그런데 주머니를 돌려받은 저 노인이 큭큭 웃으며 품속에서 묵직한 쇳덩이를 꺼내는 것이 아닌가. 아니 잠깐. 저건 설마.

"그, 그건⋯⋯."

"본 적 없나? 이건 권총이야. 그리고 이 주머니에 있는 게 바로 총알이지."

이 노인네 정체가 대체 뭐야! 노인은 주머니 속에서 총알을 꺼내 장전했다. 그러고는 총구를 태연하게 내 이마에 겨누는 것이 아닌가! 자, 잠깐만! 갑자기 상황이 왜 이렇게 되는 거냐고!

"이 방아쇠만 누르면 그 예쁘장한 얼굴에 구멍이 뚫린다. 그리고 평민에게 모욕을 당한 귀족이 그 자리에서 평민을 쏴 죽여도 그건 죄가 아냐."

"자, 자, 잠깐만요."

"자네 아까 내게 인생을 설교했지? 이런 게 바로 인생이고 현실이다. 백 번 죽여 마땅하지만 자네의 만용을 높이 사서 딱 한 번 기회를 주도록 하지. 자아, 1분 내로 내가 어째서 자넬 쏘면 안 되는지 이 몸을 설득해 봐라."

이거 진짜 위험한 할아버지였잖아! 남의 머리에 총 겨눠 놓고 뭔 놈의 논쟁이야! 이 사람 예전에도 말싸움에서 진 사람은 총으로 머리를 날려 버렸을까?

젠장! 비싼 돈 내고 열차 타자마자 이런 식은땀 나는 상황이라니. 난 최대한 울렁울렁 두근대는 가슴을 진정시키며 입을 열었다.

"전 엔디미온 키리안이라고 합니다. 나리의 성함을 물어도 될까요?"

"후후. 난 아이히만 그나이제나우 공작. 50초 남았네."

공작? 그럼 설마 왕족? 어째서 이런 거물이 2인실에 탄 거지? 라는 궁금증은 일단 뒤로 미루자. 내 이마를 겨눈 총구가 불을

뿜는 순간 난 열차 살인 사건의 피살자가 되어 다음 역에서 거적 때기에 둘둘 말려 하차해야 할 테니까. 나는 예고 없이 닥쳐온 이 뜬금없는 죽음의 위기를 제한 시간 1분 내에 해결해야 한다. 침착 또 침착.

"아이히만 나리, 지금 저를 죽이려는 이유가 뭔지 다시 한 번 말씀해 주시겠습니까?"

"난 평민들을 소중하게 생각해. 그들은 이 나라의 노동력이니 까 말이지. 그러나 너희 같은 호스트들은 죽는 편이 좋다. 노동 자가 없으면 세상은 무너지지만 호스트는 없어도 세상은 돌아 가. 40초 남았다."

너무도 간단명료한 철혈의 논리였다. 그의 논리대로라면 죽 어라 삽질하지 않는 인간 외엔 숨 쉴 가치조차 없다는 것이 아닌 가.

"아이히만 그나이제나우 공작 나리, 나리의 말씀대로 전 이 세상의 빵이 아닙니다."

"주제를 아는군. 넌 이 나라의 기생충이다."

캬아아아악! 장유유서고 뭐고 죽여 버릴 테다! 그러나 당장은 내가 죽게 생겼으니 저 목을 움켜쥐고 흔들고 싶은 욕구는 잠시 보류하도록 하자.

"하지만 나리는 빵만 먹고 사십니까? 태어나서 한 번도 노래 를 부른 적도 없고 광대를 보고 웃은 적도 없으며 연극도 보지 않고 술을 마신 적도 없고 맘에 드는 여성에게 눈길 한 번 주지 않은 그런 인생을 사셨나요? 만약 그렇다면 당장 절 쏴도 좋습니다."

"계속 말해 봐."

"주린 배를 채우고 겨울을 버틸 옷을 입고 지붕이 있는 곳에서 잠드는 것은 인간 생존의 가장 근본적인 부분이지만 그것만 충족된다고 행복한 인생은 아닐 겁니다. 생존과 생활은 엄연히 다릅니다. 그저 먹고살 뿐인 백성을 둔 왕국이 과연 행복한 왕국일까요. 꼭 필요한 사람이 아니라고 없어도 될 사람은 아닙니다."

"허헛. 지금 호스트가 내게 정치학을 설교하자는 건가? 20초 남았다."

"우아아 너무 빠르잖아요! 끝까지 들어 보세요, 좀! 만약 그 방아쇠를 당기실 거라면 수도에 도착하신 뒤에, 그 턱시도 앞주머니에 달린 은장식을 세공한 사람도 쏴 죽이십시오. 장식이 없어도 나라는 얼마든지 돌아가니까요. 그리고 그 외알 안경에 연결된 값만 비싼 금줄을 나리에게 판 사람도 꼭 찾아내서 쏘셔야 하구요. 더불어 먹고사는 데 아무런 의미도 없는 그 고급스러운 턱시도와 목에 매고 계신 호화로운 실크 밴드를 만든 자들도 세상에 없어도 되는 자들이니 놓치지 말고 반드시 찾아서 죽여 버리세요! 아차! 절 죽인 뒤에 이 열차 운전석으로 뛰어가셔서 이 아무짝에 쓸모도 없고 값만 비싼 부조리 열차를 모는 건방진 운전사도 잊지 말고 처리하시죠! 그리고 마지막으로 빵도 옷도 아닌 이 값비싼 권총으로 절 위협하는 아이히만 그나이제나우 공작 나리께서도 그 총으로 자살하시길! 정말 하실 일 많으셔서 좋겠습니다! 그 총알들 가지고는 턱도 없이 부족하겠네요! 흥!"

으아아아 망할! 내가 뭐라고 한 거야, 지금! 화가 치밀어서 끝도 없이 쏘아붙여 버렸다. 어쩌지. 이러다간 나 같아도 쏴 버릴 것 같은데.

"흐흐……흐하하하하하하!"

잉? 그런데 이 노인은 내 머리에 구멍을 내는 대신 크게 웃다가, 아예 소파에 널브러져선 배꼽이 빠져라 웃어 젖히는 것이 아닌가. 그것도 통쾌한 듯이 말이다. 아, 아니 분노가 극에 달해 미쳐 버린 건가? 이봐요, 노인 양반!

"우하핫! 이거 유쾌하군! 호랑이한테 덤벼드는 하룻강아지 같구먼. 잘 들었네. 꽤나 어설프고 과격한 정치 강의, 아니 이념 강의긴 했지만 말이야. 자네 참 재미있는 호스트로군. 설마 다른 손님들에게도 그런 식으로 접대하나?"

"아 글쎄 호스트 그만뒀다니까요!"

굉장히 어려운 이름을 가진 이 노인이 갑자기 막 친한 척을 하는 게 아닌가. 난 얼떨떨했지만 당장 내 눈앞에서 그 흉악한 권총이 사라진 것만으로도 어쨌든 좋았다. 그가 속주머니에서 다른 가죽 주머니를 꺼내선 내게 던졌다.

"자아, 봉사료다."

"더 이상 총알은 사양이에요! 어?"

난 주머니의 감촉이 심상찮은 것을 느끼고는 주머니를 열었다. 이번엔 진짜 반짝거리는 금화가 가득 들어 있는 주머니였던 것이다. 나는 침을 꿀꺽 삼켰다.

"요즘에는 귀족이라면 자존심도 없이 간에 쓸개까지 내놓는 한심한 젊은이들이 참 많아. 유치한 광고에 휘둘리고 자기주장도 없이 조작된 유행 따위에 청춘을 낭비하는 주제에 자신들은 인생을 즐기고 있다고 착각하지. 그런 놈들이 바로 흡혈귀 같은 장사치들의 밥이 되는 거야."

"뭐…… 좀 속아 줘야 상인들도 먹고살죠."

진짜 성격 한번 고약한 노인네로군. 하지만 뭐 나도 이 짓궂은 공작이 조금씩 맘에 들기 시작했다. 그래 봐야 이 열차가 도착하면 다신 만날 일도 없을 사람이지만 말이다. 나는 이 완고한 노익장에게 관심이 생겼다.

"나리께선 무슨 일을 하고 계십니까? 공작이라는 직위라면…… 잘은 모르지만 굉장한 거잖아요, 그거?"

사실 이 사람이 진짜 공작이라면 난 똑바로 바라보는 것만으로도 불경죄다. 그가 장난스러운 표정을 얼굴 한가득 담으며 말했다.

"난 이 왕국의 재무대신일세."

푸하하핫! 난 이 노인이 또 장난치는 줄 알고 커다랗게 웃었다. 재무대신이라면 이 왕국의 모든 재산을 관리하는 자로, 국왕 다음가는 이인자란 말이다! 그런 거물 중의 거물이 2인실에 타? 열차를 통째로 빌려도 시원찮겠다. 날 놀리나, 정말!

그런데 이 노인이 얼굴을 무섭게 찡그리기 시작했다.

"거 사람 말을 안 믿는 호스트로군!"

"저, 정말이에요?"

"아이히만. 철혈대신(鐵血大臣)이라는 내 악명을 들어 본 적이 있을 텐데."

　그러고 보니까 내 고객에게 비슷한 말을 들은 적이 있었던 것 같다. 이 베르스 왕국에는 피도 눈물도 없는 재무대신이 살고 있는데, 세상에서 무능력자를 가장 미워하며 까딱하면 국왕에게도 불벼락을 떨어뜨리는 무시무시한 할아범이라서 사람들이 그의 몸에 강철의 피가 흐른다고 말한다는 소문을 들은 적이 있다. 게다가 그는 왕국에서 손꼽히는 명사수라는 말도 기억났다. 난 머릿속이 하얗게 질려선 최대한 애교를 떨며 말했다.

"저…… 안 죽이실 거죠오?"

"징그럽다."

"옙."

　무안하게스리. 도무지 속을 알 수가 없군. 아무튼 상대의 피를 쪽쪽 빨아서 한 방울도 남기지 않을 것 같은 이런 사람을 상대로 목숨을 부지한 내가 대견하다. 그가 천장의 줄을 잡아당겨 룸서비스를 부르고는 나를 바라보았다. 청명한 종소리가 울린다.

"그러는 자네는 왜 수도에 가는 건가. 호스트는 그만뒀다니까 그건 아닐 테고 말이야."

"전 기사가 되려고 합니다."

똑같은 패턴이 반복되었다. 그 노인은 정색한 내 말을 듣자마자 또 자지러져라 웃기 시작했고 난 얼굴이 죽상이 되어선 웃는 노인을 바라보았다. 그 철혈대신이 원망스러운 내 표정을 바라보며 진짜 놀란 얼굴로 물었다.

"아니, 정말인가?"

"예, 추전장도 있어요."

"추천장? 무슨 헛소리야. 이 나라가 아무리 개판이라지만 추천장으로 기사 된다는 말은 들어 본 적도 없네."

"하, 하지만 진짠데. 멋진 기사 나리가 저보고 스왈로우 나이츠에 들어오라며 줬어요."

"스, 스왈로우! 우하핫, 크하하하핫!"

아, 아니 이런 젠장! 이 망할 노인네가 스왈로우라는 말을 듣자마자 또 죽어라 웃기 시작하는 것이 아닌가! 이봐요! 철혈대신 나리! 뭐가 그렇게 일일이 웃기는 거야? 난 심각한데 말이야. 아이히만 공작은 정말 숨이 넘어가는 것 같았다.

"하아 하아. 아아아, 자네 정말 사람 웃기는 데 재능이 있군. 아무튼 뭐 좋아. 자네라면 스왈로우 나이츠에 들어갈 수 있겠어. 그렇고말고."

"그, 그걸 어떻게 장담하시죠?"

"아니, 자네라면 딱 어울려. 기사단이 찾는 인재야."

그러니까 어째서 그걸 단정할 수 있는 거냐고요!

"이거 진짜 기대되는구먼. 이틀 뒤 자네 표정을 꼭 보고 싶군

그래. 어쩌면 우리 다시 얼굴 볼 일이 있을지도 모르겠어."

"아, 예. 그렇게 된다면 진심으로 영광일…… 에이 씨잉!"

강철의 피가 흐른다는 괴물 같은 양반이 이렇게 웃음이 많은지 몰랐다. 뭐가 그리 웃긴지 또다시 웃음보를 터트리는 그 노인을 바라보며 난 발칙하게 짜증을 냈다.

가무잡잡한 피부에 하얀 유니폼을 입은 시녀가 룸서비스를 위해 객실 문을 열고 들어왔고, 그와 함께 마나 충전을 마친 열차가 긴 경적을 울리며 움직이기 시작했다. 점점 더 빠르게 지나가기 시작하는 창밖 풍경을 바라보며 기묘한 낭만을 느꼈다. 다시 고향에 돌아올 때는 아마도 낙엽이 지고 그 위에 쌓인 눈이 녹아내리길 몇 번이나 반복한 뒤겠지. 플랫폼의 나무들이 하나둘씩 뒤로 지나갈 때마다 난 20세, 내 성인의 나이가 초침을 움직이기 시작했다는 사실을 마음 깊은 곳에서 느꼈다.

6.

수도 아스말의 중앙역에 열차가 도착했을 때에는 태양이 흔적도 없이 숨어 버린 짙은 밤이었다. 난 옷가지가 든 여행 가방을 들고 명검(대장장이가 세상에 둘도 없는 명검이라고 해서 사긴 했는데 암만 생각해도 속은 것 같다)을 허리춤에 차고 여관을 찾았다. 역

근처에는 확실히 여관들이 많았다. 고향보다 거의 두 배는 비싼 살인적인 숙박비가 짜증스럽긴 하지만 말이다. 아참, 그리고 그 공포의 할아범은 진짜로 재무대신이 맞긴 맞는 것 같았다. 열차가 역에 도착하자마자 관리들이 서류 더미를 잔뜩 들고 한밤중까지 아이히만 공작을 기다리고 있었던 것이다. 공작은 쩔쩔매는 그들을 향해 '이 밥벌레들!', '내가 없으면 아무 일도 못 하나!', '죽어! 호스트만도 못한 것들!' 등등의 무시무시한 폭언을 내뱉으며 맹수처럼 잡아먹을 듯 으르렁거리는 것이었다. 피도 눈물도 없는 철혈대신. 실수로라도 적으로 만들면 삼대가 고생할 양반이다.

'⋯⋯그건 그렇고 말이지.'

뭐냐, 이건 대체. 겨우겨우 찾아낸 싸구려 여관의 1층 식당에서 야채 수프를 떠먹고 있던 나는 사방에서 몰려드는 여관 손님들의 뜨거운 시선에 식은땀이 다 흘렀다. 하긴 탈색된 것 같은 얇고 결이 좋은 금발이 엉덩이까지 내려오는 데다가, 다이아몬드보다 더 희귀한 보라색 눈을 가지고 뽀얀 살결까지 지닌 여자같이 생긴 청년이 머리칼을 쓸어올려 가며 홀로 수프를 떠먹고 있는 광경은 어쩐지 묘한 분위기를 자아낼 것도 같지만⋯⋯. 그래도 그렇지, 이 양반들아! 나는 엄연한 남자라고! 그런데도 내 주변 털북숭이 아저씨들은 '꿩 대신 닭'이라는 눈빛으로 날 뚫어져라 쳐다보고 있었다. 그야말로 맛 좋은 고깃덩이를 발견한 맹수들의 시선. 내가 발그스레한 입술을 열어 스푼을 입에 넣을 때마다 꼴딱꼴딱 숨넘어가는 소리만이 들려오는 그야말로 정적의 여관. 엄청나게 끈적거리는 시선을 한 몸에 받으며 내 심장만 더욱더 거세게 쿵쾅거렸다. 나는 이 순간 독무대에 올라간 댄서의 심정을 이해할 수 있었다. 망할, 이러다 체하겠군.

그때였다.

"이봐, 귀여운 종달새."

"……!"

듣던 중 우주 최악의 비유가 불현듯 내 귓가를 엄습해 왔고 곧 뜨거운 입김이 목덜미를 덮쳤다. 더 무서운 건 이 끈적거리는 수작질의 주인공이 완전히 설인을 빼닮았다는 것이다!

"무, 무슨 짓입니까!"

"이리 와 보라니까!"

결국 나는 졸지에 설인의 습격을 받아 정조를 빼앗길 위기에 처한 산악인이 되어 버렸다. 이런 망할! 대체 뭐 이런 막돼먹은 경우가! 우악스러운 설인의 손에 속박된 내 가느다란 팔이 비명을 지르고 있을 때에도 주변 사람들은 흥분된 표정들을 감추지 못했다. 이 본능에 충실한 짐승들 같으니라고!

나는 이 시점에서 두 가지 사실을 깨달을 수 있었다. 첫 번째는 수도 아스말의 치안이 개판이라는 것이고, 두 번째는 이대로 가면 난 설인의 아내가 되어 기사 입단 전날 밤 순결을 잃게 된다는 것. 그러나 불행히도 내 잘난 명검은 2층 객실에 잠들어 있었다.

"이, 이 손 놓으세요!"

앗차 실수! 설인의 억척스러운 포옹을 완강히 거부하는 내 간드러진 목소리가 도리어 설인의 타오르는 욕망에 휘발유를 끼얹는 불행을 초래했다. 낮에는 생명의 위기더니 밤에는 정조의 위기냐! 뭔 놈의 소설이 시작하자마자 좋은 일이 하나도 없어!

내 일생일대의 위기가 이름 모를 여관에서 찾아올 줄은 정말 꿈에도 몰랐다. 헐떡거리는 설인의 목소리가 혼미한 정신 속에서 들려왔다.

"흐흐. 앙탈 부리는 것도 귀엽군. 그런 모습으로 혼자 앉아 있으면서 유혹하지 않았다고 변명하진 않겠지."

아니 내 모습이 어때서! 무엇보다 교태가 흐르는 내 태도는 나도 어쩔 수가 없이 몸에 배어 버린 직업 정신일 뿐. 이거 단지 직업병이란 말이야! 인간의 마을로 내려온 이 설인 놈아, 당장 산속으로 돌아가! 그러나 현실은 참으로 냉정해서 난 발정기가 된 설인과 무제한급 레슬링을 한 끝에 티끌 하나 없는 어깨가 다 드러나는 몰골이 되어 버렸다. 엄마, 아빠 미안해. 나도 이제 더 이상……

"적당히 하시지."

"윽."

이 커다란 여관에서 날 도와준 분이 딱 한 명 나타났다. 얼어붙은 듯 싸늘한 눈동자가 도드라진 사내였다. 그분의 은빛 칼날이 바지를 벗기 일보 직전인 설인의 목 언저리에 다가와 있었다.

그분이 멸시 어린 목소리로 말했다.

"멈춰라, 역겨운 놈."

"혁! 당신은!"

"결투를 원하나? 그럼 검을 뽑아라."

"저, 절대 아닙니다!"

주저 없이 검을 뽑은 용사님의 몸집은 이 망할 설인의 절반밖에 되지 않았다. 그러나 그의 서슬 퍼런 살기에 기가 죽은 설인은 바지를 추켜올리며 비적비적 자기 자리로 돌아가서는 일그러진 표정으로 감히 인간의 술을 마시기 시작했다. 아무 말도 없이 내 맞은편 테이블에 앉은 용사님은 테이블 위에 검을 올려놓았다. 검 한 번 휘두르지 않고 상대를 찍소리 못 하게 만들다니 무진장 멋지잖아!

게다가 어깨에 닿은 곱고 긴 흑발을 내린 차갑고 섬세한 미남이다. 검은 눈동자엔 파르스름한 광채가 돌았다. 나보다 한두 살쯤 많아 보였는데 아마도 이 바닥에선 상당히 유명한 검객인 것 같았다.

"구해 주셔서 감사합니다. 저는 엔디미온 키리안이라고 합니다. 그냥 미온이라고 불러 주세요."

"……"

그는 내 이름 따위 안중에 없다는 듯 입을 다물고 있었다. 너무한다.

"저어, 검객님의 성함이라도 알려 주세요."

나는 옷깃을 여미며 최대한 친절하게 말했지만 내 목소리가 마음에 안 들었는지 검객이라고 불린 게 싫었는지, 그는 '카론'이라고 짧고 쌀쌀맞게 자신의 이름을 말했다.

"자네 남자 아닌가? 목숨을 걸고 싸웠어야지."

"제가 좀 평화주의자라서요."

난 쓴웃음을 지으며 그렇게 둘러댔다.

솔직히 누구라도 기사 입단 전날 밤에 여관 식당 특설 링에서 종족 번식 본능을 엉뚱한 데 발휘하는 설인 사촌과 검도 없이 목숨을 건 사투를 벌이고 싶지는 않을 것이다. 일단 체급이 다르잖아.

카론이 말했다.

"막 수도에 올라온 거 같군."

"어떻게 아셨어요?"

"수도에 사는 사람이라면 이런 곳에서 혼자 식사하는 게 얼마나 위험한 짓인지 알 테니까."

그가 말을 이었다.

"이곳 아스말엔 왜 온 거지?"

일말의 호의도 없는 수사관 같은 말투다. 곱상한 외모에도 불구하고 눈동자에서 풍기는 표범 같은 날카로움이 어쩐지 보는 사람 주눅 들게 하는 사람이었다.

"기사가…… 되려고요."

내가 조그맣게 말하자 그가 길고 단정한 눈썹을 움찔했다. 생선 가시라도 목에 걸린 것 같은 불편한 표정이었다.

그러고는 툭 말을 던졌다.

"스왈로우 나이츠."

"얼레?"

아니, 왜 만나는 사람마다 다 알고 있는 거야!

"검객님이 어떻게 아신 거죠?"

"나는 검객 같은 범죄자가 아니다."

그가 불쾌하다는 듯 정정했다. 그러고 보니 이 카론이라는 사내는 검객과는 확실히 다른 면이 있었다. 딱 부러지고 금욕적인 인상도 인상이려니와 무엇보다 제복처럼 보이는 깔끔한 정장을 말쑥이 입고 있었던 것이다.

"나는 카론 샤펜투스. 왕실 근위기사단 헬스트 나이츠의 부기사단장이다."

"기, 기사! 그것도 부기사단장!"

눈이 휘둥그레졌다. 어째서 오늘은 한 번 위기 끝엔 꼭 거물을 만나게 되는 걸까. 스왈로우 나이츠가 성기사단이라면 헬스트 나이츠는 왕실 근위기사단이다. 즉, 이 베르스 왕국의 양대 기사단 중 하나의 이인자라면 엄청나게 굉장한 분이잖아! 그런데 아무리 벼락출세를 했다고 해도 부기사단장이 되기엔 너무 젊지 않나?

"저, 혹시 나이가 어떻게 되세요? 전 올해로 스물인데."

"32세."

"예?"

"뭐가 이상한가?"

이상하잖아요! 노화가 정지된 건가, 이 카론이라는 사내는? 어떻게 봐도 20대 초중반인데 어째서 30대? 하지만 이런 시시한 것 가지고 속일 남자는 아니라고 생각되었기 때문에 난 그냥 '인간의 불가사의' 중 하나를 접한 기분으로 넘어가기로 했다. 지금 그것보다 훨씬 궁금한 건.

"스왈로우 나이츠는 어떤 기사단인가요?"

솔직히 난 스왈로우 나이츠가 뭐하는 집단인지에 대해서 추천장을 받았다는 것과 평민도 입단할 수 있다는 것 외엔 잘 알지 못했다.

카론이라는 기사는 어째 대답하기 난감한지 잠시 생각하다 자리에서 일어났다. 그가 테이블 위의 검을 쥐며 말을 뱉었다.

"검을 들지 않는 기사."

"예?"

엉? 뭔 소리래? 하지만 그는 알 수 없는 말만 남긴 채 그대로 검은 망토를 펄럭거리며 밖으로 나가 버렸다. 나는 얼빠진 표정으로 그가 나간 문만 멍하니 바라봤다. 그러니까 그게 무슨 의미냐고요!

7.

회상은 이것으로 끝이다. 근래 며칠 동안 참 별일이 다 있었군.

'슬슬 가 볼까.'

난 무대 위에서 또 '용사 드링크'를 벌컥벌컥 마시고 있는 친구에게 혼자만의 눈빛으로 작별을 고하며 광장을 떠나 왕궁으로 향했다.

베르스 건국 이후 백여 년 동안 증축(增築)을 반복하여 마치 생명체처럼 점점 커져 가고 있는 왕궁 '세아스말'은 수도 아스말의 중심부에 위치하고 있다. 냉정하게 말해서 나의 조국 베르스는 이 세계에서 강대국이 아니다. 아니, 도리어 주변 나라들 눈치깨나 봐야 하는 약소국 중의 약소국이다. 그럼에도 불구하고 휘감긴 넝쿨들이 주름살 같은 연륜을 드러내는 세아스말의 자태는 무척이나 품위 있고 한편으로는 신성한 느낌까지 들었다. 인위적인 건축물도 오랜 시간 대지에 뿌리를 박고 있다 보면 제법 자연과 어울릴 수 있나 보다.

'그런데 이거 어디로 가야 하는 거야?'

난 왕국의 정문 앞에서 빙글빙글 돌았다. 당연히 평민의 신분으로는 왕궁 안에 들어갈 수 없다. 또한 내 추천장에는 어디에 가서 이걸 제출하라는 친절한 설명 따위는 없기 때문에, 난 한동안 고민하다 결국 왕성 정문 근처에 있는 민원처리소로 향했다. 말하자면 그곳은 평민들의 하소연을 담은 탄원서를 받거나 이런 저런 민원을 접수하는 창구였다. 그리고 당연한 말이지만, 왕실이 평민을 상대로 하는 창구에서 결코 친절이나 쾌적함을 기대해선 안 된다.

그런데 뭐 이리 사연들이 많은 걸까. 이 콩알만 한 민원처리소는 저마다 사정 급한 평민들의 행렬로 인산인해, 만원사례였다.

"밀지 좀 마요!"

"젠장! 나도 어제부터 기다렸다고! 줄 서!"

"또 서류가 부족하다고 받아 주지 않으면 자살할 거야! 정말이라고!"

'억울한 사정의 평민' 들로 이뤄진 길고 긴 행렬을 보자마자 난 졸도할 것 같았다. 이대로라면 올해 안에 이 추천장을 제출하는 건 무리가 아닐까. 작열하는 태양 밑에서 북적이는 사람들의 얼굴은 말 그대로 전투적이었고, 새치기라도 하는 날엔 살인이 날 것 같았다(진심이다). 그리고 기가 막히게도 이 행렬 주변엔 왕실에서 파견한 상인들이(엄청나게 비싼 값으로) 얼음이나 물 따위를 팔고 있었다. 맙소사, 이런 걸로도 돈 벌어먹다니! 그럴 노력이면 접수창구나 늘려 달라고!

"기다리세요!"

벌써 다섯 시간이나 기다렸건만, 감색의 유니폼을 입은 접수창구의 아가씨로부터 앵무새처럼 반복되는 말은 기다리고 또 기다리라는 것뿐이었다. 앞으로 누가 인내심을 수련할 장소를 찾는다면 난 주저 없이 이곳을 소개할 것이다. 난 결국 수건 하나가 홍건해지도록 땀을 닦으며 자그마치 열 시간을 기다렸고, 그때야 돈을 내면 빨리 민원을 처리받을 수 있는 요상 망측한 제도가 있다는 것을 알았다. 이틀 동안 아무것도 못 먹고 기다리고 있던 아저씨가 점점 석화(石化)되고 있는 것을 보자 위기감이 엄습했다.

'이러다간 금세기 안에 기사 되긴 글렀다!'

결국 난 피눈물을 흘리며 적잖은 '급행료'를 지불하고 나서야 곧바로 그 잘난 민원 접수를 할 수 있었다.

'돈으로 할 수 없는 일도 있긴 있지만 할 수 있는 일이 더 많아.'

예전 내 마담이 격언처럼 입버릇 삼던 그 말을 투덜거리며 난 접수창구 앞에 섰다. 머리를 뒤로 땋은 창구 아가씨는 날 바라보며 생긋 웃었다. 그럼 나도 생긋.

"엄청 예쁘게 생긴 분이시네. 무엇을 도와 드릴까요?"

솔직히 나는 '거금을 내야만 볼 수 있는 접수창구 아가씨가 바로 너였냐!'라고 소리치고 싶었지만, 그랬다간 경비원들 곤봉에 두드려 맞고 곧장 왕실 감옥으로 질질 끌려갈 것이 뻔했기 때문에 직업병에 가까운 환한 미소를 보이며 추천장을 건네주었다. 의아한 표정으로 내 추천장을 받아 든 그녀가 날 바라보며 말했다.

"스왈로우 나이츠……네요?"

엉? 이 의미심장한 웃음은 대체. 그녀 역시 아이히만 공작이 보여 줬던 '우후후후' 미소를 보이며 추천장을 다시 돌려주었다.

"이건 이쪽에서 처리하는 것이 아니에요."

"그, 그럼 어디서!"

나도 모르게 절박한 비명이 나왔다. 열 시간 기다리고 거금을 내고 나서야 겨우겨우 통과되나 싶었는데 여기가 아니라니! 그럼 대체 어디야! 왕실 화장실인가! 당장 말해라, 이 못된 마녀!

그때 그녀가 입술을 쭉 빼며 가리켰다.

"조오쪽."

"네?"

"조오기 작은 문 보이시죠?"

"네, 보이기는…… 합니다만."

저쪽에 아주 세심하게 보지 않으면 절대 눈치채지 못할 정도로 작은 문이 하나 있긴 했다.

"저 문을 열고 길을 따라 쭉 걸어가다 보면 작은 사무실 같은 게 나와요. 거기 가면 키스 님이 계실 거예요. 그분에게 이 추천장을 제출해 주세요."

"……."

"아참! 그리고 키스 님에게 어젯밤 즐거웠다고 전해 주세요."

"……."

그녀가 주변을 두리번거리며 내게 속삭였다.

기사단 입단이라는 것이 원래 이렇게 은밀한 거였나? 민원실 뒤편의 작은 문을 열고 한참 동안 걸어가서 이름 모를 사무실 안에 있을 키스라는 사람을 만나라고? 아니, 게다가 어젯밤엔 뭐가 또 재밌었다는 거냐고! 마약 거래도 이렇게 복잡하진 않을 거다. 하지만 난 그녀가 '다음 분!'이라고 말하는 바람에 불안한 표정으로 그 '작은 문'으로 들어갈 수밖에 없었다. 문을 열자마자 장미정원 사이의 긴 샛길이 눈에 들어왔다.

8.

난 결국 비밀 문을 통해 남몰래 왕궁에 첫발을 내디딘 은밀한 인간이 되었고, 한참 동안 인적 없는 붉은 장미정원 사이를 걸어갔다. 두 손에 커다란 가방을 들고 허리에는 검까지 차고 긴 금발을 내린 채 장미정원 속을 지나가고 있는 내 모습은 낭만적이라기보다는 영 궁상맞아 보인다. 무엇보다 불안하다! 갑자기 사방에서 험악한 놈들이 튀어나와 '우하하하! 잘도 속았구나! 네 깟 놈에게 작위를 줄 성싶냐! 이제 넌 왕실의 몸종이다!'라고 덮쳐도 왠지 이해할 수 있을 것 같은 분위기란 말씀이야. 난 침을 꼴깍 삼키면서 한 걸음씩 앞으로 나아갔고 그녀의 말대로 한참을 가니까 정말 작은 나무집이 보였다. 그리고 그 나무집 간판에는……

"스왈로우 나이츠 면접 사무실? 뭐야, 이거……."

어째서 기사단 사무실이라는 게 장미정원 속 통나무집 같은 곳에 있는 걸까. 그보다 면접이라는 단어가 몹시 신경이 쓰여. 무슨 회사원이야?

난 떨떠름한 표정으로 문을 두드렸다. '저기, 기사 면접 보러 왔는데요?'라고 말하려 했지만 굉장히 한심한 대사 같아서 그만두었다.

"계, 계세요?"

"들어오세요오오."

화들짝! 분명 방금 집 안에서 간들거리는 목소리가 들렸다! 뭔가 몸이 마구 뒤틀려 있는 상태에서 힘겹게 내뱉은 것만 같은 목소리. 설마 요가라도 하는 건 아니겠지?

"키, 키스라는 분을 만나러 왔는데요."

"저에요오오오. 들어오세요오오오."

"……."

문고리를 잡은 내 손이 떨렸다. 솔직히…… 들어가면 잡아먹힐 것 같다. 그러나 이대로 돌아갈 수도 없었으므로 난 결국 용기를 내서 문을 열었다. 쫘악 하니 펼쳐지는 사무실의 풍경. 그런데 어디에도 키스라는 사람은 없었다.

얼레? 분명히 목소리가 들렸는데?

"키, 키스 님?"

"여기예요오……."

"허억!"

키스는 내 발밑에 있었다. 오른팔이 왼쪽 다리 밑으로 들어가고 왼팔이 오른쪽 다리 밑으로 들어간 채 바닥을 뒹굴며 내게 방긋 웃어 보이는 미남자 키스는 진짜 무서웠다. 데굴데굴 굴러서 내 앞까지 다가온 키스 씨가 나를 올려다보며 이곳에 오신 걸 환영해요! 라는 친절한 미소로 인사를 했고, 나는 외계 생명체 같은 키스를 무의식적으로 걷어차 버렸다. 몸이 공처럼 엉켜 있는 그는 저쪽 벽을 향해 굴러가기 시작했다.

"어어! 몸이!"

무섭고도 얼빠지는 희귀한 기분을 체험하는 순간이다. 자신의 의지와는 상관없이 굴러가 버린 키스는 무시무시하게 엉켜 있는 자신의 몸을 풀며 난감하게 웃었다.

"아아, 역시 이런 인사법은 아직 너무 앞서 가는 건가. 하지만 50년쯤 후에는 분명 대유행할 거야!"

50년 후에 그딴 인사법이 유행하게 된다면 난 앞으로 49년까지만 살 거다! 우주 멸망과 다를 바가 없는 요가 인사법에 심취해 있는 이 키스란 사람이 스왈로우 나이츠와 대체 뭔 관계람! 키스가 화사하게 인사했다.

"스왈로우 나이츠에 온 것을 환영합니다."

"아, 예. 저는……."

"전 키스 세자르. 스왈로우 나이츠 기사단장이에요."

"웃기지 마! 이 요가 인간아!"

엇. 나도 모르게 소리쳐 버렸다. 신체가 자유자재로 휘어지는 요가 인간이 신성한 기사단의 리더라니 절대로 인정하고 싶지 않아! 그러자 키스는 서운한 표정으로 차를 준비하며 중얼거리는 것이었다.

"진짠데……."

(첫인상이 하도 경악스러워서 그렇지) 확실히 키스는 깜짝 놀랄 만한 미남자였다. 훤칠한 키에 산들거리는 발걸음이 어울리는 호리호리한 체구. 구불거리며 흘러내리는 연갈색 머리카락과 예쁘다 못해 요사스러운 분위기마저 풍기는 새빨간 눈동자가 마치 여우를 의인화시켜 놓은 것 같은 남자였다. 여간한 마스크로는 어울리기 힘든 보랏빛 우단(羽緞) 옷을 단정하게 입은 모양새마저 보통 센스가 아니다. 그러나 기사단장 주제에 장검은커녕 단도 하나 차고 있지 않잖아. 단지 아주 능숙하고 우아한 손놀림으로 차를 타고 있을 뿐이다. 그러니까 결론은…… 어디가 기사단장이라는 거야?

"전 입단을 위해 상경한 엔디미온 키리안이라고 합니다!"

"목소리 예쁘네요?"

"네?"

"이름도 예쁘고."

"미, 미온이라고 불리기도 합니다만."

뭐, 뭐야, 저 가시 돋친 시선은! 왜 흘겨보는 거냐고.

"아! 민원실 아가씨가 즐거웠다고 전해 달라던데요? 그러니까 어젯밤에."

"오호호호."

오싸악. 키스가 괴상한 웃음소리를 내며 히죽 웃었다. 난 이 사람이 어렸을 때 머리를 심하게 다쳐서 이러는 것이 아닐까 하는 예상을 하며 추천서를 꺼냈다.

"입단 추천서인데요."

이제야 조금 가슴이 뛴다. 추천서 한 장만으로 기사를 노린다는 것에 대해 스스로 얼마나 불안해했던가. 분명 험난한 입단 시험이 기다리고 있으리라. 숲 속에 혼자 던져 놓고 하루 안에 백 마리의 맹수를 잡아오라고 시킬지도 몰라. 그러고는 '기사도 입문' 같은 두꺼운 책을 통째로 다 외우라고 시킬지도 모른다. 과연 나 같은 놈이 그런 시험에 통과할 수가……. 응? 키스가 날 보고 또 방긋 웃으며 차를 건넸다.

"축하합니다아. 당신은 시험을 통과했습니다, 미온 씨."

"얼레?"

내가 뭘 했다고 통과야? 아니 애당초 시험도 없었잖아!

우아한 포즈로 차를 마시던 키스가 말했다.

"이제 슬슬 숙소로 가서 동료들을 소개해……."

"아니 잠깐! 느닷없이 통과라니!"

"통과의 의미를 모르세요?"

키스가 친절한 얼굴로 설명해 주었다.

"당신은 이제부터 기·사·라는 뜻입니다."

"그러니까 어째서 그렇게 간단한 거냐고요!"

기사라는 게 추천서만 있으면 아무나 막 되는 거였어? 그럼 십수 년 동안 기사 수행해서 겨우겨우 작위를 딴 다른 기사들은 바보들인가!

키스는 손가락을 까딱거리며 의미심장한 웃음을 지었다.

"스왈로우 나이츠는 특·별·한· 기사단이니까요. 아 참, 그리고."

키스가 드르륵 서랍을 열더니 화려한 글씨체로 빽빽이 문장이 들어차 있는 종이 한 장을 꺼내 내게 건넸다.

"여기 사인하세요."

"뭔데요?"

"기사 계약 증명서랍니다아."

"……이봐요."

계약서 쓰는 기사도 있던가. 기사 되는 게 무슨 가게 인수하는 것도 아니고 어째서 계약서에 사인을 해야 하는 거지?

그런데 키스가 보여 준 계약서에는 아주 의미심장한 문장이 쓰여 있었다.

"계약일 향후 10년간 스왈로우 나이츠의 일원으로서 성실 봉사를 하기로 맹세합니다? 뭡니까, 이건?"

"말 그대로 10년간 의무적으로 기사 생활을 해야 한다는 거죠.”

“…….”

의무 봉사 기간? 기사라는 거, 원래 평생 하는 거 아니었던가? 이거 처음부터 끝까지 이상해. 말하자면 딱 사기당하는 분위기인데……. 그때 키스가 내 어깨를 으스러지도록 꽉 잡으며 날 쏘아보는 바람에 비명을 지를 뻔했다. 빨간 눈동자에서는 무서운 광선까지 뿜어내고 있었다.

“설마…… 이런 사소한 문제 때문에 결심이 흔들리고 있는 건 아니겠죠, 미온 씨?”

사소한 문제라니! 남의 일이라고 쉽게 말하지 마!

“분명히 미온 씨는 기사가 되기 위해 이곳에 왔어요, 그렇죠?”

“그, 그렇긴 합니다만.”

“그토록 되고 싶었던 기사를 이토록 쉽게 시켜 주겠다는데 거절할 이유는 없는 거죠?”

“아?”

“그렇죠오?”

“아아?”

“사인하실 거죠오오?”

아, 아프잖아! 이 양반 뭐 이리 힘이 세! 어깨뼈가 부서져 버릴 것 같다!

무시무시한 위압감 덕에 난 결국 홀린 듯이 이 ‘괴문서’에 사인을 해 버렸다. 그리고 계약서를 잽싸게 품속 깊숙이 넣은 키스가 포옥 한숨을 내쉬며 조그맣게 중얼거렸다.

"하아. 요즘에는 사람 뽑기도 힘들어서…… 순진한 녀석이라서 다행이야."

어이, 지금 그거 무슨 의미야!

9.

왕궁 세아스말은 하나의 작은 도시라고 말해도 될 정도로 드넓은 부지에 수많은 건물과 시설이 늘어서 있고, 그 안에 많은 사람이 바글바글 살고 있다. 분명 베르스에서 인구밀도가 가장 높은 곳이리라. 그리고 키스를 따라서 그 왕궁 안을 졸래졸래 따라가던 내 눈에 들어온 것은 왕립기사들의 수련장이었던 것이다! 이런 것마저 왕궁 내부에 존재하는지 미처 몰랐지만, 잘 닦인 터 위에는 마상창술 수련을 위한 으리으리한 경주로가 늘어서 있었고 그 옆엔 격투술과 검술을 위한 가죽 인형들이 쭉 설치되어 있는 데다가 중앙에는 기사들의 대결을 위한 이른바 '특설 링'이 설치되어 있었다. 한편엔 부상자를 치료할 왕실 의사들도 상주하고 있을 정도였다. 그리고 그 안에서 수십 명의 수련기사들이 서로 검을 치고받고 있었고 나이 지긋한 기사가 내지르는 근엄한 호통도 간간이 들려왔다. 이쯤이면 이 베르스 왕국에서 최고로 호사스러운 수련장이라고 할 수 있지 않을까?

그 광경을 본 내 가슴이 쿵쾅거렸다.

"여긴가요! 앞으로 제가 기사의 의무를 다할 곳이!"

그러나 내 격양된 목소리를 들은 키스의 표정은 '뭔 소리야?' 였다.

"이런 땀내 나는 곳에서 흙먼지 뒤집어쓸 일은 영원히 없답니다, 미온 경."

별명에다가 멋대로 '경'이라는 칭호 좀 붙이지 말아 주세요, 키스 단장님. 그런데 검술을 수련할 일이 없다고? 그럼 뭘 하겠다는 거야? 설마 곧바로 실전?

"스왈로우 나이츠는 그보다 훨씬 은밀하고 고상하며 아름다운 일을 합니다아."

참으로 뜬금없구나. 기사의 은밀하고 고상하며 아름다운 임무가 뭐야, 대체! 은밀하게 적국의 무도회장에 침투해서 고상한 댄스로 적들의 눈을 현혹시킨 뒤에 아름다운 공주를 납치해 오기라도 하는 건가, 라는 상상은 내가 하고도 민망하군. 아무튼 그런 단서만으로는 도저히 정체를 알 수 없었다.

속 시원히 좀 알려 줘요, 키스!

"가 보면 알게 됩니다."

키스가 그 화사한 미소를 다시 보이며 다시 산들 걸음으로 앞장서기 시작했다. 게다가 그 손에는 어느새 화관(花冠)이 엮어져 있었다. 남정네가 그런 것 만들어서 어쩌겠다는 거야.

왕궁은 가도 가도 끝이 없을 만큼 거대했다. 수련장의 가장자리를 한참 걸어가며 다음 지역으로 넘어갈 즈음, 멋지게 넝쿨진 건물에서 걸어 나오는 남자와 눈이 마주쳤다.

그가 무감정한 목소리로 말했다.

"역시 입단했군, 스왈로우 나이츠에."

난 깜짝 놀랐다. 그는 바로 카론 샤펜투스, 내 순결의 수호자였던 것이다. 시력이 나쁜지 차가운 눈매에 살짝 안경이 걸쳐 있었고, 손에는 두꺼운 책까지 들고 있었는데도 확실히 기사다운 날카로운 기세를 풍겼다. 그중에서도 무척이나 엄격한 기사 같다고나 할까?

카론을 보자 산딸기를 발견한 아낙네처럼 환하게 웃은 키스가 종종걸음으로 그에게 다가갔다. 같은 기사인데 저토록 차이가 날 수가 있다니. 마음 참 울적해지는군.

"와아. 여전히 만지면 손끝이 얼어붙을 것 같은 얼굴입니다아, 카론 경."

그, 그게 안부 인사? 항상 새로운 인사법에 몰두하는 키스의 무례하다면 무례한 인사에 카론은 시큰둥한 표정으로 날 바라볼 뿐이었다. 안경 너머 저 냉정한 시선은 정말로 이 햇빛 속에서도 얼어붙을 것만 같다. 키스가 그의 머리에 화관을 씌워 주며 '역시 당신에겐 왕관이 어울려요'라고 하자, 카론 경은 아무 말 없이 화관을 벗어 꾸깃꾸깃 접어서는 쓰레기통에 처박아 버렸다. '아아, 겨우 만든 건데!'라며 쓰레기통을 뒤지는 키스…… 경.

"흑, 야박하네요."

키스가 화관을 털며 훌쩍거리고 있을 때도 카론의 시선은 여전히 나를 향해 있었다. 뭐야, 이 사람 나한테 관심 있는 거야?

"왜 저를 그리 쳐다보시나요."

"자네 평민이지?"

그가 툭 던지듯 말했다.

"그렇습니다."

"그런데 어째서 기사를 선택했지?"

단번에 속이 끓었다. 이 카론이라는 기사의 도련님 같은 외모만 봐도 필시 귀족이리라. 그것도 꽤 잘나가는 귀족. 그러니까 저 나이에 부기사단장 자리에 오를 수 있었겠지. 그런 잘난 사람이라서 나 같은 평민이 기사가 되는 것이 그렇게도 마음에 들지 않은 건가. 신분이 낮은 자는 꿈조차도 가려 가며 꿔야 하는 거냐!

"평민은 기사가 되면 안 되는 겁니까? 그렇다면 정의를 지키는 자격은 신분입니까!"

나는 그를 똑바로 바라보며 말했다. 카론의 그 차가운 얼굴에 살짝 그림자가 지나갔다.

그가 말했다.

"정의가 아니다. 기사는 권력자들의 장기짝이다."

장기짝? 내 꿈을 모욕당한 것 같은 기분에 미간을 찡그렸다.

"당신도 기사면서 어떻게 그런 말을 할 수가 있나요!"

"기사이기 때문에 알 수 있는 거다. 현실이라는 걸."

"그건 그저 당신이 포기했기 때문이잖아요!"

내 울분에도 카론 경의 표정은 조금도 변하지 않았다. 헬스트 나이츠의 부기사단장은 내 옆을 스쳐 지나가며 경고했다.

"꿈에 취해 설치는 어린아이 따위 문제만 일으킬 뿐이야. 지켜보겠다."

나는 화가 난 눈으로 그의 뒷모습을 돌아봤다. 그때 키스 이 인간이 내 옆에 와서는 옆구리를 쿡쿡 찌르는 것이 아닌가.

"미온 경, 카론 경을 알고 있어요?"

"예, 절 설인의 손에서 구해 준 사람이에요."

"설인? 그건 또 무슨 말입니까아?"

"아무것도 아닙니다아."

설인과의 달콤한 추억 따위는 하루빨리 머릿속에서 지워 버리자. 난 무거운 가방을 들며 다시 키스의 뒤를 따랐다.

10.

수련장을 지난 뒤에 왕국 최강 미녀(혹은 미소녀)들의 집합소라는 무녀의 탑 펠리오스를 지나 30분이나 더 걸어서야 스왈로우 나이츠의 본부 '리더구트'에 도착할 수 있었다. 다음부터 본부는 사무실에서 가까운 곳에 좀 설치하란 말이야!

"자아! 여깁니다아! 멋지죠?"

키스가 팔을 쫙 펴며 마치 고급 기숙사 같은 분위기의 2층 저택을 소개했다. 리더구트라……. 확실히 멋지게 생겼는데 말이야, 이거 기사단 본부 아니야? 조금은 검을 휘두르는 소리라든지 엄숙하게 기도문을 읊는 소리라도 들려야 하는 것 아닌가? 게다가 이 드넓은 꽃밭은 또 뭐냐고. 산들바람마저 불어오는 이 발랄한 분위기 어디가 기사단이야?

"저기, 키스…… 경. 너, 지금 나 속이고 있지……요?"

"속이다니. 그럴 리가 있겠습니까아?"

이봐, 키스 씨. 그렇게 시선을 피하면서 말하면 설득력이 없잖아.

"아무튼 계약이 되어 있는 이상 이제 와서 돌아가겠다는 말은 곤란합니다아."

"역시 속였구나! 요가 인간!"

"아니라니까요. 들어가 보시면 알게 됩니다!"

"우아악!"

키스에게 팔목이 잡힌 나는 뭔가 상당히 의심스러운 저택 안으로 끌려 들어갔다. 그런데 아까부터 느끼는 거지만 이 사람, 보기와 달리 힘이 정말 세다. 아프단 말이야!

11.

저택 안은 뭐랄까, 기사단 본부라기보다는 호텔 로비 같은 느낌? 그러니까 결국 피와 땀이 넘실대는 기사단과는 전혀 어울리는 구석이 없다는 의미다. 상당히 실망스러운 표정의 나를 보며 키스가 근엄한 목소리로 일장 훈계를 시작했다. 역시 뜬금없는 사람이다.

"현실의 기사단이라는 것은 영웅담에서 나오는 것과는 달리 교양과 우아함을 추구하는 집단이에요. 칼을 휘두르고 말을 달리는 것만이 기사의 전부가 아닙니다! 검 따위의 흉악한 무기는 이 세상에서 사라져야 해요! 평화 만세예요!"

"그, 그런!"

"이제 이해하시겠습니까! 미온 경!"

"그딴 억지에 속을 것 같습니까?"

"쳇. 안 속네."

이미 당신이라는 사람을 불신하기 시작했는데 뭔 말을 하든 속을 리가 있겠냐.

"어? 그런데."

순간 나는 이상한 것을 느꼈다. 기숙사를 연상시키는 본부 리더구트에는 그에 걸맞게 단정한 제복을 입은 시종들이 차(茶) 수레 따위를 끌고 있었던 것이다. 그건 좋은데 한 가지 이상한 점은.

"어째서 시녀가 한 명도 없는 거죠?"

내 고객 중에는 자신의 시종들을 모조리 10대 소년으로만 세팅한 위험한 취미의 여백작도 있었고, 순결을 지켜야 하는 공녀들의 경우에 시종을 모조리 여자로만 도배하는 관례도 있긴 하다. 그러나 여긴 그런 것과는 상관없는 곳인데 어째서 성차별을 하는 거지?

곧 이에 대한 키스의 해설이 이어졌다.

"그건 이곳이 금녀(禁女)의 구역이기 때문입니다."

"잉? 금녀?"

"일단 스왈로우 나이츠의 기사들은 결혼할 수 없습니다."

"그, 그런 말은 계약서에 없었잖아!"

"상식이잖아요, 그런 건."

"노총각 되는 게 어째서 상식이야!"

평생 독신이 '상식'이라는 말은 전 세계 어디에서도 들을 수 없을 거다.

"성기사인 우리는 신의 소유인 우리 몸을 언제나 정숙하게 유지해야 하기 때문에 여자를 받아들여선 안 됩니다."

키스는 자못 격양된 어조로 자랑스럽게 대답했다. 그때 문득 떠오른 게 있었다.

"잠깐."

"예?"

"그럼 어젯밤 만나 즐·거·웠·다·는· 민원실 여자는 뭡니까?"

"그, 그건!"

위기에 내몰린 자의 표정이라는 것이 바로 이런 것이로군. 키스는 애절한 얼굴로 날 바라보며 우물쭈물 변명을 늘어놓았다.

"저, 전 그녀의 영혼을 위로해 주었던 것뿐입니다."

"……."

그딴 말엔 원숭이도 안 속아, 키스 경.

그때 붉은 융단이 깔린 대리석 계단에서 커다란 가방을 든 소년이 내려오는 것이 보였다. 자승자박의 위기 탈출 기회를 노리던 키스는 재빠르게 그에게로 화제를 돌렸다.

"와아아아! 지스 경, 이번에는 어디로 가십니까아?"

"……남부의 공작령."

들릴 듯 말 듯한 목소리로 대충 대답한 지스 '경'은 어떻게 봐도 소년이었다. 미성년자도 기사가 될 수 있었던가? 그는 나보다 훨씬 작은 몸집에 커다란 가방을 두 손으로 힘들게 든 채로 우리를 지나쳤다. 꽤 작은 키에 엷은 푸른빛이 감도는 긴 머리칼에 그것과 똑같은 눈동자가 꼭 인형 같았지만, 얼음 방패를 몸에 두른 것 같은 쌀쌀맞은 태도는 카론 경과 막상막하인 녀석이었다.

나중에 안 사실이지만 지스의 본래 이름은 지스킬 윈터차일드로, 미성년자인 데다가 검은 써 본 적도 없고 말도 타 본 적이 없으며 몸도 병약하고 성격도 더러웠다. 그래도 자랑스러운 스왈로우 나이츠의 기사란다. 싫은 일을 억지로 참는 듯한 지스킬의 뒷모습을 좀 측은한 눈으로 바라보던 키스에게 내가 물었다.

"저 아이, 지금 어디 가고 있는 겁니까?"

"아, 지스 경? 지명(指名)받은 거예요. 신성한 임무를 수행하러 가는 중이지요."

"지, 지명?"

기숙사, 병약한 미소년, 지명, 여행용 가방, 남부의 공작령, 신성한 임무, 기사단. 뭐냐, 이 하나도 안 맞는 퍼즐들은!

"아마…… 지스 경이 당신의 룸메이트가 될 겁니다."

"룸메이트?"

아니 방도 많은데 2인 1실이라니 엄청 쩨쩨하잖아!

"동료애를 키우기 위해서랍니다. 그럼 동료들에게 안내해 줄게요오."

"으아악!"

그리고 난 또다시 키스의 엄청난 힘에 붙잡혀 응접실로 끌려갔다. 난 이렇게 우악스럽게 저택 관광하러 온 것이 아니라고!

12.

소파와 테이블이 이곳저곳에 놓인 고풍스러운 응접실에는 스 왈로우 나이츠 기사 5명이 쉬고 있었다. 스왈로우 나이츠의 총 원은 나를 포함해서 11명이라고 한다. 어쨌거나 지금 응접실에 있는 기사들은 모두 하나같이…… 놀랍게도 하나같이…….

"어때요? 모두 미온 경만큼이나 잘생겼죠?"

"……."

아아, 그래. 확실히 내가 있던 '미소년의 숲'에서도 스카우트 해 갈 만한 각양각색의 미남자들이다. 그런데 그게 기사단과 무 슨 상관? 여기가 호스트 클럽이야? 대체 왜 이 중에 기사 비슷 한 사람조차 하나 없냐고. 근엄한 중년의 스승님은 대체 어디로!

"신입입니까? 내 이름은 루시온입니다. 앞으로 잘 부탁합니 다."

균형 잡힌 몸매와 훤칠한 키가 인상적인 루시온 경은 창가에 놓여 있는 욕조에서 장미 꽃잎을 풀어놓고 태연하게 목욕 중이 셨다. 응접실에서 그러지 마! 민망하다고!

"새로 오셨군요. 창피하고 힘겨워도 꼭 견뎌내셔야 해요. 아! 제 이름은 크리스티앙입니다."

아까 지명 나간 지스 경만큼이나 어려 보이는 커다란 눈망울 의 소년 기사가 바로 크리스티앙…… 경. 내 손을 꼭 잡으며 애 처롭고 가느다란 목소리로 '창피하고 힘겨워도'를 강조하며 인 사했다. 이거 꼭 곡마단에 잡혀온 서커스 꼬마 같잖아.

"큭큭. 얼마나 견딜지 모르겠지만 이 짓도 계속하다 보면 할 만하다고. 난 쇼넨베르트."

기사 주제에 담배까지 물어 피우고 앞섶을 풀어헤친 채 소파에 벌러덩 누워 있는 저 한량의 이름은 쇼넨베르트…… 경! 여자 울리는 게 특기일 것 같은 닳고 닳은 저 얼굴 어디에도 기사의 흔적은 없었다.

"이것도 일이다. 그리고 일에는 귀천이 없어. 내 이름은 레녹. 별로 친해지고 싶은 생각은 없어. 날 방해하지만 말아 줬으면 한다."

바라보지도 않고 무성의한 인사를 던진 레녹 경은 얼굴 전면에 야채팩을 한 상태로 신문을 읽고 있었다. 고지식한 공무원 같은 외모. 그런데 누구라도 좋으니 야채팩을 하는 기사에 대한 이야기 들어 본 적 있어?

"이야아. 얼굴이 참 반반한데. 어이, 키스 경. 용케도 그런 대단한 물건을 구했네. 그런데 옷이 영 촌스럽잖아! 좋아! 다음에 같이 쇼핑 가 주지. 난 루이블랑이다. 루이라고 불러 줘. 네 동료이자 라이벌이랄까?"

멋대로 내 외모를 채점하질 않나, 대뜸 내 스타일에 흠을 잡고 난리인 이 양반은 루이블랑…… 물론 경. 이 더운 날 깃털 장식 모피 코트를 입고 다니는 루이블랑 씨는 실로 고독한 스타일리스트였다.

이렇게 내 앞을 스쳐 간 다섯 기사님들의 공통점이라면 '기사도를 수호하고 이 나라를 지키는 정예기사'와는 콩알만큼도 비

숫하지 않다는 것이다. 잔주름 하나 없는 예쁜 얼굴이 정의 실천
과 뭔 관계가 있어!

아니, 그보다도 이 미남자들이 득실거리는 광경은.

'어, 어디선가 많이 본 풍경인데 이거.'

잠깐 내 머릿속에서 추억 속의 한 장면이 스쳐 지나갔다. 그러
니까 그것은.

"미온 경, 어서 자기소개를 해야죠?"

'스왈로우 금녀 기숙사' 사감 키스가 해죽 웃으며 다가올 때
쯤 되자, 나는 내가 알 수 없는 거대한 음모의 소용돌이 속에 휘
말려 들었음을 직감할 수 있었다. 난 키스의 팔을 끌고 응접실
밖으로 데리고 나갔다. 바보가 아닌 이상 이런 모습을 보고 '이
야아아! 예상대로 멋진 기사단이네요!' 라고 말할 놈이 있겠냔
말이다!

"자, 자, 잠깐 나 좀 봐요!"

"아아! 아파요! 이거 놓고 말하세요!"

내 마음이 더 아파!

13.

"바른대로 말해라, 이 요가 괴인아! 이거 기사단 아니지!"

난 몹시 흥분한 상태였다.

"기사 맞습니다아."

반면 키스는 얄밉도록 태연했다. 곧 내 분노 어린 목소리가 티끌 하나 없이 깔끔하고도 고풍스러운 복도 한복판을 쩌렁쩌렁 울렸다.

"운전기사도 이것보단 기사답겠다!"

분노 대폭발! 장미 목욕과 야채팩과 미성년자 기사를 보고도 이것이 자랑스러운 조국의 기사단이라는 걸 믿으라는 거냐? 차라리 염소를 보여 주면서 이것은 심해 뱀장어입니다, 라고 우겨 대는 편이 더 설득력이 있겠다! 무기도 못 다루는 각양각색의 미남 미소년들 긁어모아다가 대체 어쩌자는 거냐고? 입이 있으면 말해 봐라, 키스 세자르!

키스의 눈빛이 어느샌가 진지하게 변해 있었다. 진짜 기사처럼 말이다. 그가 정색을 하며 또박또박 말했다.

"미온 경, 그럼 말해 보세요. 당신은 어떤 자를 기사라고 생각합니까. 당신이 생각하는 기사란 무엇입니까?"

이 사람 정색을 하니까 좀 무섭다. 그의 빨간 눈동자가 내 보라색 두 눈을 삼켜 버릴 듯 빛나고 있었다.

"그, 그러니까…… 성스러운 작위식도 있고."

"전쟁 중에 기사가 된 자는 작위식 없이도 기사가 됩니다. 그럼 그는 기사가 아닌가요?"

"그, 그리고 기사도를 수호해야 하고!"

"우리 역시 우리의 방식으로 기사도를 수호합니다."

"하지만 이 사람들은 검을 차지도 않잖아요!"

"무기를 가지고 다니는 것이 기사의 조건입니까? 좋아요, 그러면 지금부터 모두 검을 차고 다니겠습니다. 그걸로 만족하십니까?"

"그, 그게 아니라!"

냉큼냉큼 척척 대답하는 바람에 도리어 내가 말문이 막혔다. 이 사람, 외판원 했으면 대성공했을 게 분명해. 하지만 역시 이건 뭔가 허전하잖아! 백마 탄 기사의 꿈 같은 건 우주 저 멀리 사라져 버렸다고!

그때 키스가 품속에서 세 번 접혀 있는 내 계약서를 꺼냈다.

"이거 받으세요."

"얼레?"

난 엉겁결에 계약서를 받았다. 키스의 고혹적인 눈매에는 안타까움이 서려 있었다.

"당신의 환상을 깨 버려서 미안하군요. 다시 처음으로 돌아가고 싶다면 그것을 찢고 우리가 왔던 길 그대로 되돌아가서 왕궁을 나가 당신의 고향으로 돌아가면 됩니다. 다시는 나를 만날 일도 없고 스왈로우 나이츠가 당신의 인생에서 거론될 일도 없을 테니까요. 계약서로 당신을 묶어 둘 수는 있어도 당신의 마음까지 묶어 두지는 못하니까 이곳을 원치 않는다면 잡지 않겠습니다."

"키스…… 경."

"하지만 고향에 돌아가더라도 한 가지는 기억하세요. 과연 당신의 꿈이 무엇이었는지. 그리고 그 꿈을 이루기 위해 얼마나 노력했는지. 이 세상 어디에도 자신의 꿈을 노력 없이 이룰 수 있는 낙원은 존재하지 않습니다. 욕심만으로 이뤄지는 소원은 없어요. 꿈이란 도망치는 자가 아닌 맞서 싸우는 자의 것이고, 불만을 늘어놓는 자가 아닌 참고 견뎌내는 자의 것입니다."

키스의 목소리는 아주 부드러웠지만 그 말은 나를 따갑게 때렸다. 얼굴이 붉어졌다. 나는 처음부터 내가 완벽하게 만족할 낙원을 멋대로 기대하고 또 멋대로 실망한 것이다. 노력 없이 얻은 추천장 한 장 외에 나는 아무것도 한 것이 없지 않은가.

"역시 이거…… 돌려 드리겠습니다."

난 나도 모르게 키스에게 다시 계약서를 건네주었다. 노력도 하지 않고 그저 내 기대와 다르다고 불평만 하다니, 고작 이런 각오로 호스트를 그만두고 수도로 올라온 건가. 나 자신에게 창피했다.

그런데 키스는 정작 계약서는 받지도 않고 다시 방긋 웃는 것이 아닌가.

"좋은 결정이에요. 스왈로우 나이츠의 일원이 된 것을 다시 한 번 환영합니다아."

"아?"

"그럼 이제 미온 경의 방으로 안내하겠습니다아."

"잠깐, 이 계약서는 어쩌고!"

"응? 무슨 계약서 말입니까?"

"아뿔싸!"

난 황급히 그 '계약서'를 펼쳐 보았다. 그랬더니 거기에는.

"어디로 갔나…… 나의 파랑새? 뭐야, 이거 계약서가 아니잖아!"

속았다. 속았다. 속았다. 요가 인간이 또 날 속였다아아아!

"아아아. 너무도 예쁜 시죠? 제 자작시랍니다. 원하신다면 액자에 넣어서 미온 경의 방에 장식해 드릴 수도 있……."

부우우우우욱!

"너무해!"

난 '우주 최악의 시'를 갈가리 찢어 창밖에 뿌려 버렸다. 처음부터 날 놔줄 마음도 없었던 주제에 꿈이다 노력이다 낙원이다 멋대로 지껄였겠다! 아아악, 창피해! 이딴 저질 사기에 놀아난 나 자신이 창피해 미치겠다!

14.

"여기가 10년간…… 내가 쓸 방인가요?"

키스는 '제복은 지급하지만 잠옷은 드리지 않는답니다아' 라는 괴상한 작별 인사와 함께 밖으로 나갔고, 난 그제야 정신이 조금 들었다. 며칠간 굉장한 폭풍이 내 앞을 지나간 것 같았고, 정신을 차리고 보니 난 내 새로운 보금자리와 함께였다. 내 룸메이트라는 지스킬이 '지명' 받아 이 방에 없는 지금, 난 홀로 방 안을 두리번거렸다. 의외로 소박한 방이다. 키스의 말대로 사용할 물품은 자신이 알아서 구입해야 한단다. 이곳에는 커다란 창문 하나와 책상과 의자, 옷장과 침대, 그리고 의문 만점의 화장대 정도가 설치되어 있었다. 나야 호스트 출신이라 화장대를 애용했지만, 대체 기사의 방에 화장대는 왜 필요한가.

"어? 저건 또 뭐야."

생판 모르는 남자 둘을 한 침대에 던져 줄 정도로 몰상식하지는 않았는지, 침대는 오른쪽 끝에 하나 왼쪽 끝에 하나. 왼쪽이 지스킬의 침대다. 그리고 그 '지스킬의 영역'은 노끈으로 만든 '국경'으로 구분해 놓았고, 그 노끈에는 '들어오면 죽인다'라고 쓰여 있는 쪽지가 걸려 있었다. 어린애냐!

"대단한 환영 인사로군. 사교적이기도 하셔라, 쳇."

뭐야, 저 태도는. 역시 이런 건 일부러 위반해 줘야 제맛이지! 네놈의 침대에 내 흙먼지 묻은 엉덩이를 잔뜩 비벼 줄 테다! 응? 그러나 나는 지스킬의 노끈을 뛰어넘다가 무언가를 발견했다. 화장대 위에 수북이 놓여 있는 저 유리병들은 분명 지스킬의 것이다. 그런 을씨년스러운 물건들은 딱 봐도 화장품은 아니었다.

"약?"

유리병 안에는 어쩐지 독해 보이는 가루며 알약 같은 것들이 잔뜩 들어 있었다. 이 많은 약을 먹고 그 작은 몸이 버티기나 할까. 나이도 어려 보였는데 정말로 병약한가 보다. 성격은 표독스럽다지만 말이야.

'안타깝네.'

결국 난 머쓱한 표정이 되어 다시 '지스킬의 국경'을 넘어왔고 내 자리로 돌아가 여행 가방을 풀기로 했다.

그때 문이 덜컥 열리며 큰 키의 남자가 뛰어 들어왔다.

"누, 누구?"

"지스 경의 룸메이트라니 너도 참 불쌍하게 됐구나."

"당신은 쇼넨베르트 경?"

"오, 기쁜데? 이름을 다 기억해 주고."

직업병이랄까. 난 한 번 소개받은 사람의 얼굴과 이름, 목소리, 취미까지 잊어버리는 적이 없다.

쇼넨베르트는 이 왕궁과 전혀 어울리지 않을 만큼 건들거리는 데다가, 피부도 태운 건지 타고난 건지 진한 갈색이고, 착 달라붙는 검은 가죽옷에 악취미적인 액세서리까지 주렁주렁 매달고 다니는 꼴이 영락없는 건달이었다. 하지만 나쁜 사람 같아 보이진 않았다.

그때 그가 갑자기 내 턱을 확 잡아채는 것이 아닌가.

"캬아아, 정말 계집애처럼 생겼어. 요즘 취향인가?"

역시 나쁜 놈이다, 이 녀석은!

"앞으로는 쇼탄이라고 불러. 그러는 넌?"

"엔디미온 키리안이라고 합니다. 미온이라고 부르셔도 됩니다."

"미온? 미온 경이라…… 발음 한 번 이상하네."

당신도 만만찮아! 입속에서 내 별명을 몇 번이나 이리저리 굴리며 생트집을 잡던 쇼탄은 내 침대에 멋대로 털썩 주저앉으며 입을 열었다.

"아무튼 미온 경, 넌 여기 왜 왔냐. 맞춰 볼까? 너 팔려 온 거지?"

"아닙니다!"

실례잖아! 어째서 인신매매부터 떠오르는 거야!

"아, 그래? 그럼 끌려온 거냐?"

"절대."

팔려 오나 끌려오나. 여기가 무슨 도살장인가.

쇼탄은 놀란 얼굴로 날 뜯어보는 것이었다.

"뭐야, 너 그럼 돈 벌려고 온 거야?"

"네? 지금 무슨 생각을 하시는 거예요!"

돈 벌 생각이었다면 내가 뭣 하러 여기 오겠어. 고향에서도 신나게 벌었는데.

쇼탄은 난해한 수수께끼라도 들은 얼굴로 내게 되물었다.

"너 그럼 여기 왜 온 거냐?"

"그, 그거야 정의를 수호하는 기사가 되기 위해서죠!"

"푸……푸하하하핫!"

그래, 웃어라. 마음껏 비웃고 날 돌로 쳐라. 이제는 익숙해졌으니까!

"아아, 그랬구나. 기사? 큭큭. 이제 기사 되니까 속 시원해?"

얼마 전 내가 누군가에게 해 준 말과 비슷하군. 왠지 벌 받은 것 같다.

"그보다 스왈로우 나이츠는 정확히 뭘 하는 곳인가요?"

"보다시피 기사단이야. 왕립 성기사단이지."

"하지만 이건 전혀 기사단의 모습이 아니잖아요!"

"글쎄, 기사 작위 있는 사람 중에서 검술의 달인이라든지 마상창술 시합의 프로 같은 자들이 몇 명이나 될 것 같아?"

"글쎄요."

"작위는 아무한테나 하사하면 끝이지만 검술이나 마술(馬術), 전술 같은 건 누가 하사할 수 있는 게 아니라고. 손에 물도 안 묻히는 귀족 공자들 상당수가 무늬뿐인 명예 기사 작위를 장식품처럼 소유하고 있다만, 그놈들…… 여자 후릴 때 외엔 그 작위 써먹는 일이 없을걸?"

쇼탄 경은 의외로 달변가였다. 하긴 왕실이 생색내는 데 작위만큼 편리한 게 또 있을까. 땅을 내줘야 하는 것도 아니고 돈이 들어가는 것도 아니고 그냥 '넌 이제부터 기사'라고 인정해 주기만 하면 되는 것이니까. 책 한 권 쓴 적 없는 정치인에게 문학 박사 학위를 준다든가, 돈을 많이 기부한 상인이 명예 성직자가 된다든가. 작위란 권력자들이 나눠 먹는 얄팍한 선물 같은 것으로 전락하기 쉽다.

"그럼 스왈로우 나이츠도 결국 명예직이라는 말인가요?"

"절대로 아님! 우린 왕실에서 써먹기 위해 만들어진 노동자들이지."

"어, 어디다 써먹는데요?"

"잡일."

"엥?"

"그럼 뭘 기대한 거야?"

그런 말 좀 당당하게 하지 마세요, 쇼탄 경!

"그렇게 서운한 얼굴 하지 마. 우리밖에 못 하는 일도 있어."

"우리밖에…… 못하는 일?"

쇼탄은 의미심장한 미소를 보이며 입에 문 담배에 불을 댕겼다. 하얀 연기와 함께 그의 목소리가 내 귀에 들어왔다.

"이를테면 '지명' 같은 것?"

결국 모든 의문의 끝에는 꼭 '지명'이라는 단서가 존재하는군.

"그런데 지명이란 뭐죠?"

"그거야말로 우리 스왈로우 나이츠가 존재하는 진짜 이유지."

"진짜 이유?"

"곧 알게 돼. 견디기 힘들지도 모르겠지만 잘 생각해 보면 그만큼 편한 일도 또 없어."

"아아?"

쇼탄은 벌떡 일어나더니만 '여기서 담배 피운 거, 지스킬한텐 말하지 마. 그 꼬마 정말 죽일 듯이 화를 내거든'이라고 당부하며 기지개를 켰다. 확실히 늘씬한 몸매다. 상당히 몸 관리를 잘한 것 같다. 칼 쓸 일도 없다면서 왜 이렇게까지 몸 관리를 하는 거야.

"그런데 쇼탄 경?"

"왜, 미온 경?"

역시 어색해, 이런 칭호!

"키스 경은 어떤 분이죠?"

정말 궁금하다. 조금도 생각이라는 걸 하지 않는 요가 생명체라는 생각이 들다가도 갑자기 확 풍기는 존재감이랄까, 도무지 속을 알 수가 없는 자였다.

"아아, 우리 기사단장님 키스 세자르 말씀이시군."

쇼탄 역시 그의 이름이 나오자 긴장한 얼굴로 내게 당부하듯 말했다.

"키스 경을 화나게 만들지 않는 편이 좋아."

"예?"

난 깜짝 놀랄 수밖에 없었다. 쇼탄은 예전의 경험이 떠오르는 듯이 두려운 표정으로 말을 이었다.

"키스 경은 화가 나면 말이지……."

역시 키스 경은 겉으로만 얼빠진 인간인 척하는 왕궁의 실력자가 아닐까! 어쨌든 그 젊은 나이에 기사단장이 되었다는 것 자체가 보통 사람은 아니라는 의미잖아.

쇼탄은 키스의 진짜 모습에 대해서 조심스럽게 내 귓가에 속삭여 주었다.

"울어 버리거든."

15.

뭔가 상당히 맥이 빠져 버렸다. 2층 복도 베란다에 멍하니 걸터앉아 있던 나는 저택 리더구트 앞을 지나가는 사람들을 바라보고 있었다. 역시 왕궁에 출입하는 사람들이라서 그런지 하나같이 찬란하기 그지없는 의상에 수행원들도 너덧 명씩이나 따라다니고 있었다.

틀어 올린 머리가 2층 창문인 이곳까지 닿을 정도로 높다란 어떤 귀부인은 엄청나게 긴 치마 끝을 잡아 주는 시녀만 둘이나 붙어 다니는 '움직이는 인간 타워'였고, 대제후의 손자 정도로 보이는 한 꼬마는 말처럼 몸을 숙인 몸종의 등에 올라탄 채 채찍까지 들고 본격적으로 행차 중이셨다. 아주 훌륭한 악덕 영주가 될 재목이로군.

이런 '왕궁 괴물'들을 보고 있자니까 차라리 스왈로우 나이츠는 꽤 정상적으로 보인다. 뭐 생각해 보면 기사답지 않다 뿐이지, 말투도 옷 입은 것도 말끔하고 몸매도 얼굴도 최상급의 미남들이 아닌가.

아니 잠깐! 곰곰이 생각해 보니까 어째서 모조리 다 잘생길 수가 있는 거지? 우연이라고 하기엔 너무 의도적이잖아. 그리고 보니 나를 포함해서 스왈로우 나이츠 기사들의 유일한 공통점은 엄청난 미남들이라는 것뿐이다. 그 외엔 아무것도 없다. 어쩌면 여기에 뭔가 실마리가······.

"다녀왔습니닷!"

두다다다다닷! 복도 끝에서부터 맹렬한 발소리와 함께 밝고 높은 톤의 목소리가 들렸다. 그리고 고개를 돌리는 순간, 자기 몸만큼이나 커다란 여행 가방을 든 목소리의 주인공이 내 앞을 슈웅 지나가 버렸다. 우아아! 나보다도 머리가 길다. 저 정도면 무릎까지 닿는 거 아냐? 게다가 저 몸에 저 얼굴에 저 치마는 여자? 그런데 여긴 금녀구역이라고 했잖아!

정신없이 달려가던 그 소녀는 물어볼 새도 없이 시야에서 사라졌다. 대체 저건 또 뭐하는 녀석이냐고!

"설마····· 저 여자애마저 기사라고 하지는 않겠지?"

나는 멍하니 그녀의 뒷모습을 바라보았다.

16.

난 그녀의 발자취를 따라 응접실로 다시 돌아갔다.

"엔디미온 경? 전 랑시랍니다! 잘 부탁합니다!"

"아, 안녕. 랑시…… 경."

하아. 전개 한 번 빨라서 좋군. 결론부터 말하자면 앞 장면에서 쏜살같이 내 앞을 지나간 '발랄한 소녀'는 실은 소녀가 아니었다. 그렇다, 사내아이였다. 그럼 헷갈리게 치마는 왜 입어!

랑시가 내 묘한 표정을 읽고는 자신의 치마를 들춰 보였다.

"아? 이거요?"

"헉!"

랑시는 의외로 대담한 성격이었는지 사람들 앞에서 드레스를 훌러덩 벗어 던졌다. 속살이 드러났다. 역시 가슴이 없어! 자기 입으로 사내라고 말했는데도 조금도 실감이 나지 않는 '소녀의 얼굴'이라서 난 나도 모르게 '여자가 아니잖아!'라는 사실에 또다시 놀라고 말았다. 제발 정상인을 만나고 싶다는 소박하고도 간절한 소원에 가슴이 아려 온다.

'여장 소년' 랑시는 머쓱한 표정으로 그 작은 얼굴을 매만지며 말했다.

"이거 단지 지명자의 취향이에요. 특별히 여장을 좋아하는 건 아니에요."

"지명자의…… 취향?"

얼레? 사람들의 표정이 왜 이래!? '지명자의 취향'이라는 말이 나오자마자 기사님들이 못 들은 척 고개들을 돌렸다. 이봐요들! 누구라도 말 좀 해 보라고! 지명자의 취향이라는 게 대체 뭐야! 다행히도 랑시는 성격이 밝은 소녀 기사, 아니 소년 기사라서 팔을 번쩍 들어 올리며 이런 우중충한 분위기를 단번에 부숴 버렸다.

"오면서 맛있는 훈제 양고기 샀어요! 오늘은 제가 요리할 테니 기대하시라!"

정성이 고맙긴 한데 그런 말은 옷 좀 걸치고 해 줘.

"엣취!"

17.

다음 날 꿈속을 헤매던 나를 깨운 것은 마치 타자기처럼 사무적인 시종의 목소리였다.

"기상 시간입니다. 일어나십시오. 엔디미온 키리안 님."

왕궁 사냥터에서 들려오는 총성, 새소리, 노크 소리, 문밖의 알람에 부스스 일어나며 '역시 여긴 기숙사 맞아'라고 중얼거렸다. 아직도 내 전직의 습관이 남아 있는지 여전히 아침에 일어나기엔 몸이 무겁다. 하지만 이제부터는 새로운 생활이 시작되는 것이다.

나는 졸린 얼굴로 목을 조르는 나의 길고 긴 금발을 풀었다. 정말이지, 내가 생각해도 위험한 잠버릇이라니깐. 예전 동거하던 그녀도 항상 말했다. '대체 이게 뭐야. 교수형당하는 꿈이라도 꿨어?' 라고. 한번은 이놈의 머리칼이 그녀의 목마저 휘감아 버리는 바람에 그녀가 기겁을 하며 가위를 들고 날 쫓아온 적도 있었지. 그때는 그녀가 뒤엉킨 내 머리칼을 빗겨 줬는데 이제 그녀는 사라지고 잠버릇만 남아 있다.

싫다! 아침부터 이런 지지리 궁상은!

"에이잇! 아침부터 침울하게! 우아악!"

기운을 내보려고 호쾌하게 몸을 일으키려다 침대 밑으로 굴러떨어져 버렸다. 기사단 첫날 아침부터 마룻바닥에 추락해 버린 이 꼬락서니, 무지하게 울적하군. 하루치 기운이 단번에 빠져 버렸다. 게다가!

"흐으으읍!"

마, 망할! 미처 다 풀지 못한 내 긴 금발이 굴러떨어질 때 엉켜 버려 내 목을 죽일 듯이 조르기 시작했다. 사념(邪念) 머리칼이냐! 그래도 자신의 본체를 죽이려는 짓은 그만두란 말이다, 이놈의 못된 머리칼! 이대로는 숨이!

"아아, 미온 경. 자살하고 싶을 정도로 이곳이 싫었나요오."

어느새 문을 열고 들어온 키스가 무척이나 슬픈 표정으로 날 바라보고 있었다.

키스 경, 동정은 됐으니까 내 목을 조르는 황금 뱀이나 좀 풀어 주세요.

어? 그런데 그 가위는 뭡니까?

"잠시만 참으세요. 주인을 살해하려는 그 배은망덕한 머리카락 따위 제가 단번에 잘라 드리겠습니다아."

"자르지 마!"

18.

"으잉? 아침부터 뭐요, 그 얼굴들은?"

아침 식사를 위해 응접실에 있던 쇼탄은 나와 키스가 나타나자 눈살을 좁히며 우리를 빤히 바라봤다. 그럴 만도 한 것이, 나는 교수형이라도 당한 듯 목이 붉게 달아올라 있고 머리칼도 산지사방으로 삐죽거리는 데다가 온몸이 식은땀에 젖은 채 인상을 쓰고 있었고, 키스는 눈가에 멍이 든 채 가위를 들고 난감하게 웃고 있었다.

이건 순전히 평생 기른 남의 머리칼을 덥석 자르려고 했던 키스 잘못이야!

"자자, 식사하면서 들어 주세요. 오늘의 일입니다아."

호오. 이것이 기사단의 아침 브리핑이라는 건가. 커다란 전용 소파에 털썩 앉은 키스는 자신의 자랑스러운 기사단원들을 훑어본 뒤 '오늘의 노동 과업'을 전달하기 시작했다. 물론 기사단 중 일부는 그 의문의 '지명'이라는 것을 받아 출장 나가 있는 상태다.

"레녹 경, 지명받으셨습니다. 한 시간 뒤 자세한 지시문이 도착할 겁니다."

오, 뭔가 본격적이잖아. 레녹 경은 레몬을 띄운 홍차가 담긴 찻잔을 내려놓으며 고개를 끄덕거렸다.

"그리고 쇼탄 경. 당신, 돈 좀 갚아요! 오전 중으로 왕실로부터 독촉장이 도착할 겁니다."

"가, 갚으면 되잖아!"

이, 이게 갑자기 무슨 사채업자 분위기람? 왕실이 대부업도 해?

"그리고 랑시 경은 어제 지명 다녀왔으니까 오늘은 휴가입니다. 푹 쉬세요."

"이예이!"

랑시 경이 여장을 좋아하지 않는다는 말은 아무래도 신용이 안 간다. 휴가라는 말을 듣자마자 밖으로 뛰쳐나가는 그녀, 아니 그는 분명히 짧고 발랄한 스커트를 입고 있었다. 그런데 가슴이 전혀 없어. 남의 취향은 존중하지만, 보는 사람 헷갈리니까 남자든 여자든 하나로 세팅해 줬으면 좋겠다.

그때 크리스티앙이 떨리는 목소리로 물었다.

"저, 저는요? 혹시 절 지명한 분은 없나요?"

크리스티앙은 불안한 표정이었다. 키스가 안타까운 듯 고개를 저었다.

"미안해요, 크리스 경. 이번에도 지명은 없습니다."

"……네."

왜 저렇게 풀이 죽은 거지? 지스킬은 분명 지명받아 기분 나쁜 얼굴로 나가 버렸는데 어째서 크리스는 지명받지 못해서 쓸쓸해하냐고. 도무지 알 수가 없다.

"아! 그리고 미온 경!"

앗! 나다! 두근두근. 과연 무슨 명령이 내려질까.

키스는 내 주먹에 멍이 든 얼굴에 한껏 웃음을 담으며 내게 지령을 내렸다.

"첫날이니까 가벼운 일을 시키도록 하죠. 두 시간 후에 왕실 수렵대회가 시작됩니다. 그곳에 스왈로우 나이츠의 기사 자격으로 참석하도록 하세요!"

와, 왕실 수렵대회? 그건 분명 왕족들이 말을 타고 사슴이나 노루 같은 것을 사냥하는 우아한 경기가 아닌가! 그런 것에 기사 자격으로 참여한다는 것은 분명 왕족 경호? 이런 건 잡일이 아니라고! 이거야말로 왕실 직속 기사에 어울리는 일이지! 난 감개무량한 목소리로 키스의 명령을 받아들였다.

"임무 완수하고 돌아오겠습니다!"

랄라라. 아이 좋아라. 가서 내 명검을 가지고 올까나. 제복도 입고 망토도 둘러야지. 그런데 키스가 좋아 죽으려고 하는 내 모습을 보며 의아한 표정으로 뺨을 긁적거리는 것이 아닌가. 왜 그렇게 쳐다봐요?

"저기, 지금 어디 가시는 거예요? 미온 경?"

"아. 왕족 경호니까 검을 준비하려고 하는데⋯⋯요."

"네?"

순간 쇼탄을 비롯한 다른 멤버들이 웃음을 참으며 날 바라봤다. 아, 목석같은 레녹 경마저 코웃음을 치잖아! 내, 내가 지금 뭘 잘못한 거야?

"아하하, 그런 건 필요 없습니다아."

"예? 그럼 경호를 어떻게 해요?"

"미온 경이 경호를 왜 해요?"

"엥? 그럼 뭘 한다는 거죠?"

19.

"⋯⋯왕자님, 나이스으으으으."

내 힘없는 응원 소리가 사냥터에 애처롭게 울렸다. 결국 이거였냐. 확실히 키스의 말마따나 난 왕실 수렵대회에 참석했다. 그러나 내 꼴을 좀 보라! 멋진 제복은커녕 민망하기 짝이 없는 알록달록 광대 옷에다가 왕족들의 고상한 취향인지 두 다리를 다 드러냈다. 게다가 은빛의 장검은 고사하고 내 두 손은 백화(白花)가 맺힌 나뭇가지를 응원봉 삼아 꼬옥 들고 있다. 이곳에 오기 전 키스가 '미온 경이야말로 수렵대회의 꽃입니다아!' 라고 말하긴 했지만 이런 의미의 꽃인 줄은 몰랐단 말이야!

말하자면 나는 행사 도우미였다.

"너! 목소리가 너무 작아! 도우미면 도우미답게 전하께서 흡족하도록 최선을 다하란 말이야!"

옆에 다가온 거구의 기사가 내 옆구리를 툭 때리며 으박질렀다. 그가 바로 왕족들의 경호기사. 카론 샤펜투스 경이 부기사단장으로 있는 헬스트 나이츠의 기사다. 어쨌거나 어쩌라고? 머리에 꽃 꽂고 봉산탈춤이라도 추란 말이더냐!

그때 '저는 간신배입니다' 라는 푯말을 목에 걸고 다니는 것 같은 관리가 잽싸게 어린 왕자에게 달려와 손바닥에 불이 나게 비벼대기 시작했다.

"이야아아아! 역시 페르난데스 왕자님! 훌륭하시옵니다! 화살 한 방으로 멧돼지의 숨통을 끊으셨사옵니다! 이 나라 최고의 명궁이시옵니다!"

어이, 그럼 방금 왕자님의 화살을 엉덩이에 맞고 숲 속으로 도망친 멧돼지는 뭐냐? 좀비야? 엉덩이에 활 맞고 즉사하는 생명체 같은 건 없다고! 그러나 아부에는 역시 뻔뻔하게 밀어붙이는 저력이 필요하다. 이에 뒤질세라 다른 귀족들 역시 너 나 할 것 없이 왕자님에게 몰려들어 세계 정복이라도 성공한 양 게거품을 물며 칭송하기 시작했고, 정작 기쁨조인 나는 그들의 등쌀에 멀리 떠밀려 버렸다.

"멋지십니다, 왕세자 저하!"

"최고십니다, 왕세자 저하!"

"우주 최강이십니다, 왕세자 저하!"

"즉위하신 뒤에도 저의 충성을 잊지 말아 주시어요, 왕세자 저하!"

에라이, 이 천하의 간신배들아.

그건 이미 광기였다. 그러나 13살쯤 되어 보이는 곱슬머리의 페르난데스 왕자는 어깨를 축 늘어트린 채 백마 위에서 아무 말도 없었다. 멧돼지를 잡지 못한 것쯤은 자신도 알고 있을 것이다. 그리고 좀 더 머리가 좋은 왕자라면 이곳에 진정으로 자신을 좋아하는 사람이 없다는 것도 알고 있을 것이다.

왕위 계승 일 순위 왕세자인 페르난데스 왕자에게는 밤마다 비공식적으로 십여 명 이상의 젊은 여성들이 '배달' 된다고 키스가 말했었다. 말하자면 귀족들의 향응제공(饗應提供) 같은 것이리라. 침샘에서 기름이라도 나오는 인간처럼 아부를 입에 바르고 사는 그들로서는 어떻게든 왕이 될 소년의 씨앗이 가지고 싶을 테니까. 하지만 적당히 하라고! 짐승이냐? 왕자님은 아직 어린아이야!

"야! 뭘 멍하니 서 있는 거야!"

귀족들의 왕자 찬양이 광란의 무대가 되어 가고 있을 때 예의 헬스트 나이츠 기사가 내 머리를 퍽 때렸다. 이놈은 무조건 때리고 시작하는구나. 아파, 이 자식아! 라고 말하고 싶었지만 그랬다간 평생 추억으로 남을 구타를 당할 것 같아서 참아야 했다.

"왜 그러세요?"

"어서 가서 죽은 멧돼지를 끌고 와!"

"예? 그걸 왜 제가!"

"당연하잖아. 이런 잡일은 스왈로우 나이츠가 해야 할 일이다."

나보다 머리 두 개는 더 큰 털북숭이 기사 놈의 얼굴에 거만한 웃음이 번졌다. 그랬군. 크리스가 말한 '창피하고 힘겹더라도'의 의미를 이제 조금 알 것 같다. 기사라도 다 같은 기사가 아니라는 건가. 하지만 걱정하지 말라고. 그 무시무시한 호스트 생활도 너끈하게 견뎌 온 내게 이 정도쯤은 치욕도 수치도 모욕도 아니니까 말이지. 배알도 없는 것이 자랑은 아니지만, 사냥개 흉내를 내며 멧돼지 끌고 오는 일쯤은 얼마든지 참고 해 줄 수 있어.

하지만 문제는 그게 아니잖아!

"저 그런데…… 그 멧돼지 안 죽었걸랑요?"

"이 무례한 놈! 어르신들께서 분명 죽었다고 말씀하셨는데 거역할 셈이냐!"

야, 이 못생긴 털기사야! 아무리 임금님이 우겨도 안 죽은 건

안 죽은 거잖아! 그게 죽었다면 어떻게 숲 속으로 도망친 거야! 좀비 멧돼지야?

그러나 관료주의라는 아편에 찌든 이 기사 놈에겐 인간의 말이 통하지 않았다.

"가 · 져 · 오 · 라 · 면 · 가 · 져 · 와!"

그래그래. 자기 일 아니라 이거지. 훌륭한 기사도 정신이다, 정말. 좋아, 그럼 이제 스마일 작전이다.

"하지만 전 사냥대회의 꽃인데요. 그러니까 아시다시피 꽃은 움직일 수가…… 가, 가면 되잖아요."

안 통하는군. 내 얼굴만 한 주먹이 앞에서 부르르 떨자 반사적으로 숲속에 뛰어가 버리는 이런 솔직한 다리라니. 가져오면 되잖아요. 그렇게 눈 부라리지 말라고요, 털기사님.

20.

"어디로 갔니……? 멧돼지야아아."

씨잉. 아무리 그래도 단검 정도는 줘야 할 것 아냐. 그나저나 사냥터의 숲 속이 이렇게 음산한지 전에는 몰랐다. 아직 오후도 안 되었건만 어두컴컴하고 축축한 게 낮도깨비라도 튀어나올 것 같았다. 난 절대로 즉사했을 리가 없을 멧돼지의 핏자국을 따라 점점 더 숲 깊숙한 곳으로 들어가고 있었다. 생명 수당 받아야 할 거 같은 이런 일이 뭐가 '잡일'이냐! 쇼탄 경, 이 나쁜 놈아!

'아무리 그래도, 내가 비명을 지르면 달려와 주겠지?'

침을 꿀꺽 삼켰다. 내가 무슨 격투의 달인도 아니고 집채만 한 멧돼지와 맨손으로 싸우는 일이 가능할 턱이 없잖아. 제발 죽었거나 죽어 가고 있기를 강렬하게 희망한다. 아니면 찾지 못했다고 핀잔을 듣는 한이 있더라도 돌아가는 게 좋을지도 모른다. 하지만 어쨌든 내 첫 임무인데 포기해 버리는 것도 좀 그렇잖아. 소리 없이 발을 내딛으며 멧돼지의 핏자국을 따라가던 나는 쭉 이어져 있던 혈선이 끊어진 것을 보았다.

"응? 이놈, 어디로 갔지?"

난 순간 살기 어린 시선을 느끼며 고개를 돌렸다. 풀숲 사이에서 들려오는 거친 숨소리. 오, 신이시여! 어둠 속에서 타오르는 맹수의 두 눈동자가 날 노려보고 있었던 것이다. 그것의 정체가 무엇인지는 굳이 설명할 필요도 없다. 중요한 건 방금 그 거대한 것이 나를 향해 뛰어들었다는 사실이다. 우아악! 죽기는커녕 광분하고 있잖아!

"망하아아알!"

수많은 소설의 주인공들은 많은 종류의 적들과 싸운다. 머리가 아홉 개 달린 용과 싸우는 영웅도 있고 세계를 지배하려는 마왕과 한판 대결을 벌이는 용사도 있고 악덕 귀족의 하수인들을 홀로 물리치는 검객도 있다. 그리고 이쪽은 엉덩이에 화살 박힌 멧돼지와의 처절한 사투가 그 막을 열었다. 실망스러워 보였다면 미안하지만 이쪽은 절박하다고!

"우아아앗! 떨어져라! 제발 좀 떨어져! 이 축생!"

돌덩이 같은 멧돼지의 몸에 바디 프레싱을 당한 나는 이 세상을 불살라 버릴 것처럼 이글거리는 이놈의 증오를 온몸으로 전달받을 수밖에 없었다. 총살의 위기, 정조의 위기, 그리고 지금 인간을 증오하는 짐승의 노리개가 된 인생의 대위기가 어째서 하루에 한 번씩 찾아오는 거냐고!

기사 생활 첫날 멧돼지에게 압사당하는 어이없는 죽음으로는 하늘나라에 가도 부모님을 뵐 면목이 없다. 난 어떻게든 이 난데없는 위기에서 벗어나야 했다. 일단은 설득.

"들어 봐, 친구. 엉덩이에 구멍 뚫린 네 기분을 모르는 건 아니야. 하지만 나도 너와 같은 사회의 피해자라고! 그러니까 진정하고…… 우와와악! 깨물지 마!"

역시 안 통해. 말이 통할 리가 없지. 내 간절한 설득에 멧돼지는 내 옷을 찢어발기는 것으로 응답해 주었고, 그 덕분에 내 어깨에 진한 혈선이 그어졌다. 수컷 주제에 남자 피부에다 이빨 자국 남기지 말아 줘.

크르르르릉!

성난 포효에 몸이 울렸다. 내 꽃 같은 얼굴에 탁한 침이 툭툭 떨어진다. 자, 장난이 아니다. 이대로라면 사냥대회에서 사냥감에게 물려 죽은 전대미문의 얼간이가 되어 버린다. 난 두 손으로 강철 같은 멧돼지의 송곳니를 쥐고 힘겹게 밀어내며 내가 만들어낼 수 있는 가장 절박하고도 서글픈 목소리로 외쳤다.

"사람 살려! 누구든 좀 도와줘요! 당신들의 꽃이 지금 죽어 가고 있단 말이야!"

그러나 돌아오는 것은 '꽃이 죽어 가고 있단 말이야아아아아아아아!' 라는 공허한 메아리뿐. 순간 머릿속엔 지금까지의 20년 추억들이 주마등처럼 스쳐 가기 시작했다. 아아, 떠올려 보니까 내겐 정말 행복했던 일들도 많았……. 잠깐! 너무 일러! 멋대로…… 멋대로 최후의 장면을 연출하지 말아 달라고!

"우어어어어! 이놈! 만물의 영장인 인간님을 우습게 보지 마라!"

난 그놈의 목을 부여잡고 바닥을 데굴데굴 구르기 시작했다. 물러설 곳 없는 영장류의 의지가 얼마나 위대한지를 알려 주겠다, 이 축생!

21.

인간은 절체절명의 위기를 넘긴 뒤엔 성격이 바뀐다고 한다. 그리고 그 말대로라면 난 3일 동안 세 번 성격이 바뀌어야 했다. 내가 끌고 온 멧돼지를 보자마자 귀족들은 왕자님 앞에서 알랑

방귀를 재방송하며 광란의 제2막을 열었다.

"이야아아! 역시 즉사였군요! 훌륭하시옵니다, 왕자님!"

눈을 엉덩이에 붙이고 사냐! 이게 어딜 봐서 즉사야, 이 간신배들아! 즉사는 내가 당할 뻔했어! 이게 진지한 소설이었다면 난 벌써 죽었단 말이야!

그러나 너덜너덜해진 옷에다가 곱디곱던 금발은 산발이 되고 온몸이 이빨에 박박 긁힌 내 불쌍한 모습에는 아무도 관심이 없는 것 같았다. 곱슬머리 왕자님만 제외하면 말이다. 백마 위에 올라탄 작은 체구의 페르난데스 왕자는 못된 멧돼지들에게 둘러싸여 윤간이라도 당한 것 같은 내 가련한 모습을 내려다보고 있었다. 왕자님의 앳된 목소리가 신의 은총처럼 들려왔다.

"너는 스왈로우 나이츠의 기사인가?"

"네?"

이런. 순간 깜짝 놀라서 얼빠진 대답을 해 버렸다. 황송하게도 왕족이 직접 내게 말을 걸 줄은 상상도 못했다.

"경의 이름은 뭔가?"

"미온…… 아, 아니 엔디미온 키리안이옵니다."

난 뒤늦게나마 정신을 차리고 한쪽 무릎을 꿇으며 고개를 숙였다. 아흑! 눈물이 핑 돌 정도로 쑤시지만 참아야 한다.

"기억해 두겠다, 엔디미온 경."

아아, 역시 왕자는 다르다. 고귀한 얼굴과 맑은 목소리, 왕자다운 근엄함이 서려 있는 저 모습을 보라! 필시 하늘에서 강림한 미소년 왕자가 아니던가! 아니 뭐 꼭 내게 관심을 줘서 이런 말을 하는 건 아니고…….

"보기 흉하다. 물러나 있어라!"

순간 멸시 가득한 시선의 늙은 귀족 놈이 왕자님과의 러블리 커뮤니케이션을 방해하며 날 멀리 밀쳐냈다. 지금 옷이 다 찢어지고 어깨며 다리에 짐승의 이빨 자국이 나 버린 이 민망한 꼴은 모조리 네놈들 때문이란 말이다! 왕궁의 꽃을 넝마로 만드니까 이제 속이 시원하냐? 이 못생긴 것들! 배만 산처럼 나와서 넘어지면 일어나지도 못하는 인생 낙오자들아!

……라는 어린애 같은 비난을 마음속으로 투덜거리면서도 내 몸은 내 자리로 돌아와 후들거리는 손으로 바닥에 떨어져 있는 꽃가지를 집어 들었다. 피투성이와 꽃의 조화라니 참으로 악취미로다. 이대로 출혈 과다로 쓰러져 버리는 것은 아닐까.

"야! 이 꼴이 대체 뭐야!"

예의 털기사가 또다시 내 옆에 나타나선 으르렁거리는 것이었다. 댁 소원대로 처절한 사투 끝에 멧돼지 잡아왔더니 이제는 내 분골쇄신한 모습을 가지고 시비다. 어쩌라고! 허공답보(虛空踏步)라도 펼치면서 잡아오길 바란 거냐!

"이런 꼴로 서 있으면 왕자님을 불쾌하게 한다는 것도 모르나? 썩 눈앞에서 사라져!"

울컥! 토사구팽도 정도라는 게 있다고! 순간 아무리 성격 좋은 나라도 기사고 뭐고 안다리후리기로 이놈을 메다꽂은 뒤에 온

몸의 털을 하나하나 뽑아 버리고 싶다는 기분이 솟구쳐 올랐지만……. 생각해 보니까 이러다가 또다시 사냥감이 도망치면, 이놈들은 또 즉사라고 박박 우겨댈 테고 난 그걸 찾아오는 사냥개 역할을 해야 하잖아?

생명의 위기는 하루에 한 번이면 충분하다. 나는 순순히 털기사의 말대로 퇴장하기로 했다. 페르난데스 왕자님은 더없이 멋진 분이지만 활 실력만큼은 믿음이 안 가니까 말이다.

난 기사단 첫 임무에서 중상을 입고 비척비척 리더구트로 돌아왔다.

22.

"……돌아왔습니다."

"아니 미온 경! 이게 대체 무슨 꼴입니까아! 꼭 멧돼지의 습격을 받은 것 같군요!"

"바로 그겁니다."

테라스에서 따사로운 햇살을 받으며 팔자 좋게 낮잠을 즐기던 키스는 걸어 다니는 시체 같은 내 꼴을 보고는 걱정스러운 위로를 쏟아냈다. 그러고는 다시 폭 쓰러져 잠들었다.

"자지 마!"

"아아, 오늘은 날씨가 너무도 좋아서 깨어 있기 송구스럽군요."

"말 돌리지 마!"

"그런데 대관절 무슨 일이 있었던 건가요?"

"그러니까 정리하자면 분명히 죽었다는 멧돼지가 좀비처럼 부활해서 절 덮쳤고 저는 혼신의 조르기로 그놈을 기절시켜 극적인 승리를 거둔 뒤, 만신창이가 된 몸으로 왕자님께 치하를 받고 쫓겨났습니다. 이상입니다."

"……"

"……"

"어머나. 미온 경이 간 곳이 사냥대회가 아니라 격투대회였나요?"

"놀리지 마!"

아읔! 계속 소리를 쳤더니 머리가 깨질 것 같……. 그러나 이대로 죽더라도 그전에 이 말만은 들어야겠다.

"말해 봐요. 대체 이 스왈로우 나이츠가 뭐하는 집단이고 앞으로 내게 닥쳐올 대위기는 또 어떤 것인지 하나도 빠짐없이 말해요! 사기 계약으로 10년 동안 날 부려 먹는 주제에 그 정도쯤은 알려 줘도 좋잖아요!"

"일단……"

"일단?"

"그 상처, 치료부터 하죠."

키스가 싱긋 웃으며 소파에서 일어났다.

23.

놀랍게도 키스의 붕대 감는 실력은 대단했다. 여기 오기 전에 무슨 일을 했는지 모르겠지만 그가 내 몸에 두른 붕대는 맞춤옷처럼 모자람이 없었고 소독하는 손놀림이나 마무리하는 솜씨 역시 대낮부터 헤실헤실 웃으며 잠에 취해 있는 한량이라고는 생각할 수 없을 정도의 베테랑이었던 것이다. 이 사람 과거가 궁금해진다.

그가 새로운 옷을 던져 주며 말했다.

"다행히도 흉터는 안 남을 거 같네요. 좀 더 심할 줄 알았는데…… 의외로 운동신경이 좋은가 봐요?"

"운동신경의 문제가 아니었다고요! 앗! 그런데 그런 말을 하는 건 역시 내가 이 꼴이 될 줄 알고 있었다는!"

"이렇게 무사히 돌아올 줄도 알고 있었지요."

너무해! 알면서 날 그런 곳에 던져 놨단 말이지! 하지만 키스를 이승과 작별하게 해 주는 건 그의 설명을 들은 뒤로 하자.

"자! 이제 말해 봐요! 아무짝에 쓸모없는 약골 미남들만 수용해 놓은 이 스왈로우 나이츠가 대체 뭐하자는 집단인지!"

"아, 배고프지 않아요?"

"말 · 돌 · 리 · 지 · 마……."

내 번뜩이는 보라색 눈동자에 키스가 움찔했다. 그러고는 툭하고 대답을 던졌다.

"펠리오스의 무녀들을 경호하는 성기사."

"엥?"

"말 그대로 왕실의 무녀들을 지키는 용사님들이랍니다아."

"하, 하지만 펠리오스 탑은 분명 금남(禁男)구역인데 무슨 수로 경호를……."

나도 모르게 납득할 뻔했지만, 순간 절세미녀라는 무녀들이 옹기종기 모여 사는 펠리오스 타워가 분명히 남성 출입금지구역이라는 것을 기억해냈다. 무녀들은 성스러운 신의 종이기 때문에 남자를 가까이하는 것만으로도 파문 감이란다. 근처에 가기만 해도 그곳을 지키는 여자들의 독화살이 날아오기 때문에 실수로라도 접근하면 안 된다고……. 키스 경, 네놈이 말해 줬잖아! 접근도 못 하는 그런 적대적인 처녀들을 무슨 수로 지켜!

키스는 헛기침을 하며 변명을 했다.

"물론 그건 형식적인 임무입니다."

"형식적?"

"그러니까 기사단에는 뭔가 그럴듯한 명분이라는 것이 있어야 하니까요. 사실 펠리오스의 무녀들은 아주 힘센 아가씨들이라서 저희가 지켜 줄 필요는 전혀 없어요. 그렇죠?"

내가 알 게 뭐냐! 이 양반이 장난치나! 키스가 방긋 웃자 내 고운 이마에 혈관이 다 돋았다.

"명분 말고 진실을 말햇!"

내가 주먹을 부르르르 떨자 그제야 키스는 뒤로 슬금슬금 물러서며 자백을 하기 시작했다.

"미온 경이 겪으신 대로 우리 기사단은 왕실에서 벌어지는 이런저런 일들을 돕습니다. 왕실에선 미남을 써야 할 일이 의외로 꽤 많아요."

"단지 그것뿐? 그럼 처음부터 시종을 쓰면 되지 왜 굳이 번거롭게 기사단을 만든 거예요?"

"기사만 할 수 있는 일이 있으니까요."

"……?"

"바로 '지명'이죠."

키스가 의미심장한 웃음을 지으며 내 앞에 찻잔을 갖다 놓았다. 엷은 김이 오르는 하얀 찻잔에는 저항하기 힘들 만큼 신선한 향기를 풍기는 녹차가 담겨 있었다. 정말이지 차 끓이는 솜씨 하나는 수준급인 남자. 하지만 지금 차 같은 건 아무래도 좋다고!

"그러니까 지명이 뭔가요?"

"그러니까 말 그대로 지명입니다아."

"그러니까 그게 뭐죠?"

"그러니까 지명은 지명입니다아."

"그러니까 말장난 치지 마!"

오뚝한 코끝을 찻잔에 대고 향기를 음미하는 키스의 저 여유로운 표정…… 한 대 쥐어박고 싶다.

지명이 대체 뭔지는 모르겠지만 분명 내 룸메이트 지스 경은 지명을 죽도록 싫어하는 것 같았고 크리스 경은 지명을 절실히 원하는 것 같았다.

키스가 무슨 중대한 비밀이라도 알려 주려는 듯 그 빨간 눈동자로 주변을 두리번거리고는 내게 속삭였다.

"실은 우리 기사단이 없으면 왕실이 무너져요."

"아, 그러니까 왜."

"왕실 수익의 상당 부분을 우리가 벌어들이니까요."

"……?"

나는 눈을 가늘게 떴다. 스스로 꽤 눈치가 빠르다고 자부했는데 도무지 뭔 소린지 모르겠어. 지금 이거 읽는 사람은 알겠어? 어째서 기사단이 돈을 벌어들인다는 거야. 그것도 다 그 '지명' 때문이야?

그때 문득 다른 생각이 났다.

"아시겠지만 전 추천장으로 이곳에 왔어요. 제 고향에 온 기사님으로부터 받은 거죠. 그분은 누구였어요?"

"선대 기사단장일 겁니다."

'모든 불행의 시작은 그 사람으로부터였군!'

결국 그 사람에게 추천장을 받은 뒤부터 정의의 기사가 되겠다는 헛된 야욕에 불타올라서 지금 이 모양, 이 꼴이 된 것이다.

설인과 싸우고 멧돼지와 싸우고……. 얼굴만 아리따우면 누구나 들어올 수 있는 핫바지 기사단이라고 미리 말을 했어야지! 내 인생에서 가장 멋진 사람이 '다시 만나면 두들겨 패 주겠다' 일 순위로 뒤바뀌는 순간이었다.

"그 양반은 지금 어디 있습니까!"

"없습니다."

"예? 왕궁에 없다고요? 은퇴했어요?"

"아니요."

"그럼 이 나라에 없나요? 이민 갔어요?"

"아니요."

"아, 그럼 뭐예요! 어디 있다는 거예요!"

"이 세상에 없습니다."

키스는 담담하게 말했다. 나는 멍한 얼굴로 키스를 바라봤다. 그 기사님이 죽었다고?

"무슨 일로 돌아가셨죠? 설마 멧돼지와 싸우다가……."

"지명을 받고 임무를 수행하던 도중에 목숨을 잃으셨습니다."

"……!"

지명이 대체 뭐야! 어째서 사람이 죽는 거냐고! 설마 적진에 침투하는 스파이 임무인가?

순간 얼굴이 파랗게 질려 버렸다.

"강도들로부터 평민 가족을 지켜 주려 하셨습니다. 그분은 귀족임에도 왕실의 명령마저 무시한 채 홀로 평민 가족을 지키다

순직하셨습니다. 아름다운 외모만큼이나 강렬하게 빛나는 신념을 지닌 분이었습니다."

"……귀족이 평민을 지키다가?"

"그리고 마지막 순간까지 자신이 스왈로우 나이츠의 일원임을 명예롭게 생각하셨습니다."

키스가 짧게 말한 그분의 인생은 이 세상에 알려지지 않은 영웅담을 듣는 것 같았다. 그런 기사가 실제로 존재했다니. 그런 분이 나한테 사기 쳤다고 욕하는 건 그만두자.

"당신도 이제 그분과 같은 기사입니다. 그 자부심, 스스로 포기하지 마세요."

차분한, 하지만 단호한 목소리가 가슴을 찔렀다. 자부심이니 신념이니 하는 것은 누가 줄 수 있는 것이 아니다. 그리고 누구도 빼앗을 수 없다. 단지 살아가는 데 방해된다는 변명으로 스스로 버리는 것뿐이다.

그때 갑자기 문이 벌컥 열리며 루이블랑 경이 비틀거리며 들어와서는 푹하고 쓰러졌다. 뭐냐, 이건 갑자기!

"아아앗! 루이 경! 오늘은 왜 이렇게 부상자가 속출하나요!"

화려하지만 정신 산만한 깃털 장식 코트를 입고 있던 루이 씨의 탐스러운 엉덩이엔 굵직한 화살이 박혀 있었고, 마비독에 중독된 몸을 바르르 떨고 있었다. 아니 왕궁에서 독화살을 맞다니 어떻게 된 거야, 이거!

키스가 그런 루이의 멱살을 잡으며 소리쳤다.

"무녀인가요! 무녀겠죠! 무녀로군요!"

"모, 몰래 좀…… 들어갔기로서니…… 어떻게 도망치는 기사의 엉덩이에…… 화살을……."

절대금남구역 펠리오스 타워에 갔다가 걸리는 날엔 기본이 독화살이라고 들었다. 그래, 알겠다. 루이 경도 참 배짱이 좋군. 그런데 그 무녀들이 독화살을 각오해도 좋을 정도의 미녀들이란 말인가.

나중에 안 사실이지만 루이 경을 죽도록 사랑하는 무녀들이 참 많단다. 하긴 독화살이 날아오는 철벽의 탑을 뚫고 찾아오는 기사님을 거부할 여자가 몇이나 될까. 키스는 점점 마비되어 가는 루이를 향해 목 놓아 외치고 있었다.

"그러게 정 가고 싶으면 밤에 가라고 그랬잖아요! 나처럼!"

"내…… 내가 가장 아끼는 코트에 구멍이…… 흐으윽."

루이는 마비되어 가는 목을 힘겹게 돌리며 화살이 깊게도 박혀 있는 자신의 엉덩이를 바라보곤 눈물을 흘렸다. 그리고 그는 하필이면 자신의 엉덩이를 애처롭게 바라보는 그 민망한 자세 그대로 완전히 마비되어 석상이 되어 버렸다. 이거 이거 아주 망측한 비극이로구만.

"루, 루이 겨어어엉!"

자알들 논다. 키스는 진정한 동료애를 느끼는 듯 돌이 되어 버린 그를 꽈악 껴안으며 오열을 토했고, 난 이 진땀 나는 상황에 전혀 동참하고 싶지 않아 조용히 응접실 빠져나왔다. 대체 뭐냐고, 이놈의 기사단!

아무튼 아무것도 모르겠다. 키스에 대해서도 지명에 대해서도, 그리고 이 모양인데도 여기에서 도망치지 않는 나 자신에 대해서도 말이다.

24.

앞서도 말했지만 이 왕궁 세아스말은 오랜 시간에 걸쳐 증축에 증축을 반복한 탓에 좌우지간 넓다. 그 덕분에 왕궁 식구 중 그 누구도 이 왕궁 안에 뭐가 있는지 다 아는 사람은 없다고 한다. 왕실에서 이 왕궁 전체 지도를 몇 번이나 만들려고 했지만 실패했다는 말을 듣고 이 왕궁에는 사람을 헤매게 하는 사악한 마법 같은 것이 걸려 있는 것이 아닐까 고민했을 정도다. 아무튼 왕궁에는 도대체 용도를 알 수 없는 건물들이 미로 같은 길을 따라 끝도 없이 이어져 있다.

그중에는 놀랍게도 무료 텔레마코스 센터도 있고(텔레마코스가 어떤 것인지는 다음에 설명하기로 하자) 또 절대로 접근해서는 안 되는(그러니까 펠리오스 타워 같은!) 제한구역도 심심찮게 존재하기 때문에 난 왕궁 곳곳에 설치된 표지판들을 꼼꼼히 살피며 헬스트 나이츠의 본부로 향했다. 카론 경을 만나 사과하기 위해서였다. 그의 가치관이 나와 다르다고 나의 기준으로 비난할 수는 없는 것이다. 그리고 물어볼 것도 있었다.

"흐흐. 네놈이 여기엔 무슨 일로 온 거지?"

신이시여! 헬스트 나이츠 본부 입구에서 예의 털기사를 만났다. 날 사지로 내몰았던 거구의 기사는 아직도 날 놀려 먹을 구석이 남았는지 대뜸 내 앞을 가로막고서는 팔짱을 끼는 것이었다. 뭐야, 통행세라도 달라는 거냐?

"어떠냐, 이 몸이 너와 특별히 대련을 해 줄까 하는데. 가볍게 다독거려 줄 테니 한 번 재롱을 떨어 보라고, 응?"

"사양하겠습니다!"

정말 짜증 나는 녀석이다. 그 녀석은 빨갛게 달아오른 내 얼굴을 바라보고는 귀가 멍멍해질 정도로 크게 웃어 젖히는 것이 아닌가.

"크하하하하핫! 맞아, 맞아. 네놈들은 검이 없었지 참. 이거 미안하구만."

"쯧!"

너무 유치해서 분노보단 짜증이 앞선다. 이건 꼭 지나가다 물벼락을 맞았는데 '푸하핫! 왜 그런 곳에 서 있는 거냐!' 라는 조롱을 들은 격이다. 하지만 키스의 '참으세요오오' 라는 목소리가 머릿속에서 메아리가 되어 맴돌아 난 깨끗이 무시하며 그의 옆을 지나치려 했다. 그러나 이놈은 도통 나를 놔줄 생각이 없는 것 같았다.

"이놈 보게. 스왈로우 나이츠 주제에 날 무시해?"

두꺼운 손이 내 어깨를 꽉 잡아 눌렀다. 손대지 마, 이 자식아!

"적당히 좀 해 주세요."

내 목소리가 바르르 떨려 오고 있었지만, 이번에는 내 턱과 엉덩이로 손이 다가왔다.

"눈이 예쁜데. 자세히 좀 보자고."

"말했잖아. 적당히 하라고!"

순간이었다. 내 턱을 매만지는 손을 붙잡아 정확히 그의 손가락 하나를 노려 꺾어 버렸고, 그와 동시에 그의 등 뒤로 돌아갔다. 비명을 내지르는 기사의 장검을 뽑아 그의 목에 갖다 댔다. 에라이, 이제 나도 모르겠다!

"이, 이, 이놈이!"

"한 번만 더 내 몸을 만지면 그때는 평생 검은커녕 포크도 못 드는 몸으로 만들어 주겠어."

"너, 너 따위 놈이 감히……."

자신의 검으로 자기 목이 위협당한다는 것은 참을 수 없는 모욕이리라. 수치심이라는 조미료에 잔뜩 버무려진 헬스트 기사단원의 얼굴은 당장에라도 폭발할 듯 달아올라 있었다. 그렇게 사람 깔보지 말라고! 나도 나름대로 준비를 한 몸이란 말씀이야.

그때 익숙하고도 차가운 목소리가 들려왔다.

"엔디미온 경, 결투를 신청하려는 거라면 좀 더 품위를 지키도록."

"아! 카론 경."

무뚝뚝한 카론 경의 목소리가 이렇게 반가울 줄은 몰랐다. 훤칠한 키와 호리호리한 체구 덕에 모델처럼 제복이 잘 어울리는 카론은 그 얼음의 미립자 같은 눈동자로 날 바라보고 있었다. 정말이지 저 사람 주변의 온도는 다른 곳보다 월등히 서늘하지 않을까 생각될 정도의 냉엄함 그 자체의 분위기. 그럼에도 불구하고 카론 경이 냉혈한은 아닐 것이라는 내 직감은 아마도 틀리지 않을…….

"책임질 수 있다면 그자의 목을 베어도 좋다."

어, 어쩌면 냉혈한이 아닐까.

"너…… 카론 경과 아는 사이였냐."

털기사가 떨리는 목소리로 내게 물었다. 믿을 수 없다는 상판이 가관이로군.

"아니 뭐 조금……."

난 그의 팔을 풀어 주고 검을 돌려주었다. 카론의 말대로 '날 모욕하다니! 이제 네놈과는 같은 하늘에 살 수가 없다!'라며 목을 댕강 잘라 버릴 만큼 하드코어하게 살고 싶진 않으니까 봐준 것이다.

"쳇. 하찮은 평민들끼리 잘해 보라지."

기사 놈은 작은 목소리로 치를 떨며 후다닥 도망쳤다. 평민들끼리? 대체 무슨 소리야, 그건? 나는 반가운 표정으로 카론에게 다가갔지만, 도무지 이 사람의 표정은 바뀔 줄을 모른다.

"의외로 몸이 재빠르군. 검을 배운 적이 있나?"

"특별히 본격적으로 배운 적은…… 앗!"

카론 경은 갑자기 내 손을 잡아채며 유심히 바라보았다. 뭐예요. 왜 민망하게 남자 손을 잡습니까. 한눈에도 검술에 일가견이 있을 것 같은 카론 경이 내 손을 보자마자 말했다.

"이건 검을 잡은 손이다. 제법 연습을 했군. 여기 오기 전에 뭘 했지?"

"그러니까 제 고객님들 중에 검에 대해 일가견이 있는 분들도 있어서 그분들께 간청해서 조금 배운 건데요."

"고객?"

"아하하하. 아니에요, 아무것도."

'화류계의 정점 엔디미온 인사드리옵니다'라고 다소곳이 소개하자니 좀 창피해서 말을 돌렸다. 카론도 큰 관심은 없었는지 무덤덤하게 되물었다.

"이 정도 실력이면서 그때 그 술집에서는 왜 가만히 있었나?"

아아, 설인 말이로군.

"전 동물 학대를 싫어합니다."

"난 농담을 싫어한다."

안 통하는 남자로군, 정말.

"제게 검술을 가르쳐 준 아가씨가 꼭 당부한 것이 있어서요. 하찮은 일에 힘쓰는 짓은 절대로 하지 말아 달라고."

"자넨 순결을 지키는 일이 하찮은 건가?"

"아하하하핫, 재미있는 농담이네요."

"말했을 텐데. 농담 싫어한다고."

대체 당신은 일 년에 몇 번 웃나요. 그리고 그런 민망한 말, 아무렇지도 않게 말하지 마세요! 누가 들으면 가진 건 몸뚱이뿐인 녀석인 줄 알잖아요! 정말 카론 경쯤 되면 접대 난이도 S랭크의 고객이다. 지금도 제법 화가 나서 상대를 눌러 버렸지만, 솔직히 후회하는 중이다. 그분이 알았다면 무척이나 실망했을 거야.

"왜 여기 왔지?"

"제가 화를 낸 거 사과하려고요."

"필요 없어."

이 양반 진짜 사교성 제로다.

"그리고 물어볼 것이 좀 있는데요."

"짧게 물어보도록."

분명 이 사람은 몇 년 만에 부모님을 만나도 '건강하시군요. 다행입니다. 그럼 이만'이라고 말하고 휙 사라져 버릴 위인이다. 밤마다 만년설을 씹으며 냉기를 보충하시는지 사시사철 찬바람이 쌩쌩 부는 카론 경은 따라오라는 말도 없이 자신의 집무실로 앞장서서 걷기 시작했다. 이곳의 복도에선 기분 탓인지 쇠 냄새, 피 냄새가 풍기는 것 같았다. 이런 게 진짜 기사단 본부인가. 솔직히 좀 오싹하다.

25.

난 본론부터 말했다.

"지명이라는 것이 대체 뭐죠!"

"모른다."

"……."

아아, 봤다 봤어. '지명'이라는 단어가 나오는 순간 살짝 찡그린 카론 경의 눈매를. 그러나 끝까지 모른다고 잡아떼시는군. '그러지 말고 가르쳐 줘요'라는 내 애처로운 눈빛에 카론 경은 '그딴 건 키스에게 물어보도록'이라는 매몰찬 눈빛으로 대응해 주었다. 하긴 남의 기사단 쳐들어와서 자기 업무에 대해 물어보는 짓도 얼간이 같군.

"저어……."

"본론만 말해라."

"키스 경은 어떤 분이죠?"

순간 카론의 표정이 조금 복잡하게 변했다. 분명히 키스와 카론은 예전부터 알던 사이 같았는데……. 아주 사이좋은 친구 같기도 하고 얼빠진 키스가 일방적으로 엉겨 붙는 것 같기도 하고 말이다.

"자네는 이 왕궁을 무대로 탐정이라도 되고 싶은 건가."

"헤헤. 궁금한 게 많아서 죄송합니다."

"키스 세자르는 알다시피 스왈로우 나이츠의 기사단장이다. 좀 엉뚱한 구석이 있는 녀석이다."

"요가도 잘해요."

"요리도 잘한다."

"아! 붕대질도 잘하던데. 그리고 또 딴청도 잘……."

"그만."

"예."

역시 뭔가 물어보기엔 상대를 잘못 고른 걸까. 이런 놀랍도록 청렴한 집무실을 쓰는 절대영도 기사님에게 프라이버시를 캐물어 봤자 친절하게 대답해 줄 리가 없지.

"지명이 무엇이고, 키스가 누구든 자네는 자네의 임무에만 충실하면 된다. 앞으로 괜한 문제를 일으켜 나를 만날 일이 없길 바란다. 그럼 나가 보도록."

카론 경은 펜을 꺼내 서류를 작성하기 시작하며 쳐다보지도 않고 딱 잘라 말했다. 거 진짜 찬바람 쌩쌩 부네. 어떻게 키스 경과 친구가 되었는지 신기할 정도다.

26.

'그래도 궁금한 건 궁금한 거라고.'

나는 삐죽거리며 집무실을 나왔다. 그때 내 눈에 들어온 것이 있었다.

'기사록 보관소?'

건물 지하로 내려가는 복도에 기사록(騎士錄) 보관소라는 표지판이 붙어 있었다. 말하자면 이 왕국 모든 기사에 대한 기록이 보관된 곳이리라.

"오호라."

나는 주변에 아무도 없는 것을 확인한 뒤에 살금살금 지하로 내려갔다. 다행히 문은 잠겨 있지 않았다.

'으악. 엄청나네.'

곰팡내 나는 기사록 보관소는 예상보다도 훨씬 많은 서류로 가득했다. 온 사방이 종이 뭉치들로 빽빽했다. 이 나라에 기사들이 이렇게 많았던가. 적어도 호스트보단 많은 게 분명했다.

'대체 이중 어디에 키스 경에 대한 기록이……'

다행히도 기사록은 가문별로 정리되어 있었다. 나는 뒷골목처럼 좁은 책장 사이를 돌아다니며 세자르 가문을 찾아냈다. 그리고 키스 세자르에 대한 업무 기록을 펼쳤다.

그의 기록 첫 줄에는 '스왈로우 나이츠 기사단장 임관'이라고 짤막하게 쓰여 있었다.

나는 그 밑으로 이어진 기록을 보자마자 두 눈이 떨려 왔다. 믿을 수 없었다.

'마, 말도 안 돼!'

난 떨리는 손으로 그가 기사로서 왕국을 위해 일한 기록들을 계속 넘겼다. 모조리 백지였다.

"야! 일 좀 해!"

나는 나도 모르게 커다랗게 소리치고는 입을 가렸다. 아무리 핫바지 기사단이라도 정도가 있지, 어떻게 왕실 밥 먹으면서 한 줄도 일한 게 없냐고! 최선을 다해 허송세월을 하는 키스 경의 코알라 인생관을 엿볼 수 있었다. 카론 경의 기사록은 분명히 몇 십 권은 될 거다.

'지금껏 키스에 대해 궁금해했던 내가 다 창피하구나!'

나는 한숨을 내쉬며 키스의 인생을 덮었다. 난 이때 문득 위화 감을 느꼈지만 그 근원은 알 수 없었다. 나중에 안 사실이지만, 기사록에는 그 기사의 가문에 대한 내력과 기사가 되기 전에 한 일들까지 자세히 기록하게 되어 있다. 하지만 키스는 그마저 없 었던 것이다. 말하자면 처음부터 이 세상에 없었던 존재처럼.

키스의 기록을 다시 넣어 두려다가 그 옆에서 묘한 것을 발견 했다. 나는 그 서류에 쓰여 있는 이름을 읽었다.

'응? 키릭스 세자르?'

키스 경과 같은 세자르 가문 사람인가? 어쩌면 키스의 형? 나 는 나도 모르게 그 기록을 꺼내 펼쳤다. 그 첫 줄에는 다음과 같 은 기록이 쓰여 있었다.

카론 샤펜투스와 함께 악투르 왕국의 요새 우르콰르트에 침투하여 그곳에 납치되어 있던 노르펜스트가의 장녀 이멜렌을 구출하다.

'우와아. 이거 진짜야?'

악투르는 우리의 오랜 적국이며 전 국민이 무기를 다룰 수 있을 정도로 호전적인 나라다. 그 무시무시한 나라에 카론 경과 달랑 둘이 들어가서 귀족가의 영애를 구출했다고? 무슨 전설에나 나올 법한 이야기잖아! 같은 가문의 형제는 이리도 멋진데 키스 이 양반은 뭐하는 거람. 분발해라, 좀!

하지만 키릭스 세자르라는 자의 그 뒤의 기록들은 나를 감탄마저 못 하게 만들었다. 그 기록들은 마치 기괴한 공포소설의 한 구절 같았다. 그중 몇 개만 늘어놓으면 다음과 같다.

지령121—1, ■■■■ 왕국의 공작 ■■■ ■■■■ 암살. 사고로 위장.

지령159—5, ■■ 지방의 반란세력 주모자 ■■ ■■■ 암살.

지령478—3, ■■■ 백작가 17인 살해. 시체 소각.

지령001—01, 기밀작전 ■■■■ 수행. 소도시 ■■ 시민 1,703명 전원 사망. 작전 성공.

키릭스 세자르의 기사록에는 이런 섬뜩한 기록들이 줄줄이 이어져 있었다. 읽는 것만으로도 피비린내가 났다. 이건 기사라기보다는 귀신의 행적이었다. 게다가 중요한 부분들은 모두 검은색으로 덧칠해 놓았다. 누군가의 악질적인 농담이라고 해도 믿을 만큼 이 기록들은 터무니없었다.

어떤 왕실 권력자의 지령이었을 그 참살의 기록들은 어느 순간 뚝 끝나서는 더 이상 아무것도 남지 않았다. 어느 날 증발하듯 사라진 것이다.

27.

난 눈치채지 못하고 있었다. 키릭스 세자르라는 자의 오싹한 기록이 완벽하게 내 오감(五感)을 잡아 두고 있어, 내 뒤로 다가오는 검은 그림자를 조금도 알아채지 못하고 있었다.

"여기서 뭐하십니까아아아!"

흐억! 순간 단단한 팔뚝이 내 목을 뱀처럼 휘감은 것이다. 키, 키스다! 이 사람이 여길 어떻게 알고! 키스는 그야말로 석고상 같은 미소를 지으며 날 내려다보고 있었다. 화났다, 이 사람!

"그, 그게 마침 문이 열려 있기에…… 수, 수, 숨 막혀요!"

"남의 뒤를 캐고 다니는 짓은 저언혀 기사답지 못하답니다아아."

나는 말 그대로 키스의 팔에 목이 감긴 채 괴력에 질질 끌려

보관소 밖으로 나올 수밖에 없었다. 키릭스 세자르에 대한 기록을 뒤로한 채.

"이, 이것 좀 놓고 얘기해요!"

"이런 좋은 날에 그런 어두컴컴한 곳에 있으면 우울증 걸립니다아."

지금 우울증이 문제가 아니잖아! 질식하겠단 말이다! 놓으라고 이 사람아!

28.

"콜록! 콜록!"

"이야아. 햇빛이 차암 좋죠?"

"말 돌리지 마세요! 키릭스 세자르라는 기사와는 무슨 관계죠? 키스 경의 형인가요?"

"어머나. 누구죠, 그 사람은?"

"도망치지 마!"

여우 같은 빨간 눈을 굴리던 키스는 산들거리는 걸음으로 '꺄하하하'에 가까운 괴이한 웃음소리를 내뱉으며 저 멀리 사라져버리는 것이었다. 이런 일에 집착하는 나도 좀 유치하지만 확실히 저 인간은 성분이 의심스럽단 말이야.

그때 카론이 '아직도 여기 있었나?' 라는 얼굴로 나타났다. 그는 좀 머쓱한 표정으로 고개를 돌린 채 중얼거렸다.

"방금 키스가 나한테 와서 화냈다."

"울던가요?"

"무슨 소린가."

"아니에요, 아무것도."

이놈의 왕궁 정보는 뭐 하나 정확한 게 없군.

"그럼 전 이만 가 보겠습니다, 카론 경."

"좋을 대로."

"심심하시면 놀아 드려요? 몸이 이 꼴이 돼서 오늘은 할 일이……."

"빨리 가."

　항상 여름 한복판인 키스와 성격의 극을 달리는 카론 경은 특유의 길고 검은 머리칼을 쓸어 올리며 짧게 말했다. 나는 꾸벅 고개를 숙이며 아무리 봐도 32세는 아닌 것 같은 그의 뒷모습에 인사했다. 기사들의 인사법은 아무래도 아닌 것 같지만 키스는 왕궁 예법 같은 거 전혀 가르쳐 주지 않는걸.

　카론 경은 본부를 떠나는 내게 예상치 못한 말을 던졌다.

"너에게 이 왕궁은 시작이겠지?"

　마음속에 서리가 내릴 것 같은 목소리. 난 문득 고개를 돌렸다. 검은 망토를 두른 카론의 등이 보였다. 그가 중얼거렸다.

"하지만 키스에겐 마지막이야."

29.

그 말의 의미는 무엇이었을까. 이 왕궁은 내 생각보다 훨씬 많은 사연을 품고 있는지도 모른다. 나는 복잡한 기분으로 왕궁의 산책로를 걷고 있었다.

그때 난 놀라운 인물과 마주쳤다. 항상 그렇겠지만 그의 뒤에는 서류 더미를 잔뜩 들고 있는 사람들이 쩔쩔매며 줄을 잇고 있었다.

'아이히만 공작!'

아찔한 노익장 아이히만 그나이제나우 재무대신을 여기서 또 만나게 될 줄이야. 설마 이번에도 총을 겨누진 않겠지?

"호오. 이거 겁 없는 호스트 엔디미온 군 아닌가."

"아하하. 안녕하세요. 기사가 되었답니다."

"그럴 줄 알았지."

"자네! 인사가 그게 뭔가! 무례하게!"

아부의 기회를 포착한 반(半)대머리 보좌관이 번개처럼 튀어나오며 내게 삿대질했다.

그 순간 아이히만의 손바닥이 그자의 뒷머리를 강타했다.

"억!"

"무례한 건 네놈이다. 감히 내 말을 끊어? 썩 옆으로 비켜, 이 밥벌레!"

아무튼 박력 만점의 할아버지라니까. 버럭 소리와 함께 얼굴이 사색이 된 보좌관이 광속으로 비켜서는 고개를 조아렸다. 역시 사람은 저마다의 처세술을 가지고 있군. 아이히만 공작은 내 앞으로 다가와 붕대로 머리와 팔 등을 감은 내 꼴을 보고는 재미있다는 듯 또 웃는 것이 아닌가. 아무리 봐도 잘 웃는 성격 같진 않은데 말이야.

　"페르난데스 왕자가 나한테 오더니만, 엄청나게 예쁘게 생긴 기사가 맨손으로 멧돼지를 때려잡았다는 알 수 없는 소리를 신이 나서 떠들더군. 막 팔을 휘두르며 흥분하기에 누군가 했더니 역시 자네였구먼."

　"아하하, 하하…… 아하하하…… 어쩌다 보니 그렇게……."

　왕실에 온 지 이틀 만에 칭호를 얻었다. '맨손으로 멧돼지 때려잡은 기사'.

　왕자님, 폼 나는 수식어 다 놔두고 왜 하필 그런 바바리안 같은……. 아무튼 왕자님도 귀족들 앞에선 근엄한 척하지만 역시 어린애는 어린애였어. 귀엽기도 해라.

　"간신배 놈들이 억지 부린 거 가지고 정말 멧돼지를 잡아온 순진한 녀석은 이 나라가 건국된 이래 자네가 처음일 거야."

　"아하하하."

　난 난감한 미소를 지었다. 결국 난 귀족 나리들께 온몸으로 반항한 셈인가. 아무래도 상관없지만 말이다. 아이히만은 친히 내 옷매무새를 다듬어 주며 말했다.

"왕궁은 의외로 좁아. 좋은 일이든 나쁜 일이든 빨리 소문이 돌게 되지. 곧 알게 될 게다. 검술 같은 건 기사로 살아가는 데 있어 몹시도 사소한 부분이라는 걸."

"그럼 중요한 건 뭐죠?"

"그건 자네가 직접 찾게."

그는 짙은 갈색의 얇고 긴 담배를 피워 물며 발걸음을 옮겼고, 서류 더미를 짊어진 수행원들이 그의 뒤를 졸졸 따라가기 시작하며 '아이히만 열차'가 다시 출발했다.

"아, 저 그런데요."

"음, 뭔가."

"혹시 키스 세자르 경에 대해 아십니까?"

난 별생각 없이 생각난 김에 물어봤지만 그 이름을 듣자마자 아이히만은 그 자리에 우뚝 멈춰 섰다. 그는 담배 연기를 용의 입김처럼 내뱉으며 한참 동안 나를 노려보는 것이었다. 뭔가 분위기가 아주 나빴다.

"불쾌하군!"

"헉!"

난 순간 버럭 터지는 벼락같은 고함을 들으며 심장이 멎는 줄 알았다. 왜 대뜸 화를 내시는 겁니까, 할아버지!

"목이 달아나고 싶지 않으면 내 앞에서 그 망할 놈의 이름 꺼내지 마!"

아이히만 대공은 집문서 훔쳐서 가출한 망나니 아들 이름이라도 들은 듯 화를 내고는 얼굴을 무섭게 찡그린 채 사라져 버렸다. 솔직히 대공 같은 거물에게 키스 정도는 직접 만날 일도 없을 졸병일 것이다. 그런데 어째서 저 정도로? 둘 사이의 관계를 짐작도 할 수 없었다.

그러나 한 번 더 물어봤다간 진짜로 사형대로 질질 끌려갈 것 같았기 때문에 나는 입을 꼭 다물었다. 하지만 점점 더 키스가 궁금해지는 것은 어쩔 수 없는 내 성격 탓이었다.

30.

그 후로도 한 세 시간 정도 이 미로 같은 왕궁 세아스말을 헤매다 겨우겨우 우리의 보금자리 리더구트로 돌아올 수 있었다. 다음부턴 바닥에 빵조각이라도 뿌리며 다녀야겠다.

어여쁜 꽃들이 만발한 게 기사단 본부는커녕 살짝 위험한 수준의 소녀 취향인 리더구트의 정원에는 크리스티앙 경이 비질을 하고 있었다. 크리스티앙, 줄여서 크리스 경은 갈색 단발머리에 푸른 눈동자, 그 눈동자를 담은 실로 무해해 보이는 커다란 눈망울 덕에 마치 하늘에서 내려온 소년 같은 귀여운 외모였는데 아닌 게 아니라 진짜 소년인가? 라고 생각할 정도로 어려 보였다. 저 나이에 기사라니 월반(越班)에도 정도가 있다고.

"크리스 경, 여긴 청소도 직접 해야 하나요?"

그리고 보니까 시종도 있는데 어째서 기사가 빗자루를 들어야 하는지 도무지 모르겠다. 내가 다가가자 크리스는 뭐가 창피한지 붉게 달아오른 얼굴로 빗자루를 뒤에 감추는 것이었다.

"아, 미온 경. 몸은 왜 그렇게……."

"왕자님을 구하기 위해 살인 멧돼지와 격투를 했습니다."

"네?"

"아하하하. 농담이에요. 제가 왕자님을 구했을 리가요. 눈까지 동그래지시긴."

"아, 농담이군요. 멧돼지랑 싸우다니, 깜짝 놀랐어요."

'……그건 진짠데요.'

뭐 그렇다고 청소 중인 크리스 앞에서 시시한 무용담을 늘어놓는 것도 할 일 없는 짓이다 싶어서 화제를 돌렸다.

"청소하는 거 좋아해요? 기사님이 직접 청소를 다 하시고."

"그냥 요즘 일거리가 없어서요."

"일거리?"

"그러니까 계속 지명도 들어오지 않고……."

"앗!"

"왜, 왜 그러세요?"

난 화들짝 놀라며 크리스를 바라보았다. 그렇다! '지명'인지 뭔지는 크리스에게 물어보면 되는 것이었다. 뭐하러 남의 기사단 본부까지 찾아가서 그쪽 사람 손가락 꺾어대며 그 난리를 쳤던가!

"지명이 뭐하는 것인지 알려 줄 수 있죠? 그렇죠? 네? 어서 그렇다고 말해!"

"예? 예?"

흥분한 나머지 그의 어깨를 잡고 흔들자 얼이 빠진 크리스는 놀란 얼굴로 간신히 고개를 끄덕거렸다. 그리고 보니까 아침 브리핑 시간에 자신에게 '지명'이 없자 무척이나 서운해하는 표정이었는데, 착해 보이는 크리스 경이라면 이 단서 없는 미스터리에 대해 소상히 알려 줄 게 분명하다.

"드, 들어가서 얘기해요. 미온 경."

"예에, 그래요오."

얼렐레. 나도 모르게 키스의 말투가 달라붙었다. 역시 전염성이 있는 인간이야, 그 양반은.

"그리고, 말 편하게 해 주세요. 전 이제 고작 열다섯 살인걸요."

15세의 소년 기사, 역시 미성년자였군. 그러나 애당초 여기는 상식과는 이별한 곳이니까 이제 놀랍지도 않다.

31.

크리스티앙의 방은 수많은 종이 장식들로 아기자기하기 그지 없었다. 그의 룸메이트는 상당히 위험한 취향을 가진 랑시 경이었지만 지금은 어딘가 밖을 쏘다니느라 여기 없는 상황. 난 크리스가 가져다준 의자에 앉아서는 방을 휘휘 둘러보았다. 종이를 섬세하게 오려내서 만든 새나 고양이, 상자 같은 종이공예품들이 크리스의 책상 주변을 가득 메우고 있었다.

"이거 다 직접 접은 거야?"

"예에."

크리스는 수줍게 웃으며 차를 건네주었다. 크리스의 종이공예는 취미라고 하기엔 감탄할 수준이었다.

"지명이라는 것, 대체 뭔지 말해 줄래? 위험한 거야, 그거?"

"때로는 위험하기도 하지만."

그가 묘하게 고개를 갸웃거렸다.

"그럼 혹시 누굴 암살해야 하는 거?"

"아, 아니에요!"

"그럼 설마 스파이?"

"그런 무서운 게 아니에요!"

"뭐야, 대체 그럼."

도무지 모르겠다. 나도 꽤 눈썰미 있는 녀석이라고 생각했는데 말이야.

"지명이란."

크리스는 할 말을 정리하는 듯 생각하다가 가지런한 입술을 열었다.

"각 지역 귀족들에게 부름을 받는 겁니다. 저희는 출장이라고도 부르죠."

"출장?"

"네, 출장."

으음. 이거 어디선가 많이 들어 본 단어잖아? 그런데 평생 다시 들을 일 없을 것 같았던 그 단어가 왜 여기서 튀어나오는 거냐고. 크리스의 친절한 설명이 이어졌다.

"저희는 성기사단이잖아요?"

"응."

솔직히 아침에 기도도 안 하는 주제에 성기사라니 천벌 받을 소리지만, 어쨌든 왕실은 우리를 성기사라고 부른다.

"그래서 저희는 성기사의 자격으로 지방 귀족들의 제사나 경사를 주관해요."

"제사 정도는 직접 하면 되잖아. 뭣 하러 우리를 부르는 거야?"

"귀족이니까요."

"……?"

"자기 가문의 경조사를 왕실에서 파견 나온 성기사가 주관한다는 것은 왕실로부터 인정받고 있다는 의미입니다. 그렇게 함으로써 가문의 위세를 과시하는 거죠. 귀족들에겐 매우 중요한 체면치레거든요."

"호오."

귀족들도 이래저래 사는 게 번거롭네.

"하지만 왕실이 스왈로우 나이츠를 조직한 것은 그보다 더 현실적인 이유 때문이에요."

"현실적인 이유?"

후루룩 차를 살짝 머금어 목을 축인 크리스가 변성기도 오지 않은 나긋나긋한 목소리로 말을 이었다.

"저희는 왕실의 수입원이니까요."

"수입원?"

"귀족들이 저희를 지명할 때마다 상당한 액수를 왕실에 지불하거든요."

"그러니까, 출장비 같은 거?"

"헤헤. 그런 셈이죠."

"하아, 역시 돈이란 말인가. 정말이지 낭만이 아사해 버린 세상이야."

스왈로우 나이츠는 왕실에서 꼭 필요한 존재라는 키스의 말이 이제야 이해가 간다. 왕실이 수입을 늘리기 위해 성기사단이랍시고 만들어 전국 각지 귀족들에게 출장을 보내 돈을 벌어들이는 것이다. 말이 좋아 성기사지, 그냥 왕립 앵벌이 집단이잖아! 세상이 이보다 더 세속적인 기사단은 없을…… 얼레? 잠깐만! 이거 아주 익숙한 느낌이!

"크, 크리스 경! 그럼 혹시 스왈로우 나이츠의 입단 조건은 설마!"

"아무래도 외모를 보죠. 스왈로우 나이츠는 귀족의 제사나 행사를 진행하는 성기사단이니까 많은 사람의 시선을 한 몸에 받거든요. 지방 사람들은 우리를 보고 왕실을 상상해요. 그래서 누구보다 예뻐야 왕실의 권위가 살아요."

바보 같지만 어쩐지 납득이 가는 논리였다.

"얼굴만 보고 뽑는 거 아냐?"

"헤헤. 그렇죠, 사실."

"그럼 귀족들은 우리를 어떻게 알고 지명하지?"

"왕궁에 들르는 귀족들과 친해져야 해요. 그분들이 우리를 기억해 주면 필요할 때 지명해 주거든요. 많은 분이 기억해 줄수록 지명도 많아져요. 헤헤, 저는 말솜씨가 너무 없어서 지명해 주시는 분들이 없지만."

"그러니까 귀족이 우리한테는 고객 같은…… 건가?"

"네, 고객이죠."

자아, 이제 정리해 봅시다. 전 지금까지 예쁜 얼굴과 타고난 말재주로 먹고사는 유흥업에 종사하고 있었습니다. 사람들은 호스트라고 하지요. 하지만 좀 더 보람찬 인생을 살고 싶어서 잘나가는 호스트를 그만두고 기사가 되었습니다. 그러나 도망치고 도망쳐 찾아온 이곳은 실은 왕립 호스트 바였답니다.

갸아아아아아! 어디로 가고 있는 거야, 내 인생은!

"왜, 왜 그러세요? 안색이 창백……."

"그리하여 미온은 평생을 호스트로 살았답니다. 중얼중얼."

"네? 무슨 소리예요?"

"그것도 10년 의무 호스트라니 악덕도 이런 악덕 포주가 어디 있어! 어째서 한참을 뛰어가도 돌아보면 원점이냐고! 악몽이라면 이제 좀 깨어나란 말이야!"

"아아앗! 그러다간 그 멋진 머리카락 다 뜯겨요!"

"내가 전에 무슨 일 했는지 물어봐 줄래?"

"무, 무슨 일 하셨는데요?"

"지금과 똑같은 일. 우히히히히!"

민간 호스트를 그만두고 기껏 찾은 자리가 왕립 호스트라니! 이 순간만큼은 '광기는 인류의 가장 오랜 친구다'라는 격언을 이해할 수 있었다. 나는 크리스의 베개를 냅다 창밖으로 집어 던진 뒤에 커다랗게 웃으며 저 베개를 따라 같이 뛰어내리고 싶다는 욕구에 휩싸였지만 곧 눈물을 닦고 침묵했다. 그리고 크리스는 이런 내 모습이 악마의 강림 같았는지 성호까지 그으며 날 바라보았다.

"왜, 왜 그러세요? 진정하세요."

"하아. 여기도 경력자 우대 같은 게 있나 모르겠네."

한숨이 다 나오지만 이제 와선 어쩔 수 없는 노릇이다. 이제와 이곳을 그만둔다는 것은 자그마치 왕실에 거역한다는 것이다. 다른 나라로 야반도주할 결심이 아니라면 사표 던질 생각은 접는 게 좋다. 그리고 왕명불복이든 국가전복이든 우주정복이든 내게 기사가 되는 것은 10대 내내 쭈우우욱 흔들리지 않은 목표였다는 것이다. 부모님 묘비 앞에서 자랑스럽게 맹세해 놓고 누가 포기할 줄 알아? 왕립 호스트든 제국 접대부든 간에 끝까지 가 볼 테다! 부모님도 이런 나를 자랑스럽게……

"……생각하진 않으시겠지만 뭐 어쩔 수 없지."

난 머리를 긁적거리며 다시 의자에 앉았다. 아니 어쩌면 호스트를 간절히 원했던 부모님의 영혼이 나를 이곳으로 이끌어 준 것일지도 몰라.

"그런데, 크리스 경. 아침에 네가 지명받지 못했을 때 무지하게 안타까워했는데 왜 그랬지? 넌 지명받는 게 좋아?"

내 전 직장에서도 출장 가는 것 자체를 즐거워하는 호스트는 없었다. 그렇게 싫어함에도 불구하고 나를 제외하고는 그 누구도 출장을 마다하지 않았다. 그래서 난 크리스의 대답을 충분히 예상할 수 있었다.

"지명을 받아야 돈을 벌 수 있으니까요."

스왈로우 나이츠는 따로 월급이 없다. 그러니 우리가 돈을 모을 길은 지명을 자주 받아서 귀족들로부터 수고비를 받는 길뿐이리라. 그런데 크리스는 그 지명이 잘 들어오지 않는 것 같았다. 얼굴만 보고 뽑는 기사단에 들어왔을 정도니까 외모는 최상급일 테니, 결국 문제는 크리스의 소극적인 성격 때문일 것이다. 사실 고객에게 인기를 끄는 데 엄청난 미모는 의외로 절대적인 기준이 아니다. 그보다는 내가 고객의 마음을 잘 이해한다고 느끼게 해 주거나, 고객이 내 마음을 잘 안다고 느끼게 해 주면 고객은 내게 의지하길 원하거나 내가 의지해 주길 바란다. 어린 크리스는 그 단순한 시소게임을 몰랐던 것이다.

내 괜한 질문 덕에 기분이 가라앉은 것 같던 크리스는 조금 주저하다 은색 종이와 가위를 들었다. 금방 그것에 몰두해 버린 크리스의 가위에 종이가 사각사각 잘려 나가며 멋진 은빛의 털을 가진 여우가 태어났다. 보고 있으면서도 신기할 지경이었다.

"정말 손재주가 좋네."

"제 취미예요. 종이를 오리고 있으면 마음이 편해져요. 그리고 별로 돈도 들지 않으니까."

쓸쓸하게 미소 짓던 크리스는 자신의 피조물을 이리저리 바라보다가 두 귀를 뾰족하게 세워 주었다. 종이 공예를 좋아하는 소년 기사라……. 귀엽다기보다는 서글프게 느껴지는 건 나뿐일까.

"집이 좀 가난했어요. 며칠 동안 한 끼도 못 먹을 때도 잦았으니까요."

그쯤이면 '좀 가난함'이 아니라 '찢어지게 가난함'이잖아! 크리스 역시 나와 같은 평민 출신이로군. 그것도 지독하게 가난한 극빈 평민 집안. 15살 화류계 데뷔 이후 부모님의 수익을 훌쩍 넘어가 버린 나로서는 '가난'이라는 단어의 처절함을 실감할 수는 없었지만, 돈을 모은다는 것이 평생 불가능한 꿈인 상당수의 평민에게 가난이란 지겹고 오래된 친구 같은 것이다.

"부모님 모두 병이 심했거든요. 제게 병을 옮기지 않기 위해 항상 방 안에만 계셨고…… 치료하려면 돈이 아주 많이 필요했어요. 약이 비쌌거든요."

"그러던 차에 이곳에 오게 된 것이로군."

"돈이 없어서, 약을 훔치려고 했어요."

"뭐?"

"칼을 숨기고 약방으로 갔어요."

크리스의 말끝이 살짝 떨려 오고 있었다. 나는 깜짝 놀랐다. 크리스는 어떻게 봐도 주인을 위협해 물건을 훔칠 소년으로는 보이지 않았다. 얼마나 괴로운 각오를 했을까.

"그때 칼을 들고 가게로 들어가려던 저를 키스 경이 붙잡았어요."

"엥? 키스 경이?"

크리스는 고개를 끄덕였다.

"그분이 절 설득해서 여기로 데리고 왔어요."

살짝 감탄했다. 키스도 의미 있는 일을 할 때가 있구나.

"아, 미온 경은 왜 여기에 오셨어요?"

"나? 속아서."

"예?"

"아하하, 농담. 기사가 되고 싶었거든. 비웃지 말아 줘."

"왜요?"

휘둥그레진 눈동자가 귀엽군. 하긴 지독한 가난 때문에 이곳에 온 사람에게 이런 말을 하는 것 자체가 사치일까. 난 조금 생각하다가 입을 열었다.

"너의 가난과 비슷한 거라고 생각해. 나는 마음의 가난이었지. 꿈을 포기해 버리면 그 마음의 빈곤 속에서 말라 죽어 버릴 것 같았거든."

"무슨 소린지 모르겠어요."

싱긋 웃음이 났다. 크리스티앙은 참 착한 녀석이다. 하지만 이런 성격이면 평생 가도 고객을 잔뜩 모아 지명을 받기는 힘들다는 것이 또 현실의 냉엄한 점이다. 적극적이지 않으면 아무도 마음을 몰라준다. 꽃들도 생존을 위해서 좀 더 화려한 색과 좀 더 강렬한 향기로 자신을 치장하는 것과 마찬가지의 이치. 이참에 고객을 휘어잡는 현란한 기술을 전수해 줄까?

"크리스, 그런데 돈이 필요했다면 다른 일도 있지 않아? 가령 손재주가 그렇게 좋다면 바느질이나 미용사나 재단사나 아니면 이 예술품들을 팔아 볼 수도 있지 않았겠어?"

크리스는 측은해 보이는 표정으로 고개를 가로저었다.

"아무도 절 써 주지 않았어요. 도무지 작고 힘이 없어서 무거운 것을 들 수도 없고 오랫동안 일할 수도 없고. 이런 종이접기, 가난한 농민들이 모여 사는 제 고향에선 손가락질 받는 재주니까요. 아무리 종이를 오려도 부모님의 병은 고칠 수가 없어요."

크리스에게 이 스왈로우 나이츠는 부모님을 병으로부터 지킬 수 있는 유일한 희망일 것이다. 나는 이 이상야릇한 기사단에도 엄연한 가치가 있음을 처음으로 느낄 수 있었다.

제2화

아무도 모조품이 되고 싶진 않습니다

1.

다음 날.

"이, 이게 뭐죠?"

아침부터 키스의 손에 왕궁의 잔디 구릉으로 끌려 나온 나는 다짜고짜 그가 내미는 도시락을 받았다. 키스가 자신의 도시락을 열며 히죽 웃었다.

"얼레? 미온 경, 도시락 처음 보세요오?"

"아니, 도시락인 건 알겠는데……."

"드세요. 아침 먹어야죠?"

"그러니까 내가 왜 이런 곳에서 당신하고 아침을 먹어야 하냐고!"

확실히 이 구릉은 왕궁터가 한눈에 내려다보이는 멋진 곳이긴 하다. 아침 바람도 시원하고 햇볕도 적당히 간지럽다. 이런 날 파란 하늘을 올려다보며 야외에서 식사를 하는 것도 꽤 즐거운 일……이긴 하지만 그건 아리따운 여자가 곁에 있을 때나 그렇지, 내가 왜 얼빠진 기사단장이랑 아침부터 둘이서 밥을 먹어야 하냐고!

"일이니까요."

"일?"

"조오기 보이시죠?"

키스가 포크를 들어 저 멀리 보이는 커다란 궁전 하나를 콕 찍었다. 왕궁 중앙에 병풍처럼 펼쳐진 눈부신 건축물이다.

"저게 본궁(本宮)입니다아. 전하께선 저곳에 계십니다. 허가받지 않은 자 외에 무기를 가지고 저곳에 들어갔다간 국왕암살혐의와 국가전복혐의로 당장 교수형에 처해집니다."

"노, 농담이죠?"

"미온 경이 열일곱 번째 희생자가 되고 싶으시다면 농담이라고 받아들여도 좋습니다아."

그런 무서운 말을 웃는 낯으로 하지 말란 말이야!

"그리고 또 저건 모든 행정 업무가 집행되는 행정부 본당(本堂)입니다. 용무가 없는 자가 저곳에 출입했다간 기밀문서절도혐의로 적국의 첩자 낙인이 찍혀 교수형에 처해집니다."

'대체 여긴……'

장담하는데 길치는 이 왕성에서 일하지 않는 편이 좋을 것이다. 화장실 찾으려고 들어갔다가 국왕암살범으로 몰려 교수형을 당할 것이 분명하다.

"그리고 저 높은 탑이……"

"아, 펠리오스 타워?"

"예, 그렇습니다아. 저 무녀들의 탑 역시 금남의 구역이니 만약 들어갔다간……"

"또 교수형인가요?"

"아니요. 화형당합니다아."

'그게 그거잖아!'

목 졸라 죽이나 태워 죽이나! 나는 왕궁에 이토록 인명 경시 풍조가 만연한지 미처 몰랐다. 키스가 말했다.

"그러니까 예전에도 제가 말씀드렸지요? 이 왕궁에서 함부로 모르는 곳에 들어갔다간 영문도 모른 채 비명횡사를 당하게 된답니다."

'……이게 무슨 팔괘진(八卦陣)이냐.'

불세출의 병법가인 내 예전 고객에게서 들은 말이 있다. 고대부터 이어 내려온 진법 중에 팔괘진이라는 것이 있다고 한다. 그것은 적들이 들어오면 죽는 사문(死門)이 3개, 안전하게 들어올 수 있는 생문(生門)이 3개, 그리고 들어오면 극한의 고통을 맛보는 혼돈의 문이 2개라고 한다. 그런데 어째서 이 왕궁 세아스말이 팔패진의 형상을 띠고 있는 거냐고! 대마왕의 성이냐?

하긴 스왈로우 나이츠 본부인 우리 리더구트도 금녀의 구역인지라 여자가 접근하면 경보가 울리고 시종들이 총출동해서 못들어오게 스크럼을 짠다고 들었다. 그런데 그런 엄격한 곳임에도 오늘까지 내가 여자 속옷을 세 번이나 발견한 이유는 또 뭘까.

"법과 현실이 항상 일치하는 것은 아니랍니다아."

키스가 내 마음을 훔쳐본 듯이 의미심장한 말을 하며 도시락을 열었다. 나중에 안 사실인데 이 왕궁 생활의 이 오묘하고도 부조리한 규칙들은 따로 이것만 연구하는 학문이 있을 정도로 복잡하고 난해하다고 한다(정말이다!). 그러니까 키스의 말에 따르면 1 더하기 1이 어째서 3이 되는지 이해해야 하는 고도의 학문이란다.

"아! 대단하네요! 이 도시락!"

"그렇죠? 우리 시종들의 솜씨에는 하늘도 감동한답니다."

농담이 아니라 정말 굉장하지 않은가.

도시락에 담긴 고슬고슬한 쌀은 한 번 더 담백한 기름에 살짝 볶아서 반짝반짝 윤을 내고 있었고, 올리브 향기가 따뜻한 김을 타고 올라와 코를 간질였다. 그리고 그 위에는 짭짤한 발효 소스와 함께 볶은 밀국수가 푸짐하게 올려 있었고 매콤한 향신료 가루가 뿌려져 있어서 눈과 혀를 즐겁게 했다. 아아, 소박하지만 시종들의 정성이 느껴진다. 이런 멋진 도시락을 보고 '쳇. 뭐야,

평민 요리 따위'라고 지껄이는 녀석은 아무리 성격 좋은 나라도 그냥 두지 않겠어! 라고 생각하는 순간 키스가 포크를 물고 투정을 부렸다.

"하아. 솔직히 이 평민 요리, 이제 지겹긴 하네요. 해산물을 먹고 싶지만 예산이 부족해서 당분간은……."

"……."

키스 경. 그건 극빈의 대명사 크리스가 들으면 가슴이 찢어질 발언이라고요. 흐음, 그리고 보니까 이 키스 세자르라는 사람은 대체 어떤 과거를 가졌기에 이렇게나 알 수 없는 성격의 소유자가 되었을까. 특히 키릭스 세자르라는 전설 속에나 나올 법한 기사와의 관계도 궁금하고 말이야. 기사단원 누구도 이 사람의 과거는 모르잖아?

"저어, 키스 경."

"예에?"

"스왈로우 나이츠를 맡기 전에는 무슨 일을 하셨죠?"

불현듯 카론이 내게 던졌던 서글픈 목소리, '너에게 이 왕궁은 시작이겠지? 하지만 키스에겐 마지막이야'라는 말이 떠올랐다. 밥을 물고 오물거리던 키스는 동그란 적안(赤眼)으로 나를 빤히 바라봤다.

그가 내게 말했다.

"기사의 과거를 물어보는 것은 숙녀의 몸무게를 물어보는 것만큼이나 실례입니다아."

"그럼 제 과거는 궁금하지 않아요? 제가 뭘 하던 사람이었는지?"

"남자 몸무게는 궁금하지 않습니다아."

키스는 손가락을 까닥거렸다. 나는 많은 고객을 접대해 본 오랜 경험으로 키스의 장난스러운 태도 뒤에 묻어나는 서늘함을 느꼈다. 키스 앞엔 보이지 않는 벽이 있어 눈앞에 있지만 접근할 수 없다. 그것을 적당한 친절함으로 감춘다. 그의 말투에선 희미한 체념의 냄새가 났다.

그때 키스가 손뼉을 치며 기쁜 듯 말했다.

"아아! 좋은 실습 재료가 저기 있군요!"

"시, 실습?"

"저기 좀 보세요! 지금 교통사고가 났죠?"

"뭐? 교통사고?"

나는 키스가 가리키는 쪽을 내려다보았다. 그곳은 가마 한 대가 겨우 지나갈 정도의 좁은 길이었고, 그곳에선 서로 방향이 다른 두 가마가 서로 비켜 주지 않은 채 현재 격렬하게 대치 중이었다.

나는 고개를 갸웃거렸다.

"저거, 한 명이 비키면 간단한 일 아닌가요? 왜 서로 으르렁거리는 거죠?"

"후후. 다른 곳에선 간단한 일도 왕궁에선 그렇지 않답니다아."

"예?"

"왕궁에서 가마를 탈 수 있는 분들은 세력이 강한 귀부인들뿐이랍니다. 위세가 클수록 커다란 가마를 탈 수 있는데 저 경우에는 가마의 크기가 같으니까 같은 힘을 가진 귀족들입니다."

이거 무슨 동물의 왕국 같구먼.

"저 경우에는 비켜 주는 쪽이 굴욕을 당하는 겁니다. 그렇기 때문에 저렇게 물러설 수 없는 곳에서 서로 만났을 때는 절대 비키지 않고 심지어는 하루 종일 서로 노려보며 상대가 먼저 지치기를 기다립니다. 실제 저렇게 싸우다가 탈진해서 쓰러진 귀부인들도 많답니다."

왕궁 생활이 이토록 터프한지 예전에는 미처 몰랐다. 아니 이게 무슨 차전놀이도 아니고 어째서 그냥 마주친 것만으로도 사생결단을 내려고 한단 말인가. 간단하게 '그쪽이 먼저 가세요', '아닙니다. 그쪽이야말로 먼저 지나가시죠'라는 미풍양속을 발휘하기만 하면 간단하게 끝날 일 아니던가!

"꼭 저렇게 와일드하게 자기 힘을 과시해야 하나요?"

"후후. 인간은 높은 자리에 올라갈수록 단순해지는 법입니다."

키스 경. 귀족을 모욕하는 그런 발언은 위험하다고요. 그건 그렇고 그런데 실습이라니? 저 진땀 나는 상황이 나랑 무슨 관계람?

"자, 미온 경. 어서 가서 저 상황을 해결해 주시지요."

"아니 제가 왜 저걸……."

"저런 귀부인들의 다툼을 해결해 주는 일은 기사의 의무입니다. 기사가 와서 중재를 하면 저분들도 납득을 하고 물러날 수 있지요. 사실 저분들은 누가 해결해 주길 기다리고 있는 거예요."

"그래서 제가?"

"네, 가 보세요. 어느 쪽이 물러나야 하는지 공정하게 판결을 내려 주세요. 이것도 왕실기사의 중요한 업무 중 하나랍니다."

어째서 교통정리가 기사의 몫인지 모르겠지만 나는 일단 두 가마가 황소처럼 으르렁거리는 '교통사고 현장'에 가 보기로 했다. 그곳에선 살기가 뿜어져 나오다시피 했다.

2.

귀부인들의 싸움이라고 해도 그녀들이 직접 싸우는 것은 아니고(가마 속에 있기 때문에 누군지 알 수도 없다) 건장한 가마꾼들이 주인을 대신해 공갈 협박을 하고 있었다. 내가 내려갔을 때는 매너리즘에 빠진 세력 과시가 한창이었다.

"이분이 누구신 줄 알고 길을 막는 게야! 썩 비키지 못하겠느냐!"

"너희야말로 이분 한마디면 모조리 오랏줄 신세라는 것을 모르냐! 그쪽에서 비켜!"

"어허! 이런 무례한 작자들을 봤나! 어디서 어쭙잖은 허세를 부려!"

"네놈들이야말로 혼찌검이 나고 싶지 않으면 썩 물러나라!"

개판이었다. 그런데 이 싸움에도 규칙이 있다고 한다. 자신의 주인이 누구인지 말하면 안 되는 것이다. 먼저 신분을 밝힌다는 것은 상대에게 고개를 숙인다는 의미라나 뭐라나. 덕분에 두 세력의 가마꾼들은 서로의 정체도 모른 채 '우리 주인님이 우주 최강이셔!' 라고 서로 소리치는 한심한 소모전을 벌이고 있었다.

그 혼돈의 틈바구니에 내가 끼어들었다.

"안녕하세요. 저는 원만한 사태 수습을 위해 파견된 스왈로우 나이츠의 기사 엔디미온입니다. 잘 부탁합니다."

이거 무슨 영업사원 인사 같네.

"오오! 기사 나리가 오셨구먼! 자, 그럼 어서 저쪽이 비켜야 한다고 말씀하십시오!"

"무슨 소리! 어째서 우리가 비켜야 한단 말이야! 누가 봐도 비켜야 하는 쪽은 너희라고!"

'제발 조용들 좀 하시구랴.'

누가 비켜야 옳은지 내가 알 턱이 없지 않은가. 가마꾼들은 '만약 우리 쪽을 비키라고 말한다면 네놈을 평생 저주하겠다!' 라는 눈빛으로 모두 날 쏘아보았고 나는 어느 쪽을 비키게 하든 그쪽과 적이 될 것이 분명했다. 그리고 갑자기 이런 한심한 상황에 화가 울컥 치밀어 올랐다. 내 청명한 목소리가 터졌다.

"말씀 올리겠습니다. 두 귀부인께서는 모두 품위를 갖추신 분들이시니 제가 올리는 말씀을 이해해 주실 거라 믿습니다."

나는 말을 이었다.

"옛날부터 약자에 대한 자비야말로 힘 있는 자만이 보여 줄 수 있는 가장 훌륭한 품위였습니다. 그러니 자신보다 약한 자에게 길을 양보할 관용이 없는 분은 길을 비키지 않고 품위를 잃으셔도 좋습니다. 하지만 고귀한 가문의 일원으로서 자신보다 약한 자에게 양보할 수 있는 아량을 가진 분이라면 1분의 시간을 베풀어 자신보다 부족한 상대에게 길을 열어 주십시오."

내 지당한 상식론에 가마꾼들이 입을 다물었다. 가마 안에서 침묵이 흘렀다.

잠시 후 화려하게 치장된 오른쪽 가마 안에서 높은 톤의 여자 목소리가 들렸다.

"막을 걷어라."

가마의 앞부분은 붉은 비단의 막이었다. 고개를 조아리며 시녀가 막을 올리자 그 대형 가마 안이 드러났다. 새하얀 쿠션에 다리를 꼰 채 몸을 기댄 늘씬한 여성이 입에 긴 담뱃대를 물고 날 내려다보고 있었다. 누군지는 모르겠지만 왕실 권력 서열의 열 손가락 안에는 너끈히 들어갈 분위기다. 게다가 척 보기에도 남자 보기를 장난감 보듯 할 것 같은 육체파 여왕님이잖아!

가마꾼들이 헛기침을 하며 날 바라보았다.

"아!"

난 황급히 한쪽 무릎을 꿇고 고개를 숙였다. 왕실 예법에 익숙하지 못한 탓이다. 그녀의 고혹적인 목소리가 내 머리 위로 떨어졌다.

"흐응. 스왈로우 나이츠의 엔디미온 경이라고 했느냐?"

"예."

"내가 누군지 아느냐?"

"모릅니다."

"하긴. 누군지 알았다면 지금쯤 마음 깊이 후회하며 울고 있겠지."

그녀가 비웃음을 가득 담아 깔깔거리자 난 다시 화가 울컥 올랐다. 나는 나도 모르게 퉁명스럽게 말했다.

"알았더라도 똑같이 말했을 겁니다."

순간 그녀의 웃음이 멈췄다.

"고개를 들라, 엔디미온 경."

"……."

내가 조금 시선을 올려 그녀를 바라보자 그녀가 내 긴 금발과 보라색 눈동자를 감상하며 입꼬리를 올렸다.

"흐응. 역시 스왈로우 나이츠의 기사답게 아름다운 얼굴이로구나."

"화, 황공하옵니다."

"불로 태워 그 미모를 손상시키는 것은 아까우니 독살이 낫겠다."

"네?"

숨이 턱 막힌다. 지금 나 사형선고 받은 거야?

"후후. 그 예쁜 몸은 박제를 해서 내 궁전에 전시할 테니 아쉬워 말거라."

아쉽거든요? 제 목숨이 아쉽거든요? 생판 처음 본 사람한테 다짜고짜 독배를 권하고 내 몸을 생체 표본으로 만들어 영구히 전시하겠노라 선언한 여왕님이 담배 연기를 후우 뿜으며 웃었다. 나는 또다시 터진 이 인생의 대위기에서 탈출해야 했다. 이게 뭐가 교통정리야! 여기서 살아 돌아가기만 하면 키스 네놈에게도 처절한 인생의 위기가 무엇인지 맛보여 주리라!

나는 주먹을 불끈 쥐며 소리쳤다.

"제게 1분의 시간을 주신다면 어째서 절 박제하면 안 되는지 증명해 보이겠습니다!"

"호오?"

그녀가 의외라는 듯 입술을 오므렸다. 이건 아이히만 할아범에게 배운 기술이다. 여왕님께선 어떻게든 살아 보겠다고 발버둥 치는 내 모습이 귀여웠는지 입꼬리를 올리며 자비를 베풀었다.

"30초 주겠다. 증명해 보아라."

어째서 이놈의 위기는 날이 갈수록 난이도가 높아지는 거야!

"먼저 성함을 여쭤 봐도 되겠습니까?"

푹신한 쿠션에 몸을 기댄 그녀가 긴 손가락을 까딱하자 곁에 있던 시녀가 긴장된 목소리로 말했다.

"이분의 존함은 오르넬라 무티. 교황 성하의 총애를 받으시고 펠리오스의 무녀들을 다스리시는 성녀님이십니다."

'말도 안 돼!'

미남을 박제로 만드는 성녀는 들어본 적도 없다! 온몸을 명품으로 치장하고 담배 파이프를 문 채 오호호 웃으며 '너 사형'이라고 서슴없이 말하는 누님이 이 나라의 성녀라니, 이쯤 되면 신성모독이라고! 차라리 마왕의 딸이라고 했다면 믿겠다.

"흐응. 내 직책이 믿어지지 않는 얼굴이로군? 키스 군이 나에 대해 말하지 않았나? 이 붉은 가마를 보면 도망치라고 말이야."

'역시 키스 놈은 알고 있었어!'

키스, 이 빌어먹을 포주 자식! 알면서도 날 이런 독거미 같은 여왕한테 보냈겠다! 나는 키스가 있던 언덕을 홱 노려봤지만 이미 그는 도망치고 없었다. 반드시 살아 돌아가 피의 복수를 해 주겠다!

나중에 안 사실이지만 오르넬라 성녀의 이 길고 붉은 가마는 예쁜 사내들을 잡아먹는 비단구렁이라고 불린단다. 그리고 난 정욕의 불길 같은 이 성녀님에게 온몸으로 뛰어든 눈먼 불나방이 되어 버렸다.

"20초 남았다. 그 창백한 표정이 마음에 드는구나."

성녀님, 당신은 낮에는 신에게 이 나라를 구해 달라고 기도를 드리고 밤에는 잡아 온 남정네들을 박제해서 수집하시나요. 바쁘게 산다는 것은 좋은 것이지만 제발 성녀든 마녀든 하나만 선택하세요!

어쨌든 난 성격 파탄 성녀님의 거실 장식품으로 한 많은 인생을 마감하는 것은 사양이었으므로 최선을 다해 오르넬라를 훑어보며 파고들 곳을 찾기 시작했다. 오르넬라는 옆이 아찔하게 트인 치마 사이로 긴 다리를 시원하게 드러난 30대의 늘씬한 미녀다.

어디 보자, 고혹적이기 이를 데 없는 이 강렬한 장미향은 이오타 왕국의 초특급 향수인 '달콤한 신념'이 분명하다. 이 향수는 단 한 병을 만들기 위해 남부 콘스탄트산 황금장미를 산더미만큼 쏟아붓는다. 그러다 보니까 당연히 생산량이 턱없이 적은 한정품일뿐더러 아무리 돈이 많아도 고귀한 신분이 아니면 절대 살 수 없는 콧대 높은 향수다. 고귀한 황금장미의 향기가 몸에서 난다는 것 하나만으로도 드높은 신분을 증명할 수 있을 정도다.

그리고 나비 무늬가 수놓아진 저 옷은 마시키온 제국 황실에 납품하는 최고급 비단으로 지은 것이다. 세탁도 못 하는 저 옷은 종이보다 얇고 구름보다 부드럽다. 장담하는데 저 옷 팔면 정원 딸린 4층짜리 저택쯤은 너끈히 살 수 있다. 게다가 오른쪽 발목에서 찰랑거리는 저 순은 장신구 역시 이오타 최고의 장인 세드릭이 세공한 게 분명하다. 물론 보통 사람들은 아예 평생 볼 기회도 없을 정도고 저 장신구의 가격은 지금까지 말한 물건들 모두 합친 가격보다도 열 배는 비싸다.

응? 그런데 설마 저 장신구……. 내 입가에 승리의 미소가 번졌다.

"세드릭 님께서는 여전히 괴팍하시던가요?"

"응? 네 녀석이 세드릭을 어떻게 알지?"

순간 내가 꺼낸 말에 오르넬라 성녀님이 적잖이 놀란 얼굴로 나를 바라보았다. 세드릭은 이분 발목에 걸린 장신구를 만든 이오타의 장인 이름이다. 물론 나는 만나 본 적이 없고 세드릭의 장신구를 가지고 있는 고객으로부터 괴팍한 성격이라고 들었을 뿐이다.

"전 일개 기사일 뿐이지만 이오타 최고의 장인이 세공한 예술품을 알아보는 눈 정도는 가지고 있습니다."

"호오, 대단한데? 제법 눈썰미가 있는 놈이로군."

그야 고객의 겉모습만 보고도 단번에 그녀의 직업, 재산과 성격, 기분까지 파악해야 하는 서비스 업종에 종사했기 때문입니다요.

"그런데 말씀드리기 송구하오나, 그 발목에 감긴 장신구가 진품이 아니라는 것도 알고 있사옵니다."

"뭐라! 무슨 헛소리냐! 이건 내가 세드릭에게 직접 주문한 것이란 말이다!"

그녀가 눈을 날카롭게 추켜올리며 몸을 일으켰다. 그럴 만도 하다. 저 정도로 자존심 센 여자에게 '짝퉁'이라고 말했으니 화가 치밀어 오르는 것이 당연하다.

"그 장신구를 언제 주문하셨습니까?"

"2년 전이다. 그게 어쨌다는 거지?"

"세드릭 님이 만든 장신구가 대륙 최고의 예술품으로 거래되는 이유는 그분이 5년 전부터 일을 그만두셨기 때문입니다. 즉, 5년 전부터 지금까지 세간에 나돌고 있는 장신구들은 모두 모조품입니다."

"……!"

오르넬라 성녀님의 얼굴이 새빨개졌다. 그녀는 냉큼 모조품을 거칠게 뜯어내선 길가에 집어 던졌다. 그리고도 분을 참을 수 없는지 입술을 꽉 깨물었다.

"엔디미온 경! 저것이 가짜라고 너의 목숨을 걸고 말할 수 있느냐!"

"……이미 목숨이 걸려 있는 상황입니다만."

난 거짓말을 한 것이 아니다. 저 장신구는 아주 그럴듯해 보이지만 진짜는 아니었다. 보석 재벌의 외동딸인 내 예전 고객에게 전수받은 기술이었다. 아무튼 고객님들에게 배운 지식을 이럴 때 쓸 수 있을지는 상상도 못 했다. 자신이 구입한 것이 모조품이라는 것을 알게 된 성녀님의 분노는 정말이지 눈앞의 모든 것을 불살라 버릴 것만 같았다.

"큭! 알려 줘서 고맙다. 감히 내게 세드릭의 행세를 한 그 사기꾼 놈은 무슨 수를 써서라도 찾아내서 잡은 뒤에 태어난 걸 후회하게 해 주겠다.”

무, 무섭다. 저것이 정녕코 이 나라를 수호하는 성녀님의 모습이란 말인가. 만약 백성들이 저 모습을 봤다면 신의 이름을 거역할 자, 아무도 없으리라. 예전 내 고객 중 가장 무서운 분이었던 적현무(寂玄武) 키르케 밀러스 님과 비교해도 손색이 없는 가공할 성격의 소유자였던 것이다.

“좋아! 그럼 네 목숨은 당분간 살려 두기로 하지.”

평정을 되찾은 오르넬라는 금세 만족스러운 웃음을 내게 보였지만…… 잠깐, ‘당분간’은 또 뭡니까!

“대신 내 궁전에 와서 수집품들을 감별해 주었으면 해. 모조품 따윈 질색이니까.”

“전 출장은 안 갑니다, 누님.”

“뭐?”

아차 실수! 이놈의 입버릇! 옛날 버릇이 튀어나와 버렸다. 그게 아니더라도 미남자의 박제들로 가득 찬 공포의 궁전에 초대받고 싶은 생각은 추호도 없다…….

“오기 싫다고? 그럼 박제가 돼서 내 궁전을 방문하고 싶은 게냐?”

“아, 아니요! 갈게요! 꼭 갈게요! 제발 가게 해 주세요!”

씨잉, 가면 되잖아. 그건 그렇고 이 상황에서 궁금한 것이 하나 있는데, 과연 맞은편에 있는 하얀색 가마는 누구 것이냐는 거다. 지금까지 불길할 정도로 조용했다. 만약 이 귀부인 역시 오

르넬라 님만큼이나 훌륭한 인덕의 소유자라면 단언하건대 난 도
망칠 것이다.

"저 가마에는 어떤 분이 타고 계신 거죠?"

"호호. 그게 궁금하느냐?"

그녀가 코웃음을 치며 눈앞의 하얀 가마를 향해 말했다.

"그 막을 걷어라."

"하, 하오나!"

가마꾼들이 당황했다. 길도 안 비켜 주는 콧대 높은 양반들끼
리 상대 가마의 커튼을 함부로 열어젖히는 짓은 칼부림이 나도
무방할 모욕이리라. 저 불지옥 성녀에게 덤빌 사람이 있을지 모
르겠지만, 만약 백색 가마의 주인마님이 오르넬라와 대등한 권
력을 지닌 귀부인이라면 왕궁 대혈투가 그 성대한 막을 열지도
모를 일이었다.

그러나 오르넬라 님은 싸움 따위 얼마든지 받아 주겠다는 듯
날카롭게 소리치셨다.

"냉큼 열지 못할까!"

"예, 옛!"

백색 가마의 시녀가 오르넬라의 살기에 당황하며 황급히 커
튼을 열어젖혔다. 그리고 난 그 안에 타고 있는 '지체 높은 귀족
가문의 여자'의 모습을 보며 당황할 수밖에 없었다. 아니 정말
이걸 뭐라고 말해야 할까.

"갓난⋯⋯아기?"

나도 모르게 중얼거렸다. 그 커다란 가마 안에는 시녀들에게 둘러싸인 채 잠들어 있는 갓난아이가 있었던 것이다. 오르넬라 님은 이미 알고 있었다는 듯 비웃었다.

"우습지 않아? 지금 저 아이한테 필요한 것은 커다란 가마가 아니라 어머니일 텐데 말이야. 아니 그보다 저런 갓난아이와 신경 전을 벌인 나야말로 웃기는 꼴이로군. 하지만 이런 게 왕궁이야."

그녀의 웃음에는 가시가 박혀 있었다. 나는 상상도 못했다. 아이란 부모의 품에 안겨 있을 때 가장 행복한 것이다. 커다란 가마 속에서 가마꾼들 손에 이끌려 왕궁에 행차해 봐야 갓난아이는 그저 외로울 뿐이리라. 오르넬라 님도 그걸 알고 있었고 그게 유치한 짓이라는 것도 알고 있었지만.

"……나도 이렇게 사는 법밖에는 배우지 못했거든."

성녀님이 긴 담뱃대를 다시 입에 물며 쓸쓸히 웃었다. 그런 그녀의 모습을 보며 내가 말했다.

"다음에도 이런 일이 생기면 언제라도 절 불러 주세요. 저, 이래 봬도 기사거든요?"

"엔디미온 경."

"예!"

나는 씩씩하게 무릎을 꿇었고 그녀의 가마가 움직이기 시작했다. 결국 비켜 준 가마는 백색이었다.

"제법 귀여운 짓을 하는 애송이가 왕궁에 들어온 것 같구나. 앞으로 지켜보겠다. 한번 내 궁전에 놀러 오거라. 이 오르넬라 님의 궁전에 오고 싶어 하는 사내놈들은 줄을 섰지만 초대하고 싶은 남자는 별로 없거든. 영광인 줄 알아."

"아하하. 박제가 되는 것은 사양입니다."

"박제 같은 흉측한 것을 수집하는 취미는 없으니까 걱정하지 말고 오거라. 그리고 신의 손길이 필요하다면 언제라도 말해라. 나, 이래 봬도 성녀거든."

움직이는 궁전 같은 그녀의 붉은 가마가 무릎을 꿇은 내 앞을 지나갔다.

"어머나, 무사히 해결하셨네요오? 얼마나 걱정했는……."

"키스, 이노오옴!!!"

나는 불쑥 나타난 키스의 얼굴에 주먹을 내질렀다. 죽는 줄 알았단 말이다!

"폭력은 싫습니다아."

키스는 가볍게 내 주먹을 잡아채며 방긋 웃었다.

"아, 그런데 대단하네요? 그 짧은 시간에 그 무서운 오르넬라 님과 친해지는 남자는 처음 봤네요. 전에 무슨 일 했어요오?"

"남자 몸무게, 관심 없다면서요? 키스 경 과거를 알려 주면 저도 알려 드리죠."

흥! 내 쪽만 과거를 말해 주기엔 억울하단 말씀이야. 당신 과거사부터 알려 달라고! 하지만 키스는 어깨를 으쓱할 뿐 입을 다물었다. 쳇. 정말 자기 방어에 철저한 인간이다.

"그런데 오르넬라 님은 어떤 분이신가요? 솔직히 성녀라고 하기엔……."

"너무 슬퍼 보이죠?"

"예?"

갑자기 키스의 입에서 '슬프다'라는 말이 나오자 나는 의아한 표정을 지었다.

"성녀의 피를 가지고 태어났다는 이유만으로 성녀의 인생을 강요받는 분입니다. 그분은 훌륭한 성녀지만 자신이 원하는 일을 하는 것은 아니에요. 그렇기 때문에 그런 슬픈 눈빛을 가지게 된 것이랍니다아."

슬픈 눈빛이라……. 그랬구나. 억지로 원치도 않는 신성함을 짊어지고 살아야 하는 사람이었던가. 내 시선은 그녀가 바닥에 내동댕이친 은빛 모조품에 향해 있었다. 아무리 반짝거려 봐야 진짜가 될 수는 없다. 오르넬라 님도 그런 이유 때문에 모조품을 혐오하는 것일까.

"언젠가는 혈통이나 신분 때문이 아닌 좋아하는 것을 추구하기 위해 자신의 직업을 결정하게 될 날이 올지도 모릅니다. 당장은 무리겠지만요."

키스의 말을 들으며 나는 점점 시야에서 멀어져 가는 오르넬라의 붉은 가마를 바라보았다. 문득 세상 최고의 권력을 거머쥔 그녀가 불쌍하다는 생각이 들었다.

'나도 이렇게 사는 법밖에는 배우지 못했거든.'

맞아, 그녀가 그렇게 말했을 때 그녀의 눈동자는 더없이 슬퍼 보였다. 하지만 키스 경, 당신도 가끔 그런 눈동자라고.

　나는 바닥에 떨어진 오르넬라 님의 모조품을 집어 들어 흙먼지를 닦아 주었다. 아무리 모조품이라도 말이지, 마음에 들었다면 소중히 대해 줘야 한다. 모조품도 모조품으로 태어나고 싶었던 것은 아닐 테니까.

3.

　스왈로우 나이츠는 아침이 되면 응접실에 모여 우리의 포주 키스 경으로부터 하루 과업을 할당받으며 일과가 시작됩니다. 너는 왕자님한테 가서 재롱을 떨어라, 너는 왕궁을 방문한 귀족들을 접대해라, 너는 왕궁에 놀러 온 관광객 가이드를 해라, 너는 돈 갚아! 등등. 이런 잡일들을 하며 만나는 귀족들과 빨리 친해져야 나중에 자주 지명을 받는 간판스타가 될 수 있다고 들었습니다. 뭔가 내가 예전에 하던 일들과 아주 비슷해서 무척 정겹……기는커녕 한숨이 다 나오는군요. 현재 휴가를 받아 아직도 침대 속에 파묻혀 있는 랑시를 제외한 우리는 응접실에 모여 아침 식사를 하면서 키스가 오길 기다리는 중입니다. 직장 생활 같죠?

　"아침부터 뭘 그렇게 중얼거려?"

어제 술을 많이 마셨는지 퀭한 얼굴로 담배를 물고 있던 쇼탄 경이 나를 보고 말했다. 남의 내레이션 신경 쓰지 마세요. 심란한 마음을 하소연하고 있었을 뿐이니까.

"아참. 미온 경, 너 오르넬라 성녀님의 눈에 들었다며? 펠리오스 아가씨들한테 들었어."

쇼탄이 무척이나 궁금한 표정으로 물었다. 그렇군. 어제 당신의 술 상대는 펠리오스 타워의 무녀들이로군. 얼마나 아름다운 아가씨들이기에 그 무시무시한 지옥의 탑에 목숨 걸고 숨어 들어가는지 도무지 모르겠다.

"정말? 그 오르넬라 님이 맘에 들어 한다고?"

귀가 솔깃해진 루이가 대화에 끼어들어 쇼탄의 담배를 빼앗아 물었다. 뺨에 하얀 분을 바르고 있어서 당장에라도 연극 무대 위로 뛰쳐나갈 것 같은 얼굴이다.

"오오! 시골 촌놈인 줄 알았는데 대단하네! 무슨 방법을 쓴 거야? 그 무서운 아줌마의 호감을 사다니."

"그냥…… 교통정리 해 드린 건데요."

"교, 교통정리?"

"아하하. 뭐 그런 일이 있었습니다아아."

"왕궁에 오자마자 대단한 줄을 잡았네. 오르넬라 님은 왕궁 10대 실력자 중 하나야. 그분에게 잘 보이면 귀족들에게 지명받는 일도 누워서 떡 먹기지. 꽤 수완 좋네, 미온 군?"

"별로 지명받고 싶어서 그랬던 거 아니에요."

"야야, 겸손할 거 없어. 솔직히 지명 때문이 아니라면 누가 그런 살벌한 누님과 친해지고 싶겠냐."

"오르넬라 님은 그런 분 아니에요. 그리고 마음만 먹으면 귀족들과 친해지는 건 문제도 아니라고요."

이래 봬도 난 독점 고객만 수백 명이 넘었던 화류계의 프로였다고.

"호오. 꽤 자신만만한데? 지명 많이 받으면 나도 좀 나눠 주라."

누가 지명받고 싶대? 난 10대 내내 그 일만 하다가 왔다고! 말을 타게 해 줘! 악의 무리를 소탕하게 해 달라고!

"축하드려요."

근처에서 수프를 먹고 있던 크리스가 풀이 죽은 목소리로 말하며 고개를 숙였다. 아얏, 본의 아니게 크리스를 우울하게 했다! 말재주가 없는 크리스는 까다로운 귀족들과 친해지기도 힘들었고 여전히 지명받지 못해서 힘들어하고 있었다. 지명받지 못한다면 돈을 벌지도 못하니까 말이다.

그때 근처에서 커피를 마시며 책을 보고 있던 공무원 기사 레녹 경이 매정하게 말했다.

"쳇. 솔직히 지명도 못 받는 녀석은 쓸모없잖아. 피해만 준다고."

"죄, 죄송합니다."

잠깐, 크리스! 미안하긴 뭐가 미안하다는 거야! 그딴 말이 어디 있어! 레녹 경! 당신이야말로 크리스에게 사과하라고! 나는 발끈 화가 나선 소리쳤다.

"레녹 경! 말씀이 지나치세요! 크리스의 심정도 모르면서 말 함부로 하지 마세요!"

"너야말로 우리 사정도 모르면서 멋대로 지껄이지 마라."

"우리 사정?"

"엔디미온 씨, 잘 들으세요."

그때 조용히 식사를 하던 루시온 경이 입을 열었다. 눈에 띄는 남색 머리카락에 머리에서 발끝까지 흐트러진 구석을 찾을 길 없는 루시온은 우리와는 달리 위세 좋은 백작가의 후계자고 재산도 상당하며 검술에도 재능이 뛰어나다고 들었는데, 왜 굳이 스왈로우 나이츠에 들어왔는지 알 수 없는 사람이다. 귀족 가문의 공자답게 말투도 점잖고 키스를 제외한 우리는 '경'이라는 칭호로 부르지도 않는다. 그리고 현재 지명 순위 탑이기도 하다.

그 '간판스타'의 말이 이어졌다.

"왕실에선 실적을 가지고 우리 가치를 판단해요. 즉, 크리스티앙 군이 자신의 몫을 다하지 못한다면 스왈로우 나이츠 전체의 실적이 떨어지게 됩니다. 모두가 피해를 보게 돼요. 그렇기 때문에 크리스티앙 군에겐 미안한 말이지만 레녹 씨의 말은 틀린 것이 아닙니다."

"……"

그래. 내가 업소에 있을 때도 벌이가 시원찮은 자는 해고되었다. 그렇기 때문에 얼마나 많은 고객을 보유하고 있느냐가 사람의 가치가 되고 고객을 끌어들이지 못하는 자는 남에게 방해만되는 기생충처럼 푸대접받고 나처럼 가장 많은 고객을 붙잡고있는 자는 동료들의 부러움과 시기의 대상이 되었다. 즉, 얼마나많은 돈을 벌고 고객의 주머니에서 얼마나 많이 돈을 뽑아내느냐가 성공한 인간으로 대우받는 유일한 조건이었다. 하지만 난말이야.

"그런 게 싫어서 거길 나온 거라고!"

젠장, 나도 모르게 커다랗게 소리를 쳐 버렸다. 어째서 어디를가도 훌륭한 인간의 조건은 다 똑같은 거야. 어째서 기사 정도 되는 사람들마저 그런 시시한 가치밖에는 말하지 못하는 거냐고.

나는 단지 처세술이 부족하다는 이유로 방해만 되는 인간으로평가받는 크리스가 불쌍해서 눈물이 나올 것만 같았다.

"아침부터 왜들 그러십니까아?"

어느새 들어와 있는 키스가 난감한 웃음을 보이고 있었다. 그는 흘낏 나를 보며 동정 어린 눈빛으로 고개를 끄덕거렸다. 내기분을 이해한다는 의미일까?

"아침부터 커다랗게 소리치면 얼굴에 주름 생깁니다아."

역시 전혀 이해하지 못하고 계시는군.

키스는 자신의 전용 소파에 풀썩 앉으며 말했다.

"자아, 오늘의 브리핑을 시작하겠습니다. 먼저 루시온 경, 레녹 경은 지명받았습니다. 지금 하고 계신 모든 왕궁 업무는 크리스 경과 루이 경에게 인수인계하시고 오전 중으로 출장 채비를 마쳐 주세요. 지명 귀족가의 약도와 열차표, 출장비는 항상 그랬듯이 행정부 별채에서 받아 가 주시고요. 으음, 그리고……."

키스가 서류들을 뒤적거리며 말을 잇다가 눈가를 움찔했다.

"쇼탄 경! 진짜 돈 안 갚을 겁니까!"

"가, 갚을 거야! 조금만 시간을 더 달라고!"

"아아, 이제 나도 몰라요. 더 이상 미뤘다간 빚이 산더미가 된다고요! 어째서 돈을 그렇게 많이 빌려 쓴 겁니까아!"

"사, 사정이 있어서 그랬던 거야!"

쇼넨베르트는 왕실 사채업의 피해자였다. 국왕 전하에게 빚을 지다니 잠자리가 서늘하시겠구려. 아무튼 이토록 악착같이 돈을 벌어들이는 이 나라가 어째서 여전히 약소국인지 도통 이해가 안 가는군.

'당신 물건, 차압당해도 난 몰라요'라고 삐죽거리던 키스는 다음 서류를 보며 상당히 의외라는 표정으로 눈을 깜빡였다. 그는 서류를 몇 번이나 다시 읽고는 입을 열었다.

"음. 그리고 정말 믿을 수가 없지만…… 미온 경?"

응? 저요? 키스가 날 바라보며 자신도 영문을 모르겠다는 듯 고개를 갸우뚱했다.

"당신, 지명받았습니다."

순간 모든 기사가 깜짝 놀란 얼굴로 나를 바라봤다. 대체 무슨 소리야! 난 이 왕궁에서 와서 친해진 귀족이 한 명도 없는데! 대체 누가 나를!

4.

키스가 날 데리고 간 곳은 1층 자신의 집무실이었다. 키스의 방은 처음 와 본다. 솔직히 말해서 나는 키스를 '머리 어딘가에 무서운 결함이 있는 사람'쯤으로 보고 있기 때문에 키스의 방에는 알 수 없는 괴상하고 위험한 물건들만 잔뜩 있을 줄 알았다. 설사 여자를 숨겨 놓고 있더라도 왠지 키스라면 이해할 것 같지 않은가.

그런데 내가 틀렸다.

"이게, 당신의 방?"

"왜요? 이상해요?"

"아뇨, 너무…… 정상이라서요."

키스의 집무실은 놀랍게도 집무실 같았다. 차곡차곡 쌓여 있는 서류 더미들이 묵직한 종이 냄새를 풍기는 그런 이지적인 사무실. 새하얀 셔츠들과 평소에는 절대로 입지 않는 기사단 제복도 보송보송하게 세탁되어 방 한구석에 놓여 있었다. 고풍스러운 책상 위에는 깃털 펜과 잉크병, 페이퍼 나이프 등이 가지런히 정리되어 있었다. 키스가 이런 세심하고 정상적인 인간일 리가 없어! 난 의심스러운 눈초리로 물었다.

"여자는 어디에 숨겼어요?"

"그게 무슨 말입니까아?"

"아무것도 아닙니다아."

정상이라서 대단히 놀랐다. 키스는 나의 지명허가문서를 작성하기 위해 의자에 앉았고, 그동안 이리저리 집무실을 둘러보던 나는 한곳에 시선이 고정되었다.

"저 검들은……."

창문을 통해 들어오는 햇빛을 받으며 아름다운 열한 자루의 검이 잠들어 있었다. 펜을 든 키스가 흘낏 그것을 보며 말했다.

"예전에 왜 스왈로우 나이츠에는 검이 없냐고 물어본 적 있죠? 저것이 바로 당신들의 검입니다."

제복을 입고 저 검을 차면 아무리 잘난 건 얼굴뿐인 우리라도 늠름한 기사로 보일 것이다.

키스가 멋진 글씨체로 문서를 작성하며 말을 이었다.

"만약 우리마저 나서야 할 정도로 위급한 상황이 이 나라에 발생한다면 저는 당신들에게 저 검을 지급할 겁니다."

'우리가 검을 뽑아야 할 일이라.'

그런데 왕립 호스트들이 싸워야 하는 경우는 우리 외에 다른 기사들이 모조리 싸울 수 없을 때가 아닐까?

'그럼 장식품이나 다름없잖아?'

정말로 한 번도 사용한 적은 없었는지, 우리 검은 결혼을 앞둔 처녀처럼 단아한 모습 그대로 반짝이고 있었다.

키스가 나지막이 말했다.

"전 이 검들이 영원히 장식품이길 바랍니다."

내 마음을 읽힌 것 같아서 깜짝 놀랐다. 가끔 키스는 남의 속마음을 물끄러미 들여다보는 것 같단 말이야.

아니 잠깐! 그건 그렇다 치고, 지금 당장 중요한 건 날 어떤 귀족이 지명했냐 하는 거잖아! 이번에도 내 마음을 읽은 듯 키스가 먼저 물었다.

"리튼 지방의 영주 히더 남작님을 알고 있습니까?"

"아? 그분이 왜요?"

"아는 분인가요?"

"예에."

알다마다, 리튼이 내 고향인걸. 고집쟁이 히더 남작님이 내 고향 리튼의 영주인데 모를 리가 있나.

"그분께서 돌아가셨습니다."

"네에?"

믿을 수가 없다. 히더 남작님은 엄청난 고집쟁이에다가 세련된 구석이라고는 전혀 없는 시골 영감님이지만, 워낙에 정정해서 100살은 넘게 사실 줄 알았다. 순박하고 거만을 떨지 않는 영주님이라서 나를 포함한 리튼 사람들 모두가 그분을 좋아했다. 그런데 왕궁에 와서 그분의 부고를 듣게 되다니.

"당신을 지명한 분은 히더 남작의 딸 세리카 님입니다. 외동딸인 세리카 님이 가문을 이었으니 영주님이라고 부르는 편이

옳겠군요. 세리카 영주님을 알고 있나요?"

"서, 설마…… 세리카라면 그 세리카?"

"또 다른 세리카도 있나요?"

그분은 내 고객이었다. 아버지 히더를 꼭 빼닮아서 당차고 고집 세고 자존심도 남달라서 가게에 와도 항상 나만 지명하고 나만 들들 볶던 그런 아가씨였다. 그런데 여기까지 와서 또 지명을 받다니, 세상 참 얄궂네. 아마도 내가 여기로 '직장'을 옮겼다는 것을 알았나 보다.

"아무튼 세리카 영주님께서 아버지의 제사를 맡아 달라고 당신을 지명했습니다."

앞서 말했지만 스왈로우 나이츠는 귀족 가문에 파견되어 경조사를 진행한다. 뭐 어쨌든 아리따운 꽃미남 신관기사들이 왕실을 대표해서 제사를 진행해 준다면 귀족들로서도 체면이 설 테니까 말이다. 물론 그 대가로 적잖은 액수의 제사 대행 비용을 왕궁에 지급해야 하지만, 남부러울 것 없이 사는 귀족들에게 그게 대수일까.

"그럼 저는 제사만 지내고 오면 되는 건가요?"

"그렇습니다. 제사를 지낸 뒤에 사례금을 받아서 왕궁으로 돌아오시면 됩니다. 간단하죠?"

"너무 간단해서 탈이네요."

아무리 그래도 기사인데 그 지방에 가면 억울한 일도 해결해주고 악당들도 처치하고, 뭐 그래야 하는 거 아닌가? 소설에서는 기사가 악덕 상인들도 때려잡고 미녀도 구출하고 그러던데

현실은 뭐 이리 소박하단 말인가.

그런 내 아쉬움을 간파한 듯 키스가 정색했다.

"물론 우리도 기사라서 수사권을 가지고는 있습니다만 수사와 처벌은 우리의 임무가 아닙니다. 그런 일은 카론 경 같은 헬스트 나이츠가 하는 업무니까, 미온 경은 절대로 수사권 발동하지 마세요."

"아? 왜, 왜 그렇게 강조를……."

"어떤 일이 생기더라도 미온 경은 제사만 마치고 돌아오면 됩니다. 지명자에게 정을 줘서는 안 되고 사건에 끼어들거나 검을 뽑아 범죄자들과 싸우는 일은 더더욱 안 됩니다. 제 말뜻 아셨죠?"

나는 조금 속이 뒤틀리는 기분이 들었다. '너는 정해진 일만 하고 팁만 받으면 그만이야'라는 건가? 기사라고 해 놓고 귀족들의 눈요기 외에는 아무것도 하지 말라고 한다면, 그건 결국 돈벌이를 위해서 기사인 척하는 인형일 뿐이잖아. 이럴 거면 처음부터 기사 작위 주지 말라고!

나는 슬쩍 빈정거렸다.

"만약 불쌍한 사람들이 제게 '기사님, 제발 저희를 도와주세요'라고 간청하더라도 깡그리 무시하라는 의미인가요."

"그렇습니다. 어떤 경우라도 수사권 발동하지 마십시오. 이상입니다. 나가 보세요."

키스는 딱 잘라 말했다.

제3화

시골의 기사도

1.

　지명을 떠나기 위해 열차표를 입에 문 채 플랫폼으로 향하는 나는 그야말로 사람들의 시선을 한 몸에 받고 있었다. 섬세한 자수를 놓은 녹색 코트 뒤로 긴 금발을 내리고 타이트한 회색 바지에는 새로 산 갈색 구두를 신었다. 그러니까 현재 내 모습은 이 책의 표지와 같다(물론 개줄 대신 여행 가방을 들고 있다).

　그런데 문제는.

　"와아. 아저씨 예쁘다. 어디 접대부예요?"

　"꼬마야, 난 아저씨가 아니란다. 그리고 접대부가 아니라 기사거든?"

아무도 날 기사로 안 본다는 것이다. 역시 명찰을 달 걸 그랬나? '신입 기사, 엔디미온. 현재 출장 중'이라고 말이다. 하지만 이 발랑 까진 계집애는 열차를 기다리는 내 주변을 이리저리 훑어보며 여전히 품평회 중이다. 이거 뉘 집 자식이야, 대체!

"어느 가게에서 일해요? 우리 엄마 취향이 아저씨 같은 얼굴이거든요?"

"꼬마야, 네 엄마 취향은 내 알 바 아니란다. 그리고 아저씨 아니라고 몇 번을 말해야 알겠니?"

방긋 웃으며 말하는 내 이마에 힘줄이 돋았다. 커서 뭐가 되려고 이러나……가 아니라 커서 뭐가 될지 벌써 알 것 같은 꼬맹이다.

"아? 우리 엄마 돈 많은데. 아저씨 보면 돈 많이 줄걸요? 엄마 주변에 그런 아저씨가 벌써 몇 명이나 있다고요. 그러니까 아저씨는 어느 가게냐고요!"

"하아. 너희가 무슨 가문인진 모르겠지만 아마 너희 어머니 대에서 파산하겠구나. 그리고 내가 일하는 가게 이름은 '왕실'이거든?"

"왕실 룸살롱?"

"……됐으니까 그냥 가."

"쳇. 뭐야, 뭐 이따위 건방진 접대부가 다 있어! 우리 엄마한테 이를 거야!"

"접대부 아니라니까! 아저씨도 아냐! 그리고 이르면 공무집행

방해죄로 왕실에서 잡아간다!"

아! 계속 화를 냈더니 빈혈이! 정말이지 이런 꼬맹이도 커서 맞선을 볼 때면 '오호호호. 제 취미는 바이올린과 꽃꽂이예요'라고 말하겠지? 쳇. 에로 소녀 주제에.

"자네도 같은 열차인가?"

"아니! 카론 경?"

너무 의외의 인물이 나타나서 당황했다. 태어나서 한 번도 웃어 본 적이 없는 것 같은 얼음장 같은 외모의 카론 경이 내 앞에 등장한 것이다. 그때 예의 여자아이가 카론을 올려다보고는 반해 버린 것 같은 얼굴로 감탄하는 것이었다.

"와! 기사님이다! 진짜 멋있다아! 나도 기사님 같은 분한테 시집가고 싶어요!"

"나, 나도 기산데."

"아저씨는 접대부잖아."

"접대부 아니라고 했지! 그리고 아저씨도 아냐! 내가 이 사람보다 훨씬 어려!"

"흥. 남자의 질투는 보기 흉해요."

이, 이건 분명 악마의 자식이 분명해! 그리고 이 아이가 이대로 성장하면 남자에게 모멸감을 줘서 자살하게 하는 무서운 마녀가 될 것이 분명하니까 내가 이 세상 모든 남자를 대표해서 여기서 씨앗을 잘라야 해!

그때 카론이 말했다.

"지금 뭐라고 중얼거리는 건가."

"아? 아무것도 아닙니다."

진짜 내가 지금 뭐 하고 있담. 그 이후 카론은 인간차별주의에 찌든 계집아이의 애타는 구애에도 불구하고 시선 한 번 주지 않은 뒤에 나와 함께 열차를 탔다. 정말이지 지금처럼 더운 날씨에 카론 경과 같은 열차에 탄 것은 행운이다. 그의 옆에 있으면 온도가 10도쯤은 내려가는 것 같으니까 말이다.

"그런데 카론 경도 2인실?"

"몰랐나? 왕궁에서 주는 열차표는 모두 2인실이다. 1인실에 타고 싶으면 따로 표를 사라."

그랬군. 그래서 아이히만 대공도 2인실에 있었던 거로군. 왕궁의 근검절약 정신에는 찬사를 보내지만 아이히만이나 카론처럼 부와 명예가 넘쳐나는 사람들은 1인실 표를 사도 좋지 않을까? 열차를 통째로 빌려도 시원찮을 사람들 같은데 말이야. 하지만 카론은 돈 때문이 아닌 다른 어떤 이유 때문에 1인실을 피하는 것 같았다.

카론 경과 같은 객실에 들어온 나는 코트를 벗고 검을 풀어놓은 뒤에 기지개를 켰다. 이제 또 한참을 달려야겠구나, 하는 생각이 든다. 그런데 별다른 짐도 없이 열차에 탄 카론 경은 제복 윗도리를 벗지도 않고 팔짱을 낀 채, 여전히 차가운 눈동자로 창밖만 바라보고 있는 것이 아닌가.

"카론 경, 코트하고 검 주세요. 제가 이쪽에 정리해 놓을게요."

"그거 농담인가?"

"예?"

"됐어. 난 이대로 있겠다."

아아, 그렇군. 진짜 기사는 어딜 가도 검을 남에게 맡기는 법이 없겠지. 굉장한 검객인 한 고객은 술을 마시러 가게를 찾아왔어도 항상 검을 옆에 두고 있어서 술 따르는데 등골이 오싹했던 기억이 떠오른다. 반면 키스는 자기 검이 어디 있는지도 모르고 싸돌아다니는 사람이긴 하지만 말이야.

"저어, 카론 경은 어디까지 가세요? 전 리튼으로 가거든요?"

"알 필요 없다."

"아, 예."

이 사람은 대체 연애를 어떻게 할까? 여자 친구가 '어디 살아요?'라고 물어봐도 '쓸데없는 것은 물어보지 마라'라고 대꾸할 남자 같다. 나는 고개를 돌린 채 '체에. 저러다간 평생 결혼도 못 할 거야'라고 중얼거렸다.

그때 내가 투덜거리는 걸 들은 카론이 무뚝뚝하게 말했다.

"난 결혼했다."

"말도 안 돼!"

너무 놀라서 자리에서 벌떡 일어났다. 카론 경. '결혼'이라는 단어는 말이지요, 그러니까 살아 있는 인간 여성과의 혼인을 의미하는 거랍니다. 가까이 오는 여성을 단숨에 얼려 버리는 냉혈

마인인 당신은 절대로 결혼이라는 것을 할 수가 없다고요! 상상조차 할 수 없어!

"저, 정말 결혼했어요? 설녀(雪女)가 아니라 인간 여성하고?"

"이상한 것을 의심하는군."

카론이 불쾌한 투로 대답했다. 순간 나는 카론 경의 부인을 어떻게 해서든 꼭 보고 싶다는 욕구를 참을 수 없었다. 대체 저 냉기 서린 입에서 어떤 프러포즈가 나왔는지 엄청 궁금해! 저런 과묵함이 넘치는 냉혈인간하고 같이 살 수 있는 자애로운 여자가 이 세상에 존재했다니, 이건 정말 경이로운 대자연의 기적이지 않은가. 자비의 여신이 카론 경을 구제하기 위해 인간의 탈을 쓰고 지상에 내려온 것이 분명해! 하지만 카론은 더 이상 입을 열지 않았고 캐물어 봐야 쌀쌀맞은 대꾸나 돌아올 것이 빤하니 나는 화제를 돌리기로 했다.

"그런데 카론 경도 지명받아 가는 건가요?"

"수사다."

"수사?"

"지방 귀족으로부터 수사 요청을 받았다."

"이야아, 멋지네요. 수사라니, 뭔가 기사다워서 부러워요."

"귀족 뒤치다꺼리야."

그가 무감정한 목소리로 날 바라보지도 않고 말했다. 품속에서 서류들을 꺼내 안경을 낀 채 묵묵히 검토하던 그는 여전히 눈으론 서류들을 읽어 내려가며 말했다.

"정의로운 일을 하는 기사가 되고 싶다고 말했었지?"

"아, 예! 그게 제 꿈이거든요!"

"진짜 기사가 되고 싶으면 이 나라를 떠나라. 충고다."

"하, 하지만! 이 나라에도 분명 카론 경처럼 훌륭한 기사가⋯⋯."

나는 급히 반론하려 했지만 카론은 서류와 안경을 다시 품속에 넣고는 지그시 눈을 감았다. 안색이 피곤한 것을 봐서 며칠째 잠을 못 잔 것 같아 보였다.

"잠시 자겠다. 네 목적지에 도착하면 깨우지 말고 내려라."

"예에. 예에."

공짜 표라고는 하지만 이런 값비싼 기차 여행을 하면서 아무렇지도 않게 자 버리다니, 조금도 두근거리지 않는 건가? 나는 표정 하나 변하지 않고 잠이 든 카론을 바라보며 어깨를 으쓱했다. 진짜 기사가 되고 싶으면 이 나라를 떠나라고? 그 말에는 깊은 체념 같은 것이 묻어 있었다. 카론 경은 이 왕궁에서 무슨 일을 겪은 걸까. 어떤 과거가 있기에 그런 말을 꺼내게 된 것일까.

2.

그러니까 나는 당황하는 중이었다. 난 몇 번이나 역무원에게 물었다.

"여기가 정말 리튼이라고요?"

"예, 맞습니다. 분명히 리튼입니다."

"그럴 리가 없어요!"

"표지판에도 리튼이라고 쓰여 있습니다만."

말도 안 돼!

"이게 대체 어떻게 된 거야!"

열차에서 내리며 혼이 나간 얼굴로 중얼거렸다.

내 고향 리튼은 풍류가들의 은밀한 휴양지이기도 했지만 실은 소박하고 아름다운 시골이었다. 오래된 목조 건물 사이로 가꾸지 않아도 사철 꽃이 피고 밤이면 무수한 별이 부딪치는 소리를 들으며 잠드는 곳, 죽을 만큼 일하지 않아도 배곯는 사람 하나 없는 곳이다. 바쁜 수도 사람들이 보기엔 게으르고 시시한 곳이겠지만, 나는 그 악의 없는 게으름을 몹시 좋아했다. 말하자면 리튼은, 행복은 경쟁에서 오는 것이 아니라는 촌구석 영주님의 소박한 철학이 묻어나는 곳이었다.

그런데 내가 지금 이렇게 과거형으로 말하는 이유는 바로, 현재 내 앞에 세 명의 걸인이 몰려와 돈을 달라고 아우성치고 있고, 역사 왼쪽에는 건달로 보이는 험상궂은 자들이 모여 위험한 눈으로 날 바라보고 있으며, 또 오른쪽에는 예전에는 볼 수 없었던 경박한 호객꾼들이 여행자들을 사창가로 끌고 가기 위해 사기를 치고 있었기 때문이다. 난 그 한복판에 귀신에 홀린 얼굴로

서 있었다. 내가 떠난 지 단 며칠 만에 아귀지옥이 되어 버렸다.

이게 뭐야! 그새 지옥문이라도 열린 거냐!

"저어, 엔디미온 기사 나리시죠?"

조심스럽게 다가온 여인이 내게 속삭이듯 물었다. 입고 있는 행색을 보아하니 세리카 님의 시녀 같은데, 호신용으로 보이는 칼까지 차고 있었다. 상상도 못할 만큼 이곳의 치안이 엉망이 되었다는 사실을 단번에 느낄 수 있었다. 내가 떨떠름한 얼굴로 고개를 끄덕이자 그녀가 다행이라는 듯 가슴을 쓸어내리며 말했다.

"자, 가시죠. 세리카 영주님께서 기다리고 계십니다."

나는 사실 세리카 님이 플랫폼에서부터 날 기다리며 내가 오면 그 도도한 만면에 웃음을 담으며 날 꼭 껴안아 주리라 예상했다. 남의 시선에 아랑곳하지 않는 당당한 그녀답게 말이다. 하지만 내 예상은 모두 빗나갔다.

난 빨리 이 험악한 플랫폼을 벗어나려는 그녀의 손에 이끌리며 다급히 물었다.

"대체 여기가 왜 이렇게 된 거죠! 불과 며칠 전만 해도……."

"엔디미온 님!"

그녀가 날 확 돌아보며 두 팔을 잡았다. 그간 불안감에 시달린 눈동자로 그녀가 간청했다.

"제발 세리카 님을 도와주세요. 이제 저희가 희망을 걸 수 있는 분은 기사 나리뿐이에요!"

대체 이 리튼에선 무슨 일이 벌어졌던 것일까.

3.

그런데 시녀가 날 데리고 간 곳은 세리카 아가씨의 아버지, 고
(故) 히더 남작의 거처였던 고풍스러운 저택이 아니라 변두리 폐
가였다. 자존심 센 그녀라면 절대로 발을 들이지 않을 곳이다.

"자, 잠깐. 세리카 아가씨가 이런 곳에 있다는 거야?"

"그렇습니다. 지금은 이곳에 피신해 계십니다."

"피신?"

나는 말문이 막혔다. 전쟁이 난 것도 아닌데 피신은 또 뭐란
말인가. 하지만 시녀는 말없이 나를 세리카 님이 있는 방으로 안
내할 뿐이었다. 문 앞에서 그녀가 말했다.

"세리카 님. 엔디미온 키리안 님께서 오셨습니다."

"수고했다. 너는 돌아가라."

문 안에서 들려오는 힘없는 목소리에 나는 몸서리쳤다. 저게
그 맹랑했던 아가씨의 목소리라고? 믿기질 않는다. 내가 떠나고
며칠 사이에 이 마을에서는 무슨 일이 벌어진 것일까. 시녀가 공
손하게 문을 열어 나를 들여보냈고 다시 문이 닫혔다.

먹구름 가득한 날씨라고 해도 방 안은 너무도 어두웠다. 또한

달콤한 것과 포근한 것을 사랑하는 그녀의 방이라고는 믿을 수가 없었다. 칠이 벗겨진 잿빛 벽과 낡은 침대, 시큼한 악취를 풍기는 오래된 소파 그 어디에도 도도한 아가씨 세리카다운 구석은 없었다.

"……세리카 님?"

"미온, 와 줬구나. 아니, 이젠 엔디미온 경이라고 불러야겠네?"

"계속 미온이라고 불러 주세요."

어둑한 소파에 앉아 있는 그녀의 얼굴은 메말라 있었다. 당장에라도 이게 어떻게 된 일이냐고 소리쳐 묻고 싶었지만 지금 그녀는 조금만 건드려도 깨져 버릴 것 같은 모습이었다.

"아빠가 돌아가셨거든."

"들었습니다. 안타깝네요, 정말로."

"네가 신전기사단에 들어갔다는 말을 듣고 불렀어. 아빠 제사를 미온 군이 담당해 주면 아빠도 좋아하실 거야."

그리고 그녀는 답지 않게 주저하다가, 계속 머뭇거리다 두 손으로 치마를 꽉 쥔 채 입을 열었다.

"미온, 저어……."

"말씀하세요, 세리카 님."

그리고 나는 믿을 수 없는 말을 들었다.

"나, 지금 돈이 없어. 왕실에 제사 비용을 낼 수가 없어. 뻔뻔한 부탁이지만, 외상으로 해 줄 수 있어? 어떻게든 갚을게. 반드시 갚을 테니까!"

울먹이는 부탁을 들으며 나는 아무런 말도 할 수 없었다. 내가 떠난 며칠 사이에 모든 것이 바뀌어 있었다. 이것이 꿈이라면 내 평생 최악의 악몽이리라. 그녀가 힘없이 웃었다.

"미안. 창피한 모습을 보였네. 무료로 해 줄 수 없다는 거 잘 알면서 억지 써서 미안해. 차 마실래? 이제 고급 홍차 같은 건 없지만."

나는 말없이 그녀 앞에 다가섰다. 그리고 점점 그녀의 모습이 드러나면서 내 표정도 굳어 가고 있었다. 아끼던 붉은 드레스는 무슨 꼴을 당했는지 형편없이 이지러져 있었고 항상 깔끔하게 말아 올리고 다니던 금발도 빛을 잃고 헝클어져 있었다. 그리고 무엇보다 저 얼굴이!

나는 결국 소리쳤다.

"누가 이렇게 한 거예요!"

눈을 꽉 감으며 고개를 돌린 그녀의 뺨과 목에는 빨간 상처 자국이 있었다. 누군가에게 맞고 목이 졸린 것이 분명했다. 그녀가 짜내듯이 말했다.

"상관하지 마. 이건 우리 가문 문제야."

"상관하지 않을 수가 없잖아요!"

"너는 제사만 지내 주면 돼. 그것만 부탁할게."

"그게 문제가 아니에요! 대체 왜 영주님이 갑자기 돌아가시고 아가씨와 이 리튼이 이렇게 되었는지 말해 주세요!"

속이 넘어올 만큼 울화가 치밀었다. 세리카 님은 남자를 우습게 아는 맹랑한 아가씨였지만, 누구에게도 해코지당할 짓은 한 적이 없다. 나를 포함한 이 지역 사람들이 가족처럼 아끼는 분이다.

"제사를 지내 줄 수 없다면 왕실로 돌아가. 네가 해결할 수 있는 일이 아니야."

"그러지 말고 사정을 말해 주시면…… 그러니까 저도 기사거든요?"

"꺼져! 호스트 주제에 누굴 동정하는 거야!"

그녀가 빽 소리를 냈다. 나는 그런 그녀의 손을 꼭 잡고 방긋 웃으며 말했다.

"여전히 고집이 남아 있는 것 같아 기쁘네요. 걱정하지 마세요. 제사는 이 일을 해결한 뒤에 꼭 해 드릴 테니까요."

그녀의 놀란 얼굴에 나는 고개를 숙여 인사를 올리고 방을 빠져나왔다. 키스 경, 미안하지만 돌아가는 날짜는 조금 늦어질지도 모르겠네요. 벌금은 각오하고 있으니까 화내지 마세요.

방에서 나오자 예의 시녀가 어두운 표정으로 기다리고 있었다. 돈이 없는 세리카 님을 모시는 것을 보니까 믿을 만한 시녀임이 분명하다.

"아! 마침 잘됐네. 이곳에서 생긴 일을 내게 말해 줄 수 있어요?"

"저, 정말 도와주실 건가요? 아가씨는 더 이상 지불할 돈이 없을 텐데."

"이곳은 내 고향이고 세리카 님은 몇 년 동안 내 고객이었어요. 그런데도 모른 체할 만큼 형편없는 기사는 아니에요."

"감사합니다! 감사합니다!"

괴수가 나타나서 불이라도 뿜지 않는 이상, 단 며칠 사이에 낙원 같던 리튼이 이토록 산산조각 나는 경우는 나로서는 예상하기 힘들었다. 내 미소에 화색이 돈 시녀가 기쁜 마음으로 입을 열었다.

"일주일쯤 전에 부유해 보이는 상인이 히더 영주님을 찾아왔어요."

"상인?"

"예. 자신이 이 리튼을 발전시키겠다면서 영주님께 큰돈을 기부했거든요."

'사기꾼!'

나는 직감했다. 상인은 결코 손해 보는 장사를 하지 않는다. 돈벌이가 아닌 일에 열중하는 장사꾼 따윈 존재하지 않는다. 왕실과 교단에 기부금을 내는 거상들도 세금을 감면받기 위한 수단이지, 진짜 이 나라의 발전을 위해 기부하는 자는 한 명도 없다. 그러니까 장사꾼이 이유 없이 자기 돈을 뿌린다면 그건 십중팔구 사기다.

"그 돈! 안 받았겠죠?"

"아, 아니요. 영주님은 무척 감동해서 그 상인을 극진히 대접하고 리튼의 상권 일부를 내줬어요."

"큭!"

잠시 잊고 있었다. 히더 남작은 완고하지만 사람이 순진하고 촌스러워서 사기당하기 쉬운 표적이라는 것을!

"그 작자, 처음에는 상품을 말도 안 되게 싼 값에 팔았겠죠?"

"어머나! 어떻게 아셨어요!"

"사기꾼 2단계. 경쟁자들을 제거해라."

나는 미간을 어루만지며 중얼거렸다. 이것도 국내 굴지의 상인 조합장의 따님인 고객에게서 들은 말이다. 어처구니없는 헐값으로 상품을 마구 뿌려서 자기 외의 다른 경쟁자들은 장사를 접게 한다. 절대로 장사꾼을 독점하게 하면 안 된다. 그때 바로 본색을 드러내는 것이다.

힘 있는 조합이 버티고 있는 대도시에서는 처음부터 그런 짓을 할 수 없도록 감시하지만, 이런 촌구석 리튼에서는 영주의 환심만 사면 가능한 일이리라.

"영주님은 그 상인에게 완전히 빠져 버렸고, 그에게 이 리튼에 대한 상권 전체를 넘겼어요."

"넘기지 마!"

나는 나도 모르게 소리쳤다. 아무리 순진해도 그렇지, 어째서 그런 초보적인 속임수에 넘어가신 겁니까, 영주님!

"상인이 영주님께 마약을 먹였다는 소문도 있어요. 증거는 없지만."

"마약!"

이 정도면 단순 사기가 아니다! 사기꾼에게도 최소한의 선이라는 게 있는데 이건 너무하잖아! 카론 경은 이런 곳으로 수사를 와야지, 대체 어딜 간 거냐고!

"결국 영주님은 그 상인에게 이 영지의 모든 권리를 넘긴다는 계약서에 사인을 했어요."

"잠깐! 아무리 마약을 먹었다고 하더라도 그런 말도 안 되는 계약에 호락호락 넘어갈 영주님이 아니잖아! 세리카 님도 있었을 텐데 왜 그런 계약을 한 거야!"

이해가 가질 않는다. 아무리 영주님이 착하고 세상사를 잘 모른다고 하더라도, 용맹한 아가씨 세리카 님이 있는 이상 리튼을 말아먹는 그런 계약을 하게 놔둘 리가 없었다. 하지만 시녀의 대답은 믿을 수 없을 만큼 끔찍한 것이었다.

"그게…… 그 상인이 세리카 아가씨를 납치하고 있어서, 영주님은 어쩔 수 없이……."

"……!"

그녀의 상처가 바로 그것 때문이었구나. 사실 귀족들이라면 부와 가문을 유지하기 위해 자식 목숨쯤은 주저 없이 버리는 자들이 대부분이다. 하지만 히더 남작은 그런 사람이 아니었다.

"그 상인에게 반대하는 다른 리튼 사람들도 모두 죽거나 협박을 당했어요. 그리고 히더 영주님도 괴로워하시다가 돌아가셨고요. 하지만 표면적으로는 공정한 계약이고 그 상인은 왕실에도 예전보다 더 많은 세금을 내니까 왕실은 움직이질 않았습니다.

그래서 부탁할 수 있는 분은 기사님뿐이에요."

그녀는 이윽고 울음을 터트렸다. 일주일 만에 이런 짓을 끝낼 수 있었다면 이건 철저하게 계획된 범죄임이 분명하다. 처음부터 리튼을 집어삼키기 위해 접근한 것이다. 상권을 독점한 상인이 마음만 먹으면 영지를 멋대로 휘젓는 것은 일도 아니다. 상품 가격을 턱없이 올려 폭리를 취하고 그 돈으로 용병들을 사 모아 사람들을 협박한다. 저항하는 자들은 매수하거나 살해하고, 왕실에는 사람들에게 짜낸 돈으로 공물을 바치고 관리들에게 뇌물을 먹여 사건을 감춘다. 그렇게 모든 것을 집어삼킨다. 사기의 마지막 단계다.

"도와주세요. 도와주세요. 억울하게 죽은 영주님이 너무 불쌍해서……."

또다시 키스의 말이 떠올랐다. 무슨 일이 생겨도 관여하지 마라. 왕실은 절대로 나를 도와주지 않으니까 어떤 부탁을 들어도 반드시 거절해야 한다. 신전기사단 스왈로우 나이츠의 의무는 오직 제사를 지내는 것뿐이다.

"걱정하지 마세요. 제가 꼭 이 영지를 되찾아 올게요!"

'지금 뭐하는 짓입니까아아아!' 라는 키스의 비명이 들리는 것 같다. 정말이지 난 왕실이 사랑하는 기사가 되긴 글러 먹은 것 같다.

4.

나는 바르도라는 상인 놈의 소굴이 되어 버린 영주님의 저택으로 향하고 있었다.

솔직히 지금 내 기분은 고객이었던 적현무 키르케 님에게 당장 연락해서 '악당 죽이는 거 좋아하시죠? 여기 마음껏 때려죽여도 될 인간 말종이 있어요!' 라고 말하고 싶을 정도지만, 그랬다간 외교 문제로 번질 테고 무엇보다 이 일은 나 스스로 해결하고 싶었다.

나는 저택 정문 앞에 서서 커다랗게 외쳤다.

"문을 열어라! 나는 왕실기사 엔디미온 키리안이다!"

역시 왕실 브랜드. 왕실기사라는 말에 흠칫 놀란 문지기들이 황급히 안으로 들어가더니, 곧 우악스러워 보이는 거한 한 명과 함께 나타났다. 이곳 경비 책임자 정도 되려나?

"와, 왕실이라고 하셨습니까? 어쩐 일로 이런 곳까지……."

개는 뼈다귀에 약하고 고양이는 개다래열매에 약하고 인간은 권력에 약하다. 사람 패고 힘자랑하는 게 특기일 것 같은 덩치가 왕실이라는 말 한마디에 쩔쩔매는 꼴을 보고 있자니 한심스럽기도 하고 조금은 쾌감도 일었다.

"네놈에겐 볼 일 없다. 바르도라는 놈을 만나러 왔으니 문을 열어!"

보라색 눈동자를 차갑게 치켜세우며 잠시 카론 경의 흉내를 내봤다. 이게 통한 것인지 어쩐 것인지, 그는 조금 주저하더니만 굳게 닫혀 있던 창살문을 열었다. 그리고 저택 안으로 들어가기도 전에 무서울 정도로 커다란 얼굴을 가진 작자가 뛰쳐나오며 아양을 떠는 것이 아닌가. 오호라, 이런 게 바로 권력의 힘이라는 거로구나.

"아이고! 왕실기사 나리께서 이런 누추한 곳을 다 찾아 주시다니, 소인 몸 둘 바를 모르겠습니다! 이 목숨을 바쳐 접대할 테니 부디 편히 즐기시다가 가시……."

"흥. 네놈이 바르도냐?"

"그, 그렇사옵니다만."

누추한 곳이라니! 남의 집 빼앗은 놈 입에서 나올 소리냐! 이런 놈이 감히 내 고향 리튼을 묵사발로 만들어 놨겠다!*

"단도직입적으로 말하지. 우리 영주님…… 아니, 히더 남작의 영지인 이 리튼을 사기 공갈로 빼앗은 죄, 어떻게 사죄하겠느냐!"

아아, 이 대사를 꼭 한번 해 보고 싶었다. 어렸을 때부터 꿈이었다고. 바르도는 내 말에 거의 자지러졌다.

"사기 공갈이라니 당치도 않습니다! 그 못된 세리카 년이 거짓말을 늘어놓던가요?"

"이놈! 감히 내 고객…… 아니! 그게 아니라 세리카 님에겐 죄가 없다! 네놈이 속인 것 아니더냐!"

"절대로 아닙니다! 억울합니다!"

"장사치의 말을 무슨 수로 믿겠느냐. 증거를 보여라."

"증거라고 하시면……."

"계약서가 있지 않겠나!"

"무, 물론 있사옵니다."

바르도는 주저하다가 갑자기 바지 벨트를 풀기 시작하는 것 아닌가. 난데없이 왜 이래, 이 변태 자식!

"야! 보고 싶은 건 계약서라니까! 엉뚱한 거 꺼내지 마!"

"아니, 그게 아니라 계약서는 워낙에 중요한 것이라서 항상 이곳에 넣어 둬서……."

그는 황급히 비단 바지 속 어딘가 음침한 곳에 손을 넣어 몇 번이나 접혀 있는 계약서를 꺼내는 것이었다. 하긴, 그곳이라면 악마조차 뒤지지 않을 거다.

"여기 있사옵니다."

"다, 다음부터는 금고라는 적합한 도구를 이용하도록 해라."

만지기 싫다. 만지기 싫다. 만지기 싫어! 나는 부들부들 떨리는 손으로 무시무시한 곳에 보관되어 있던 계약서로 떨리는 손가락을 가져갔다.

그때였다. 갑자기 바르도가 계약서를 뒤로 감추는 것이 아닌가.

"무슨 짓이냐!"

"이거 정말 실례되는 부탁이오나, 제 계약서를 증명하기 전에 혹시 나리부터 진짜 왕실기사인지 증명해 주시겠습니까?"

바르도는 의심스러운 눈초리로 날 바라보고 있었다.

"나는 새도 떨어트리는 왕실기사라고 하셨는데 말도 수행원도 없이 그런 치렁치렁한 옷을 입고 혼자 오시다니 아무래도 좀 이상한뎁쇼?"

"수, 수사 중에 혼자 다니는 게 뭐가 어때서! 카론 경도 그런단 말야!"

"그 남창처럼 곱상한 얼굴도 도무지 기사의 것은 아닌 듯합니다만……. 기사를 사칭하면 무슨 꼴을 당하는지는 알고 있겠지? 이 사기꾼 놈!"

사기꾼한테 사기꾼 소릴 듣다니! 내가 기사가 아니라고 확신한 바르도의 얼굴에 잔인한 미소가 퍼졌고 위험하게 생긴 놈들이 내 주변을 둘러싸며 칼집에 손을 옮기고 있었다. 하지만 나는 당당하다. 난 어깨를 쫙 펴며 자신만만하게 소리쳤다.

"감히 내 정체를 의심하다니! 나는 왕실 신전기사단 스왈로우 나이츠 소속 기사 엔디미온 키리안이다!"

"스왈로우…… 나이츠?"

바르도가 그 커다란 머리를 갸웃거렸다. 그때 심복 정도로 보이는 놈이 그에게 다가가 뭐라고 속삭이는 것이었다. 그 말을 들은 바르도의 얼굴이 단박에 일그러졌다.

"그러니까 헬스트 나이츠가 아니다, 이거지!"

"얼레?"

잠시 후, 나는 생애 최초로 하늘을 날아올랐다. 용병들의 우악스러운 손에 대문 밖으로 집어 던져진 내 몸이 포물선을 그리며 바닥으로 떨어져 데굴데굴 굴렀고 '스왈로우 나이츠 주제에 기사 흉내 내지 마!'라고 소리친 용병들은 문을 쾅 걸어 잠갔다.

1차 작전 실패.

"하아. 역시 쉽지 않네."

나는 바닥에 주저앉아 흙먼지를 털었다. 그때 예의 시녀가 다가와서는 동정 어린 눈빛으로 손수건을 꺼내 내 얼굴을 닦아 주는 것이 아닌가. 기다리고 있었던 모양이로군. 아이고, 민망해라.

"기사님, 약하네요."

"무, 무슨 소리야. 기사에겐 힘이 전부가 아니라고!"

라고 둘러대긴 했지만, 그래. 약해서 미안하다. 솔직히 카론 경처럼 광풍을 휘날리며 저택을 쑥대밭으로 만들 수야 없어도 저런 삼류 용병들쯤은 이길 자신 있다. 이래 봬도 내게 검술을 가르쳐 준 분은 그 찬란히 빛나는 명주작(明朱雀) 알테어 님이란 말씀이야. 하지만 수틀린다고 무턱대고 칼부터 휘두르면 그건 악당들과 다를 바가 없다.

시녀가 쓸쓸한 목소리로 말했다.

"세리카 님 말씀대로 이제는 무리인지도 모르겠네요."

"섭섭하네. 난 이제 시작이라고. 벌써 계약서가 어디 숨겨져 있는지 알아냈는데?"

"정말요? 어디에 있는데요?"

눈을 동그랗게 뜬 포니테일 시녀의 모습은 꽤 귀여워 보였다. 그리고 이 귀여운 여자에게 계약서가 고이 보관되어 있는 그 섬뜩한 장소를 굳이 알려 줘서 정신적 충격을 주긴 싫다.

"아무튼 그런 곳이 있어. 멋진 방법으로 되찾아 오는 것은 글러 먹은 것 같으니까 이제부턴 내 나름의 방법을 써 볼까나."

"나, 나름의 방법?"

"후후. 카론 경은 절대로 못 쓸 방법이지. 혹시 화장 도구 있어?"

그녀가 그걸 왜 찾느냐는 듯이 눈을 깜빡거렸다. 거기 깨끗이 씻고 기다려라, 협잡꾼 바르도! 내가 곧 그 계약서를 쏘옥 꺼내서 세리카 님에게 전달해 드릴 테니까!

5.

일단 퇴각해서 작전 준비를 마치고 다시 저택 입구를 찾은 것은 하루 후 저녁이었다. 작전에 쓰일 그럴듯한 마차를 구하는 일이 쉽진 않았단 말씀이야. 결국 예전 마담 누님의 도움을 받아 마부와 마차 한 대를 빌릴 수 있었다.

마차가 도착하자마자 문지기들이 칼을 뽑았다.

자, 그럼 2차 작전 개시.

"멈춰! 뭐하는 놈들이냐!"

물어보기도 전에 칼부터 뽑다니 역시 악당의 조무래기들답다. 그나저나 마부가 연습한 대로 잘해 줘야 할 텐데.

"무, 무엄하다! 마, 마, 말을 삼가라! 이 아가씨는 시노아 자작 나리께서 바르도 님께 보낸 선물이니라."

50점을 주겠습니다. 역시 아마추어라는 것을 증명이라도 하듯 덜덜 떨면서 마부가 말을 마쳤지만, 50점도 안 되는 둔감한 조무래기들은 마차를 열고 나를 훑어본 뒤 마차를 통과시켰다. 대문 진입 성공. 우리는 정원 안으로 들어갔다.

마차 안에 같이 타고 있던 시녀가 불안한 듯 속삭였다.

"잘될까요?"

"믿으세요. 악당치고 호색한 아닌 놈 없으니까."

역시 내 고객이었던 당대 최고의 대도(大盜)에게서 들은 말이다. 그녀가 지금까지 악덕 관리들의 집들을 터는 동안 단 한 번도 미인계에 넘어가지 않은 적이 없었단다. 자식에게도 안 보여 주는 보물 창고도 뇌쇄적인 추파를 던지는 그분에겐 다 내놓고 자랑했다고 하니까 말이다. 그럼 이번에 바르도를 녹일 미인은 누구냐고? 나다.

시녀가 신기한 듯 내 뽀얀 뺨을 매만지며 중얼거렸다.

"그런데 정말 예쁘네요. 저까지 두근거려요."

"이 미모 하나로 먹고살아 온 인생이니까요."

행운인지 불행인지 난 평소에도 여자로 자주 착각 당하는 얼굴이다. 거기에 적절한 화장만 가미되면 바르도의 혼을 뽑아 버릴 절세 미녀로 태어나기에 부족함이 없어진다. 기사답지 않다고 욕하지 말아 달라. 자기 장점을 적극적으로 살리는 것에 부끄러움은 없다!

"내려! 너만 바르도 님께 데려가겠다! 나머지는 돌아가!"

저택 앞에 도착하자 용병이 마차 문을 쾅쾅 치며 말했다.

나는 문을 활짝 열고 아찔한 백색 드레스 사이로 길고 늘씬한 다리를 내뻗으며 아름다운 자태를 뽐냈다. 자랑은 아니지만 정의를 위해서라면 이런 포즈 거뜬히 할 수 있어. 용병들은 숨을 멈춘 채 초콜릿색 스타킹을 입은 내 다리 굴곡과 잘록한 허리, 터질 것 같은 가슴(물론 가짜입니다)을 넋 나간 듯 바라보았다. 이 가슴의 정체가 사과 두 개와 밀가루 반죽이라는 것을 알면 더더욱 놀라게 될 거다(물론 놀란 뒤엔 날 죽이겠지만).

"어서 바르도 님에게 날 안내해요."

특별히 취미가 있는 것은 아니지만 아홉 가지 정도의 여자 목소리 흉내에는 자신이 있다. 그리고 이번 선택은 도도한 요녀의 콧소리였다. 그런데 이놈이 대뜸 내 왼쪽 가슴을 움켜잡는 것이 아닌가. 뭐 이딴 짐승 같은 자식이!

난 소스라치게 놀라며 따귀를 때렸다.

"무, 무슨 짓이에요! 움켜쥐면 반죽이 뭉개진단, 아니 아프단 말이에요!"

내 불꽃 싸대기에도 이 애니멀 녀석은 얼간이처럼 뺨을 비비며 좋아했다.

"흐흐. 난 이런 성깔 있는 여자가 좋더라. 어차피 먹을 것, 미리 좀 맛보면 뭐 어때."

내 가슴이 무슨 시식코너인 줄 알아!

"댁이 맛볼 일은 영원히 없을 테니 바르도 님에게 안내나 하세요!"

"흐흐흐. 과연 그럴까?"

'얼레?'

저 의미심장한 웃음의 근원은 뭐지? 권력자가 친선의 뜻으로 보내온 여자를 너 같은 졸병한테 넘겨줄 리가 없잖아. 그런데 왜 계속 웃는 거야, 저 자식!

6.

"흐음. 시노아 자작께서 널 보냈다고?"

"그렇사옵니다. 이미 이 리튼 지방은 바르도 님의 것이나 마찬가지, 그에 따라 앞으로의 친분의 성의로서 저를 보냈사옵니다. 부디 저를 받아 주시옵소서."

내 간질거리는 목소리에 머리가 무섭게 큰 바르도는 대단히 흡족한 듯 그 집채만 한 머리통을 연방 꾸벅이며 웃어 젖혔다. 그도 그럴 것이 주변 귀족들마저 자신을 인정하고 있다는 사실이 어찌 짜릿하지 않을까.

"크하하핫! 좋아! 좋아! 내 받아 주도록 하지! 시노아 자작도 꽤 눈썰미가 좋구나. 하하!"

후후후후후. 그래 지금 원 없이 기뻐해라. 잠시 후엔 내 정권 찌르기에 기절해서 계약서를 빼앗기는 가련한 신세가 될 테니까!

"그래, 네 이름이 뭐냐."

"미오니아라고 하옵니다."

어째 비누 이름 같지만 떠오르는 이름은 이것뿐인걸.

"흐음. 그래, 그래."

히더 남작의 것이었던 의자에 앉아 포도알을 따먹고 있던 바르도는 예상대로 내 몸을 훑어보기 시작했고, 나는 부끄러운 듯 몸을 틀었다. 그리고 마무리로 드레스 사이로 연한 갈색 스타킹을 신은 긴 다리를 살짝 들어 요염하게 내밀었다. 레이스 달린 가터벨트와 뽀얀 속살이 살짝살짝 드러나자 근처 용병들의 침 넘어가는 소리가 응접실을 메운다. 후후, 이 짓도 계속하니까 되게 재밌네. 사나이 마지막 자존심까지 온몸으로 내던진 이 뇌쇄 포즈에 안 넘어올 인간이 없다! 자아, 냉큼 부하들을 내보내고 너의 그 더럽고 민망한 금고를 개방하지 못할까!

"됐어, 나가 봐."

"엥?"

뭐, 뭐야, 너! 어째서 이 모습에 아무런 감흥도 없는 거냐고! 아악! 자존심 상해! ……가 아니라 뭔가 이상하잖아!

그러나 바르도는 정말 관심 없다는 듯 연방 포도알만 까먹고 있었고 용병들은 그럴 줄 알았다면서 웃기 시작했다.

"두목, 이 여자는 우리가 가져도 되겠죠?"

"맘대로 써라."

"좋았어!"

뭐가 좋아!

"가자, 미오니아."

"꺄아아악!"

나는 용병들의 우악스러운 팔에 잡혀 짐승처럼 밖으로 끌려 나갔다. 설마 바르도가 오직 한 명의 부인만 두는 청렴한 악당? 아니면 색욕을 멀리하는 수도승 악당? 웃기지 마! 생긴 것만 봐도 음탕함이 철철 넘치는데! 악당이면 악당답게 색욕을 밝히란 말이다! 이거 놔라, 이 짐승들아!

7.

"큭큭. 바르도 님이 너한테 관심이 없어서 놀란 모양이로구나.”

용병이 내 허리에 억센 팔을 휘감으며 말했다. 그래, 궁금하다. 죽을 때 죽더라도 그건 알아야겠어!

나는 비참하게도 그의 털 난 품속에서 충격적인 사실을 들어야 했다.

“세상 모든 남자가 다 여자만 좋아하란 법은 없거든.”

“……!”

신이시여! 나는 어부 손에 잡힌 물고기처럼 바둥거리다가 쏙 빠져나와 뒤로 물러섰다.

“나, 남색?”

“그렇다니까? 세상 어떤 미녀 불러다 놔도 두목은 관심도 없다고. 뭐 우리야 좋지. 너 같은 미녀 언제 한 번 품어 보겠어? 알았으면 그만 내숭 떨고 어서 이리로…….”

머릿속이 하얘지고 더 이상 아무런 말도 들리지 않았다. 지지리 운도 없지. 내가 악당 두목 성적 취향 따위 알게 뭐냐! 이제라도 눈물을 흘리며 뛰어 들어가서 ‘와하하하! 저 실은 남자랍니다아!’ 라고 해야 하나? 아니야. 그건 암만 생각해도 자살행위야.

어쩌지. 어쩐다! 어서 생각해라! 이 가슴이 밀가루 반죽이라는 것이 들통 나는 순간 분기탱천한 용병들의 칼에 잘게 다져져 이 정원의 비료로 쓰이거나 아니면 바르도의 노리개가 되어 영원히 저택 지하에 감금될 것이 뻔해! 어느 쪽도 곤란하다고!

“너 뭐라고 중얼거리고 있는 거야. 이리 와!”

"자, 잠깐만. 저는 사실 지금 돌아가야 하거든요?"

"엉? 무슨 헛소리야!"

"그, 그러니까 해가 진 뒤에는 남자를 멀리해야 하는 희귀병에 걸려서……."

"개소리하지 마!"

웁스. 자극했습니다.

"그 예쁜 다리를 다 내놓고 유혹하다가 이제 와서 빼겠다고? 예전 남작 딸내미도 끝까지 앙탈 부리는 바람에 애먹었……."

순간 마음속이 불처럼 달아올랐다.

"지금 뭐라고 지껄였냐."

순간 눈에서 불이 올랐다. 작전이고 뭐고 이제 용서 못 해!

상대에게 살의를 품을 때는 열 번을 다시 생각해 보라고 했다.

"그만 멈추세요."

어? 뒤에서 익숙한 목소리가 들려 고개를 돌려 보니 예전 업소의 주인인 마담 히르카스였다. 누님이 여긴 왜 온 거예요!

"응? 넌 또 뭐야."

"이 아이는 우리 가게에서 보낸 겁니다."

히르카스 누님이 내 어깨를 잡으며 차분하게 말했다. 어깨에 느껴지는 힘의 의미는 '참아라'였다. 용병들이 짜증 섞인 얼굴로 되물었다.

"그런데?"

"문제가 생겨서 다시 가져가려고 합니다."

"웃기지 마. 보냈으면 끝이지, 먹으라고 줘 놓고 다시 가져가겠다고!"

흥분한 용병들이 칼을 뽑았지만 히르카스 누님은 눈썹 하나 꿈쩍하지 않고 대꾸했다.

"그럼 용기 있으신 분은 어디 한번 이 아이를 품어 보시죠."

누님의 입가에 비웃음이 번졌다. 지, 지금 무슨 소리를 하시려는 건가요, 누님?

"설마 그 계집애가……."

"그렇습니다. 이 아이는 매독에 걸렸습니다!"

"아냐!"

라고 나도 모르게 소리칠 뻔했지만 누님이 엉덩이를 꼬집는 바람에 나는 후끼야아아아악! 하는 괴상한 비명으로 대신했다.

"보셨죠? 이미 말기라서 이렇게 실성한 상태입니다. 에잇! 못된 년! 지금까지 잘도 숨기고 있었겠다!"

짜아악!

하르카스 누님은 주저 없이 내 뺨을 후려쳤다. 연극의 완성도를 높이기 위해서인지, 아니면 내게 진짜 유감이 있는 건지 모르겠지만 손끝에 힘이 들어갔어요, 누님! 이 즉흥 연극의 클라이맥스는 바로 이것이었다.

"게다가 이 아이의 몸도 이미 흐물흐물해졌어요. 보세요! 이 가슴을!"

갑자기 누님이 내 밀가루 가슴을 당수로 내리치자 반쯤 굳어 있던 가슴이 와르르 무너졌고 못 볼 것을 본 용병들은 기겁을 하며 뒤로 물러서는 것이었다. 그런데 이쯤이면 성병이 아니라 이미 좀비 아닌가요.

"어때요! 그래도 이런 천하고 더럽고 가증스러운 계집아이를 품으시겠다면 데려가지 않겠습니다! 오호호호!"

누님, 오버예요. 이런 일 가지고 즐기지 마세요!

"가, 가까이 오지 마! 냉큼 데려가! 내 살다 살다 저런 끔찍한 꼴은 처음 보겠네!"

"다른 가슴도 마찬가지랍니다! 보세요! 이얍!"

와르르르르.

'그만해!'

"자아, 어서 가자꾸나. 아무리 억울해도 그렇지, 저 남정네들을 죽이려고 하면 어떻게 하니."

누님은 내게 찡긋 윙크를 하며 밖으로 나갔고 나는 산산이 무너져 버린 두 가슴을 부여잡고 그녀를 따라갔다.

8.

"도와줘서 고마워요, 누님."

"네가 엉뚱하다는 건 알았지만 고향에 돌아와서 기껏 한다는 일이 여장일 줄은 몰랐구나."

"일이라구요, 일."

나는 투덜거리며 문밖으로 나섰다. 그런데 놀랍게도 정문 밖 수풀 근처에는 세리카 아가씨가 서 있었던 것이다.

"세리카 님."

"미안. 깜빡하고 얘기 못 했어. 바르도 취향, 남자라는 거."

"아, 예. 평생 잊지 않을 거 같아요."

세리카 아가씨는 늘씬한 요부로 변신한 내 모습을 보며 어울린다고 큭큭 웃었다. 민망하긴 하지만 어쨌든 돌아와서 처음으로 웃는 모습을 보니까 기분은 좋군. 끔찍한 일을 당했는데도 그녀는 마지막 남은 자부심을 잃지 않으려 노력하고 있었다. 긴 담배를 피워 문 히르카스 마담이 연기를 뿜으며 말했다.

"너 찾는 고객들이 아직도 많아. 하지만 다시 가게로 돌아올 생각은 없겠지?"

"예, 없습니다."

나는 나도 놀랄 정도로 단호하게 대답했고 누님은 고개를 끄덕거렸다.

"그럼 다시 볼 일 없겠네. 잘 지내. 가끔 편지하고."

그 말과 함께 그녀는 반대편으로 걸어가기 시작했다. 나는 검은 코트를 입은 히르카스 마담 뒷모습을 바라보며 외쳤다.

"어딜 가도 하는 일은 다 비슷한 거 같아요."

"어머. 그럼 아닌 줄 알았어?"

항상 느끼는 거지만 히르카스 누님의 눈웃음은 매력적이다.

그녀가 떠나자 세리카 님이 말했다.

"아 그리고, 미온. 지금 손님이 와 계셔."

"손님이요?"

난 눈을 동그랗게 뜨고는 그녀를 바라보았다. 그녀도 잘 모르겠다는 듯 고개를 기울이며 대답했다.

"기사라고 하기에 미온 얘기를 했더니 당장 데려오래. 쓸데없는 짓 하지 말라고 전해 달라던데?"

"저, 설마 그 기사의 이름이……."

"카론 샤펜투스."

털썩, 무너진 내 가슴이 와르르 치마 밑으로 쏟아졌다.

9.

세상에는 두 종류의 인간이 있다. 여간하면 웃어 주는 사람과 여간해선 웃지 않는 사람. 카론 경은 후자다.

"와아! 카론 경!"

예의 세리카 님의 피신처에 와 있는 사람은 역시 만년설 기사님 카론 경이었다. 그리고 그의 뒤에는 부하 정도로 보이는 젊은 기사 두 명이 서 있었다. 반가운 표정으로 방에 들어온 나를 보자마자 카론이 사무적인 목소리로 물었다.

"제사에 그런 복장이 필요한가?"

"아? 아하하. 임무 중이거든요, 임무."

이런 민망해라. 나는 굴곡이 다 드러나는 뇌쇄 드레스를 팔락팔락거리며 생글 웃었지만 카론의 표정은 여전히 숨 막히는 영하 273도였다. 소파에 앉아 있는 그는 여전히 수사 자료쯤으로 보이는 서류를 훑어보며 말했다.

"키스가 제사 외엔 아무것도 하지 말라고 말했을 텐데."

"하지만, 어쩔 수 없는 상황이라서."

"왕궁도 조직 사회다. 명령 들을 생각이 없으면 기사 작위 반납해."

매정하구만. 하지만 이미 저질러 버렸는뎁쇼? 그건 그렇고 불철주야 바쁜 카론 경이 여긴 왜 온 것일까. 설마 세리카 님을 도와주려고? 라는 기대는 품어 봐야 상처만 받으니까 하지도 말자.

카론이 서류를 테이블에 탁 내던지며 말했다.

"단도직입적으로 말하지. 당장 왕궁으로 돌아가."

"시, 싫어요."

"세리카 남작은 제사 비용을 지불할 능력이 없다. 이건 엄연한 왕실 업무야. 무료로 제사를 지내면 다른 귀족들이 반발하게 돼. 지명은 취소다. 왕궁으로 귀환해라."

"내가 돈을 내면 되잖아요!"

순간 세리카가 깜짝 놀란 얼굴로 내게 다가왔지만, 나는 괜찮다며 손을 내저었다. 지금까지 모아 둔 돈도 있으니까 내가 내면 된다고. 하지만 지금 문제는 그 잘난 제사가 아니란 말이야! 카론은 서늘한 눈빛으로 날 바라보다가 조금 골치 아프다는 듯 눈살을 찌푸렸다. 그리곤 입을 열었다.

"내가 여기 왜 왔다고 생각하나."

"그야 절 돌려보내려고."

카론 뒤에 서 있던 기사 한 명이 화가 난 듯 소리쳤다.

"그런 하찮은 일에 카론 경이 직접 올 리가 없잖나!"

그래, 하찮아서 미안하다!

카론 경이 말했다.

"근처 영지의 시노아 자작으로부터 사건 의뢰를 받고 왔다."

"시노아 자작?"

내가 아까 사칭했던 귀족이잖아. 그가 카론 경을 불러들였다고?

"이 리튼이 바르도라는 상인 손에 놀아나고 있으니까 리튼의 안정을 위해 그 상인을 처단해 달라는 의뢰다."

"와아! 다행이네요! 카론 경만 도와주신다면 간단하게 바르도를 몰아내고 세리카 님을 다시 영주로……."

나는 쾌재를 불렀다. 그래! 정의는 살아 있구나! 하지만 카론의 다음 말을 듣자마자 짧은 기쁨이 산산이 깨져 버렸다.

"착각하지 마라. 바르도를 즉결 처분한 뒤 리튼을 통치하는 사람은 사건 해결을 의뢰한 시노아 자작이야."

"어, 어째서요! 그가 뭔데 여길!"

말도 안 되는 소리다. 하지만 카론 경은 너무도 간단하게 대답했다.

"통치력을 잃은 세리카 히더 영애를 도와주고 리튼을 보호해준다. 그게 명분이다."

내정간섭이라는 말이 있다. 이건 결국 사자가 와서 여우를 죽이고 자기가 주인이 되겠다는 거잖아. 그럼 세리카 님은 어떻게 되는 거냐고!

나는 이가 갈려 커다랗게 외쳤다.

"그러니까 시노아 자작이라는 양반이 이 땅이 탐나서 카론 경을 부른 거로군요. 바르도를 몰아내고 자기가 다 먹으려고! 둘다 똑같은 놈들이에요! 카론 경도 알 수 있잖아요!"

이번에도 카론의 부하가 인상을 찡그렸다. 아마도 수사 지원을 위해 왕실에서 급파된 헬스트 나이츠 기사이리라.

"말조심해라! 시노아 공은 국왕 전하와도 친분이 있는 분이시다!"

하느님과 사촌지간이라도 나쁜 건 나쁜 거다. 어째서 카론 경은 그런 더러운 일을 거절하지 않은 것일까.

카론이 차갑게 말했다.

"그때 말했잖아. 권력자들의 뒤치다꺼리라고."

"그래도 카론 경은 그런 사람은 아닌 줄 알았어요! 들을 가치도 없는 명령에 굴복하는 사람이 아닌 줄 알았다고요!"

"날 과대평가했군."

카론은 비웃음도 씁쓸함도 아닌 얼어붙은 눈초리만으로 날 바라보았고, 나는 배신감에 그의 얼굴에 주먹을 날리고 싶었다. 하지만 나는 꾹 참으며 짜내듯이 말했다.

"제게 기회를 주세요."

"기회?"

"바르도는 영주님과 강제로 맺은 계약서를 가지고 있어요. 그 것만 되찾아 오면 이 영지는 공식적으로 세리카 님에게 되돌아오는 거예요. 도와주지 않아도 좋아요. 하지만 내 고향을 원래대로 돌릴 기회를 주세요. 어떻게든 되찾아 올 테니까!"

헬스트 나이츠 기사들은 가당찮다는 듯이 외쳤다.

"스왈로우 나이츠 주제에 감히 우리와 흥정을 하겠다는 거냐! 수사 전권은 우리에게 있다. 시노아 공은 이 일을 한시 빨리 처리해 달라고 말씀하셨어! 네놈은 어서 왕궁으로 돌아가!"

"너희야말로 기사 작위 반납해!"

"뭐, 뭐라고?"

어째서일까. 한 마디 한 마디마다 고상해 보이려고 발버둥 치는 인간들이 어째서 눈에 훤히 보이는 억울함에는 약속이라도 한 듯 고개를 돌리는 걸까. 이들에겐 권력이 없는 자는 존재하지 않는 것과 같은 것일까. 그리고 나는 이따위 세상 속에서 여장까지 하고 지금 대체 뭘 하는 거냐고!

"모든 것을 할 수 있게 해 놓고, 아무것도 하지 말라고 명령할 바에는…… 처음부터 기사 작위 따위 주지 말라고!"

어차피 이 시대의 기사 작위는 마구 찍어낼 수 있는 싸구려 장신구라고 쇼탄 경이 말했다. 그 말, 정말로 인정하고 싶지 않았다. 그래도 가치가 있다고 믿는 일에 발버둥 치면 조금은 이해해 주리라 믿고 있었다. 내가 틀린 건가?

"여섯 시간 주겠다."

카론이 짧게 말하자 갑자기 내 눈이 팍 뜨였다.

"정말요?"

"정확히 여섯 시간이다. 그 시간 안에 계약서를 못 가져오면 내가 움직인다."

감사합니다! 카론 경!

"단, 조건이 있다."

나를 바라보는 카론 경의 눈에 싸늘한 빛이 번졌다.

"만약 여섯 시간 내에 일을 해결하지 못할 경우 책임을 지고 기사 작위를 반납해라. 말만 앞세우는 자에게 기사의 자격은 없다."

모든 일엔 책임이 따른다. 입으로 실천하는 정의란 없다. 나는 침을 꿀꺽 삼켰다. 그리고 주먹을 꽉 쥐었다.

"지켜보세요! 반드시 해내겠습니다!"

그런데 이 승냥이 같은 부하 놈들은 그럴 수는 없다면서 다투어 소리치는 것이 아닌가.

"카, 카론 경! 그분의 명령을 어길 생각입니까!"

"저런 녀석에게 기회를 줘 봐야 왕실의 명예만 실추됩니다!"

하지만 카론은 단호했다. 역시 아군이 되면 든든한 사람이다.

"명령을 어기는 것이 아니다. 단지 우리는 여섯 시간 후에 움직이는 것뿐이야."

"왕실에 보고하겠습니다! 이건 직무 유기입니다!"

"어차피 스왈로우 나이츠가 여섯 시간 만에 사건을 해결할 리가 없지 않습니까. 이건 시간 낭비입니다."

그때 심드렁한 표정을 드러낸 세리카 님이 뜨거운 차가 담긴 포트를 들고 와서는 지껄여대는 부하의 발에다 뜨거운 찻물을 뿌렸다.

"으아아악! 뜨거워! 뭐하는 짓이냐!"

"어머, 미안해요. 못난 남자들을 보면 뜨거운 물을 부어 버리는 버릇이 있어서."

"이런 발칙한 년이 감히 왕실의 기사한테 이런 모욕을!"

"난 아직 영주예요. 그 더러운 입, 조심하세요."

틀린 말이 아니었다. 헬스트 나이츠의 기사는 흙빛이 된 얼굴을 일그러뜨렸다. 세리카 님은 날 바라보며 생긋 웃었고 나는 재빠르게 방을 뛰쳐나갔다. 5시간 58분 남았다.

10.

어둠이 내린 깊은 밤, 나는 저택을 향해 달려가고 있었다.

다행히도 나는 영주님의 저택 구조를 잘 알고 있었다. 왜냐하면 히더 영주님과 세리카 아가씨 둘 다 황소고집이라서 한번 싸웠다 하면 몇 날 며칠 동안 절대로 미안하다는 말을 안 하고 장기전을 벌였는데, 결국 방에 틀어박힌 세리카 님을 달래기 위해 내가 자주 와야 했던 것이다.

'바르도는 영주님의 침실에 잠들어 있겠지?'

저택은 리튼 지방에서는 제법 큰 편이지만 귀족의 것이라고 하기엔 도리어 소박한 4층 건물이었다. 그리고 지붕은 아치형으로 되어 있으며 영주님의 침실은 지붕 바로 밑에 있었다.

'또한 침실 천장과 지붕 사이에는 공간이 있지.'

가끔 화가 난 세리카 님이 여기에 숨었기 때문에 나는 이곳으로 가는 루트를 알고 있었다. 저택 뒤로 돌아가 낮은 담을 넘은 뒤에 연통을 타고 올라가 숨어들면 되는 것이다. 또한 천장에는 자그마한 비밀 문이 있다. 보통은 지붕 안을 청소할 때 들어가기 위해서 쓰이는데, 이번에는 은밀한 잠입을 위해 사용될 것이다.

자 그럼, 2차 작전 개시!

하품이나 쩍쩍하는 용병들의 눈을 피해 저택 뒤로 숨어들어 침실 천장 위까지 도착하는 것까지는 문제도 아니었다. 나는 바닥에 바짝 눈을 대고 가느다란 틈 사이로 바르도를 관찰했다.

'그런데, 왜 안 자는 거야? 저 자식!'

잠을 자야 비밀 문을 열고 내려가 계약서를 훔쳐올 것 아닌가. 그런데도 바르도 이놈은 누가 장사꾼 아니랄까 봐 세리카 아가씨의 것이었던 금화들을 책상 위에 쌓아 놓고 하나하나 세고 있었던 것이다. 게다가 금화는 몇 자루나 되었다. 저 많은 금화를 다 세어 보다간 시간 다 지날 것이 분명했다.

'제발 잠 좀 자라! 내가 실패하면 넌 카론 경의 손에 죽는다고!'

뭐 저렇게 성실한 악당이 다 있담! 남색가라면 남색가답게 질펀하게 처놀다가 쓰러져 잠들란 말이다. 행복한 표정으로 꼼꼼하게 금화들을 세어 쌓아 놓는 모습을 지켜보고 있자니 너무도 지루해서 내가 다 잠들어 버릴 것만 같았다. 사실 난 고향에 온 뒤부터 한숨도 못 자고 뛰어다녔다고!

'안 돼! 자면 안 돼! 여기서 잠들어 버리면 난 희대의 얼간이가 되어 버린다!'

전 세계에 지명수배되어 있는 여괴도님의 말씀에 의하면(가끔 술 마시러 찾아와서 나를 지명했다. 우리 가게는 비밀 보장이 최우선이기 때문에 잡힐 염려 따윈 없다) 조금이라도 가능성이 없다고 판단되면 10초 내에 미련 없이 자리를 떠야 한다고 했다. 하지만 나는 바닥의 틈 사이에 바짝 눈을 가져다 댄 뒤, 다섯 시간 넘게 바르도가 금화를 세고 있는 모습을 지켜보았다. 이 비좁은 공간은 밤인데도 찜통처럼 더워 정신을 혼미하게 하고 온몸이 축축이 젖었지만, 여기서 물러선다면 리튼이 본래의 모습으로 돌아올 가능성은 영영 사라지게 된다.

'망할. 시간이 다 되어 간다고! 적당히 좀 세고 디비져 자란 말이다!'

밖에선 새가 우는 소리가 들려오기 시작했다. 새벽이 다가오고 있었다. 이제 잠시 후면 카론 경이 나타날 테고 이 저택을 피바다로 만들 것이다. 그리고 리튼의 모든 것은 그 시노아인지 뭔지 하는 욕심쟁이 귀족 놈의 손아귀에 넘어가게 된다. 그런 전개는 싫다고!

"후후. 좋아, 한 푼도 사라지지 않았군. 이제 자 볼까나."

바르도가 기지개를 켜며 말했다. 아니, 저놈은 밤마다 금화를 세고 있었단 말인가. 정말이지 악당도 보통 노력으로는 할 수가 없는 거로구만.

바르도는 침대에 쓰러지자마자 곧장 커다랗게 코를 골았다.

'좋아, 나도 이제 계약서를 가지러 가 볼까.'

나는 침착하게 천장의 문을 열고 밧줄을 타고 내려왔다. 바르도의 우렁찬 콧소리 덕에 화분을 깨고 뿔피리를 불고 꽹과리를 두드리며 상고 돌리기를 해도 절대로 들키지 않을 것 같았다.

'문제는 이거로군.'

솔직히 세상 누구도 뚱뚱한 몸에 얼굴까지 거대한 중년 남자의 바지를 벗기는 일을 달가워하는 인간은 없을 것이다. 하지만 나는 이 리튼의 평화를 위해서 이를 꽉 물고 벨트를 벗겨야 했다. 어째서 기사의 정의를 실천하는 일과 중년 남자의 은밀한 부분을 뒤져야 하는 일 사이에 밀접한 상관관계가 생겼는지 도무지 모르겠지만 나도 더 이상은 물러설 곳이 없다고!

'일이다. 일이다. 이건 정의를 실천하기 위한 일이다.'

……라는 자기암시를 걸며 나는 바지 속으로 조심스럽게 손을 집어넣었다. 되도록 계약서 외의 다른 것은 잡히지 않길 빌면서. 그런데.

'없다?'

물론 계약서 외의 다른 모든 것은 다 제자리에 있었지만 이상하게도 계약서는 없었다. 이리저리 휘저어 봐도 계약서만은 잡히질 않았다. 그때 눈을 번쩍 뜬 바르도가 내 손목을 잡으며 몸을 일으켰다.

"크하핫! 네놈이 찾아올 줄 알았다!"

'망할!'

"며칠 전부터 영 뒤숭숭해서 계약서를 금고에 넣어 두었지! 어떠냐! 이 용의주도함이!"

생각해 보니까 금고를 조언해 준 사람은 바로 나네? 알겠으니까 이 손 좀 빼고 말하자!

"흥! 스왈로우 나이츠 주제에 감히 이런 도둑고양이 짓을 해? 각오는 되어 있겠지?"

"너 계약서 주는 편이 좋을 거야. 안 그러면 카론 경이 와서 널 처단할 거라고!"

"흐핫! 그런 말도 안 되는 변명을 믿으라고?"

"오래 살고 싶으면 사람 말 좀 들어!"

그때였다. 갑자기 문이 벌컥 열리며 용병 하나가 다급하게 들어오더니 이 광경을 보고는 황망한 표정으로 말을 더듬었다. 하긴, 새벽녘에 남의 바지춤에 손을 넣고 있는 미남자를 보다니 오해할 만도 하다. 어쩌다 상황이 이 지경이 된 거야!

"무, 문제가 생겼습니다. 기사 셋이 저택에 침입했습니다!"

카론 경이다. 나는 눈을 꽉 감았다.

"기, 기사? 기사는 여기 있는데?"

미안하지만 나와는 다른 종류의 기사라오.

"왕실의 집행관들입니다. 다, 닥치는 대로 죽이며 들어오고 있습니다."

"뭐라고!"

그 보고를 끝으로 용병 녀석도 황급히 도망쳤다. 바르도가 나를 잡아끌고 문밖으로 나가자마자 뜨거운 피비린내가 확 끼쳤다. 저택 안은 이미 사형장이었다. 카론 경과 두 명의 기사들이 4층으로 올라오며 수십 명의 용병을 남김없이 척살하고 있었다. 일체의 경고도 자비도 없이 기계처럼 악당들의 생명을 끊었다.

"저게…… 카론 경."

나는 이토록 무서운 장면을 본 적이 없다. 도끼를 들고 카론 경 앞에 뛰어드는 용병들은 마치 종잇장처럼 잘려 나뒹굴었다.

내 눈으로는 그가 지르는 검의 궤적조차 쫓을 수 없었고, 단지 검광이 번뜩일 때마다 하나씩 죽어 갈 뿐이었다. 계단을 올라오는 동안 카론 경은 단 한 번도 걸음을 멈추지 않았다. 그가 지나간 길에는 비명조차 지르지 못한 시체들밖엔 없었다. 기술 이름이라도 커다랗게 외쳤다면 정감이라도 갔겠지만 카론은 입을 꽉 다문 채 눈앞에 움직이는 모든 것들을 도륙하고 있었다. 아무리 기사의 덕목에 고상함과 현명함, 훌륭한 판단력이 있다고는 해도 기사의 본질은 왕실의 칼이다. 왕실이 처형을 명령하면 그 칼이 되어 한 치의 주저함도 없이 수행한다. 그것이 카론 샤펜투스였다.

"네가 바르도냐."

뚜벅거리며 다가온 카론 경이 자신의 장검에 엉긴 피를 털어 내며 무심하게 말했다. 바르도는 사시나무 떨듯 떨면서 더듬더듬 입을 열었다.

"재, 재판이라도 받고 싶습니다."

"즉결 처분 명령이 내려왔다. 재판받을 권리 따윈 없다."

카론이 자신의 눈동자만큼이나 차가운 검 끝을 바르도를 향해 치켜들었다.

"잠깐만요! 카론 경!"

"또 너냐."

카론이 날 바라보는 눈빛에는 일말의 동정도 없었다.

"계약서는 금고에 있어요! 거의 다 찾았다고요!"

그러자 카론의 부하가 귀찮다는 듯이 대꾸했다.

"이미 늦었어! 이놈을 이 자리에서 처형하고 리튼은 시노아 공이 관리한다! 넌 기사 작위 반납하고 고향으로 돌아가!"

"그렇게까지 해서 귀족들에게 아부하고 싶냐!"

"뭐라고! 이런 세상 돌아가는 이치도 모르는 애송이를 봤나! 더 이상 왕실 명예 실추시키지 말고 책임을 져라, 이 천박한 놈!"

나는 순간적으로 팔을 뻗어 그의 멱살을 잡아챘다. 그리고 이 저택이 떠나갈 듯 소리치고야 말았다.

"빼앗긴 것을 본래 있던 사람에게 돌려주고 싶은 노력이 네 녀석 눈엔 그렇게도 천박하게 보였냐!"

상대는 아무런 말도 하지 못한 채 얼떨떨한 얼굴로 날 바라볼 뿐이었다. 울고 싶은 기분이란 이런 것일까.

그런데 무뚝뚝하게 나를 바라보던 카론이 검을 집어넣으며 내게 의외의 말을 건넸다.

"엔디미온 경, 계약서를 가져와 봐라."

"카, 카론 경! 왜 저런 녀석을 감싸시는 겁니까! 이러다간 시노아 공의 심기를 건드리게 됩니다!"

카론은 부하의 고함에도 아랑곳없이 주머니 속의 회중시계를 꺼내 보며 말했다.

"아직 약속은 유효하다. 아직 2분 남았다, 엔디미온 경."

이것은 카론이 준 마지막 기회였다.

금고는 침실에 있다. 나는 바르도의 멱살을 잡으며 소리쳤다.

"당장 열쇠 내놔!"

"그, 그건 내 거야. 줄 수 없어."

극도의 공포심에 질린 바르도는 초점 잃은 눈으로 중얼거릴 뿐이었다.

"이러다간 너 죽게 돼! 살고 싶으면 열쇠 내놓으라고!"

"여, 여긴 내 땅이야. 얼마나 어렵게 빼앗은…….”

빌어먹을! 정신이 나가서 이놈은 아무 말도 제대로 듣지 못했고 카론은 다시 검을 뽑았다. 잠깐만! 이대로 끝낼 수는 없어! 나는 카론의 부하에게 뛰어가서 그가 차고 있던 장검을 뽑아 들었다.

"칼 좀 빌릴게요!"

"무슨 짓이야!"

나는 금고 앞으로 향했다. 침실 한쪽 구석에 있는 묵직한 금고는 시커먼 무쇳덩어리였다. 그리고 그 안에 계약서가 있다. 내가 그것을 노려보며 검을 들어 올리자 커다란 비웃음 소리가 들려왔다.

"우하하핫! 너 지금 그 금고를 자르려는 거냐! 그런 걸 자르려면 수십 년은 검술을 배워야 가능할걸! 너 같은 놈이 할 수 있을 리가 없잖아. 아서라. 그러다가 칼이 부러지면 튀어 올라서 네 심장에 박히게 된다.”

자르지 못하면 심장에 박혀도 좋다.

그렇게 생각한 순간 높게 들어 올린 내 팔이 무의식적으로 내려갔고 손목의 흐름을 따라 새벽빛에 눈을 뜬 칼날이 주저 없이 금고를 내리쳤다.

파카카캉!

시뻘건 불꽃, 날카로운 굉음이 내 주변을 가득 메우는 것이 느껴졌다. 내리친 칼날은 금고를 둘로 가르고 바닥 깊숙이 박혀 있었다. 당황한 부하들의 목소리가 들려왔다.

"뭐, 뭐야! 어떻게 저런……."

나는 희미하게 웃으며 카론 경에게 말했다.

"계약서, 찾았습니다. 비록 두 조각이 나긴 했지만. 헤헤. 아직 시간 남았죠?"

땀에 범벅된 얼굴에 미소를 띤 채 계약서를 건네는 나를 보며 카론은 여전히 아무런 표정도 없었다. 그가 묘한 빛이 담긴 눈동자로 날 바라보다가 조금 불편한 표정으로 중얼거렸다.

"널 보고 있으면…… 자꾸 키스가 생각난다."

'얼레? 무슨 소리지?'

하지만 카론은 더 이상 긴말 없이 건네받은 계약서를 훑어본 뒤에 품속에 넣고 곧바로 걸어 나가는 것이었다.

"수사 종료. 왕실로 귀환한다."

"카론 경! 그럼 시노아 공에게는 뭐라고 말해야 합니까!"

"어떤 기사가 우리보다 먼저 사건을 해결했다. 보고할 것은 그것뿐이다."

"어, 어떻게 그런!"

말도 안 된다며 외치는 두 명의 기사들도 카론의 뒤를 따라 사라졌다. 아마도 카론 경은 어려서 머리를 심하게 다쳐 자신의 감정을 표현하는 언어중추가 마비된 사람이 아닐까 하는 생각마저 드는군. 카론 경, 수고했다는 말 정도는 해 줘도 좋지 않나요? 아아, 팔목이 끊어질 것처럼 아프네. 나는 아직도 바들바들 떨며 그 자리에 굳어 있는 바르도의 어깨를 툭툭 치며 속삭여 주었다.

"축하해. 소원대로 재판받게 되었네."

11.

"그럼 이 리튼을 훌륭하게 다스린 고 히더 남작님의 영결식을 거행하겠습니다."

광장에서 벌어진 히더 남작의 제사에는 모든 리튼 주민이 참석했다. 그중에는 울먹이고 있는 상점 아주머니도 있었고 엄숙하게 차려입고 고개를 숙인 은행원도 있었다.

이들의 시선이 모두 내게 향하고 있었다. 스왈로우 나이츠도 이럴 땐 꽤 그럴싸하구나.

금발의 머리칼을 길게 내리고 긴 소매의 새하얀 제사복을 입은 나는 비로소 신전기사단 스왈로우 나이츠의 주업을 시작할 수 있었다. 제단 앞에서 선 나는 긴장된 모습으로 나를 지켜보는 고향 사람들 앞에서 미성으로 기도문을 읊었다. 제사의 시작을 알리는 수많은 기도문 중에 나는 이것을 택했다.

신이시여.
변화시킬 수 없는 일들에 대해서는
그것들을 겸허히 받아들일 수 있는 마음의 평정을 주시고
우리 힘으로 변화시킬 수 있는 일들에 대해서는
그것들을 주저 없이 고칠 수 있는
용기를 허락하여 주옵소서.
그리고 이 두 가지의 차이를 깨달아 알 수 있는
지혜를 허락해 주옵소서.

아차차! 향 먼저 피워야 하는데!
"저어, 죄송합니다! 다시 할게요!"
처음이니까 이해해 주세요.

12.

나는 실수를 하도 많이 해서 결국은 웃음바다가 되어 버린 제

사를 마치자마자 부모님의 묘소에 들러 인사를 드린 뒤 서둘러 플랫폼으로 향해야만 했다. 뒤따라 온 세리카 아가씨가 아쉬운 듯 물었다.

"좀 더 쉬다 가면 안 돼?"

"늦으면 벌금이거든요. 왕실, 되게 쩨쩨하다고요."

내 말에 그녀가 피식 웃으며 시녀가 들고 있던 묵직한 주머니를 내게 건네주었다.

"제사 비용이야. 선불로 지급하지 못해서 미안."

"감사히 받겠습니다."

아아. 엉망진창이었지만 어쨌든 이걸로 해피엔딩이로구나. 이 정도 되는 엄청난 돈을 내가 대신 갚겠다는 발언은 솔직히 허세였다. 만약 공짜로 제사를 해 줬다면 나는 왕궁에 도착하자마자 어디론가 질질 끌려가 총살당했을 것이 분명하다고!

"다음에 또 와."

"신입기사 엔디미온, 자주 지명해 주세요."

히히. 왠지 옛날로 돌아간 것 같다. 나는 장난스럽게 웃으며 열차에 올라탔다. 마나 연료를 채우고 있는 마법사들이 땀을 뻘뻘 흘리며 엔진을 꼭 포옹하고 있었고 역무원들은 곧 출발한다며 빨간 깃발을 흔들고 있었다.

그때, 그녀가 열차를 오르는 내 어깨를 잡아끌어 내렸다.

"미온!"

와앗! 확 숨소리가 다가오는 것 같더니 기습적으로 입술을 빼앗겼다. 나는 바동거리다가 결국 살짝 그녀의 어깨를 휘감았다. 그런데 잠깐! 지금 이거 역할이 바뀐 거 아냐? 여전히 주변 사람들의 시선 따윈 아랑곳하지 않는 자랑스러운 맹랑함을 지닌 그녀가 배시시 웃으며 속삭였다.

"오래전부터 고마웠어. 잘 가. 항상 기다리고 있을게."

키스 경이 이 모습을 보면 '내가 말한 것은 하나도 지키지 않는군요!' 라고 화를 낼 것이 분명하다. 하지만 그녀를 활짝 웃게 했으니 다른 것은 어찌 되든 감수할 수 있다.

"그런데 미온. 한 가지만 약속해. 다음부턴 이런 위험한 일은 하지 마. 날 위해서만 해."

"아하하. 약속할게요."

솔직히 자신 없습니다아.

제4화

사라진 왕의 머리와 기사의 눈물

1.

이 나라 베르스는 그다지 강대국이 아니다. 아니 솔직히(내 입으로 말하기 창피하지만) 깜짝 놀랄 만큼 약소국이다. 덕분에 주변 강대국들 신경 건드리지 않는 처세술이 발달해 있기는 하지만, 어쨌든 국제 관계에서 항상 찬밥 신세인 것은 부정할 수 없는 사실이다.

그럼 어느 나라가 강대국이냐 하면, 일단 세계 지도의 4분의 1을 차지하는 북의 마키시온 제국을 최강이라고 꼽는 것에 부정할 사람은 없을 것이다. 피의 황제라고 불리는 마라넬로 무르시엘라고가 거대한 제국 위에 군림하고, 4대 아신(亞神) 중에서도 가장 강하다는 진청룡(震靑龍) 라이오라 란다마이저가 이끄는 프런티어 뱅가드의 위용 앞에서 마키시온 제국의 심기를 건드리려는 어리석은 나라는 없으리라.

그에 버금가는 나라로 치자면 남의 신성 콘스탄트 왕국밖에 없다. 마키시온 제국과 멀리 떨어져 있어서 다행이지, 만약 서로 붙어 있었다면 세계를 진동할 전쟁이 벌어졌을지도 모를 만큼 자존심이 센 군사 강국이다. 게다가 이 나라는 4대 아신 중 명주작 알테어 엔시스 님과 적현무 키르케 밀러스 님이 수호하고 있다. 백만 대군과도 바꾸지 않는다는 아신이 두 명이나 있으니 어쩌면 마키시온 제국보다도 위상이 높다고 할 수도 있으리라. 하지만 안타깝게도 현재 콘스탄트 왕국은 교황파와 왕당파가 오랜 내전 중이고 명주작과 적현무도 서로 갈라져서 싸우고 있다. 고로 두 분 모두 내 고객이었는데 원수지간인 둘이 만나게 되면 국가적인 재앙이 발생하므로 실수로라도 명주작 알테어 님과 적현무 키르케 님을 마주치지 않게 하려고 항상 바짝 긴장해야 했던 기억이 떠오른다.

그 외에도 군사력은 위의 두 나라보다 약하지만 엄청난 정보력과 약삭빠른 상술, 유행을 선도하는 세련된 문화를 통해 강대국의 반열에 올라선 이오타 왕국이 있다. 이 나라 국왕도 머리가 비상한 인물이지만, 그의 제1위 보좌관인 이자벨 크리스탄센 님은 그야말로 불세출의 재녀. 그녀가 지휘하는 방첩기관 인트라 무로스는 마키시온 제국 황제의 흰머리가 몇 가닥인지 알고 있다는 농담까지 들릴 정도다. 이자벨은 수백 자루의 칼을 품속에 숨긴 자애로운 여신의 모습이랄까. 그분은 가끔 가게를 찾는 특급 고객이었는데, 쉬러 올 때까지 서류를 가져오는 분이라서 왠지 아이히만 할아범이 떠오르는 사람이다(물론 그 충격의 할아범과는 달리 매우 상냥하다).

이 나라들 말고도 그래도 나름 한가락 하는 나라들은 제법 되지만 어쨌든 그중에 우리나라 베르스는 포함되지 않는다. 건국 이래 단 한 번도 강대국이 되어 본 적이 없다는 것도 어쩌면 전통이라면 전통이리라……라는 말로 위안하도록 하자.

"그건 그렇다 치고."

왜 아무도 없어? 출장에서 돌아온 나는 텅 빈 기숙사 리더구트의 복도에 서서 멍하니 좌우를 두리번거렸다. 역시 아무도 없다. 인기척조차 없다. 대낮이지만 귀신이라도 나올 것처럼 썰렁하다. 키스나 기사들은 고사하고 시종들조차 한 명도 없었다. 묘한 긴장감에 나는 침을 꿀꺽 삼키고는 겁먹은 목소리로 외쳤다.

"아무도 없어요?"

돌아오는 대답은 '없어요, 없어요, 없어요'라는 메아리뿐. 설마 내가 출장 간 사이에 기사단이 해체라도 된 건가? 그럴 리야 없을 것이다. 얼마나 돈을 잘 벌어다 주는 몸종들인데 돈에 환장한 왕실에서 없앨 리가 없다. 그렇다면…….

'위기!'

나는 지난 몇 번의 위기를 통해 초능력에 가까운 감각 하나를 깨우쳤다. 이름 하여 '위기감지육감' 인데 지금 그 육감이 이 상황을 위기라고 소리치고 있었다. 나는 이마를 간질이는 금발을 쓸어 올린 뒤 허리를 조금 굽히며(솔직히 지금까지 한 번도 제대로 써본 적 없는) 명검으로 손을 옮겼다. 이제 위기는 질색이야. 뭐가 튀어나오든 베어 버린다!

그때.

"당신 누구야?"

우아앗! 언제 나타난 거야! 입에 커다란 사탕을 물고 있는 여자아이가 내 뒤에 다가와 있었다. 나는 정말 화들짝 놀라서 균형을 잃고 복도 바닥에 쾅 엉덩방아를 찧었다. 겁 많은 인간이라 미안하지만 정말 이 아이, 유령처럼 나타났단 말이야!

"한심하네. 너 기사야?"

"유, 유령이 말을 한다!"

"다들 어디 간 거야? 너밖에 없어?"

이 금발 소녀는 볼이 볼록해질 정도로 사탕을 한껏 문 채 날 내려다보고 있었다. 레이스가 하늘거리는 새카만 드레스의 소녀라. 좋아, 침착하게 생각해 보자. 대낮에 사탕을 빨며 나타나는 무성의한 유령 따윈 없다. 그러니까 이 아이는 인간임이 분명하며 이곳은 절대금녀구역이니 여자도 아니다! 그렇다면 답은 하나뿐.

"정말이지 귀족 취향 한 번 독특하군."

나는 포옥 한숨을 내쉬며 10살 정도 된 것 같은 꼬마를 바라보았다. 아무리 귀족들의 취향 어쩌고 해도 이런 어린 소년한테 여장을 시켜서 기사 작위를 내릴 정도로 뻔뻔할 줄은 몰랐다. 아아, 졌다 졌어. 말세야 말세.

"왜 말이 없어? 다른 사람들은 다 어디 가고 너뿐이야?"

"그건 내가 물어보고 싶구나, 소녀 아닌 소년이여."

나는 힘 빠진 목소리로 중얼거리며 자리에서 일어났다. 그때 이 꼬맹이가 내 다리를 걷어차며 소리치는 것이 아닌가.

"나 남자 아냐!"

"불쌍한 녀석, 아예 성 정체성을 잃었구나."

왕실도 잔인하지. 자기 성별도 모르는 불쌍한 꼬마를 데려다가 돈을 벌겠다고? 그래, 불쌍한 건 불쌍한 거지만.

"아프잖아! 이 꼬맹이! 버르장머리 없게 형의 다리를 걷어차!"

내가 한 대 콩 쥐어박자 이 아이가 깜짝 놀란 얼굴로 날 올려다보다가 이내 울먹거렸다.

"때, 때렸어! 아빠한테도 맞은 적 없는데!"

"남자는 맞으면서 크는 거야."

"남자 아니라니까!"

그와 함께 이 녀석의 살인 로우킥이 내 다리에 작렬했고, 난 무릎 관절이 떨어져 나가는 듯한 통증에 비명을 질렀다.

"으악! 그만 때려! 이 못된 꼬맹이!"

"감히 날 꼬맹이라고 부르다니, 아빠한테 이를 거야!"

"으이구! 사내놈이 고자질이나 하겠다고!"

"난 남자 아니라니까!"

"남자 아니면 뭐야!"

나는 화가 나선 이 아이의 치렁치렁한 치마를 확 들어 올렸다. 자신이 어떤 성별을 가진 동물인지 직접 눈으로 확인시켜 주는 것이 최선이라고 믿으며. 하지만.

"그게…… 없다?"

일순간 정적이 흘렀다. 남자라면, 그러니까 그 부분에, 특유의 볼륨이랄까 굴곡이랄까 하는 것이 있어야 하는데, 이쪽은 어느 쪽이냐 하면…… 전혀 없었다. 나는 다시 치마를 내려야 한다는 생각도 못 한 채 떨리는 목소리로 중얼거렸다.

"너…… 여자였니?"

짜아아아악!

치고 들어오는 예리한 각도를 보아하니 어린 나이에도 자주 따귀를 때려 본 솜씨임이 분명하다. 그 소녀는 얼굴이 빨개져선 마구 울면서 뛰어갔다. '아빠한테 이를 거야!' 라는 의미심장한 말을 남기면서.

"대체 뭐야, 저 애는."

나는 폭풍이 지나간 것 같은 기분에 뺨을 쥔 채 자리에 주저앉아 중얼거렸다. 설마 내가 출장을 간 사이에 이곳이 여성에게 개방이라도 된 건가?

그때 창고 문이 끼이익 열리며 아주 귀에 익은 목소리가 들려왔다.

"미온 경, 그 아이는 갔어요오?"

"키스!"

나는 왜인지 굉장히 화가 나서 자리에서 벌떡 일어나 키스를 바라보았다. 그런데 그 좁은 창고에 키스뿐만 아니라 쇼탄과 루이, 랑시, 크리스까지 비집고 숨어 들어가 있었던 것이다. 그런 그들이 안도의 한숨을 내쉬며 줄줄이 밖으로 나오고, 곧 이곳저곳에 숨소리도 없이 은신해 있던 시종들마저 슬금슬금 나타나기 시작했다.

대체 이게 어떻게 된 일인지 누가 말 좀 해 줘! 내가 왜 난생처음 보는 꼬마의 성별을 감별한 뒤에 답례로 따귀를 맞아야 하느냐고!

(여자로 태어나는 편이 더 좋았을) 랑시 경이 머뭇거리며 내게 다가와 속삭였다.

"미온 경, 아까 그 여자애 치마 들췄어?"

"으응, 그랬는데…… 왜?"

갑자기 그 말을 들은 랑시가 재빠르게 자기 방으로 뛰어 들어가며 소리쳤다.

"꺄하하하! 이제 나는 어찌 돼도 몰라!"

"대체……."

그와 함께 쇼탄 경도 루이 경도, 크리스마저 명복을 빈다는 표정으로 날 훑어보고는 뿔뿔이 사라지는 것이었다. 어이, 이봐. 죽은 사람 보듯 하지 말라고!

키스가 난감하게 웃으며 팔짱을 꼈다.

"아까 그 아이, 누군 줄 알아요?"

"누군……데요?"

키스가 햇살처럼 환하게 웃으며 내 의문에 답변해 주었다.

"명복을 빕니다, 미온 경. 귀하께선 공주님의 치마를 들췄습니다아."

"고, 공주라면 국왕 전하의 따님?"

"그 공주 말고 다른 공주도 있나요?"

"이런 망할!"

아까 내가 했던 말이 있다. '위기감지본능'이라고. 그렇다. 나는 또다시 왕족을 성희롱한 일생일대의 대위기에 봉착해 버리고 만 것이다.

나는 발끈 화가 치밀어 올랐다.

"하지만 키스 경, 이 자식아! 이곳에 여자는 출입할 수 없다고 네놈이 말했잖아!"

"물론 그랬지요. 하지만 왕족에겐 모든 법이 무효입니다. 아! 그 말은 아직 안 했던가요?"

"그런 중요한 건 일찍 일찍 좀 말해!"

"제냐 공주님도 이곳을 자주 찾으십니다. 우리와 노는 것을 좋아하시거든요."

"그런데, 왜 숨은 거예요!"

"공주님이 좀…… 터프하시거든요."

키스가 옛 생각이 떠오르는지 눈썹을 가늘게 떨며 말했다. 그리고 나는 기사들도 도망치는 그 와일드한 공주님의 치마를 거침없이 들어 올린 쾌남아가 되어 버린 것이다. 그냥 자살해 버릴까?

그때 키스가 내 어깨를 두드리며 동정 어린 눈빛으로 말했다.

"미온 경, 너무 낙담하지 마세요."

"왜, 왜요?"

"교수형은 저녁에만 한답니다. 그러니까 아직 12시간은 더 살 수 있…… 흐억!"

나는 키스의 복부에 분노에 찬 주먹을 날렸다. 내 인생 물어내라, 이 자식아!

2.

사형 집행 시간까지 앞으로 11시간 27분. 나는 키스의 집무실 의자에 앉아 훌쩍거리며 내 무덤의 묘비명을 정하고 있었다. '정의의 기사, 이곳에 잠들다'라고 써 줬으면 좋겠지만 분명히 '파렴치한 성추행범이 잠들어 있음. 침 뱉어도 좋음'이라고 써 줄 것만 같다.

이런 내 찢어지는 마음 따윈 알 바 아니라는 듯 키스는 소파에 자빠져 과자를 깨물어 먹으며 노닥거리고 있었다.

오장육부를 뒤트는 듯한 그의 혼잣말 좀 들어 보라.

"엔디미온 키리안. 향년 20세. 우후, 우후후후."

"……."

"아아. 미온 경이 죽으면 또 다른 희생양, 아니 새로운 기사를 충원해야 한다고 생각하니까 벌써 귀찮아 죽겠네요오."

"아직 안 죽었어!"

어차피 죽을 몸. 내 평생의 원수, 키스와 동귀어진하고 싶다!

그때 문이 덜컥 열리며 카론이 들어왔다. 아아, 하필이면 카론 경이 나를 질질 끌고 형틀로 데려갈 저승사자 역할이란 말인가요. 세상 참 얄궂네요.

"어머나. 카론 경, 왔어요?"

"키스, 나가 있어라."

"싫습니다아."

"고집부리지 마라."

"여긴 내 방입니다아."

카론은 문을 닫고 그 문에 기대서서 나를 지그시 바라보았다. 그가 눈을 꽉 감으며 말했다.

"왕궁에 오자마자 또 문제를 일으키다니 믿기질 않는군."

"난 저주받았나 봐요."

"제냐 공주님의 치마를 들춘 사실을 시인하나?"

역시 수사관다운 말투로군. 내가 해 줄 말은 이것뿐이었다.

"죽기 전에 부모님 묘소에 가 볼 수 있게 해 주세요."

"너무 앞서 가지 마라. 죽을 일 없으니까."

"정말요?"

그때 깜짝 놀란 키스가 벌떡 일어나선 말하는 것이었다.

"어? 왜 안 죽여요!"

"키스! 내 죽음을 그렇게 기대했냐!"

나는 주먹을 부르르 떨었고 카론은 골치 아프다는 듯 양미간을 매만지며 중얼거렸다.

"그런 일로 일일이 기사들 목을 쳤다간 키스는 열 번도 더 목이 잘렸을 거다."

"어머나, 내가 무슨 잘못을 했다고?"

"가슴에 손을 얹고 생각해 보도록."

카론은 화를 참는 표정으로 짧게 말한 뒤에 다시 나를 바라보았다.

"제냐 공주님께는 내가 잘 말해 두었다. 그분께서 시녀도 없이 이곳에 온 것도 흠 잡힐 일이니까 이 일은 왕실 기록에서 삭제하겠다. 너도 앞으로 이 일에 대해 입을 다물어라."

"예! 알겠습니다! 고마워요! 카론 경!"

이런 창피한 일은 제발 말하라고 부탁해도 안 할 겁니다.

나중에 안 사실이지만 제냐 공주님은 이상하게도 카론 경의 말이라면 잘 따른다고 한다. 아무래도 카론 경은 소녀들에게 사랑받는 외모가 아닐까? 아무튼 이래저래 축복받은 유부남이다.

어쨌든 카론 경의 중재 덕분에 목숨을 구해서 다행이야. 그 반면 정작 나를 보호해 줘야 할 이 우라질 키스 경은.

"아아, 꼭 미온 경의 무덤에 꽃을 바치고 싶었는데 아쉽다아 아."

언젠간 죽이리라, 키스! 그날을 위해 악착같이 살아남을 테야!

카론 경은 아직 전할 말이 남았는지 또 무심하게 입을 열었다.

"아이히만 대공께서 자네를 불러 달라 하셨다."

우당탕탕! 그 말이 끝나기가 무섭게 갑자기 벌떡 일어난 키스가 카론을 밀치고는 쏜살같이 방 밖으로 튀어 나가 버렸다. 왜, 왜 저러는 거야?

"얼레? 왜 키스 경이 황급히 사라지는 거죠?"

하지만 카론 경은 헝클어진 옷을 다듬으며 입을 꽉 다물 뿐, 아무런 대답도 해 주지 않았다. 뭔가 알고 있는 얼굴이긴 한데 물어봐도 대답해 줄 사람이 아니겠지. 그 싸늘한 유부남은 여전히 사무적으로 다음 말을 이었다.

"행정부 본당으로 가라. 아이히만 대공께서 기다리고 있을 것이다. 늦지 말도록."

여전히 돌처럼 딱딱한 말만 남기고는 카론 역시 집무실 밖으로 나가려다 멈칫했다. 그가 나를 바라보며 말했다.

"한 가지 물어보자."

"아, 예. 어떤 거라도."

"누구에게 검술을 배웠나."

"아, 그건."

이걸 말해도 될지 모르겠지만, 카론 경에게는 특별히 숨기고 싶지 않다. 별로 자신 있게 밝힐 만큼 내 검술이 잘난 것이 아니고 그분의 제자도 아니라서 나는 머리를 긁적거리며 대답했다.

"가끔 알테어 님에게 부탁해서 검을 배우긴 했거든요."

"알테어? 설마 교황청의 명주작 알테어 엔시스를 말하는 건가?"

"제가 아는 알테어 님은 그분뿐인데요?"

내 말에 카론이 불쾌한 표정을 드러냈다. 그가 문밖으로 나가며 말했다.

"농담이 심하군. 밝히기 싫으면 싫다고 해라."

얼레? 정말인데? 믿어 달라고요, 카론 경!

하긴, 4대 아신 중 한 명인 명주작 알테어 님의 가르침을 받았다는 말은 내가 카론이라도 믿기 힘들 것 같다. 하지만 정말이라고! 처음에는 자신은 남을 가르쳐 줄 실력이 아니라고 거절했지만, 몇 번이나 부탁했더니 조금 가르쳐 주셨단 말이야. 그러고 보니 알테어 님은 잘 계신지 모르겠네. 산천초목을 피로 물들이는 최종병기 적현무 키르케 님이 죽여 버리겠다며 벼르고 있었는데, 착한 알테어 님에게 무슨 문제라도 생긴 건 아닌지 걱정된다.

나는 키스가 왜 도망쳤는지 곰곰이 생각하며 철혈대신 아이히만이라는 마왕이 지배하는 공포의 마계 궁전 행정부 본당으로 향했다.

3.

"이 월급 도둑! 밥벌레들아! 이따위로밖에 보고서를 못 올리나!"

……라는 심장을 도려내는 것 같은 아이히만의 사자후가 문밖으로 울려 퍼지는 이곳이 바로 나라의 모든 행정 업무를 집행하는 그 이름도 찬란한 행정부 본당이다(가끔 총성도 들려온다). 이곳의 별명은 '용의 굴', 누구를 용에 빗댔는지는 말해 봐야 입만 아프리라.

"정지! 방문한 용건을 말하라!"

군기 바짝 들어간 위병이 부리부리한 눈매로 바라보며 소리쳤다. 여긴 정말 만년 봄날인 우리 본부와는 천지 차이로군.

"스왈로우 나이츠의 기사 엔디미온 키리안입니다. 아이히만 공의 부름을 받고 왔……."

"실례했습니다! 들어가십시오!"

커다란 목소리에 귀가 먹어 버리는 줄 알았다. 위병은 두 발을 착 붙이며 창을 가슴에 끌어당기고 힘 있게 고개를 치켜들었고, 나는 얼떨떨하게 인사하며 이 공포의 건물 안으로 들어갔다. 설마, 이 안에선 실적이 나쁜 자는 주리를 틀고 각을 뜨는 건 아니겠지? 하지만 왠지 그래도 납득할 거 같아.

"비켜! 비켜! 얼쩡거리며 서 있지 마!"

들어가자마자 난 서류 뭉치를 한 아름 들고 전속력으로 태클을 걸어오는 한 사무원을 가까스로 피했다. 이곳에선 아무도 걸어 다니는 사람이 없었다. 모두 적진을 향해 돌격하는 병사들처럼 고함을 내지르며 뛰어다니고 있었고, 그렇지 않은 사람들은 시뻘겋게 충혈된 눈으로 저러다가 종이에 불이 붙지 않을까 싶을 만큼 빠르게 펜을 굴리고 있었다. 지금 눈앞에 광활하게 펼쳐진 수많은 책상과 그 사이를 경공술에 가까운 속도로 날아다니는 사무원들의 모습을 보자 나는 문득 '근무지옥'이라는 것이 존재한다면 이런 곳이리라 확신했다.

"아이히만…… 철혈대신."

나는 그렇게 중얼거리며 어째서 아이히만 대공에 대해 말했던 내 고객들이 하나같이 그를 가리켜 '악마에게도 세금을 받아낼 위인'이라고 평했는지 깨달았다. 이 수백 명의 사무원 중에 아무도 내게 아이히만이 있는 곳을 알려 줄 여유가 있는 사람은 없었지만, 대공이 있는 곳을 찾아가는 것은 그리 어렵지 않았다. 가장 거대하고 위협적이며 살기가 담긴 고함이 쩌렁쩌렁 울리는 곳을 향해 가면 되니까 말이다.

"너무 늦어! 엔디미온 군!"

그의 집무실 안으로 들어가자마자 아이히만은 나를 바라보지도 않은 채 커다랗게 소리쳤다. 아주 커다란 책상 앞에 앉아 있는 그는 끝없이 쌓여 있는 보고서들에 사인하는 중이었다. 정말 여기서는 1초라도 늦으면 명사수 아이히만 할아범의 과녁판이 될 것 같다.

"시간 없으니 빨리 말하겠네. 지금 당장 제복을 차려입고 왕실 본궁 앞에서 대기해!"

"예? 어째서 제복을?"

"자네는 제법 머리가 돌아가는 애송이라고 여겨서 일을 시키는 거야. 만약 날 실망시킨다면."

총살이겠죠. 나는 더 이상 캐물어서 그의 황금보다 소중한 시간을 빼앗는 우를 범하지 않고 잽싸게 인사한 뒤에 집무실 밖으로 나갔다. 대체 뭐가 뭔지 모르겠지만 어쨌든 확실한 것은 지금 당장 광속으로 기사단 제복을 차려입고 본궁 앞으로 뛰어가지 않으면 나는 오늘 중으로 분노한 용의 불길에 잿더미가 되어 한 많은 생을 마감하게 된다는 것이다.

4.

스왈로우 나이츠가 이름도 웃기고 하는 일도 웃기긴 하지만 제복 하나는 왕국 최고라고 자부할 수 있다. 어차피 꽃같이 보이려고 만들어 놓은 기사단이니 다른 건 다 허접해도 제복 하나만큼은 왕국 최고 디자이너들이 예술혼을 불태워 만들어낸 희대의 걸작이었던 것이다. 물론 평상시엔 이 무대 의상 같은 제복을 입을 일은 없고, 왕실 공식행사 때나 입는다. 때로는 동료 기사들이 이 제복을 입고 왕궁을 배회하며 귀족들에게 자신을 홍보하는 작업복으로 쓰기도 한다는데, 결국 영업용이라니 서글프긴 하지만 확실히 효과는 좋다.

"어머, 이번에 새로 들어온 기사님인가 봐? 예쁘게 생겼네?"

"잘 부탁드립니다. 불철주야 봉사하는 엔디미온 인사드립니다."

아름다운 제복을 입은 내 모습은 나비들을 유혹하는 한 떨기 꽃송이였다. 콧소리를 내며 내 근처에 몰려든 고객, 아니 귀부인들을 보자마자 화사하게 미소 짓는 내 입에서 입에 붙어 버린 영업 멘트가 튀어나왔다. 정의의 기사와는 백만 광년쯤 떨어진 행동이라는 걸 알면서도 이토록 능수능란하게 튀어나오는 내 직업병이 싫다. 부채로 입가를 가린 채 재잘거리며 날 경매에 나온 조각품 보듯 훑어보던 귀부인들은 이름을 기억해 주겠다며 오호호 웃으며 본당 안으로 들어갔다. 뭔가 여기 와서도 예전과 다를 바가 없다는 생각에 인생무상이 다 느껴진다. 그나저나 신성한 왕실 본당 앞에서 호객 행위라니 이대로 괜찮은 거냐, 베르스 왕국!

키스로부터 '무기를 가지고 들어가면 교수형 당하는 곳'이라고 들은 왕실 본당은 그 무서운 경고와는 달리 아주 아름다운 건축물이었다. 국왕 전하의 거처이니 당연하겠지만.

길게 이어진 순백의 건물은 보기 좋은 곡선으로 휘어 있었는데 그 전체에 파릇한 넝쿨들이 녹색 옷을 두르고 있었다. 잘 닦인 색유리 창문들 모두 오후 햇살에 형형색색으로 반짝이고 있어, 마치 건물 자체가 하나의 거대한 보석처럼 보였다.

나는 대공을 기다리며 홀린 듯 그것을 올려다보고 있었다.

"엔디미온 군! 따라오게!"

갑자기 수많은 사무원을 열차처럼 이끌고 등장한 아이히만 대공께서 본당 안으로 들어가며 내게 손가락을 까딱거렸다. 본래 무서울 정도로 위엄 서린 사람이긴 하지만, 지금은 정말 전쟁을 앞둔 맹장처럼 투지에 불타는 표정이다. 그리고 그의 뒤를 따라 권력의 정점에 서 있는 고관대작들이 속속 나타나 아이히만과 같은 표정으로 본당으로 들어가기 시작했다. 한가락씩 하는 이 사람들이 다 모여 대체 무슨 일을 하려는 것일까. 쳇, 그건 그렇고 '엔디미온 경'이라고 좀 불러 주면 덧나나. 이래 봬도 기사라고요.

5.

본당에 들어가자 확 트인 고급스러운 로비와 중앙으로 향하는 긴 복도가 이어졌다. 그런데 이상하게도 복도 중간 바닥에 빨간 선이 그어져 있었다. 복도를 빠른 걸음으로 걸어가던 아이히만은 그 선 앞에서 멈췄다. 그러고는 느닷없이 권총을 꺼내는 것이 아닌가!

"살려 주세요! 저 안 늦었는데!"

"이 선이 뭔지 아나, 엔디미온 군?"

"예? 글쎄요."

그런 걸 내가 알 턱이 없지 않은가.

"이건 바로 소드라인이라고 부르는 선이야."

"소드라인?"

여전히 뭔지 모르겠다.

"이 선을 넘어가면 국왕 전하의 거처가 나온다. 즉, 이 선을 넘을 때는 어떤 무기도 가지고 갈 수 없다는 걸세. 이 선을 넘는다는 것이 바로 전하를 알현한다는 의미이지."

아이히만은 그렇게 말하면서 비서에게 자신의 권총을 넘겼다.

"만약 무기를 가지고 이곳을 넘으면 그 즉시 왕족암살기도죄로 처형되니 주의하도록."

아아, 키스가 한 말이 이거였구나. 하지만 걱정하지 마세요. 우리는 어차피 검을 차지 않는 기사들이니까요. 권총을 넘긴 뒤 아이히만은 곧장 소드라인을 넘어 안으로 걸어 들어갔고 나도 황급히 뒤를 따랐다. 이 선을 넘은 자는 이 나라의 최고 통치자인 국왕 전하를 직접 뵙는다는 생각을 하니까 가슴이 벅차올랐다.

복도 끝의 문을 열고 들어간 어전회의실은 상당히 컸다. 그리고 가장 중요한 것은 대공이 날 이런 곳에 왜 불렀는지 아직도 모르겠다는 점이다.

"이제부터 전쟁이 시작될 거야."

아이히만 대공은 도전적인 미소를 지으며 넓은 회의실의 자기 자리에 앉았다. 어전회의실 풍경은 대충 이랬다. 회의실의 동쪽 끝과 맞은편 서쪽 끝에 몇 열의 의자들이 서로 마주 보고, 가운데는 공을 차도 될 만큼 텅 비어 있었다. 그리고 북쪽에는 높은 연단이 있었는데 그곳에는 국왕 폐하가 앉을 것으로 추정되는 붉은 옥좌가 놓여 있었다. 가운데에 넓은 공터가 있는 통에 마치 무슨 투기장을 연상케 하는 이 위험해 보이는 회의실에서 나는 대관절 뭘 해야 하는지 짐작도 할 수 없어서 조그맣게 물었다.

"저기, 대공. 제가 뭘 해야……."

"자네는 저기 중앙에 서 있게."

"예? 왜 저런 독무대에 제가."

"서 있으라면 서 있어. 이 일은 기사 중에서도 선택받은 자만 가능한 거니까 영광으로 알라고."

"아, 예."

나는 머쓱한 표정으로 걸어가서 마치 동물원 판다처럼 멀뚱멀뚱하니 공터 중앙에 섰고, 잠시 후 근엄한 옷을 차려입은 고위관리들이 속속 안으로 들어오며 오른쪽과 왼쪽 자리에 나누어 앉기 시작했다.

'이게 지금 어떻게 돌아가는 상황이람.'

좌로 수십 명, 우로 수십 명의 고관대작이 오늘 데뷔하는 18세 여가수처럼 공터에 홀로 서 있는 미천한 내 모습을 지켜보자 식은땀이 다 났다. 게다가 더욱 무서운 것은 나는 새도 떨어트린다는 양편의 고위관료들이 잡아먹을 듯 맞은편을 노려보고 있다는 것이다. 말하자면 서로 다른 팀을 응원하는 광적인 야구팬들의 분위기랄까. 이 숨 막힐 만큼 험악한 공기 정중앙에 내가 서 있었다! 이 엄청난 중압감, 느껴 보지 않은 사람은 모를 거다.

"국왕 전하 납시오!"

순간 모두가 자리에서 벌떡 일어났다. 드디어 나도 전하의 용안을 뵙는구나! 솔직히 난 지금까지 국왕 전하를 한 번도 뵌 적이 없다. 우리나라 백성 99.99퍼센트가 평생 볼 수 없을 것이다. 그런데 이렇게 기사가 되어 가까이서 전하를 모실 수 있다니, 나도 모르게 가슴이 두근두근 벅차오르는…….

"어이구, 모두 잘들 지냈나?"

그런데 저 아저씨는 누구? 설마 저 만두처럼 볼살 통통한 귀여운 아저씨가 이 나라 임금님? 서슴없이 왕의 옥좌에 앉는 것을 보니까 왕이 맞긴 맞는 것 같은데 당장에라도 야채나 생선을 팔 것 같은 저 오동통 중년은 뭐란 말인가. 딱히 왕이 멋져야 한다는 규칙이 있는 것은 아니지만 그래도 왕인데! 실없이 히죽거리는 얼굴에다가 반(半)대머리, 볼은 너무 통통해서 막 잡아서 늘려 주고 싶을 정도로 맥 빠지는 중년 아저씨였다. 키도 작고 얼굴도 몸도 동글동글해서 툭 때리면 이리저리 굴러갈 것 같은 저 모습 어디에 왕의 위엄이 있냐고! 나는 자고로 왕이란 모두 황금빛 왕관을 쓰고 붉은 비로드 망토를 휘날리며 어딘지 모르게 고독한 절대자의 눈빛을 가지고 깜짝 놀랄 만큼 근엄하게 수염을 기른, 키 180센티미터 이상의 건장한 나이스 중년인 줄로만 알았다. 그런데 저 만두 가게 아저씨는 대체 누구냐고! 어떻게 저런 노말하다 못해 심플한 임금님한테서 미소년 페르난데스 왕자님과 미소녀 제냐 공주님이 태어난 거지! 이 나라에 대한 애국심과 유전에 대한 기초 상식이 심하게 흔들리는 순간이었다.

"그래, 어서 회의를 시작하게나."

만두 가게 아저씨, 아니 우리의 임금님께서 양쪽의 신하들을 둘러보며 불쑥 입을 열었다. 곧장 오른쪽, 즉 아이히만 공의 반대편에 있던 신하 중 한 명이 일어나 말했다. 세련된 정장에 왁스를 발라 깔끔하게 뒤로 넘긴 금발 머리, 살면서 항상 1등만 한 것처럼 자신만만하게 빛나는 눈매는 자부심이 넘치다 못해 상대방을 깔보는 인상마저 주는 야망 가득한 40대였다.

"법무대신 위고르, 발언하겠습니다. 아시다시피 오늘 어전회의의 주된 안건은 위대한 국왕 전하의 순금상 제작에 대한 것입니다."

이야아아. 저 나이에 법무대신이라니, 대단한 엘리트로군. 뱃

속에서부터 출세 가도를 밟아왔나 보다. 그건 그렇고 순금상이라니 그게 뭐야? 설마 금으로 만든 동상?

위고르라는 젊은 법무대신은 여세를 몰겠다는 듯 우렁찬 목소리로 말을 이었다.

"소인 위고르는 지금까지 이 아름다운 왕국에 국왕 전하의 위업을 기릴 만한 변변한 기념물 하나 없다는 비극에 통탄을 금치 못하고 있었사옵니다. 백성들 역시 전하를 찬양할 수 있는 늠름한 동상 건립에 목말라 하고 있음이 분명합니다. 그리하여……(중략)…… 이것은 왕국의 위상과도 직결되며……(중략)…… 고로, 소인 위고르는 5미터에 달하는 전하의 순금 조각상을 왕궁에 세울 것을 강력히 주장하는 바입니다. 이상입니다!"

법무대신 위고르는 장장 20분 동안 대우주의 순리와 종교적 타당성까지 들먹이며 '어째서 이 나라에 국왕의 순금 조각상이 존재해야 하는가'라는 제목의 길고 긴 연구 논문을 발표했다. 뭐가 뭔지 잘 모르겠지만 아무튼 확실한 것은 전하께서 위고르 공의 연설에 무척이나 흡족해하신다는 것이다. 반드시 자기 조각상을 만들고 싶다는 어린애 같은 표정으로 우리를 굽어보고 있으니까 말이다.

이윽고 아이히만 공이 일어났다. 그가 헛기침을 한 뒤에 괄괄한 목소리로 입을 열었다.

"재무대신 아이히만, 발언하겠습니다. 아시다시피 이 나라에는 금광이 거의 없습니다. 즉, 5미터나 되는 순금 조각상을 주조하려면 엄청난 양의 황금을 수입해야 합니다. 또한 현재 금값은 역대 최고가로 치솟은 상태입니다. 거액의 세금을 낭비해 수입한 황금으로 만든 조각상에 과연 왕국의 위엄이 있겠습니까? 현재 왕실 재정 상태로 볼 때 거대 순금 조각상이라는 것은 실속 없고 유치한 전시행정에 지나지 않습니다. 왕국의 빠듯한 경제를 헤아려 부디 재고를 부탁합니다. 이상입니다."

아이히만 공의 발언은 짧고 간결해서 훨씬 알아듣기 쉬웠다. 결론적으로 지금 이 나라 형편에 순금상을 만들겠다는 것은 분수도 모르는 사치라는 것이 아닌가. 그러나 임금님은 두 볼이 퉁퉁 부어서는 무척이나 못마땅한 표정을 짓고 있었다. 어지간히 자기 조각상을 만들고 싶으셨나 보다. 솔직히 만들어도 별로 멋질 것 같지 않은데 말이야. 별로 슬림한 몸매가 아니라서 금도 많이 들어갈 테고.

동쪽 관리들을 대표하는 법무대신 위고르 공이 또다시 벌떡 일어났다.

"법무대신 위고르, 발언하겠습니다! 미숙한 제게 이 나라의 경제 사정을 일깨워 주셔서 감사합니다만, 저도 그 정도쯤은 알고 있습니다. 그러나! 백성들에게 전하의 위상을 바로 알리기 위한 투자로는 부족함이 없다고 사료되며 이런 고귀한 일에 주판알을 굴리며 머뭇거릴 필요 또한 없을 것입니다. 전하의 위엄을 알리는 일에 주력하지 않고서야 어떻게 나라의 녹을 먹는 관리라고 할 수 있겠습니까! 이상입니다!"

강하게 나오네, 위고르 공. 하지만 아이히만 대공도 만만한 상대가 아니라고.

　"재무대신 아이히만, 발언하겠습니다. 그럼 귀공께선 순금상이 없으면 전하의 위엄도 없다고 생각하시는 겁니까? 이상입니다."

　흐음. 역시 날카롭게 노리는군.

　"법무대신 위고르, 발언하겠습니다. 그런 의미가 아닙니다! 그럼 아이히만 공께선 이 넓은 나라에 전하의 기념물 하나 없는 현실이 좋다고 생각하십니까? 이상입니다."

　"재무대신 아이히만, 발언하겠습니다. 누가 좋다고 했습니까! 이상입니다!"

　"법무대신 위고르, 발언하겠습니다. 그러니까 만들자는 겁니다! 이상입니다!"

　뭔가…… 엉망진창이 되어 가고 있었다. 그러니까 이 분위기는 위고르 쪽에서는 '무슨 수를 써서라도 순금상을 만들 거다!'였고, 아이히만 쪽에서는 '세상이 쪼개져도 그렇겐 못 해!'였다.

　그때 몸을 돌린 채 삐죽거리며 앉아 있던 임금님이 혼잣말을 중얼거렸다.

　"저번에 옆 나라 니샤에 갔을 때…… 그 나라 왕이 4미터짜리 순금상을 보여 주면서 자랑하더라고. 그놈 아주 나쁜 놈이야."

　좌중 침묵.

　"아니 뭐 내가 꼭 그 얄미운 놈보다 더 큰 순금상을 가지고 싶어서 이런 말을 하는 게 아니고…….”

고요한 어전회의실에 임금님이 중얼거리는 소리만 울렸다. 이 곳에 모인 수십 명의 신하가 모두 식은땀을 흘리며 침묵을 지켰다. 모두의 표정에는 '고작 그딴 이유 때문에 순금상을 만들겠다고 한 거냐!' 라는 글씨가 쓰여 있었다.

위고르가 기회는 이때다 싶었는지 벌떡 일어서며 말했다.

“법무대신 위고르, 발언하겠습니다! 보십시오! 국왕 전하께서 옆 나라 니샤 왕국의 그 비열한 국왕에게 모욕을 당하셨습니다! 이런데도 순금상이 시기상조라고 하실 것입니까! 이상입니다!”

인내심이 바닥나 버린 아이히만 역시 벌떡 일어나며 커다랗게 외쳤다.

“생략하겠습니다! 니샤는 금이 많은 나라니까 순금상을 만들든 금으로 집을 짓든 상관없겠지만 우리나라는 다릅니다! 결국 그 나라에서 금을 수입해 와야 하는데 그러면 더 큰 모욕을 당하는 것 아닙니까! 이상입니다!”

그에 뒤질세라 위고르가 다시 벌떡 일어났고 그때 아이히만이 내게 이리 오라는 손짓을 했다. 꿰다 놓은 보릿자루처럼 중앙에 서 있던 나는 불안한 얼굴로 그에게 쫄래쫄래 걸어갔다. 아이히만 공이 분을 삭이는 표정으로 말했다. 실로 충격적인 말이었다.

“아부쟁이 위고르 놈에게 가서 전해. 좆 까는 소리 하지 말고 제발 좀 닥치고 찌그러져 있으라고 해! 지금 이 나라 형편에 무슨 얼어 죽을 순금상이야!”

뭐, 뭡니까. 그 상스러운 메들리는.

"저어, 그런 심한 쌍욕을 왜 제가 전해야 하는지……."

"그게 네가 해야 할 일이야. 가서 그대로 전해!"

나는 머릿속으로 아이히만이 남긴 육두문자를 중얼거리며 위고르에게 걸어갔다. 평민으로 태어나 고관대작 면전 앞에서 욕설을 내뱉을 일이 지금 말고 또 있겠느냐만, 나는 민망하기 짝이 없는 얼굴로 대공의 말을 전했다. 그래도 최고관리들끼리의 밀담이니 최대한 완곡하게 통역하려고 머리를 짜냈다.

"위고르 공, 그러니까 저…… 국부를 가격하는 말씀은 삼가시고 침착하게 상대의 의견을 경청하시라고 아이히만 공께서 전해달라고 하십니다."

순간 위고르의 얼굴이 시뻘겋게 달아올랐다. 그가 이를 부득 갈며 말했다.

"이 빌어먹을 노친네가……. 가서 전해라. 예전 당신의 탈세 혐의를 눈감아 줬는데도 이런 식으로 나오면 크게 다칠 거라고 말이야!"

아아, 내 팔자야. 나는 투덜거리며 아이히만에게 갔다.

"대공, 탈세를 봐준 은혜도 잊고 계속 반대하면 다 까발리겠다는데요?"

"흥! 증거 있으면 대 보라고 해!"

역시 이 할아범은 위험하다.

"개수작 부리지 말라고 해! 끝까지 배불뚝이 순금상 따위나 만들겠다고 씨부렁거리면 그때는 그 토실토실한 궁둥이에 총알을 잔뜩 박아 주겠다고 전해!"

"저어…… 그거 살해 협박인데요."

"안 전하면 네놈 궁둥이를 쏴 버리겠다!"

"전할게요, 전하면 되잖아요."

그러니까 내가 맡은 일은 바로 전령, 즉 '메신저'였다. 전하 앞에서 대놓고 서로 욕설을 퍼붓고 흑색선전과 저질 협박을 일삼을 수야 없으니까 나라는 창구를 중간에 놓고 비밀리에 말을 전하게 하는 것이랄까. 말하자면 나는 회의 석상의 핫라인이 된 셈이니 중책은 중책이로군. 국민들이 이 사실을 안다면 당장 민중 봉기가 일어날지도 모를 일이다.

그 이후 나는 정말 눈썹이 휘날리도록 두 중신 사이를 뛰어다니며 난생처음 듣는 저질 쌍욕을 이리저리 옮겨 줘야 했다. 물론 이 사이에도 둘은 고상한 말투로 거창한 명분을 들먹이면서 연설을 하고 있었다. 이것이야말로 사람들이 말하는 정치의 이중 성이라는 것……일 리야 없다.

"위고르 공, 아이히만 대공께서 개수작 부리지 마시라 고……."

"아이히만 공, 위고르 대공께서 제 명에 뒈지고 싶지 않으시 냐고……."

"위고르 공, 아이히만 대공께서 네놈의 불륜을 마누라한테 까 발리시겠다고……."

"아이히만 대공, 위고르 공께서 그것만은 하지 말아 달라고……."

"위고르 공, 아이히만 공께서 알아 처먹었으면 그 빌어먹을 순금상 취소하라고……."

대체 이게 뭐하자는 짓이려나. 아무튼 위와 같은 피 튀기는 공방 끝에 승리를 거둔 자는 바로 전율의 할아범 아이히만 대공이었다. 그리고 명분과 이론으로 무장한 위고르를 꺾는 데 가장 주요했던 무기는 바로 '네놈의 불륜을 폭로해 가정을 파탄 내겠다!' 였던 것이다. 아아, 이런 일을 겪고 나니까 나도 비로소 어른이 된 것 같다.

결국 위고르는 뭐 씹은 표정으로 이를 부득부득 갈며 마지막 발언을 했다.

"법무대신 위고르…… 발언하겠습니다. 재무대신 아이히만 공의 충정 어린 마음에…… 저도 공감하는 바가 있어…… 순금상을 만드는 일은…… 보류하도록 하겠습니다. 이상……입니다."

몸을 부들부들 떨며 말하는 엘리트 관리 위고르는 죽여 버리겠다는 듯 아이히만을 쏘아보고 있었지만, 이 무서운 할아범 아이히만은 가운뎃손가락을 펴 올린 채 위고르를 놀리고 있었다. 아무튼 절대 적으로 만들면 안 될 사람이다. 그리고 동쪽 관리들의 맹주인 위고르가 주장을 굽히자 더 이상의 발언은 없었고 회의는 끝났다.

그리고 불만에 가득 차다 못해 완전히 삐친 얼굴로 회의를 경청하던 국왕 전하께선 자리에서 일어나며 헛기침과 함께 마지막 말을 남기셨다.

"흐음. 귀공들의 충정 어린 의견들 잘 들었네. 자 그럼, 짐은 순금상을 만드는 것으로 알고 바빠서 이만……."

뭣이!

모든 사람들이 멍하니 바라보는 가운데 전하께선 황급히 회의실을 떠나셨다.

6.

'……지금까지 뭐였던 거야.'

이럴 거면 회의는 왜 했는가? 회의 진행과는 하등 관련도 없이 5미터짜리 대형 순금 조각상이 왕궁 광장에 세워지기로 결정되며 회의는 끝났다. 아이히만 대공의 분노는 이미 하늘을 찌르고 있었다.

"빌어먹을 자식! 신하들의 의견을 잘 수렴해서 제멋대로 결정하시는군! 나잇살 처먹은 녀석이 애새끼처럼 고집만 세 가지고!"

아이히만 대공은 회의실 밖으로 나가자마자 벽을 마구 걷어차며 삼족을 멸할 불경죄에 해당하는 폭언을 떠들어대고 있었다.

화가 날 만도 하지. 임금님이 잘 생기기라도 했으면 조각상을 감상할 맛이라도 날 테지만, 배 나온 만두 가게 아저씨를 순금으로 만들어 봐야 광장을 지날 때마다 다들 눈을 감게 될 것이다.

그때 신경성 위경련에 시달리는 외모의 군무대신이 씩씩거리는 아이히만에게 뛰어왔다.

"이, 이보게! 아이히만 대공! 우리 예산을 줄여서 순금상을 만들면 어떻게 하나!"

"아아, 몰라! 따지고 싶으면 그 잘난 국왕 전하께 가서 따지라고!"

"예산이 줄어들면 올해는 꼭 장만하려고 했던 공성포를 살 수가 없단 말이네!"

울상이 된 군무대신의 통사정에 아이히만이 뚱한 표정으로 말을 툭 던졌다.

"자네 공성포가 언제 쓰이는 무기인지는 알고 있나?"

"그야 적국의 성을 공격할 때 쓰이지."

"그럼 우리나라 군대가 단 한 번도 남의 나라 성 앞까지 가 본 적이 없다는 사실도 알고 있겠지!"

"그, 그렇지만 나라에 공성포 하나쯤은 있어야 체면이……."

"에라이! 일단 한 번이라도 성 앞까지 가 봐! 가 본 뒤에 말하라고!"

"그땐 늦어!"

이, 이게 뭐하자는 소란이람.

"국경이나 잘 지켜! 남의 나라 쳐들어갈 일은 이 왕국이 망할 때까지 없을 테니까!"

아이히만 공은 귀찮다는 듯이 손을 휘휘 내저으며 걸어가 버렸다. 진짜 인정머리라고는 눈곱만큼도 없는 할아범이다.

'무기를 가지고 지나갈 수 없는 선', 붉은색 소드라인을 넘어선 그는 다시 권총을 받아 품속에 넣고는 빳빳한 셔츠 깃을 매만지며 나를 바라보았다.

"엔디미온 군, 오늘 어전회의 어땠나."

"아하하하. 며, 명랑한 분위기였습니다."

악몽이었습니다. 다시는 이런 일 시키지 말아 주세요!

"개판이지. 전하는 뜬금없이 순금상 만들어 달라고 떼를 쓰고 위고르 놈은 아부하려고 가당찮은 주장이나 펴고, 하지만 말이야."

아이히만 내 어깨를 툭툭 치며 실웃음을 지었다.

"누구도 미워할 필요는 없어. 잘난 놈, 못난 놈, 다 이렇게 아웅다웅 사는 거니까."

그 말에 전적으로 동의합니다, 아이히만 그나이제나우 대공.

그건 그렇고 이 순금상이 불화의 씨앗이 될 거라는 왠지 모를 불안감은 나만의 착각이려나.

7.

아이히만 공은 행정부 본당으로 돌아간 즉시 금을 수입할 예산을 집행했고 한 달 뒤, 5미터에 달하는 찬란한 순금의 조각상이 엄청난 빠르기로 왕궁에 자리 잡게 되었다. 하지만 대공은 여기에서도 재치를 발휘했다. 실제 순금상의 키는 3미터 정도밖에 안 되고 높이 뽑아 들어 올린 동상의 칼 길이를 아주 길게 만들어 약속했던 5미터를 채웠던 것이다. 자신과 똑 닮은 순금상이 세워진 날 밤, 국왕 전하께서는 왕궁 식구들을 순금상 광장에 불러 잔치를 열었다. 통통한 뺨을 발그레하게 붉힌 임금님께선 단상에서 몸을 비틀며 쑥스러운 듯 소감을 밝혔다.

"에이, 뭐 이렇게 꼭 만들어 줄 필요까지는 없었는데……. 하지만 기왕 만들어 준 거니까 고맙게 받도록 하겠네."

얄미워서 때려 주고 싶다는 생각은 비단 나만의 심정은 아니니라. 나는 심드렁한 표정으로 들고 있던 샴페인을 조금 머금었다. 왕궁 광장에서 벌어진 이 연회에는 마차 수십 대 분량의 음식과 참나무통 이십여 개 분량의 술, 삼십여 명의 일류 요리사와 그의 몇 배는 되는 시녀가 동원되었고 내로라하는 귀빈들만 수천 명은 모였다. 이런 거물급 인사들이 한자리에 모인 것을 보고 있자니 뭔가 나도 덩달아 대단한 사람이 된 것 같아 어깨가 으쓱해지는군.

'그런데 키스 이 양반은 어딜 간 거야?'

불철주야 노는 일에 매진하는 키스 경이 이런 일에 빠질 리가 없는데 아까부터 모습이 보이지 않았다. 성격은 나사 하나 빠진 것 같지만 그래도 외모나 몸매는 스왈로우 나이츠의 기사단장으로 부족함이 없는 양반이라 근사하게 제복 입은 모습은 보고 싶었는데, 키스 세자르는 이 우아한 파티 어디에도 보이지 않았다. 신기한 일이로다.

그쯤 생각하고 있을 때 누가 내 뒤에서 툭 하고 머리를 부딪혔다.

"아! 죄송합…… 아? 미온 경?"

"크리스 경? 너도 왔구나."

술을 전혀 마시지 못해 우유를 담은 잔을 들고 파티장을 배회하던 크리스였다. 작은 체구 덕에 제복을 입어도 영 폼이 나지 않는 크리스가 어색하게 웃었다.

"……역시 저는 파티에 끼기가 힘드네요. 리더구트로 돌아가려고요."

"흐음."

기분 알 만하다. 현재 솜씨 좋은 루이 경이나 쇼탄 경은 그야말로 인간 메뚜기가 되어 파티장을 날아다니며 수많은 귀부인을 공략해 가고 있었다. 2인 1조로 편대비행 하며 돈 많은 여사님들만 정밀폭격하고 다니는 저들의 전투 능력은 가히 절세의 무공인지라 감탄을 금할 길이 없다. 하긴, 귀족들과 안면을 쌓는데 이런 왕궁 파티 이상의 영업장소가 또 있을까. 게다가 지금 지명의 슈퍼스타 루시온 경과 레녹 경이 없는 이상, 이곳은 루이와 쇼탄의 사냥터일 수밖에 없었다. 또한 묘하게 사람들을 끌어들이는 매력이 있는 랑시 경 역시 지체 높은 아줌마들에게 둘러싸여서 특유의 쾌활함을 과시하고 있었다.

그러나 크리스 경은⋯⋯.

"가, 가 볼게요."

순진하고 내성적인 크리스는 이런 천재일우의 기회마저 이용할 수가 없었던 것이다. 이래서야 루시온 경이나 레녹 경에게 계속 핀잔만 듣게 된다고! 나는 도망치듯 파티장을 빠져나가려는 크리스의 손을 잡아챘다.

"왜, 왜 그러세요?"

"파티는 이제 시작이야. 같이 즐기자!"

"네?"

"이제 현역은 아니지만, 오랜만에 한번 움직여 볼까 해서."

나는 의미심장한 미소를 지으며 어리둥절해하는 크리스를 끌고 '고객'들 속으로 들어갔다. 이래 봬도 난 열다섯 살 때부터 전쟁터 같은 실전을 겪은 프로란 말씀. 나는 눈앞에 펼쳐진 내로라하는 귀부인 중 입고 있는 옷과 장신구들의 가격 총합이 가장 높은 사람이 누구인지 3초 만에 파악하고 그녀에게 걸어갔다. 그녀에게 접근할 때마다 내 머릿속에는 속속 데이터가 들어오고 있었다.

30대 중반, 반지를 낀 위치를 보면 결혼 두 번 했음, 악센트가 강한 억양과 리본을 묶은 스타일로 보면 엄격한 남부 대지주 가문에서 스트레스받으며 유년기를 보냈음, 해외여행 자주 감, 최근 불면증에 시달리고 있음, 약간의 알코올 중독, 듣고 싶은 말은 '젊어 보이시네요', 의외로 미신을 믿음. 지금 들고 있는 와인 글라스는 입술에 닿는 부분이 바깥쪽으로 굽어 있는 특이한 튤립형으로 우리나라에선 거의 쓰지 않는 잔을 선택한 것으로 봐서 이국적 호사 취미를 즐기며 과일의 풍미가 감도는 달콤한 와인을 혀끝으로 즐기는 것을 좋아하는 쾌락적인 음주 취향임, 말투와 꺼내고 있는 화제를 보니 자신감 넘치는 성격에 지적 유희를 즐기는 활달한 성격. 기타 등등.

그런 그녀 곁에 멈춰 선 내가 상냥한 목소리로 말했다.

"잠이 오지 않으실 때는 스위트 와인보다는 콘스탄트 왕국 류안 지방에 있는 허브 향기를 음미하는 편이 훨씬 좋습니다. 다음에 또 그곳에 가실 일이 있으시다면 꼭 그 향초를 구입하세요."

"어머나! 내가 류안 지방에 간 적이 있다는 것을 어떻게 알았지? 남편도 모르게 갔는데?"

"직감입니다."

그녀가 집게손가락에 끼우고 있는 오팔 반지는 류안 지방에서 구한 것이 분명하다. 내전 중인 나라에까지 여행을 가다니, 예상대로 대단한 여행광이로군. 대부분의 여행광들은 도전적이고 특이한 것을 좋아하며 불장난을 겁내지 않는다.

"호호, 재미있는 청년이네. 내가 요즘 잠들기 힘들다는 것은 어떻게 알았지?"

"신전기사 엔디미온이라고 합니다. 그리고 이쪽은 크리스티앙 경. 부인의 존함을 알려 주신다면 지금 앓고 계신 불면증을 치료할 수 있는 확실한 묘안을 조언해 드리겠습니다. 괜찮은 거래죠?"

크리스는 깜짝 놀란 얼굴로 날 올려다보았다.

"미, 미온 경."

대체 뭐 하는 사람이냐는 얼굴이로구나. 돌아가면 키스한테 물어봐야지. 경력자 우대하냐고. 그리고 5분 만에 나와 크리스 주변에는 열 명도 넘는 세도가의 여성들이 몰려들었고, 크리스는 빨개진 얼굴로 쩔쩔매면서도 어느 때보다 많은 귀족에게 자신의 이름을 알릴 수 있었다. 그때 도발적인 비단 드레스를 입은 큰 키의 여성이 다가오며 말했다.

"호오, 미온 경. 영업 중에 방해해서 미안하구나."

"오르넬라 성녀님!"

순간 모여 있던 귀부인들의 표정이 사색이 되더니 고개를 조아리며 슬금슬금 뒤로 물러났다. 역시 오르넬라 님의 악명은 이미 전국 만방에 퍼져 있구나. 하긴, 비단구렁이를 만났을 때는 피하는 것이 상책이지. 겁이 많은 크리스 역시 소문으로만 들어오던 오르넬라를 보자 몸이 굳어서는 제대로 인사하는 것조차 잊어버리고 있었다.

와인을 홀짝거리는 성녀님을 보며 내가 말했다.

"저 그런데…… 성녀님이 술 마셔도 되나요?"

"음주의 고통을 느껴 봐야 주색에 빠진 자를 구원해 줄 수 있을 것 아니냐."

"좋은 구실이네요."

"그렇지?"

오르넬라 님은 장난스러운 눈웃음을 보이며 고개를 기울였다. 크리스나 주변 사람들이나 내가 그 무서운 오르넬라 님과 친하게 이야기하자 신기하다는 듯 우리를 바라보고 있었다. 이거 꼭 내가 무슨 마계의 여왕과 담소를 나누는 것 같아 쑥스럽구먼. 하지만 이분은 실은 본심은 착하고 상냥한 성녀님이란…….

"그런데 미온, 왜 내 저택에 안 오는 거냐. 정녕코 박제가 되고 싶은 게냐."

"아하하하. 고, 곧 갈게요."

착하다는 말 취소. 그때 크리스가 너무 긴장해서 목각 인형을 연상케 하는 몸짓으로 오르넬라 님 앞에 나타났다.

"처, 처, 처음 뵙겠습니다. 스, 스왈로우 나이츠의 기사, 크리스티앙이라고 합니다."

힘내라, 크리스! 그는 시선을 어디에 둬야 할지 모를 정도로 얼굴이 빨갛게 달아오르고 울어 버릴 것처럼 긴장했지만, 그래도 자신의 내성적인 성격을 고쳐 보기 위해 먼저 용기를 낸 것이었다. 아아, 눈물이 다 나오는군.

하지만 첫 상대로 오르넬라 님은 너무 난이도가 높은데……. 자칫 잘못하면 박제가 될 수도! 오르넬라 님은 코웃음을 치며 자신 앞에 한쪽 무릎을 굽힌 채 고개를 숙인 크리스에게 말했다.

"흐응, 크리스티앙 경이라고? 오늘 밤 내 궁전에 와 줄 수 있겠느냐?"

"가, 가, 가겠습니다."

가지 마!

"오호호호, 널 거실에 장식하고 싶은데 괜찮겠느냐?"

"아, 알겠습…… 예, 예? 하, 하지만 그건 조금 생각해 봐야……."

생각해 볼 문제가 아니잖아! 크리스는 자기가 무슨 소리를 하는지도 모를 만큼 당황하고 있었다. 불쌍한 소년을 가지고 놀다니 악취미 성녀님이다, 정말. 정말로 자신이 장식품이 되는 것을 진지하게 생각해 보고 있는 크리스를 보며 오르넬라 님은 뭐가 재미있는지 커다랗게 웃으며 말했다.

"왕궁에는 재미있는 아이들이 많구나. 크리스티앙이라고 했지? 기억해 두겠다."

"가, 감사합니다!"

어쩌면 크리스로서는 오늘이 첫 번째 실적을 얻는 날일지도 모른다. 오르넬라 님은 옻칠을 한 담뱃대를 입술에 물었다. 그리고 입가에 맺힌 담배 연기와 함께 그녀가 중얼거린 말을 나는 평생 잊지 못할 것 같다.

"어차피 나는 죽을 때까지 어떤 남자와도, 사귈 수도 결혼할
수도 없어. 태어날 때부터 난 성녀니까. 내 몸은 신의 것이래.
하지만 솔직히 난 신을 믿지 않아. 아무리 애원해도 아무리 기다
려도 내 몸의 주인은 한 번도 나타나지 않았어. 이렇게 자기 것
을 버려두고 나 몰라라 하는 무책임한 신 따위를 어떻게 믿을 수
가 있겠어. 그런데 사람들은 내게 와서 기도를 드리고 나를 보며
신의 모습을 봤대. 우습지?"

음주에 흡연에 무신론자인 오르넬라 성녀님을 보며…… 나는
이상하게도 내 10대를 함께했던 그녀가 떠올라 가슴이 아팠다.
담배는 물론 술도 담배도 전혀 못 하는 그녀의 어디가 오르넬라
님과 닮았는지는 모르겠다.

나는 이렇게 말했다.

"음주에 흡연에 무신론자인 성녀님이지만……."

"욕하려는 거냐?"

"끝까지 좀 들으세요. 다른 사람들에게 신의 모습을 보여 주
었다면 훌륭함 성직자임이 분명하다고 생각해요. 비록 자신은
구원받지 못했더라도 남들에겐 위안을 주고 구원해 줬다면, 그
건 위선이 아니에요. 희생이라고요."

"흥! 나는 누굴 위해 희생해 준 적이 없어!"

"이런, 겸손하시기까지 하시군요."

나는 슬쩍 눈웃음을 지었고 오르넬라 님은 조금 화가 난 표정
으로 눈썹을 좁힌 채 날 바라보다가 갑자기 파티장이 떠나갈 정

도로 커다랗게 웃으며 말하는 것이었다.

"미온, 너는 정말 어린아이 같구나."

쳇. 어른이 아니라서 미안합니다.

8.

사건은 다음 날 발생했다. 아침에 눈을 뜨자마자 나는 왕궁의 공기가 심상찮다는 것을 느꼈다. 왕궁 곳곳에 무장을 한 병사들이 배치되어 있었고 돌아다니는 사람들의 숫자도 눈에 띄게 줄었으며, 무엇보다 왕궁 전체가 숨죽이고 있는 것처럼 적막했다. 이런 살풍경한 분위기에도 아랑곳하지 않고 1층 테라스에서 차를 마시며 늘어져 있던 우주중심형 인간 키스는 나를 보자 궁금증이라도 풀어 주려는 듯 해죽 웃으며 말했다.

"왕궁 광장에 한번 가 보세요오."

"광장?"

그리고 광장에 갔을 때 내가 본 것은 바로 머리가 사라진 국왕 전하의 순금 조각상이었던 것이다. 전하께선 잠옷 차림으로 그 앞에 주저앉아 오열을 토하고 있었다.

"어떤 놈이 훔쳐간 거야! 내 머리! 내 머리이이이!"

"……."

전하는 정말 자신의 머리라도 잘려 나간 것처럼 거의 자지러지고 있었고 그 깊은 슬픔은 곧 거대한 분노가 되어 우리에게 돌아오리라는 것을 충분히 예측할 수 있었다. 곧 광장에 헬스트 나이츠 기사단장이 카론 경과 부하들을 대동하고 도착했다.

전하는 예를 갖추는 그를 보자마자 격노한 목소리로 소리쳤다.

"기사단장 블리히 경에게 어명을 내리겠네! 감히 국왕의 머리를 훔쳐간 발칙한 도둑놈을 무슨 수를 써서라도 찾아내! 아직 왕궁 바깥엔 이 사실을 알리지도 않았는데 밤사이에 훔쳐갔다면 이건 왕궁 내부자의 소행이 분명해! 아직 왕궁 안에 있는 것이 분명하니 모든 출입문을 차단하고 이 잡듯이 조사해서 잡아내!"

임금님의 추리력이 저토록 출중한지 처음 알았다. 저런 머리를 조금만 정치에 써 주면 좋으련만. 전하로부터 수사 전권을 위임받은 기사단장 블리히 경은 핸섬함을 넘어서 마초함에 가까운 근육질을 자랑하는 덩치 큰 사내였는데 진한 쌍꺼풀이 있어서 어째 느끼해 보이는 사람이었다. 어쨌거나 기사단장이라면 명문가 출신이리라. 블리히 경은 헬스트 나이츠의 명예를 걸고 반드시 잡아 오겠노라는 거창한 다짐을 한 뒤, 전하가 떠나자마자 근처에 무표정하게 서 있던 카론 경을 부르는 것이었다.

"카론 경, 부기사단장인 자네에게 명예로운 임무를 내리도록 하지. 왕궁 전체를 철저히 뒤져서 범인을 찾아내도록 하게."

"왕궁 전체를…… 말입니까?"

농담이 아니라 이 거대한 왕궁을 언제 다 뒤진단 말인가. 하지만 카론 경보다 머리 하나는 더 큰 것 같은 블리히 경은 마치 물건을 강매하듯 윽박질렀다.

"그래! 속속들이 뒤져서 범인을 찾아내! 못 찾으면 만들어내서라도 잡아 와! 만약 찾아내지 못한다면 자네의 근무 평가에 문제가 생길 거야. 아, 그리고 범인을 잡으면 전하에게 알리지 말고 먼저 내게 보고하도록."

"알겠습니다."

블리히는 노골적으로 뻔뻔하게 말해 놓고는 부하들과 함께 사라졌고, 결국 수사를 위해 남은 자는 카론 경 혼자뿐이었다. 쳇. 못 잡으면 카론 경의 책임이고 잡게 되면 자기 공이라는 거냐. 실로 못난 상관의 교과서 같은 인물이로다.

카론 경은 화가 날 만도 하건만 얼굴색 하나 변하지 않고 몇 명의 목격자들의 증언을 들은 뒤에 묵묵히 머리가 잘려 나간 왕궁의 명물, 순금상을 올려다보고 있었다. 속으로는 얼마나 끓고 있을까. 이럴 때는 화내도 된다고요, 카론 경!

나는 슬며시 카론 경 곁으로 다가가 같이 순금상을 바라보았다.

"헤헤, 이런 것도 사회 환원이라고 할 수 있을까요?"

"자넨가."

그는 날 흘낏 보더니 다시 입을 다물었다. 정말 이 사람만큼 사교성이 없는 인간도 드물 거야. 실력으로 치면 기사단장이 되고도 남아야 할 사람인데 조금도 융통성이 없으니 블리히 같은 닳고 닳은 인간한테 미움받고 있는 거라고요.

"어때요? 누가 범인인지 짐작이 가세요?"

"범인은 제법 검을 쓰는 자다. 절단면을 보니 사다리도 없이 뛰어올라 장검으로 단번에 목을 잘라냈다."

호오.

"그리고 밤이라서 제대로 확인할 수는 없었지만, 목격자의 증언에 의하면 큰 키에 다리가 길고 복면을 쓴 남성이라고 한다. 단독범인 것 같군."

카론 경의 추리는 깔끔하고 군살이 없었다. 하지만 그렇다고는 그 정도로 범인을 잡아낸다는 것은 힘들지 않을까?

내가 물었다.

"정말로 이 넓은 왕궁을 다 조사하실 건가요? 일손이 필요하시면 제가 도와 드릴까요?"

"필요 없다. 자네 업무에나 충실하도록."

카론은 딱 잘라 말하며 자리를 떴다. 뭐야! 기껏 염려해 준 사람한테 저런 매몰찬 태도는!

"하아, 대체 누가 저런 것을 훔쳐갔담."

나는 고개를 절레절레 흔들며 광장을 떠났다.

9.

다시 리더구트로 돌아왔을 때, 이곳의 화제도 단연 '누가 가져갔나, 임금님의 머리'였다. 이러다간 한동안 유행어로 자리 잡을 것 같다. 내가 응접실에 들어오자마자 식사 중이던 루이 경이 물었다.

"오오, 미온 경. 왕궁 분위기 어때?"

"카론 경이 직접 수사하기 시작했어요. 훔쳐간 녀석이 누군지는 모르겠지만, 잡히면 곱게 죽진 못할 것 같군요."

나는 한숨을 내쉬며 자리에 앉았고 곧 시종들이 만들어 온 홍차를 집어 들었다. 대체 이 리더구트의 시종들은 집안 어딘가에 숨어 사는 것이 분명한데, 갑자기 불쑥 나타나서 음식이나 차를 내주고 스르륵 사라지는 통에 깜짝깜짝 놀랄 때가 잦다. 무엇보다 아무리 봐도 얼굴이 다 똑같은 거 같은 게 엄청 신경 쓰여.

꽤 한가해 보이는 루이 경은 뭔가 생각이 났는지 내게 다가와 물었다.

"혹시 말이지, 그 도둑 잡은 사람한테는 뭔가 포상이 있을까?"

"글쎄요. 전하께서 무척 흡족해하실 테니까, 금동상 귀 한쪽쯤은 떼어 줄지도?"

"좋아! 그럼 찾아볼까! 도둑 잡아 한밑천 마련해 보자!"

뭐가 좋다고 들떠 있는 거야? 랑시 역시 괜히 신 나긴 마찬가지였다.

"나도 할래! 나도! 와아아! 도둑 잡자!"

오늘은 브리핑할 거리가 없는지 오전부터 나무늘보처럼 소파에 축 늘어져 있던 키스 경이 팔을 흐늘흐늘 들어 올리며 졸린 목소리로 중얼거렸다.

"우리는 바쁜 몸이에요. 그런 일에 시간 낭비하지 마세요오."

키스 경, 그런 꼴로 말해 봐야 설득력이 전혀 없어! 보는 나까지 늘어지고 싶으니까 냉큼 일어나!

그때 요상하게 불안한 표정의 쇼탄 경이 조심스럽게 내게 다가와 속삭이는 것이었다.

"미온, 잠시 시간 있어?"

10.

루이가 룸메이트로 있는 쇼탄 경의 방에 들어오자마자 쇼탄은 침대에 털썩 주저앉으며 한숨부터 내쉬었다. 이 양반이 왜 이러나 싶어서 내가 물었다.

"아니, 갑자기 무슨 일로…… 흐어어억!"

순간 침대 밑에서 굴러 나오는 황금 머리통을 보자마자 난 심장이 내려앉는 것 같았다. 해맑게 웃고 있는 이 머리는 분명!

"뭐, 뭐, 뭐, 뭡니까! 이 금 대가리는! 어, 어, 어째서 이게 여기에!"

"……이제 어쩌지?"

멋지게 그을린 얼굴에 수심이 가득한 쇼탄은 발바닥으로 임금님의 머리를 이리저리 굴리며 중얼거렸다.

"잡히면 난 죽겠지?"

"쇼, 쇼탄 경! 왜 이런 걸 훔친 겁니까!"

범인은 쇼탄 경. 범인은 쇼탄 경. 범인은 쇼탄 경. 머릿속에 사이렌이 울리고 있었다.

"그게 말이야……. 돈이 없어서. 최근 빚에 쪼들리고 있었거든. 그런데 어제 술에 많이 취했고 아침에 정신을 차리고 보니까 내가 이 금덩어리를 껴안고 있더라고."

"……."

전날 필름이 끊길 정도로 술을 왕창 마시고 아침에 일어났더니 옆에 난생처음 보는 금발 미녀가 자고 있다든가 하는 일까지는 이해하겠지만, 자고 일어나니까 옆에 임금님의 머리가 있다는 경우는 처음 듣는다. 결국 돈이 궁하던 차에 술에 취해 우발적 범행을 저지른 것이로군.

어떻게 취중에 잡히지도 않고 이런 엄청난 도둑질을 할 수 있었냐는 의문은 '물러설 곳이 없는 극빈자의 의지'라고 둘러댄다고 쳐도 문제는…… 왜 이런 흉흉한 걸 집구석으로 가지고 들어온 거냐고!

쇼탄은 자기도 왜 이런 짓을 저질렀는지 도무지 모르겠다는 듯 머리를 쥐어뜯으며 넋두리를 했다.

"이, 이건 돈이 필요했던 내 무의식이 저지른 거야! 난 정말 기억이 안 난다고!"

"불행하게도 왕실은 쇼탄 경의 무의식만 처벌하지는 않을 것 같은데요."

카론 경 앞에서 '제가 한 일이 아닙니다. 실은 저의 또 다른 인격이 저질렀답니다'라고 말해 봐야 그 냉정한 기사님으로부터 '알 바 아냐. 자네도 자네의 그 다른 인격도 사형이네'라는 얼음장 같은 대답만 들을 것이 뻔했다.

쇼탄이 팔짱을 끼며 중얼거렸다.

"솔직히 루이 그놈은 이걸 보자마자 상금을 노리고 날 신고할 놈이고, 랑시는 아무 생각도 없고 크리스는 동정해 주겠지만 그것뿐이고…… 키스는……."

"반으로 잘라서 나눠 갖자고 하겠죠?"

"응, 분명히 그럴 양반이야."

동시에 한숨을 쉬었다. 결국 리더구트에 남은 기사 중에 이 사실을 토로할 만한 사람이 나뿐이었단 말인가. 풍요 속의 빈곤이로고. 이럴 때 냉정하고 현실적인 루시온 경이 있었으면 좋겠지만 그는 현재 지명 중……. 아니야, 그 사람은 조금도 동정하지 않는 표정으로 기사단에 피해를 주지 말고 빨리 자수하라고 말할 사람이다. 이건 자수한다고 용서받을 상황이 아니라고!

"이제 어쩔 거예요? 잡히면 정말 죄송합니다, 라는 말로는 끝나지 않을 거라고요."

보나 마나 사형이다. 총살이냐 독살이냐 하는 디테일한 문제들만 남아 있을 뿐이다.

"그, 글쎄. 녹여서 밀반출시킬까?"

"리더구트에 용광로가 없다는 점이 유감이로군요."

기각! 나라님의 금옥두(金玉頭)를 불구덩이에 녹이다가 들키는 날엔 가장 끔찍한 처형이 어떤 것인지 온몸으로 체험하는 영광을 누리게 될 것이다. 분명 임금님께서 뜨겁게 달궈진 철 지팡이로 쇼탄 경의 등짝을 친히 지져 주실 것이다. 그런 전하의 은총을 하사받고 싶지 않다면 이 머리통은 최대한 원형을 보존해서 전달하는 방법이 최선이었다.

"문제는 그 전달 방법이군."

여기까지 생각했을 때 갑자기 문이 덜컥 열렸다. 문 잠그는 걸 깜빡하다니!

"숨겨어어어!"

그 즉시 쇼탄 경과 내가 그 커다란 황금 머리통으로 몸을 날려 감추려고 했지만 이미 늦어 버린 일이었다. '여기서 뭐 하고 계세요오오?' 라는 활짝 웃는 얼굴로 문을 연 키스 경은 방 안의 상황을 보곤 웃는 낯 그대로 그 자리에서 굳어 버렸다. 필사적으로 금덩어리를 감추려고 나와 엉켜 있는 쇼탄은 '쇼넨베르트. 향년 24세' 라는 표정으로 입을 열었다.

"키, 키스 경. 이건 말이죠……. 그러니까 뭐랄까, 내 가난한 무의식이 저지른 일로……."

"난 못 봤어요! 몰라요! 난 아무것도 모릅니다아!"

"잡아아아아아!"

나와 쇼탄은 두 눈을 가리고 도망치는 키스에게 뛰어가서 입을 틀어막고 이곳으로 질질 끌고 들어왔다. 키스가 마구 반항하자 주먹으로 흠씬 두드려 주었다.

소란이 진정된 뒤에 허탈한 표정으로 담배를 문 쇼탄이 자포자기가 되어 중얼거렸다.

"키스 경…… 댁도 이제 공범이야."

"어, 어째서 제가 공범이니까아!"

"자식의 잘못은 부모의 잘못, 부하의 잘못은 상관의 잘못!"

쇼탄은 어지간히도 혼자 죽긴 싫었던 모양이다. 하지만 이건 같이 지옥불에 떨어진다고 해결될 문제가 아닌 것 같은데 말이야.

우중충한 표정의 사내 셋이 한방에 모여 활짝 웃는 전하의 머리통을 바라보며 침묵하고 있을 무렵, 밖에서 시종의 차분한 목소리가 들렸다. 대체 어디서 저렇게 불쑥불쑥 나타나는 걸까, 저 시종들은.

"카론 샤펜투스 부기사단장님께서 방문하셨습니다."

상황은 악화 일로였다.

"키스 경! 당신이 좀 돌려보내 봐요!"

"아니 왜 내가 해야 하나요오!"

"그야 댁이 카론 경과 친하니까……. 에이이! 걸리면 다 죽으니까 구시렁거리지 말고 냉큼 돌려보내라고!"

나는 키스를 문밖으로 걷어차 버렸다. 이미 카론 경은 이곳 복도까지 올라온 상황이었다. 밖에서 키스 경의 더듬거리는 목소리가 들려왔다.

"아하하하. 카, 카론 경 오셨어요오? 수사하시느라 바쁘실 텐데 내려가서 차라도 마시죠?"

"뭐냐, 키스. 왜 표정이 그렇지?"

"아, 아무것도 아닙니다아! 여기에는 임금님의 머리 같은 것은 절대 없어요!"

야! 아예 여기 있다고 광고를 해라!

"비켜라, 키스."

"와아앗! 가지 마세요! 거기만은! 제발!"

덜컥!

망할 놈의 키스가 협조해 준 덕분에 카론 경은 우리가 숨기기도 전에 방문을 열 수 있었고, 문을 열자마자 거대한 금덩어리를 부여잡고 우왕좌왕하는 우리와 눈이 마주쳤다. 3초간의 침묵이 흐르고 이윽고 상황을 파악한 카론 경의 눈이 커졌다.

"너희……."

따아아악!

순간 청명한 타종 음이 들리며 카론 경이 스르르 바닥에 쓰러졌다. 그리고 그의 뒤에는 부지깽이를 든 채 가쁜 숨을 몰아쉬고 있는 키스가 서 있었다. 우리는 할 말을 잃은 표정으로 우리의 상관을 멍하니 바라보았다. 키스가 들고 있던 흉기를 바닥에 떨어트리며 주저앉았다.

"아아아, 저도 모르게 그만!"

내가 못 살아아아아!

"이, 일단 숨기자."

쇼탄과 나는 혼절한 카론 경을 질질 끌고 들어온 뒤에 문을 잠갔다. 키스의 전폭적인 도움 덕분에 우리는 돌아갈 수 없는 강을 건너고 있었다.

11.

의문의 대도(大盜), 임금님의 금옥두를 탈취! 그리고 범인과 그의 공범들은 사건 발생 하루 만에 수사 총책임자를 폭행 후 납치, 감금! ……이상이 현 사건의 진행 상황이다. 그리고 어째서 이 대 흉악 범죄에 내가 연루되었는지 이제는 나도 모르겠다.

암울한 꿈에 젖은 나와 쇼탄과 키스는 온몸이 묶이고 재갈까지 물린 채 정신을 잃은 카론을 퀭한 눈동자로 바라보고 있었다. 그리고 그 옆에는 활짝 웃는 표정의 임금님 머리가 굴러다녔다.

어쩌다가 일이 이 지경이 되어 버린 것일까.

"왕실 보물 절도, 국왕 모욕, 요인 납치 및 감금……. 이런 죄를 한꺼번에 지은 사람이 이 세상에 우리 말고 또 있을까."

이 인간이 은근슬쩍 우리를 한통속으로 몰고 있었다.

그의 말에 키스가 한숨을 포옥 내쉬며 말했다.

"그러게 어쩌자고 이런 무지막지한 짓을 저질렀습니까아."

"시끄러워! 지금 당신이 상황을 계속 악화시키고 있잖아!"

내 아주 화가 안 나려야 안 날 수가 없어!

그때 카론이 신음을 내며 눈가를 움찔거렸다.

"깨, 깨어났다."

순간 정신을 차린 카론 경이 날카로운 눈매로 우리를 쏘아보았다. 이런 사람이 화난 표정 지으니까 진짜 무섭다. 재갈만 안 물려 있었으면 분명 '네놈들을 다 죽여 버리겠다'라고 소리쳤을 표정이다. 하지만 긴장감이라고는 전혀 없는 키스는 카론 앞에 다가가며 씨이익 입꼬리를 올리는 것이었다.

"우후후후. 이렇게 된 이상 죽어 줘야겠어, 카론 경."

자극하지 마!

"카론 경, 소리치지 않겠다고 약속하면 재갈 풀어 줄게요오."

카론 경은 어쩔 수 없다는 듯이 고개를 끄덕거렸고 입이 자유로워진 카론은 화를 참는 기색이 역력한 표정으로 말했다.

"지금 너희가 무슨 짓을 저지른 것인지 알고 있나."

알다마다. 이러다 잡히는 날엔 희대의 얼간이들로 왕실 비사에 기록되겠지.

"어서 날 풀어라."

"풀어 주면 우릴 죽이지 않을 건가요?"

"물론 내가 죽이진 않는다. 하지만 사형당하겠지."

"……그렇게 말하고 풀어 주길 바랍니까?"

"거짓말하긴 싫다."

정말이지 융통성 제로의 인간이라니까.

침대에 걸터앉은 키스 경이 그 빨간 눈동자를 똑바로 뜨며 말했다.

"카론 경, 나는 쇼넨베르트 경을 죽게 놔둘 수는 없습니다. 일순간의 실수로 죄를 저지르긴 했지만 뉘우칠 기회도 없이 개죽음을 당하게 할 수는 없어요. 무엇보다 전하의 천박한 어리광에 내 부하를 제물로 바칠 생각은 추호도 없습니다."

단호하게 말한 키스의 표정에는 깜짝 놀랄 만큼 존재감이 넘쳤다. '전하의 천박한 어리광'이라니, 가끔 키스는 무서운 말을 입에 담을 때가 있다.

카론 경이 대꾸했다.

"그럼 어쩌겠다는 거냐."

"카론 경, 우릴 도와줄 수 있지요오?"

"거절한다."

"그럼 묻어 버릴 테야!"

"……."

아까 존재감 어쩌고 했던 말 취소. 어리광 부리고 있는 건 당신이잖아!

나는 헛기침을 하며 왕실 수사 책임자와 다시 네고시에이션을 시도했다.

"저어, 카론 경. 만약 이 머리가 아무 탈 없이 제자리로 돌아갈 수만 있다면 협조해 주실 수 있으세요?"

카론은 이 제안에 말없이 나를 바라보았고 다른 사람들 역시 '무슨 방법으로?' 라는 얼굴로 날 쳐다봤다. 그리고 내 작전을 브리핑받은 이들의 표정은 경악으로 바뀌어 있었다. 키스가 머리를 쥐어뜯으며 소리쳤다.

"그런 유치한 방법은 뭔가요오!"

"고상함까지 유지하면서 이 난관을 헤쳐 나갈 재주는 없네요!"

지켜보기나 하시라고!

이 급조된 '위기탈출 드림팀'은 작전 회의 끝에 첫 번째 목표를 엘리트 법무대신 위고르 공으로 낙찰했다.

12.

"누구냐! 아, 아니! 카론 경! 근무 중 이상 무!"

야심한 밤이 되자 카론 경을 앞장세운 우리 드림팀은 시커먼 가마니에 황금 머리통을 집어넣고 위고르 공의 저택으로 출발했다. 밤에도 위병들이 쫙 깔려 있는지라 이런 의심 만점의 가마니를 들고 다니면 대번에 수색을 당하겠지만, 다행히도 수사 책임자인 카론 경은 모든 수색 요구를 튕겨낼 수 있는 강력한 특권을 가지고 있는 권력자였다. 후후, 수사를 책임지는 정의의 기사님이 공범이라고 누가 짐작이나 하겠어?

"별……문제는…… 없나."

창을 바짝 들고 경계를 서고 있던 위병에게 카론이 짜내는 듯한 목소리로 물었다. 어떤 범죄도 묵인하지 않는 대쪽 같은 청렴결백의 대명사 카론 경이 이런 중범죄에 협조하고 있으니 기분이 찢어질 지경일 것이다. 카론 경의 단아한 얼굴에는 싫어 죽겠다는 기색이 역력했지만, 다행히도 배신은 하지 않았다. 뭐 꼭 뒤에 서 있는 키스가 단도를 꺼내 카론의 등을 위협하고 있었기 때문만은 아니라고…… 믿고 싶다.

"의심되는 자는 보이지 않습니다! 그런데."

위병은 우리를 흘낏 보며 의아한 듯 되물었다.

"이 늦은 밤에 어디로 가시는 겁니까?"

"기밀이다."

"옛! 알겠습니다!"

그럼, 기밀이고말고. 위병은 불철주야 일하는 기사의 모범 카론 경의 모습에 감동한 눈빛으로 주저 없이 길을 비켜 주었고 우리는 카론 경의 도움으로 일차 검문을 통과할 수 있었다.

조금 걸어가던 카론이 걸음을 멈춰 서며 입술을 꽉 깨물었다.

"큭! 어째서 내가 이런 일에 동조해야 하는 거지."

"어머나, 이미 같은 배를 탄 동료끼리 그런 말씀하시면 정말 서운하지요오."

키스가 단도 끝으로 카론의 등을 쿡쿡 찌르며 살갑게 말했다. 히죽히죽 웃는 저 위험한 미소는 분명 이 상황을 즐기고 있다는 증거다! 키스, 이 양반은 긴장감이라는 것을 어디다 팔아먹은 것일까. 악당이 되었으면 크게 한탕 해 먹었을 위인이다.

"이거 무거우니까 빨리 좀 가죠?"

금덩어리가 들어 있는 가마니를 둘러업은 쇼탄 경이 낑낑거리며 말했다. 얼씨구. 댁이 그 무거운 것 집구석에 들고 오지만 않았어도 지금 이 난리를 피울 이유가 없단 말이야!

"이번 한 번뿐이다."

카론은 눈을 질끈 감으며 그렇게 중얼거렸고 다시 위고르 저택행 열차가 출발했다. 가는 도중 세 번의 검문을 받았지만 역시 카론 경을 보자 모두 길을 비켜 주었다. 위고르 공의 저택은 왕궁 남쪽에 있다. 출세 코스를 밟는 엘리트들은 모두 왕궁 안의 직장 근처에서 산다고 들었다.

법무대신 위고르 공의 저택에 도착하자 우리는 근처 수풀 속에 숨었다.

내가 말했다.

"자, 그럼 갖다 놓고 오겠습니다."

그리고 나는 금덩어리가 들어 있는 검은 가마니를 들고 살금살금 저택 앞에 놓고 다시 돌아왔다. 쇼탄이 여전히 불안한 얼굴로 물었다.

"이런 방법이 정말 효과가 있을까?"

"걱정하지 마세요. 병법은 상대의 허를 찌르는 의외성에서 시작합니다. 뭐, 내가 한 말은 아니지만."

전대미문의 병법가로도 유명한 콘스탄트 왕국의 대장군, 적현무 키르케 밀러스 님이 내게 해 준 말이다. 카론 경은 어떻게 그런 말을 알고 있는 거지? 라는 눈빛으로 날 바라보았지만, 키르케 님으로부터 들었다고 말해 봐야 이번에도 농담하지 말라는 오해나 받을 테니까 입 다물기로 하자.

장담컨대 출세에 목숨 건 위고르 공은 분명 누구보다 부지런한 일벌레일 것이다. 새벽이 밝아 오자 예상대로 가장 먼저 저택 문을 열고 나온 자는 금발을 깔끔하게 뒤로 넘긴 위고르 공이었다. 그는 저택 앞에 놓인 가마니를 보며 '이게 뭐지?'라는 의심스러운 눈빛으로 툭툭 차 보고 있었다.

그리고 그는 가마니를 열어 보곤 흠칫! 놀라며 그대로 굳어 버렸다. 폭탄을 발견했을 때의 얼굴이었다.

나는 이 순간을 기다렸다는 듯 수풀에서 벌떡 일어나 말했다.

"이야아아! 위고르 공께선 아침 일찍 일어나시는군요!"

"너, 너는 그 어전회의 때 봤던 아이히만의 똘마니!"

똘마니라니!

"우·연·히· 이곳을 지나고 있던 참이었습니다. 그런데 왜 그렇게 식은땀을 흘리십니까?"

"아, 아니다. 아무 일도!"

"그런데 그· 몹·시· 수·상·쩍·어· 보이는 가마니는 뭔가요? 소인도 한번 볼 수⋯⋯."

"아무것도 아니라니까!"

위고르는 버럭 소리를 지르며 황급히 그 가마니를 뒤로 숨겼다. 후후, 출세를 인생의 목표로 삼은 사람이 그런 위험한 것을 들키면 곤란하겠지. 그때 뭔가 이 부자연스러운 상황을 눈치챈 위고르 공이 내게 눈을 부라리며 말했다

"너 이놈! 날 함정에 빠트리려고 이런 비열한 짓을!"

"예? 무슨 말씀이신지? 그보다 그 가마니 안에 뭐가 들었기에 그러시나요?"

"아, 아무것도 아니라고 했잖아!"

위고르는 겁에 질린 표정으로 주변을 둘러보며 말을 흐렸다. 므하하하! 당황해라. 더욱더 당황하고 궁지에 몰려 인생 파멸의 공포를 느껴라, 위고르!

위고르가 날 쏘아보며 두 주먹을 부르르 떨었다.

"내가 이따위 얄팍한 함정에 빠질 줄 알았다면 오산이야! 카론 경을 불러 공정하게 수사하라고 명령하겠다!"

"아아, 그러세요?"

나는 뚱한 얼굴로 수풀 쪽을 바라봤다.

"카론 경, 위고르 공이 찾으시는데요?"

그러자 카론 경이 수풀에서 불쑥 일어섰다. 미안해요, 카론 경. 그런 무서운 얼굴 하지 마세요.

위고르 공은 바닥에 나자빠질 정도로 소스라치게 놀랄 수밖에 없었다. 수사 총책임자 카론 경이 고개를 돌린 채 정말로 더듬더듬 말했다. 그렇게 대놓고 싫은 표정 좀 짓지 마세요!

"그…… 가마니…… 안에…… 뭐가 들었는지…… 확인해 보고…… 싶습니다……."

"이, 이것들이! 모두 작당을 하고 내 인생을 망치려고! 아이히만인가? 아이히만이겠지? 아이히만이로군! 라이벌인 나를 이런 식으로 제거하려고!"

아니 그건 너무 앞서 가신 거 같은데, 일단 아이히만 대공은 당신을 별로 라이벌로 인정도 안 하는 거 같고 말이죠.

어쨌든 이 왕궁 청렴결백의 상징인 카론 경마저 '한패'라는 것을 확인한 위고르 공의 얼굴이 새하얗게 질렸다.

그 표정을 포착한 내가 정중하게 위고르 공 앞에 한쪽 무릎을 꿇으며 말했다.

"위고르 공, 왕실을 위해 모든 것을 바친 충신께 이런 결례를 범하여 죄송합니다. 하지만 이 모든 것이 가난한 기사 한 명을 살리기 위해 벌어진 일, 부디 노여움을 거두고 조금만 도와주시겠습니까?"

"도와줘?"

"제 부탁만 들어주시면 아무런 문제 없이 이 일을 마무리 지을 수 있습니다. 제 목숨을 걸고 약속드립니다."

위고르 공은 역시 머리 회전이 빠른 자였다. 그가 조심스럽게 속삭였다.

"정말 아무 일 없는 거지?"

"물론입니다."

나는 환하게 웃었고 그 무렵 키스는 잔디에 누워 '내일은 당신도 공범'이라는 제목의 즉흥곡을 흥얼거리고 있었다. 에이이! 그따위 불길한 노래 좀 부르지 마! 누군 힘들어 죽겠구만!

뭐 아무튼 좋다. 위고르라는 권력자를 끌어들였으니 이제 작전의 절반은 성공이다. 그리고 위고르가 드림팀에 합류한 이후 가마니를 든 위험한 열차는 다음 목적지를 향해 출발했다. 위고르 공이 고집한 다음 희생양은(그 혼자만의) 정치적 숙적 아이히만 그나이제나우 대공이었다.

솔직히 이 할아버지만큼은 건드리고 싶지 않은데……

13.

"음?"

역시 부지런한 아이히만 대공 역시 문을 열자마자 집 앞에 놓여 있는 가마니를 보곤 고개를 기울였다. 깨끗이 넘긴 백발이 엄격해 보이는 대공이 말없이 가마니를 열어 보았고 그 안을 들여다보곤 역시 말없이 굳어 버렸다.

그때 우리와 함께 수풀에 숨어 있던 위고르가 커다랗게 웃으며 벌떡 일어났다.

"우하하하하! 아이히만 대공! 그 가마니가 대체 뭡니까? 소인에게도 좀 보여……."

타아아앙!

"으아악!"

순간 위고르가 몸을 날리며 아이히만이 쏜 총알을 피했다. 맙소사! 다짜고짜 총을 쏘다니 저 노인네는 대체! 엄청난 빠르기로 총을 뽑아 쏴 버린 괴물 할아범 아이히만이 무시무시한 미소를 드러내며 입을 열었다.

"위고르, 이 불쌍한 친구. 이딴 시시한 함정에 내가 꿈쩍이라도 할 줄 알았나?"

"초, 총을 쐈어! 법무대신한테 총을 쏘다니!"

"자네를 죽이고 총소리를 들은 병사들이 오면, 자네가 이 머리통을 가지고 도망치려고 해서 죽였다고 말하면 되겠지. 어차피 죽은 자는 말이 없으니까. 가만히 서 있게나. 고통 없이 죽여 줄 테니."

이런 미친! 설마 저 정도의 냉혈한인 줄은 몰랐다고! 나는 황급히 밖으로 튀어 나가 대공 앞에 무릎을 꿇었다. 대공이 날 보고는 얄밉도록 태연자약한 모습으로 말했다.

"응? 애송이 아닌가. 허허. 이거 뭔가 재밌게 돌아가는구먼."

"아이히만 대공, 결례를 범해서 죄송합니다."

"그렇게 죄송하면 목숨으로 갚아."

"자, 잠깐만요! 그 총 좀 치우시고 제 말 좀 들어 보세요!"

결국 나는 아주 짧고 간결하게 어째서 우리가 이런 상황에 처해졌는지 설명했고, 이윽고 아이히만은 곧 호탕하게 웃으며 입을 열었다.

"그래? 카론 군마저 설득했다 이거지? 자넨 어설프지만 사람을 홀리는 재능이 있어. 마음에 들어. 자고로 일이란 그렇게 목숨 걸고 해야 하는 게야. 법이니 원칙이니 눈치만 보다가는 월급 몇 푼에 꼬리 치는 무능한 밥벌레가 될 뿐이야. 머저리 같은 내 부하 놈들에게도 좀 본받으라고 하고 싶군."

할아버지 정말 이 나라의 관리 맞습니까? 어쩌면 이 사람은 과격파 무정부주의자가 아닐까 하는 생각에 식은땀이 다 흘렀다.

그때 총성을 들은 병사들이 황급히 뛰어왔다.

"아이히만 대공! 무슨 일입니까!"

"아무 일도 아니니 가 보게."

"하지만 총성이 들렸는데……."

"한 번 더 듣고 싶지 않으면 가 봐."

아이히만이 확 쏘아보자 병사들은 흠칫하며 자리를 떴다. 역시 박력의 노인네다.

"그럼 도와주시는 건가요?"

그런데 대공은 키스가 있는 것을 보고 눈살을 찌푸렸다. 저럴 수가! 저런 키스의 표정은 처음 봤다. 키스는 말 그대로 시뻘건 두 눈으로 죽여 버릴 것처럼 아이히만을 쏘아보고 있었다. 그 적대감에 소름이 다 끼칠 정도다. 어째서 이 둘의 관계가 이렇게 험악한 거지?

아이히만 대공은 저택 안으로 들어가며 말했다.

"난 범죄를 도와줄 만큼 어리석지 않아. 하지만 아무것도 못 본 것으로 해 두지."

"감사합니다!"

"그런데 자네, 내 밑에 들어올 생각 없나?"

"예? 아하하하. 그, 그건 좀…… 무서운데요."

"흥, 아쉽군. 저따위 못난 놈 밑에서 썩기엔 좀 아까운데 말이야."

아이히만과 키스의 시선이 부딪쳐 불똥이 튀었고 곧 아이히만은 문을 쾅 닫으며 들어가 버렸다. 대관절 모를 일이다. 둘 사이에 무슨 일이 있었기에 서로 죽이기라도 할 것처럼 대하는 것일까.

14.

결국 이 금옥두 열차는 며칠에 걸쳐 군무대신과 외무대신, 과학국장, 의학청장 등을 거치며 착실하게 승객들을 불려 나갔고 4일 후에는 왕궁 고위관리의 삼 분의 일 이상이 가담한 엄청난 범죄 커넥션이 되어 있었다.

쇼탄이 내게 물었다.

"이봐, 미온. 어째서 이렇게 일을 크게 불리는 거야?"

"숨기기 힘든 일이라면 도리어 커다랗게 불려라. 지금 가담한 중신들은 모두 왕궁에서 발언권이 강한 분들입니다. 그런 분들이 공범이 된다면 나중에 문제가 생겨도 쇼탄 경을 보호해 줄 방어벽이 생기잖아요."

"대, 대단해. 너 그런 생각까지 할 수 있는 거야?"

"아니 뭐, 이것 역시 제가 터득한 것이 아니라."

실은 이오타 왕국의 방첩기관 '인트라 무로스'의 국장인 이자벨 크리스탄센 님의 가르침이다. 그녀가 군사강국 마키시온 제국으로부터 군사력이 약한 자신의 조국을 지켜냈을 때 쓴 방법이 바로 제국이 공격하면 제국도 손해를 입도록 정략적으로 엮어 놓은 것이니까. 전쟁이란 칼과 총으로 하는 장사라서 죽이는 것보다 놔두는 편이 이익이라면 전쟁은 일어나지 않는다.

물론 이런 어설픈 내 작전을 그분이 봤다면 '뭐하는 거니, 미온 군'이라면서 난감하게 웃으실 테지만, 나도 나름대로 노력하고 있답니다.

"고마워."

"예?"

"고맙다고."

나는 항상 질 나쁘게 껄렁거리기만 했던 쇼탄이 그렇게 말하자 적잖게 놀랐다.

"내가 왜 스왈로우 나이츠가 되었는지 말했었나?"

"아뇨."

사실 우리는 서로 과거에 대해서는 잘 말하려고 하지 않는다. 별다른 문제 없이 부유하게 자라 자신의 인생에 불만이 없는 사람이라면 이런 기사단에 들어올 리가 없을 테니까, 우중충한 과거사 따위 서로 알리고 싶지 않은 것이다.

쇼탄은 담배를 물며 말했다.

"폭력 조직에서 빌린 돈을 갚지 못하면 그 자식에 자식까지 끝까지 따라가."

나도 알고 있다. 고객 중 한 명이 꽤 유명한 조직 두목의 따님이었는데, 그녀가 했던 말이 '지옥에 떨어지는 한이 있더라도 조직의 돈은 빌리지 마'였다. 업계 관계자들마저 그런 말을 꺼낼 판인데 쇼탄의 부모는 그 빚을 진 것이다.

"나는 1억 셀링의 빚을 지고 태어났어. 아버지는 잔뜩 빚만 져 놓고 도망쳤지. 빌어먹을. 자기만 도망친다고 그 빚이 어디로 가는 게 아니잖아. 나를 낳질 말든지 아니면 죽지 말고 악착같이 그 돈을 갚든지 해야 했을 거 아냐."

쇼탄의 목소리가 간간이 끊어졌다. 크리스 역시 가난에 시달리긴 했지만 산더미 같은 빚은 없었다. 태어나면서부터 빚에 시달리는 인생이라는 것이 얼마나 끔찍한 것인지, 나는 솔직히 실감할 수 없었다.

"나는 어려서부터 어머니가 빚에 시달리는 것을 보면서 자랐어. 살인적인 이자 때문에 빚은 갚을 엄두도 안 날 만큼 불어났고, 아무리 도망을 쳐도 조직에선 끝까지 우릴 찾아내서 돈을 뜯었지. 그러다가 어머니가 자살한 게 내가 일곱 살 때야."

가슴이 아리다. 나도 부모님이 돌아가셨지만 그래도 행복하게 사시다가 하늘로 가셨다는 것으로 위안하고 있었다. 하지만 부모님에 대한 추억이 모조리 고통뿐이라면 그건 분명 아물지 않는 상처를 달고 살아야 한다는 것이리라.

"조직에선 나를 데려다가 일을 시켰지. 안 해 본 것이 없어. 평생 몸으로 갚으라는 협박을 매일매일 들으면서, 나는 절대로 자식을 낳지 않을 거라고 다짐하며 기계처럼 돈을 벌었어. 언젠가는 빚을 청산하고 자유의 몸이 될 거라고 믿으면서. 하지만 내가 성인이 되었을 때 나는 내 빚을 죽을 때까지 갚을 수 없다는 사실을 받아들이게 되었지. 그리고 그 이후로 한 번도 내 미래를 상상한 적이 없어. 상상만으로도 질식할 것 같았으니까. 그러다가 키스 경을 만난 거야."

"키스 경?"

"하하. 그 사람, 보기보다 굉장하다고. 우연히 만난 키스에게 공갈쳐서 돈을 뜯어내려다 도리어 내가 키스한테 당해서 이곳으로 끌려오게 되었지."

"공갈과 사기가 전문인 인간이라고요, 키스는."

내가 당한 것만 봐도 키스가 악의 화신이라는 것쯤은 충분히 알 수 있다.

"키스 경에게는 항상 감사하고 있어. 그 사람이 아니었으면 나는 이미 누군가의 손에 죽었거나 아니면 내가 나를 죽였겠지."

그의 목소리가 담담했기 때문에 나는 슬펐다.

"그런데 그 조직에서 빌린 돈, 이제 안 갚아도 되는 거예요?"

1억 셸링은 정말 까마득한 액수다. 귀족도 뭣도 아닌 평민이 갚을 수 있는 돈이 아닌 것이다.

"당연히 조직에선 날 잡아 죽이려 하겠지. 그런데 도통 아무 소식도 없더라고? 내가 왕궁에 있어서 포기했나 봐."

쇼탄이 어깨를 으쓱했다. 그것참 이상하네. 폭력 조직이라는 족속은 상당히 집요해서 설령 상대가 기사라 해도 반드시 보복하려 든다. 그런데 깨끗이 포기했다고?

나중에 안 사실이지만, 쇼탄 경을 협박하던 조직은 어느 날 모두 변사체가 되어 발견되었다고 한다. 하지만 마치 귀신한테 당한 것처럼 아무런 동기도 증거도 발견되지 않아서 끝까지 범인은 찾지 못했다고 했다.

쇼탄이 스스로 한심하다는 듯 푸념을 늘어놓았다.

"그런데 여기까지 와서 왕궁의 돈을 빌려 빚 독촉이라니, 이것 참. 우리 가문 내력인가 봐."

"아하하."

쇼탄은 고개를 떨어트린 채 혼잣말처럼 중얼거렸다.

"20년 내내 진창 속에서 허우적거리다가 이미테이션이긴 하지만 그래도 우리 집안에서 처음으로 기사까지 되었는데, 결국 도둑질로 붙잡혀 죽으면 내 천박한 혈통이 바뀌지 않는 것 같아서 너무 한심하잖아. 뭐 그것도 자업자득이니까 억울할 건 없지만. 그래도 남의 일에 바보처럼 목숨 걸고 뛰어다니는 너를 보고, 나도 계속 살면 언젠간 누군가를 도와줄 수 있을지도 모른다는 욕심이 생겼어."

아무렇게나 내뱉는 투박한 말에 솔직함이 있었다. 이제야 쇼탄 경이 어째서 왕의 머리를 자르는 말도 안 되는 짓을 저질렀는지 알 수 있었다. 그러니까 안 그래도 힘들게 사는 사람들 앞에서 순금 조각상 같은 거 만들어서 으스대면 벌 받는다고요, 임금님!

"자 그럼, 이제 슬슬 이 작전도 마무리해 볼까요?"

"이번 타깃은 어디지?"

"종착역은 블리히 경입니다."

15.

그렇다. 왕실의 수많은 고위 관리들이 연루된 이 대형 범죄의 끝은 바로 헬스트 나이츠의 단장 블리히 경이었다. 자신의 저택 앞에 놓인 가마니를 열어 본 블리히는 그 느끼한 얼굴에서 핏기가 단번에 빨려 나가며 가마니를 들고 어쩔 줄 몰라 했다. 역시, 아무리 거드름 피워도 카론 경이나 아이히만 대공처럼 대범한 위인이 되긴 글러 먹은 사람이로군.

대본을 받고 대기 중이던 카론 경이 내 큐 사인을 받고 뻣뻣한 자세로 무대 위에 나타났다.

"허억! 카, 카론 경! 여긴 왜……."

"그 가마니가 무엇입니까?"

아무리 연습해도 안 되는 사람이 존재한다면 그건 바로 카론 경이다. 이 짓을 몇 번이고 했건만 연기에 물이 오를 기미는 없고 여전히 교과서 읽는 어색하기 짝이 없는 목소리로 헤매고 있었다. 성의 있게 좀 해 달라고요! 그러나 연극이었다면 극단을 말아먹고도 남았을 어설픈 연기에도 블리히는 화들짝 놀라서는 당황했다.

"아, 아무것도 아니네!"

후후, 시나리오대로군.

카론 경은 내가 만들어 준 대본대로 입을 열기 시작했다. 물론 여전히 진땀을 빼며 교과서를 읊고 있었다.

"저는 당신을 믿고 있습니다, 블리히 경."

"무슨 말인가."

"블리히 경처럼 명예로운 분께서 황금에 눈이 멀어 불경죄를 저지를 리야 없겠지요."

"무, 무, 물론이네! 내가 뭐하러 그런······."

"그러니 아무 걱정하지 마시고 그 가마니 속에 들어 있는 것을 보여 주시지요."

"이, 이, 이건 내가 훔친 것이 아니야!"

후후. 그렇게 당황하면 범행을 인정한 것이나 다름없다고요. 아무튼 아부하는 능력은 출중하지만, 카론 경보다 훨씬 키가 큰 거구의 머슬 바디 주제에 기사의 위엄이나 당당함 같은 것과는 조금도 인연이 없어 보이는 기사단장이다.

자아, 카론 경! 조금 더 밀어붙여서 끝을 내 주세요!

"저도 블리히 경이 범인이라고는 생각하지 않습니다."

"그렇지? 자네도 그렇게 생각하지?"

블리히는 애원을 하다시피 카론에게 동의를 구하고 있었다. 카론 경은 내 시나리오의 클라이맥스를 장식했다.

"하지만 전하께 보고할 때 블리히 경의 저택 앞에서 이것을 발견했다고 말하면 공연한 의심을 받게 될 것입니다."

"내가 훔친 것이 아니라니까!"

"그럼 이렇게 하겠습니다. 사냥터 숲 속에 숨어 있던 정체불

명의 범인을 발견했으나 이 가마니를 포기하고 왕궁 밖으로 도주했다고 전하께 보고하겠습니다. 그렇게 하면 블리히 경이 괜한 혐의를 받을 일은 없습니다. 다른 관리들도 모두 지지해 줄 겁니다."

"그게 좋겠군! 내 얘기가 그거네! 굳이 여기에 있었다고 말해서 공연한 의심을 살 필요는 없지 않은가! 고맙네! 자네는 도무지 앞뒤가 꽉 막힌, 아니 청렴결백한 기사라서 내 뜻을 이해 못할 줄 알았는데, 이제야 말귀가 통하는구먼."

"벼, 별말씀을."

블리히가 이제야 세상 사는 법을 이해했냐는 듯 카론의 두 어깨를 잡으며 말하자 카론이 찡그린 얼굴을 돌리며 조그맣게 말했다. 물론 이것이 쇼탄 경의 짓이라는 것을 알았다면 블리히 경은 일말의 동정도 없이 쇼탄 경을 사형대로 보냈을 것이다. 하지만 같은 일도 자신의 처지가 되면 얘기가 달라지는 것이 인지상정이다.

이제 블리히 경은 자신이 직접 황금 머리통을 들고 전하를 찾아갈 것이며, 블리히 경과 이 일에 연루된 신하들의 전폭적인 지원에 힘입어 이 사건은 무사히 끝날 수 있으리라. 그러니까 처음부터 그런 괴상한 순금상 따위 만들지 않았다면 이 난리를 피울 일도 없었잖아!

상황이 종료되자 키스가 기지개를 켜며 중얼거렸다.

"아아, 엉망진창이었지만 어쨌든 해결된 것 같군요오."

"엉망진창이라서 죄송하군요!"

울컥! 그리고 보니까 네놈이 한 일이라곤 카론 경 뒤통수를 후려쳐서 상황을 악화시킨 것밖에 없잖아!

그때 카론이 키스에게 다가와 의미심장한 말을 남기는 것이었다. 얼어붙은 눈동자로 키스를 바라보던 카론은 특유의 목석 같은 어조로 물었다.

"키스, 일을 왜 이렇게 키운 거지?"

"무슨 말이십니까아?"

구불거리는 갈색 머리를 쓸어 올리며 키스는 방긋 눈웃음을 보였지만, 여전히 카론의 표정은 차갑기 그지없었다.

"능청 떨지 마라. 네 녀석이 마음만 먹었으면 이런 소동 없이 간단하게 처리할 수 있었다."

얼레레? 지금 무슨 소리들을 하시는 거야?

동그란 붉은 눈동자를 이리저리 굴리며 장난스러운 미소를 보이던 키스는 대뜸 카론의 귀에 대고 뭐라고 조그맣게 속삭이는 것이었다. 그 소리가 하도 작아서 내게는 들리지 않았지만, 카론이 눈살을 크게 찌푸린 것을 봐도 뭔가 무서운 말이 아닐까 추측해 볼 뿐이었다.

키스는 나와 카론을 번갈아 보며 해죽 웃었고 카론이 코끝으로 한숨을 내쉬었다.

"그 가면, 언제까지 쓰고 있을 건가."

"어머나, 이게 제 본래 얼굴인데요?"

"실없는 소리 하지 마. 너한테는 아직 기회가……."

그때였다. 키스가 카론의 뺨에 손을 살짝 갖다 대며 생긋 웃는 것이었다.

"이대로가 좋아요, 이대로가."

안개 같은 웃음 속에서 보이는 눈동자의 기묘한 빛 무리에 왠지 소름이 돋았다.

키스의 손을 내친 카론은 상대도 하기 싫다는 쌀쌀맞은 얼굴로 발걸음을 옮겨 사라졌다.

나는 '내 모습이 그렇게 마음에 안 드나?'라고 난감하게 웃으며 얼굴을 매만지고 있는 키스에게 다가갔다.

"저, 그런데 키스 경."

"왜 그러시죠오?"

"아이히만 대공과는 왜 그렇게 사이가……."

두다다다다!

이봐! 그렇게 전력으로 도망칠 것까진 없잖아!

16.

'스왈로우 나이츠에 들어온 다음부터 하루도 편할 날이 없는 것 같아.'

이제 겨우 20세인데 삭신이 다 쑤시는군. 왠지 최근엔 사지 멀쩡하게 30세를 맞이하는 것에 자신이 없어진다. 나라를 구한 영웅도 아니고 악룡과 싸우는 용사도 아닌 왕립 호스트 주제에 그런 배부른 소리 하지 말라는 핀잔을 할 수도 있겠지만, 나도 나름대로 거친 인생을 보내고 있단 말이야. 하지만 아무리 내가 정의감이 용솟음치는 액션 기사라도 오늘은 제발 더 이상 아무 일도 없었으면 좋겠다.

'……졸려.'

나는 부스스한 금발을 다듬을 생각도 못 한 채 눈을 부비며 터벅터벅 2층 복도를 걸었다. 내 덕분에 목숨을 부지한 쇼탄 경은 이 기쁨을 아가씨들과 함께해야 한다면서 루이 경과 함께 펠리오스 타워로 월담을 했다. 또 밤중까지 진탕 술 마시고 기어들어 오겠지? 에이이, 그러니까 만년 가난뱅이잖아!

어차피 나는 평생 겪을 술자리 10대에 다 해 봤으니까 잠이나 자련다. 나는 길게 하품을 하며 내 방의 문손잡이를 돌렸다. 그런데.

덜컥! 덜컥!

"잉?"

문이 잠겨 있잖아? 난 항상 열어 놓고 다니는데!

덜컥! 덜컥! 덜컥!

몇 번을 확인해 봐도 어째서인지 문은 잠겨 있었다. 영문을 알 수 없었다. 나는 투덜거리며 머리를 긁적거렸다.

내가 문고리를 이리저리 돌리고 있을 때 방 안에서 날카로운 목소리가 터졌다.

"들어오지 마!"

분명 남자(그것도 소년)의 목소리임이 분명한데, 그 히스테리컬한 고함에 담긴 적대감은 거의 살기에 가까웠다.

그건 그렇고 어째서 내가 내 방에 못 들어간다는 거냐!

"누구야 너! 이 문 열어!"

"꺼져! 들어오면 죽여 버릴 거야!"

뭐 저런 막돼먹은 놈이! 내가 너무 황당해서 할 말을 잃고 있을 때 크리스가 다가와 조심스럽게 말했다.

"미온 경, 지스 경이 지명에서 돌아왔어요."

"지스?"

"지스킬 윈터차일드. 미온 경의 룸메이트예요."

크리스가 조금 두려운 표정으로 말했다.

"……"

잠시 잊고 있었다. 스왈로우 나이츠의 숙소는 모두 2인 1실이며 내 룸메이트는 약병을 산더미처럼 쌓아 두고 사는 지스킬이라는 소년이라는 것을. 어쨌든 룸메이트라면 '아이고, 처음 뵙겠습니다. 반갑습니다', '아닙니다, 저야말로 반갑습니다', '요즘 하시는 일은 잘되시고요?', '하하, 덕분에'라는 대화 정도는 오가야 모범적인 것 아냐? 어째서 상견례부터 문을 걸어 잠그고 '들어오면 사형'이라는 엄포나 놓고 있는 거냐고! 이쯤 되면 아무리 상냥한 나라도 지스킬인지 지킬 박사인지 하는 놈을 끌어내서 누가 이 방의 왕인지 확실히 일깨워 주고 싶은 마음만이 가득하다.

그때 키스가 특유의 음흉한 미소를 지으며 나타났다.

"우후후후, 미온 경. 정원에 널브러져 있는 잡동사니들, 당신 것 아닌가요?"

"뭣이!"

나는 황급히 밖으로 뛰어나갔다. 아니나 다를까, 정원에는 내 제복과 가방과 화장품과 잠옷과 속옷까지 모조리 늦가을 낙엽처럼 바닥을 나뒹굴고 있었다. 분명 지스킬이라는 놈이 창밖으로 집어 던져 버린 것이리라!

내 뒤를 따라 나온 키스가 난감하게 웃었다.

"사실 지스 경만은 미온 경이 오기 전까지 룸메이트가 없었어요. 지스 경이 누군가와 같이 있는 것을 싫어했고 솔직히 다른 기사들도 지스 경과 같이 있고 싶어 하지 않았거든요."

오호라, 그런 사자 우리에 날 집어넣었다. 이거냐? 키스 이놈!

"지스 경은 자신의 아픈 모습, 남에게 보여 주기 싫은 거예요. 벌어들인 돈 전부를 약값으로 쓸 정도라서."

아아, 그랬구나. 그런 슬픈 사정이 있었구나. 그랬다면 나도 어쩔 수 없지. 앞으로는 그런 불쌍한 지스킬을 위해 나는 마당에서 노숙해야겠구나……라고 할 줄 알았냐! 누군 마냥 인생 핑크빛인 줄 알아! 1년 365일 사시사철 행복에 취해 세상 살아가는 줄 아냐고! 도저히 못 참아! 이 약물중독 꼬맹이!

"이제 전쟁이야."

나는 이를 부득 갈며 2층을 올려다보았다.

제5화

이런 세상에서 우리가 할 수 있는 것 上

Swallow Knights Tales

1.

나는 정원에 흩뿌려진 내 물건들을 집어 들고 한달음에 2층까지 뛰어 올라갔다.

"당장 문 열어! 이 꼬맹이!"

그러나 지스킬은 묵묵부답. 아니 내가 뭔 잘못을 했다고 이러는 거야!

나는 눈을 부릅뜬 채 소리쳤다.

"좋아아아아아! 안 열고 버티시겠다 이거지! 이제 너와는 같은 하늘에서 살 수가 없다! 당장 나와서 내 결투를 받아라! 너도 기사라면 피하지 않겠지!"

속옷을 품에 안고 결투를 신청하는 꼴이 민망하긴 하지만 난 지금 절실하다고! 내 보금자리를 돌려줘!

그러나 지스킬은 나오지 않았다. 나와야 결투를 하든지 닭싸움을 하든지 할 것이 아닌가. 한 시간 동안 혼자 처절하게 소리친 끝에 결국 목이 쉬어 버리고 탈진해서 복도에 드러누웠다. 아아, 대체 이게 혼자 뭐하자는 오두방정이람. 스스로 한심해진 나는 훌쩍거리며 복도에 웅크리고 앉아서 중얼거렸다.

"결투 좀 받아 줘. 문이라도 열어 달라고, 응?"

후후후. 이것이야말로 비장의 '눈물의 애원' 작전. 남자 자존심 다 팔아넘긴 치졸한 방법이지만 어린애한텐 잘 통한단 말이야. 나오기만 해 봐라! 평생 잊지 못할 구타의 추억을 남겨 줄 테다!

그러나 또 한 시간이 지나도 지스킬은 나오지 않았다. 2층 복도에는 소박맞은 아녀자처럼 훌쩍거리는 내 울음소리뿐. 아니 이 녀석, 지금 자는 거 아냐?

"……."

작전 실패.

"우어어어어! 이 망할 놈의 성격 파탄 꼬맹이! 이젠 문을 부숴서라도 뚫고 들어가겠다! 마지막 경고야! 3초 주겠다! 하나! 둘! 세……."

"……미온 경."

"잉?"

갑자기 찾아온 사람은 옆방 입주자 랑시 경이었다. 길게 내린 분홍색 머리 위에 커다란 털모자를 쓰고 펑퍼짐한 잠옷까지 입은 모습이 완연한 소녀인 랑시는 베개를 든 채 눈을 부비며 내게 투덜거리는 것이었다.

"잠 좀 자자고요. 그렇게 떠들면 민폐예요."

"미, 민폐는 이 방 안의 질 나쁜 새끼 고양이가 저지르고 있다고! 난 피해자야!"

눈물이 쏟아질 만큼 억울하다. 내가 왜 이런 말을 들어야 하는 건가! 하지만 뭐든 일을 깊게 생각하는 법이 없는 랑시 경은 후아아암 하품을 하면서 졸린 목소리로 중얼거렸다.

"지스 경은 놔두면 알아서 나와요."

"어, 얼마나!"

랑시가 고개를 기울이며 말했다.

"한 일주일쯤?"

"너무 길어!"

랑시는 '어쨌든 좋으니까 조용히 좀 해결해 달라'고 중얼거리며 다시 자기 방으로 돌아갔다. 거 한솥밥 먹는 이웃사촌끼리 되게 비협조적이로구면.

그때였다.

"엇!"

내가 랑시에 시선이 팔려 있는 사이 지스킬이 조금 문을 열고는 빤히 날 바라보는 것이 아닌가! 역시 안 자고 있었어!

문틈 사이로 물끄러미 날 바라보던 지스킬이 속삭이는 듯 조그맣게 말했다.

"나·가·죽·어·멍·청·아."

"이노오오오오옴!"

나는 할 수 있는 최대한의 내공을 끌어모아 문을 향해 날아올랐으나 간발의 차이로 문이 닫히며 내 반듯한 이마가 거창하게 충돌한 뒤에 바닥에 추락했다.

어흐흑. 어째서…… 어째서 내가 이런 꼴을 당해야 하는 거야.

"지금 뭐하고 계십니까아?"

"키, 키스 경!"

키스는 온몸을 내던져 문짝에 박치기한 내 꼬락서니를 어처구니없다는 듯 바라보고 있었다.

이게 죄다 당신 때문이야! 저런 질 나쁜 동물은 처음부터 인간 세계로부터 격리시켜 놔야 했단 말이야! 기숙사 사감이면 사감답게 입주자들의 권익을 책임져 달란 말이다!

키스가 손가락 끝으로 뺨을 긁적거리며 쓴웃음을 지었다.

"미안하군요. 지스 경이 막 장기지명을 끝내고 돌아와서 몹시 날카로워진 것 같네요."

"아? 아 뭐, 미안할 것까진……."

갑자기 저렇게 나오니까 내가 할 말이 없군. 키스가 사뿐거리는 걸음걸이로 문 앞으로 걸어가선 노크를 하는 것이었다. 그가 부드럽지만 단호한 목소리로 말했다.

"지스 경? 문 열어요."

"그런다고 열 녀석이 아니…….."

덜컥!

"아, 아니! 열었잖아!"

어째서 키스 경의 말은 듣는 거냐! 왜 사람 차별하니! 지스킬은 고개를 돌린 채 문가에 서 있었고, 키스는 조용히 그를 내려다보다가 하늘처럼 연푸른 머리칼을 쓰다듬어 준 뒤에 1층으로 내려갔다. 문은 얕은 바람에 끼익끼익 소리를 내며 열려 있었고 지스는 방 안으로 들어갔다.

'왜, 왠지 들어가면 죽을 것 같아.'

소년답지 않은 고독이 묻어나는 녀석이었다. 크리스와 비슷한 나이 같지만 인상은 전혀 다르다. 대체 무슨 일을 겪었는지는 모르겠지만 마치 자기 자신을 포기한 것처럼 보여, 나는 더 이상 화낼 수가 없었다.

"나 들어간다아?"

슬쩍 안을 들여다보니 지스킬은 침대 속에서 이불을 뒤집어쓴 채 몸을 돌리고 있었다. 이불 밖으로 백색에 가까운 푸른 머리칼이 슬쩍 흘러나왔다. 상처 입은 동물처럼 사람을 경계한다.

나는 머쓱한 표정으로 침대에 앉아 방 맞은편에 있는 지스킬을 한참 동안 바라보았다.

"정식으로 소개할게. 난 엔디미온 키리안이라고 해. 저 그러니까…….."

"……."

카론 경과는 다른 의미로 찬바람이 쌩쌩 부는군. 이거야 혼자 있을 때보다 더 적막해졌잖아.

'에라, 모르겠다. 일단 피곤하니까 자자.'

나는 주섬주섬 들고 온 내 물품들은 소리 나지 않도록 조심조심 제자리에 놓은 뒤에 잠옷으로 갈아입고 침대 속으로 기어들어 갔다. 몸이 녹아 버릴 정도로 피곤했는데도 간간이 지스킬의 마른기침 소리가 들려와서 잠을 설칠 수밖에 없었다. 저 녀석은 아마도 이런 이유 때문에 타인과 같은 방에 있는 걸 싫어하는 것일까. 하지만 아직 어린애인데 아프면 아프다고 칭얼거리고, 같이 있어 달라고 떼를 써도 괜찮잖아. 나는 병약했던 그녀와의 추억을 떠올려 보며 베개를 꼭 껴안고 겨우겨우 잠을 청했다. 이곳에 와서 가장 쓸쓸한 기분이 드는 밤이다.

2.

때때로 꿈을 꾸면, 내가 나의 연극을 보듯 꿈의 관객이 되어 나의 추억을 지켜본다. 내가 바라보는 16세의 나는 난초처럼 가느다랗고 만지면 녹을 것 같은 금발에 자수정빛 동그란 눈동자, 붉은 입술이 딱 계집애 같았다.

그녀를 만난 건 그때였다. 미지근한 바람 속에 여름의 잔상이 희미한 초가을 어귀였다.

"누구세요?"

집 앞 그루터기에 앉아 있는 그녀는 하루아침에 거짓말처럼 피어오른 열대 꽃 같았다. 생소한 외모와 처음 보는 옷, 손에는 가방 하나 없었다. 나는 눈썰미로 먹고사는 호스트였음에도 그녀가 어느 나라 출신이고 어떤 신분이며 어디에서 무슨 이유로 이런 시골까지 오게 되었는지 조금도 짐작할 수 없었다. 그녀는 무엇을 물어봐도 아무것도 기억하지 못했다. 바람을 잘못 타고 날아와 설원에서 피어난 열대의 꽃이었다.

어째서 사랑하게 된 것일까. 처음부터 잘못 피어난 꽃인데.

그런 것을 만지면 대가가 따른다. 벌을 받는다.

새소리에 잠을 깼다. 눈가에 물기가 촉촉한 것을 보면 또 그녀의 꿈을 꾸었던 것 같다.

"어?"

옆에는 먼저 일어난 지스킬이 아무 말도 없이 서 있었다. 단장했는지 곱게 내린 연푸른 머리카락이 아침 햇살에 반짝거렸고, 같은 색 물빛 눈동자 역시 차갑고 투명했다. 목 끝까지 채운 상아색 반소매 셔츠 아래에는 감색 타이츠, 그리고 그 위에 하얀색 반바지를 입고 있었다. 혼자 차려입었다고 하기에는 꽤 완벽한 옷매무새가 아닌가. 몸도 안 좋을 텐데 어쨌든 자기 관리를 깔끔하게 하는 모습이 제법 대견해 보이는 녀석이다.

그런데 이 녀석 왜 날 바라보고 있담. 어제 일을 사과하려는 건가?

"아! 잘 잤어? 좋은 아침이…… 얼레?"

방긋 웃으며 일어나려 했지만, 몸이 마비된 듯 움직이질 않는 것이 아닌가. 나는 지금 내 몸에 엉켜 있는 것을 보자 너무도 황당해서 믿을 수가 없었다.

"뭐, 뭐야, 이건!"

나는 굵직한 동아줄로 침대에 꽁꽁 묶여 있었던 것이다. 누가 한 짓인지는 물어보나 마나 뻔하다.

"야! 내가 뭘 잘못을 했다고!"

그러자 지스킬이 처음으로 입을 열었다.

"너 때문에 어젯밤 시끄러워서 잠을 못 잤어. 사내자식이 뭘 훌쩍거려?"

뭐, 뭣이라!

"평생 그러고 있어라, 잠탱이."

그러고는 밖으로 나가 버리는 것이었다. 뭐 저런 뻔뻔한 생명체가! 적반하장도 유분수지, 나 때문에 잠을 못 자? 그건 내 대사라고!

"너, 어디 가는 거야! 이거 풀어 줘! 얀마! 야! 이봐! 어이! 여보세요! 지스킬 님!"

그러나 어린애다운 애교라고는 눈곱만큼도 없는 지스킬은 대꾸도 없이 1층으로 내려갔고, 곧이어 아침 식사와 함께 키스 경의 브리핑이 시작될 터였다.

그러나 이놈의 노끈을 얼마나 철저하게 묶어 놨는지 아무리 바둥거려도 풀릴 기미가 없다. 한 1분 정도 진땀이 나도록 발버둥 치다 보니까…… 갑자기 내 마음 한 귀퉁이에서, 전에는 느끼지 못했던 강대한 분노가 온몸을 잠식해 가기 시작했다.

"너 이놈! 꼬맹이 주제에 어른을 화나게 했겠다!"

3.

"아, 지스 경. 미온 경은 아직도 자고 있나요오?"

브리핑을 시작한 키스의 목소리를 들으며 나는 한 걸음씩 1층으로 걸어가고 있었다.

"몰라. 일어나기 싫은가 보지."

그래, 지금 마음껏 떠들어라. 잠시 후엔 분노에 영혼을 판 이 몸이 널 지옥의 구렁텅이로 집어 던져 줄 거니까!

한 걸음. 또 한 걸음.

"하아, 미온 경도 못 말리는 잠꾸러기로군요. 뭐 그럼 산뜻하게 벌금으로 대신합시다아."

안 산뜻해! 어떻게 깨워 보지도 않고 벌금이냐!

"자 그럼, 브리핑을 시작하겠……."

순간 키스는 말을 멈추며 들고 있던 서류를 바닥에 떨어트렸다. 불지옥에서 기어 올라온 내 모습을 본 것이다. 그리고 응접실에 있던 다른 기사들 역시 2층에서 내려온 날 바라보곤 화들짝 놀라 자리에서 벌떡 일어났다.

"미, 미온 경!"

"우후후후, 지스킬 경. 저승 갈 땐 뭘 가지고 갈 텐가?"

"너, 너 지금 뭘 둘러업고 있는 거야!"

침대였다. 인간의 분노가 임계점을 넘어가면 이렇게도 될 수 있다는 것을 온몸으로 보여 주기 위해, 난 이 거대한 침대와 하나가 된 채 이인삼각을 하며 이곳까지 걸어온 것이다. 침대를 십자가처럼 짊어진 내 마음속엔, 친애하는 룸메이트에게 세상 그렇게 살면 안 된다는 교훈을 온몸으로 가르쳐 주고 싶은 일념 하나뿐이었다.

나는 한껏 숨을 들이켠 뒤에 번쩍 눈을 뜨며 소리쳤다.

"우아아아아! 내 분노의 어택을 받아라!"

"피해!"

나는 이성을 잃은 상태였다. 침대라는 질량병기를 등에 업은 채 전속력으로 지스킬에게 달려들자 아침을 먹던 기사들이 산지사방으로 도망쳤고, 지스킬 역시 안 그래도 창백한 얼굴이 더 새하얗게 질려서는 도망치기 시작했다. 성난 침대 인간이 달려드는데 겁이 안 날 리가 없겠지!

"그래! 도망쳐라! 지옥 끝까지 쫓아가서 혼쭐을 내줄 테다!"

"저, 저리 가!"

"이젠 후회해도 늦었어!"

하지만 나는 모르고 있었다.

"미온 경! 지금 당신 등에!"

멈출 수 없는 속력으로 뛰어가던 내가 무언가 테이블을 하나 뒤엎었고,

"미, 미온 경! 멈춰요! 지금 당신 침대가!"

하필 그 테이블 위에는 스튜를 데우던 작은 화로가 하나 있었으며,

"빨리 멈추라니까요! 미온 경!"

또 하필이면 그 화로의 불씨가 내가 짊어진 침대에 옮겨붙었고,

"불이야!"

그 결과 침대가 불길을 내뿜으며 타오르기 시작했다는 것을 나는 너무 늦게 알아챘다.

"우아아악! 뜨거워!"

나는 이글거리는 불가마를 짊어진 채 비명을 지르며 뛰어다녀야 했고 지스킬은 그런 모습이 정말로 무서웠는지 키스 경 뒤에 숨어서 몸을 떨었다.

뭐야, 이거 뜨거워! 농담이 아니다! 이러다간 정말 죽는다고!

이런 내 모습을 본 키스 경이 떨리는 목소리로 중얼거렸다.

"미온 경, 보던 중 최고로 한심하네요오."

댁한테 그런 말 듣고 싶지 않아!

"강 건너 불구경하지 말고 누구라도 불 좀 꺼 주세요! 으아아! 엉덩이가 익어 버릴 것 같아!"

마녀사냥으로 억울하게 화형당한 성녀의 심정이 지금 나와 같을까? 난 불 좀 꺼 달라고 필사적으로 소리쳤지만, 우애 깊은 스왈로우 나이츠의 동료들은 하나같이 오랑캐 만난 양민들처럼 산지사방으로 도망치며 나를 피할 뿐이었다. 오직 크리스만이 물컵을 들고 내 뒤를 쫓아오고 있었다. 고맙다, 크리스! 하지만 그 정도 양으로는 조금도 도움이 되지 않아!

그때 키스가 소리쳤다.

"이쪽으로 오세요! 미온 경!"

순간 귀가 번쩍 뜨였다. 나는 급커브를 돌려 키스가 있는 곳으로 뛰어갔다. 그리고 그곳에는 방긋 웃는 키스가 정문을 연 채서 있었다.

"자아, 문밖으로 나가세요."

"그, 그다음엔?"

"일단 나가세요오."

그리고 나는 키스의 가이드를 받으며 쏜살같이 문밖으로 뛰쳐나갔다. 그러자 키스가 쾅! 소리를 내며 뒤도 안 돌아보고 문을 닫아 버리는 것이 아닌가.

"우아아! 너무해! 으악! 뜨거워! 살려! 나 타 죽어!"

키스를 잠시라도 믿은 내가 바보지! 나는 불타는 침대와 일심

동체가 되어 리더구트의 정원을 질주했고 곧 눈앞에 작은 연못이 보였다.

"저기다!"

나는 마지막 힘을 짜내 주저 없이 연못으로 날아올랐다.

풍덩!

우아한 동작으로 입수에 성공하는 순간 불길이 치이익 소리와 함께 꺼지며 나는 새 생명을 얻었다. 하아아아, 이제야 살 것 같……

'아뿔싸!'

너무 당연한 상식 하나가 떠올랐다. 내가 '침대는 물에 뜨지 못한다'라는 단순한 사실을 깨달았을 때, 침대에 묶인 내 몸은 연못 밑으로 가라앉는 중이었다.

'엔디미온 호…… 침몰.'

나는 연못 밑바닥과 얼굴을 부딪치며 중얼거렸다.

4.

소사(燒死)와 익사(溺死)의 위기를 동시에 겪은 나는 질식 일보 직전에 키스 경에게 구출되었다.

"리더구트에 방화를 시도한 사실을 시인하나?"

쫄딱 젖은 금발을 짜서 말리고 윗도리를 벗긴 등짝에는 화상에 특효라는 향유를 바른 채 의기소침하게 쭈그려 앉아 있는 내 앞에서 카론 경이 사무적인 목소리로 심문했다. 왕실 내에 범죄로 보이는 문제가 생기면 카론 경이 출동한다. 그리고 카론 경은 방금 '스왈로우 나이츠 본부에 방화로 추정되는 화재가 발생했으나 곧 진화되었다' 라는 보고를 받고 이곳에 온 것이다. 그리고 더 설명할 것도 없이 그 방화범은 바로 나다.

키스는 고개를 푹 숙인 채 우물쭈물하는 나를 보고는 뭐가 그리 행복한지 흘낏흘낏 나를 보며 웃음을 참고 있었다. 실로 충성심이 안 생기는 상관이야.

카론 경은 안경 낀 두 눈을 지그시 감은 채 눈매를 찡그렸다.

"키스에게 대충 이야기는 들었다. 불이 붙은 침대와 함께 연못에 뛰어들었다고?"

"와하하하하하! 당신 정말 걸작입니다아."

키스는 결국 웃음을 참지 못하고 자지러지다가 소파에서 떨어져 버렸다.

야! 죽을 뻔했는데 뭐가 그리 웃겨! 라고 소리치고 싶었지만, 사실 이번에는 할 말이 없는 것이 사건 시작부터 끝까지 결국 혼자 난리를 친 거니까. 거기다 익사 직전의 나를 구출해 준 사람이 바로 키스였다. 그것도 한 팔로 나와 침대를 확 연못에서 끄집어냈던 것이다. 설마 저 인간, 과거에 차력사였나. 별로 근육질도 아닌데 뭐 저리 힘이 세담.

카론 경은 이딴 한심한 사건에 조금도 시간 낭비하고 싶지 않다는 듯 사무실 밖으로 나가며 화를 꾹 참는 말을 남겼다.

"내 두통거리는 키스 하나로 족하다."

으아아아! 최악이야! 키스와 비교를 당하다니! 이번 일로 카론 경에게 점수가 확 깎여 버렸다.

키스는 내게 하얀 수건을 던져 주고는 자신의 의자에 앉았다.

"자, 그럼 지스 경에 대해 말해 보죠."

"아! 정말 그 녀석은 왜 그렇게 절 싫어하는 거죠?"

키스가 되물었다.

"지스 경이 여기 어떻게 왔는지 알아요?"

그걸 내가 알 리가 없잖소.

나는 대충 추측해서 대답했다.

"쇼탄 경이나 크리스 경처럼 키스 경이 데려온 거 아니에요?"

"아닙니다아."

"그럼 나처럼 속아서?"

"미온 경처럼 자발적으로 온 것도 아니에요오."

누가 자발적이야! 하지만 격노하는 것은 키스의 대답을 들은 뒤로 미루자.

나는 정말 지스킬이라는 성격 나쁜 아이가 왜 스왈로우 나이츠에 입단하게 되었는지 무척 궁금해졌다.

그러나 키스의 대답을 이해하기까지 나는 몇 초의 시간이 필요했다.

"지스 경은 팔려 왔습니다."

"무슨 의미죠?"

"말 그대로입니다."

아이가 병들어 태어날 것을 알면서도 낳는 것은 어떤 심리일까. 병약한 지스킬의 어머니는 아이가 온전히 태어나지 못할 것이라는 의사의 말에도 지스킬을 낳았다. 그녀는 이미 남편에게 버림받아 외떨어져 있었단다. 지스킬의 어머니는 출산 직후 죽었고 지스킬은 예상대로 병이 든 채 태어났다. 어쩌면 지스킬은 버림받은 그녀의 마지막 희망이었는지도 모르고, 아니면 남편에게 버려진 것에 대한 보복을 자식에게 한 것인지도 모른다. 어느쪽이든 지스킬은 축복받지 못한 아이였다.

의사는 지스킬이 다섯 살이 되기 전에 죽을 것이라고 말했다. 하지만 그가 다섯 살이 되었을 땐 열 살이 되기 전에 죽을 것이라고 말했다. 지스킬은 아버지와 첩은 물론 유모에게도 애정을 받지 못한 채 병마와 싸웠지만(어쩌면 저주에 걸린 듯) 끈질기게 숨이 끊어지지 않았다.

그리고 지스킬이 열세 살이 되던 해, 그의 아버지가 급사했다. 계모가 된 첩은 상속자인 지스킬을 금치산자로 등록한 뒤 병원에 감금했다. 하지만 1년 후 계모도 죽었다.

지스킬이 병원에서 풀려났을 때 그의 모든 재산은 난생처음 보는 친척의 것이 되어 있었다. 지스킬은 독을 마시고 죽으려 했다. 그러나 그마저도 허락받지 못했다. 자살은 가문의 명예를 더

럽히기 때문이다.

　대신 그들은 지스킬을 왕실에 팔았다. 겉으로는 기사 수행을 시킨다는 명분이었지만, 실은 스왈로우 나이츠에서 평생 일하는 조건으로 팔아넘긴 것이었다. 지스킬은 세상에 나왔을 때부터 지금까지, 태어나서 방해된다는 소리만 들으며 사랑하지 않는 자들의 손에 끌려다녔다. 그리고 이곳 스왈로우 나이츠가 지스킬의 종착역이다. 이제 더 이상 어디에도 가지 않아도 된다.

　나는 눈 한 번 깜빡하지 못하고 키스가 전하는 이야기를 들었다. 지독한 역사였다.

　"사실 지스 경은 지명으로 번 돈 대부분을 약값으로 쓰고 있어요. 하지만 왕실 의사들도 지금 상태로는 성인이 될 때까지 살기 힘들 거라고 하더군요. 태어나면서부터 항상 혼자였고 앞으로 살아갈 시간이 남들보다 몇 배는 짧다는 것을 스스로 알고 있기 때문에, 지스 경은 누군가와 친해지는 것을 겁내는 겁니다."

　지스킬은 얼음처럼 살아왔다. 그것만이 자신을 세상으로부터 지키는 길이었다. 거기에 누군가 손을 대 그 책임지지 못할 온기로 자신이 녹는 것이 두려운 것이다.

　그런데 키스는 미심쩍은 듯 한쪽 눈가를 찡그리며 중얼거리는 것이었다.

　"그런데 아무래도 이상하네요오."

　"예? 뭐가요?"

　"예전에는 저 정도로 날카롭지는 않았는데, 이상하게 미온 경은 정말 싫어하는 것 같아요."

"왜, 왜 그럴까요."

"글쎄요, 왜 저렇게 화를 내는지 도통 알 수가……."

설마 내가 지스의 아버지와 닮은 얼굴인 것 아닐까. 그럼 이거 되게 억울한데. 나도 그렇게 막돼먹은 인간과 우연이라 해도 닮는 건 사양이라고!

"아무튼 미온 경이 원하신다면 새로운 방을 주겠어요. 이번에도 싸움에 나서 침대에 불이 붙거나 하면 카론 경도 진짜 화낼 거라고요. 그 사람, 화나면 정말 무서워요오."

분명 화나게 한 적이 있구먼.

"그럼 지스 경은?"

"예전처럼 룸메이트 없이 지내야겠지요."

"그럼 그냥 계속 같이 있을래요."

"네에?"

키스가 적잖게 놀란 표정으로 날 바라보았다. 그러다 방긋 웃으면서 허락해 주었다.

"그럼 그렇게 하세요."

지스는 분명 외로움에 익숙해진 부류일 것이다. 내가 온정이 넘쳐흐르는 성자는 아니지만, 그런 녀석에게 짜증 나서 같이 못 있겠다고 고집 피우는 짓은 미안해서 할 수가 없었다. 그리고 계속 같이 있다 보면 미운 정이라도 들고, 그때는 내가 도와줄 수 있는 것이 있을지도 모르잖아?

그러나 부정적으로 생각해 보면 이번에는 지스킬에게 무슨 짓을 당할지 몰라 오싹하기도 했다.

　　"자아! 그럼 침대값은 미온 경의 일당에서 깎겠습니다아!"

　　으이구! 쩨쩨한 인간!

5.

　　키스의 헐렁한 셔츠를 빌려 입고 그의 사무실에서 나와 로비를 걸을 때였다. 감색 유니폼을 입고 동그란 모자를 눌러쓴 청년이 문 앞에 서 있었다.

　　"혹시, 엔디미온 경 계십니까?"

　　"전데요."

　　이 사람 누구야?

　　그가 내게 편지 봉투를 내밀며 말했다.

　　"이것은 오르넬라 무티 성녀님께서 보내신 위로의 메시지입니다. 침대를 짊어지고 뛰어다닐 정도로 허리가 튼튼한 줄은 미처 몰랐다며 감탄하고 계십니다."

　　"아하하하. 쑥스럽게 뭐 그런 일로 감탄까지……."

　　칭찬이야, 욕이야!

　　그는 보라색 비단으로 감싼 하얀 편지를 정중히 전하고는 밖으로 나갔다. 나중에 알게 된 사실이지만, 저런 옷을 입은 사람들은 왕궁 배달부다. 왕궁이 워낙에 넓다 보니까 아예 따로 택배를 전담하는 부서가 있단다.

그건 그렇고 소문 참 빠르구나. 내가 불이 붙은 침대와 함께 연못에 다이빙하고 한 시간도 안 지난 것 같은데, 벌써 오르넬라 성녀님의 위문편지가 도착할 줄이야. 왕궁에 비밀은 없다. 분명 아이히만 할아범도 내 소식을 듣고 미친 듯이 웃고 있을 거라는 걸 상상하니까 치가 떨렸다.

"그런데 이건 뭐람."

나는 오르넬라 님으로부터 배달된 편지를 이리저리 보았다. 향수 냄새 그윽한 최고급 종이였다. 답지 않게 위로의 메시지라니, 그래도 역시 성직자라 이건가. 하얀 봉투를 열자 그 안에서 나온 메모지에는 오르넬라 님의 우아한 필체로 그분의 성은이 담뿍 담긴 짧은 단어가 쓰여 있었다.

바보

—성녀로부터

기분 최악이다.

6.

방에 돌아왔을 때 지스킬은 없었다. 항상 떠날 때를 준비하는 것처럼 결벽증적으로 깔끔히 정리해 놓은 그의 책상과 침대, 그리고 '침범하면 죽인다'라는 푯말을 써 놓은 '국경'만이 눈에 들어왔다.

"……."

나는 문득 그 '국경선'을 넘어갔다. 희미하게 남아 있는 그의 흔적에 호기심을 느낀 탓이리라. 다가가자 이번에도 독한 약 냄새가 확 풍겨 왔다. 책상 위에 수북이 쌓인 약병들은 장난감 병정들을 대신해 사열해 있었고 그 옆에는 물이 반쯤 찬 물병이 놓여 있었으며, 또 그 옆에는 깨끗이 닦아 놓은 약사발이 놓여 있었다.

혼자 약을 갈고 있었나 보다. 식은땀에 젖어 기침하면서 침대에서 겨우 기어 나와 가느다란 손가락으로 이런저런 독한 약들을 섞어 억지로 삼켰을 것이다. 서글픈 상상을 하며 적막한 그의 자리를 둘러보고 있을 때 여기저기서 지스의 속삭임이 들려오는 것 같았다.

왜 나는 아직도 살아 있는 걸까.

밤마다 이불 속에서 되씹었을 지스의 혼잣말이 들려와 가슴이 쓰라렸다. 침대 밑에는 그가 지명을 받았을 때 들고 나가는 여행 가방이 삐쭉 나와 있었다. 자신의 몸집만큼이나 커다란 가방을 들고 홀로 먼 곳까지 가서 죽은 자의 제사를 지내 주고 돌아오며, 그는 무슨 생각을 했을까. 어른이 될 날을 기대하거나 결혼을 꿈꾸거나 하다못해 소소한 취미라도 붙일 길 없이 조금씩 세상과 자신을 단절하는 방법을 터득해 갔으리라. 언젠가 때가 오면 처음부터 없었던 것처럼 이 세상에서 사라질 수 있도록.

한 번도 환영한 적 없는 세상이니까, 눈을 감고 귀를 막고 가까이 다가오는 모든 것을 거부하며 세상으로부터 격리되길 원했던 것이리라.

그때였다.

"계십니까?"

"응?"

문밖에서 낯선 남자의 목소리가 들려서 나는 의아한 표정으로 문을 열었다. 땀을 뻘뻘 흘리며 무언가 커다랗고 길쭉한 상자를 짊어지고 온 그는 땀범벅이 된 손바닥을 바지에 아무렇게나 닦은 뒤, 조끼 속에서 서류를 꺼내 내게 건네주는 것이었다.

누구야, 이 사람?

"신속배달 비밀엄수 고객감동을 실천하는 천리마 택배 길드에서 배달 왔습니다."

"……."

택배 길드는 국제 우편배달 상인연합이다. 전 세계에 지점이 퍼져 있으며 돈만 충분히 지불하면 전쟁터 한복판이든 무인도든 원하는 물건을 배달해 주는 다국적기업이다.

"의뢰하신 물품을 배달했으니까 운송비 결제해 주세요. 130만 셸링입니다."

뭐야, 이거! 난데없이!

"자, 잠깐만요! 뭔가 착오가 있으신 것 같은데 저는 이런 것 주문한 적 없거든요? 게다가 뭐가 그렇게 비싼 거예요!"

"분명히 이 운송장에는 리더구트 본부 6호실로 적혀 있습니다. 보이시죠? 그리고 이 무거운 걸 이오타 왕국에서부터 배달 온 거니까 이 정도면 싼 편이라고요. 이거 속달 주문이라서 정말 배달하는데 힘들었어요!"

"이오타 왕국?"

이자벨 크리스탄센 님이 계신 그 예술 강국에서 여기까지 뭘 배달했다는 거야?

나는 혹시나 하는 기분에 이 건장한 짐꾼에게 물어보았다.

"혹시 그 서류의 수취인이 누구로……."

"지스킬 윈터차일드 씨로 되어 있는데요?"

"전 엔디미온이걸랑요?"

야! 지스킬! 이런 엄청난 국제 택배를 주문해 놓고 어디로 사라진 거냐!

그는 알 바 아니라는 듯 뻐근해 보이는 어깨를 매만지며 투정을 부리는 것이었다.

"아무튼 운송비 주세요. 오늘 중으로 본부에 입금해야 해요."

"글쎄, 전 지스킬이 아니라니까 그러네요!"

"아, 당신네들 기사 아니에요? 그런 호사스러운 직업 가지고 세상 편하게 사는 양반들이 쩨쩨하게 택배비도 못 주겠다 이겁니까?"

이젠 침대도 사라졌는데 어디가 호사스럽다는 거야!

"전혀 편하지 않아요! 2인 1실에 빨래도 우리가 해요! 당신 이상으로 우리도 뼈 빠진다고요!"

"아 몰라요! 돈 줘요, 쫌!"

옥신각신 실랑이가 벌어지기 시작했고, 한 10분 동안 난리를 쳤지만 이 택배맨은 돌아갈 생각을 하지 않았다. 제발 빨리 좀 돌아와라! 지스킬!

모자를 눌러쓴 그가 결국 투덜거리며 항복을 선언했다.

"쳇. 그럼 이거 돌려보내겠수다. 이렇게 되면 이 운송장에 쓰여 있는 벌금 물어야 하는 거 알죠? 윈터차일드 씨 돌아오면 벌금 물 각오하라고 전해 주슈. 전 세계에 운송망을 가진 우리 택배 길드를 뭐로 알고 이러는 거야, 정말!"

"……잠깐만요."

진짜, 진짜 억울하지만 어쩔 도리가 없었다. 이 물건이 뭔지는 모르겠지만 이오타에서 여기까지 운송해 왔을 정도면 중요한 것일 텐데, 돌려보낼 수야 없는 거 아닌가.

"기다려요. 돈 가져올게요. 금화도 받죠?"

터덜터덜 방 안으로 들어가 가방을 여는 내게 예의 택배 길드원이 빈정거렸다.

"금화도 있는 걸 보니까 역시 기사는 돈 많구먼 뭐."

"네, 맘대로 지껄이세요."

나는 한숨을 내쉬며 피 같은 내 돈을 꺼내 계산해 주었고 배달부는 '감사합니다, 고객님. 앞으로도 저희 천리마 택배를 애용해 주세요'라는 살 떨리는 영업 멘트를 남기고 사라졌다. 다신 오지 마!

'뭐어, 지스킬이 오면 받으면 되니까.'

그렇게 위안을 삼은 나는 허리 아픈 몸으로 끙끙거리며 괴 상자를 방 안으로 끌고 들어왔다. 대체 이 길쭉하고 커다란 건 뭔가. 문득 호기심이 확 번졌다.

"좋아, 열어보자."

부욱!

역시 대형 택배 길드답게 포장은 완벽했고, 매듭의 끝자락을 뜯자 촘촘히 엉켜 있던 매듭이 쭉 풀리며 상자가 열렸다.

"에구머니나!"

그 안을 본 나는 나도 모르게 비명을 지르며 뒤로 넘어졌다. 이런 걸 왜 주문한 거야!

그때 마침 방 안에 들어온 지스킬이 '어?' 하며 입을 열었다. 어디서 뭘 하다 왔는지 그의 피부는 찬바람이라도 맞은 것처럼 창백했다.

"벌써 도착했네."

"이봐요, 룸메이트 씨. 대관절 이게 뭡니까?"

"보면 몰라?"

지스킬이 퉁명스럽게 말하며 자신의 자리로 끌고 간 그 물건은 바로, 관이었다. 사람 죽을 때 집어넣는 그 관 말이다.

"왜 방구석으로 관짝을 주문하고 난리야!"

이노옴! 나를 장사 지내고 싶을 만큼 미웠던 거냐!

하지만 지스킬은 뻔뻔한 태도 그대로 시커먼 관을 열어 보더니만 아예 그 안에 들어가 보는 것이었다.

"흐음, 역시 이오타 것이라서 그런지 안락하네. 뭐, 죽은 자에겐 필요 없는 배려지만."

"……거긴 왜 들어가?"

지, 지금 뭐하는 짓거리야! 오한이 돌고 식은땀이 나고 머리가 하얗게 질려 버렸다. 관 속에서 나를 빤히 바라보고 있는 지스킬에게 내가 조그맣게 말했다.

"그런데 지스 경, 그거…… 택배비 내가 냈거든? 관 속에 있는 사람한테 할 말은 아니지만, 자그마치 130만 셀링이나 된다고."

창백한 얼굴로 가만히 나를 바라보던 지스킬이 끼이익 소리와 함께 관 뚜껑을 닫으며 서늘한 목소리로 중얼거렸다.

"누가 내래?"

뭣이!

"야! 뚜껑 열어!"

정말이지 이대로 묻어 버리고 싶은 녀석이야!

7.

상황은 최악이었다. 침대는 불살라져 난 노숙자처럼 맨바닥에 누워 자야 했고 그나마도 등짝에 화상을 입어 배를 바닥에 깔고 거꾸로 누워야만 했다. 게다가 낮에는 팔자에도 없는 국제 운송료를 냈고 밤이 된 지금, 가방을 베개 삼은 내 옆에는…… 음산한 기운을 내뿜는 관짝이 덩그러니 놓여 있다. 지금 그 안에 누가 들어가 있는지는 말하고 싶지도 않다.

'돌아 버리겠네.'

관속의 미소년과 맛보는 하룻밤이라. 남의 일이라면 그거 제법 탐미적이잖아? 라면서 웃어 줬겠지만, 이게 내 현실이 되니까 이보다 더 비참할 수가 없었다.

'내가 전생에 뭘 잘못했기에…….'

나는 허탈하게 중얼거리며 빙글 몸을 뒤척이다가 등이 아파서 입을 꽉 막은 채 몸을 부르르 떨었다. 키스가 방 바꿔 준달 때 말들을 걸, 하는 후회가 밀려왔다. 나 정말 내 룸메이트를 감당할 자신이 없다고!

다음 날 아침, 도마 위에 올라간 생선이 된 악몽을 꾸던 나는 '회 치지 마!' 라는 비명을 지르며 꿈에서 깨어났다.

"헉, 헉. 뭐 이딴 꿈이……."

너무도 생생하게 느껴지던 칼질에 내 몸을 어루만지던 나는 문득 옆을 돌아보았다.

"……."

역시나 관이 어제 그대로 놓여 있다. 그리고 침대 위에 지스의 평상복이 놓여 있는 것을 보면 아직도 잠옷 차림으로 저놈의 관 속에 잠들어 있는 것 같았다. 대체 뭐야, 장례식 예행연습이라도 하려는 거냐?

어쨌든 곧 키스의 브리핑이 시작될 텐데, 이번에는 당신이 벌금이구려.

나는 눈을 부비며 일어나 1층으로 내려가기 위해 옷을 갈아입었다. 그런데도 아직 지스 경은 자고 있었다. 나는 아무래도 깨워 주는 것이 좋을 것 같아서(왜 깨웠냐며 되레 욕을 먹을지도 모를 일이지만) 머쓱한 표정으로 관짝 앞으로 다가가 똑똑 노크했다.

"저어, 지스킬 씨. 계세요?"

남의 관에 노크하는 짓, 되게 한심하긴 하지만 남의 관을 여는 일은 더욱 꺼림칙하니 어쩔 수가 없다.

"괜찮으시다면 문 좀 열어 주실래요? 그러니까 곧 브리핑이 시작하……."

진짜 바보 같은 짓 같아서 나는 하던 말을 멈추고 눈썹을 가늘게 떨었다. 아침부터 남의 관짝을 왜 두드리고 있담. 나는 한숨을 내쉬며 문밖으로 향했다. 정말이지 당장 죽을 것도 아니면서 왜 저러는.

'……잠깐.'

나는 말을 흐리며 내딛던 걸음을 멈췄다. 불길함에 등골이 오싹해 왔다. 지스가 이상할 정도로 날카롭다던 키스의 말이 떠올랐다. 저 녀석은 이상할 만큼 사람들에게 화를 내고 가까이 못 오게 했다. 그리고 생각해 보니 어제부터 눈에 띄게 안색이 창백했다. 마치 곧 사라질 것처럼 말끔하게 주변을 정리하고 자신의 관을 주문하고.

'이런 바보! 어째서 눈치채지 못한 거지!'

나는 다시 방 안으로 뛰어 들어갔다. 그러고는 그의 이름을 소리치며 관을 덜컥 열었다. 그리고 그 안에는 붉은 피에 얼룩진 셔츠를 입은 지스킬이 죽어 가는 것처럼 가느다란 숨을 쉬고 있었다. 혼수상태였다.

"내, 내 말 들려? 정신 차려! 대답해, 지스!"

황급히 그의 상의를 벗기자 투투둑 단추가 떨어져 나가는 소리가 귓가를 때렸다. 피가 흐르는 가슴팍에는 검붉게 부어오른 상처가 있었고 그 상처는 마치 예리한 흉기에 찔린 창상(創傷)처럼 보였다. 이게 무엇에 당한 상처란 말인가!

"조금만 기다려! 사람들을 불러올게!"

8.

황급히 1층으로 뛰어 내려가 키스에게 이 상황을 알리자 그는 놀라운 침착함을 보여 주었다. 차가운 물과 얼음, 다량의 소독한 수건을 준비하라고 명령한 뒤에 자신은 재빠르게 왕실 의사에게 갔다. 아직 잠에서 덜 깬 것 같은 중년의 의사가 키스에게 업혀 바람처럼 도착한 것은 10분 후의 일이었다.

"이건."

침대에 누인 지스의 상태를 살피던 의사가 난색을 보였다.

"뱀에 물렸군. 혈액독이네. 사독(蛇毒)이야."

키스는 예리한 단도를 꺼내 지스킬의 부풀어 오른 상처를 갈랐다. 상처를 십자 모양으로 가르고는 주저 없이 거기에 입을 대고 피를 빨았다. 능숙한 솜씨였다. 그러나 몇 번이나 반복해도 상황은 나아지지 않았고, 그것을 지켜보던 의사가 고개를 저었다.

"응급처치는 이미 늦었어. 이게 어떤 상태인지는 자네도 알고 있을 텐데."

키스는 피 묻은 입가를 닦아내며 지스에게서 물러났다. 키스가 물었다.

"냉수요법도 소용없습니까?"

"알면서 왜 물어보나. 상처를 보아하니, 나흘 전쯤 물린 거야.

그런데도 지금 와서 중독 증세가 나타나는 것이라면, 어떤 독사에 물린 건지 자네도 알 걸세. 이건 단순한 용혈사독(溶血蛇毒) 따위가 아니야."

그 말에 키스가 눈을 꽉 감았고 문밖에 있던 다른 기사들 역시 낮은 신음을 냈다. 나는 키스의 어깨를 잡으며 다급하게 물었다.

"무슨 말이에요! 나흘 전이라면 지스가 지명 중일 때인데, 대체 무슨 뱀에 물린 거죠! 아니 그보다 물렸다면 왜 사람들에게 말하지 않은 거냐고요!"

키스는 내 팔을 걷어내며 짧게 말했다.

"반시(飯匙), 그중에서도 글룸허츠라고 불리는 반시뱀이 있습니다."

내 눈이 떨렸다. 글룸허츠는 내가 예전 고객에게 들은 적이 있는 뱀의 이름이었다. 난 그 뱀의 기이한 독에 대해 알고 있다.

글룸허츠에 물린 자는 사흘 뒤부터 피가 식으며 천천히 심장이 멈춰 간다. 그리고 보름 후엔 심장이 완전히 정지해 죽는다. 그리고 그렇게 죽을 때까지 피부는 얼음처럼 창백하게 변해 간다. 그래도 그 독에 죽은 자는 마치 얼어붙은 인형처럼 변해, 살아 있을 때의 미모가 영원히 유지된다고 한다. 그 기괴한 효과 때문에 그 독은 늙는 것을 두려워하는 귀부인들이 자살할 때 사용한다고 들었다. 하지만 지스 경의 경우는 타살이었다.

루이가 벽에 기대며 중얼거렸다.

"언젠간 이런 일이 생길 줄 알았어. 지스 경은 정말로 고집이 세거든. 귀족 앞에서도 고분고분하지 않아. 원하는 것은 무엇이든 소유할 수 있다고 믿는 귀족이 그런 지스를 곱게 돌려보냈을 리가 없겠지. 지명자가 한 짓일 게 뻔해!"

갑자기 울분이 터졌다. 독살이라니! 어떻게 그런 일을 뻔뻔하게 저지를 수 있는 거야!

"어쨌든 독에 중독되었다면 해독제를 주사하면 되잖아요! 아직 기회가 있잖아요!"

내 말에 왕실 의사는 자조적으로 대답했다.

"이 베르스 왕국이 마키시온이나 콘스탄트 같은 고도의 의술을 가진 나라인 줄 아나? 저걸 해독하는 법을 알고 있는 의사는 이 나라에 없을 걸세."

나는 다리의 힘이 풀려 버리는 것 같았다.

왜 지스가 사람들에게 성질을 내고 혼자 있으려고 했는지 이제야 알 것 같다. 지스는 그 독사에 물린 뒤, 자신이 15일 후에 죽으리라는 것을 알고 있었다. 치료할 수 없다는 것도 알았다. 그래서 아무에게도 말하지 않고 자신의 관을 특급 우편으로 준비하고 죽음을 받아들였다. 도와 달라고 아무에게도 도움을 청하지도 않고 혼자서 주변을 묵묵히 정리하고, 자신의 마지막 순간에 내가 곁에 있는 것조차 피하려 들었다. 평생을 혼자 살아왔으니까 마지막까지도 철저하게 혼자 끝내려고 시침을 떼고 있었던 것이다.

"이런 게 어딨어! 이따위 시시한 마지막이 어딨냐고!"

내가 커다랗게 소리치자 사람들이 모두 동정의 눈빛으로 나를 바라보았다. 나는 키스를 바라보며 애원의 목소리로 말했다.

"제가 그 해독제를 구할 수 있어요. 그분이라면 알고 있을 게 분명해요. 제가 구해 올게요! 반드시!"

나는 대답을 듣지도 않은 채 밖으로 뛰쳐나갔다. 그분이라면 분명히 알고 있을 것이다. 제발 지금까지도 연락이 가능하기만을 바라며 나는 왕실 텔레마코스가 있는 곳을 향해 죽을힘을 다해 달리기 시작했다.

지스킬의 심장이 멈추는 순간까지 11일 남았다.

9.

리더구트 본부에서 15분 거리에 있는 텔레마코스 센터로 달려가면서 내 머릿속에서는 열아홉 살 무렵에 적현무 키르케 님과 나눴던 대화가 계속 떠돌았다.

명주작 알테어 님의 숙적인 그분은 큰 싸움을 끝낸 뒤엔 종종 내가 있던 업소를 찾아오곤 했다.

한 번은 내가 이렇게 물었다.

"싸우는 것, 무섭지 않아요?"

이 한심하고도 솔직한 질문에 다혈질적인 키르케 님은 의외로 진지하게 생각한 뒤에 대답해 주었다.

"난 싸움 속에서 태어났고 그 싸움 속을 살아가는 여자야. 이제 와서 날 낳은 싸움이 다시 날 거둬 간다고 무서울 것도 소란 피울 것도 없겠지."

그건 그녀의 서슬 퍼런 미학이었다. 현무의 별자리 밑에 태어난 이상 그녀는 곱게 죽지 못한다는 사실을 각오하고 있었다.

그런데 그런 키르케 님조차 내 꿈에는 난색을 보였던 것이다.

"정의의 기사? 네 온몸을 희생하기로 각오한 것이 아니라면 어설프게 착한 척하지 마. 이런 세상 속에서 뭐가 옳은지 그른지 판단할 수 있겠어? 나는 정의의 이름으로 저지른 폭력을 수도 없이 봐 왔어."

정의의 기사가 되고 싶다는 내 꿈에 대해 그녀는 냉정하게 평해 주었다. 세상 강자들의 꼭대기에 서 있다고 평가받는 그녀에게조차 '정의'는 비웃을 수도 추앙할 수도 없는 곤혹스러운 단어였던 것이다.

모든 선행에는 희생이 따른다. 남을 돕는다는 것은 반대로 말하면 자신을 희생한다는 것이다. 희생이 두려워서 입으로만 남들을 걱정해 줄 거라면 애당초 '정의'라든지 '선행' 같은 단어 입에 올리지 말라고 그녀는 경고했고 나는 각오했다.

지스킬을 반드시 살릴 것이다.

"당장 텔레마코스를 쓰고 싶습니다!"

나는 텔레마코스 센터의 문을 열어젖히며 소리쳤다. 그야말로 총알처럼 주파한 나는 땀에 젖은 온몸을 들썩이며 가쁘게 숨을 몰아쉬었다. 문가에 앉아 화장을 고치는 일에 여념이 없던 센터 아가씨가 이런 나를 보곤 멍한 표정으로 중얼거렸다.

"……쓰세요."

왕궁의 매력적인 점이라면 그 값비싼 텔레마코스가 무료라는 것이리라. 이곳에는 마치 은행 창구처럼 칸막이 테이블에 앉아 있는 네 명의 여성이 있었고, 그중 세 명은 현재 '텔레마코싱' 중이었다. 나는 비어 있는 네 번째 칸막이로 갔다. 갈색 단발머리를 깔끔하게 내린 제복 아가씨는 '이렇게 긴 금발을 가진 남자는 처음 봐'라는 표정으로 날 바라보았다.

"그, 급한 일이신가요?"

"저는 스왈로우 나이츠의 신관기사 엔디미온 키리안입니다. 지금 이용할 수 있죠?"

"예에."

그녀는 떨떠름한 얼굴로 테이블 앞에 놓여 있는 은색 서클릿을 머리에 썼다. 으읍! 소리와 함께 기지개를 켠 뒤에 눈을 꽉 감고 정신을 집중한 그녀가 내게 말했다.

"지역코드를 불러 주세요."

"지역코드는 001, 081, 9490, 111."

"접수되었습니다. 연결코드 001, 081, 9490, 111."

그녀가 눈매를 좁히며 머릿속으로 '접속'을 시작하자 곧 머리에 쓰고 있던 서클릿이 파르스름한 빛을 발하기 시작했다. 이런 여성들을 텔레레이디 혹은 교환수라고 부른다.

눈을 감은 그녀는 풍부한 표정으로 이리저리 얼굴을 귀엽게 찡그리며 10분째 접속을 시도했다. 다른 곳은 1분이면 연결이 되지만 이곳은 분명 접근하기가 쉽지 않을 것이다.

계속된 시도 끝에 내가 말한 지역과 연결되자마자 그녀가 깜짝 놀란 얼굴로 눈을 확 뜨더니 날 바라보는 것이었다. 그녀가 떨리는 목소리로 물었다.

"저, 정말 이곳과 연결하실 생각인가요?"

"물론입니다. 연결해 주세요."

"하지만 여기는."

"이오타 왕국의 인트라 무로스 맞죠?"

"아, 알면서도 연결하시겠다는 건가요? 여긴 보안구역이에요. 허가 없이 타국의 정보기관과 연결했다가는……."

"괜찮으니까 연결하세요."

이오타의 방첩기관 인트라 무로스는 보통 사람은 접근할 수 없는 보안구역이다. 즉 허락받지 않은 사람이 함부로 접속했다가는 외교 문제로 번질 수도 있는 곳이다. 이런 살벌한 곳의 지역코드를 내가 어떻게 알고 있느냐면, 내 고객이었던 인트라 무로스 방첩국장 이자벨 님이 번호를 알려 주었기 때문이다. 물론 그분은 '알려 주겠지만, 꼭 필요할 때만 연락해야 해. 네 목숨이 위험해지니까'라고 경고했다. 그리고 지금이 바로 그 '필요할 때'다.

내 말에 용기를 낸 그녀가 내게 손을 내밀었고 나는 그녀의 손을 꼭 잡았다. 전류 비슷한 것이 전해져서 손끝이 찌릿했다. 그녀가 숨을 고른 뒤 눈을 감으며 말했다.

"좋아요. 그럼 계속 진행하겠습니다. 접근암호를 불러 주세요."

"접근암호는."

나는 이자벨 님이 내게 알려 준 암호를 불러 주었다.

"세·상·뒤·에· 존·재·하·는· 곳."

그 말을 끝냄과 동시에 나는 그녀의 몸속으로 화악 빨려 들어가는 듯한 현기증을 느꼈다. 접속이 성공하자 머릿속에 영상이 떠올랐다. 머릿속에선 이오타 방첩부대 제복을 입은 사내가 날 바라보고 있었다. 이제부터는 나와 손을 잡은 텔레레이디의 눈과 귀를 통해서 '화상 통화'를 하게 된다.

『누구냐! 소속을 밝혀라. 접근암호는 어떻게 알았나!』

『전 엔디미온이라고 합니다.』

『허가받지 않은 이름이다! 어떻게 암호를 구했는지 말해라!』

역시 세계 최고의 정보기관 인트라 무로스의 기관원답게 위압감이 넘치는 눈매로 윽박질렀다. 기밀 보호가 인생의 전부인 것 같은 그는 계속 고압적으로 '정체를 밝혀!'라고 물었고, 나는 그와 노닥거릴 시간이 없어 간결하고도 빠르게 대답했다.

『이자벨 크리스탄센 님에게 미온이 애타게 찾는다고 전해 주세요.』

『네놈이 국장님을 알고 있다고?』

그가 미심쩍은 얼굴로 머뭇거리자 나는 조금 화가 나서 편법을 쓰기로 했다.

『급한 일이에요! 빨리 바꿔 주지 않으면 당신 목이 날아갈 거라고요!』

역시 그는 움찔하며 난색을 보였다. 물론 허세긴 하지만 지금은 시간이 없다. 그가 인트라 무로스 쪽 텔레레이디의 손을 놓자 갑자기 영상이 끊겼고, 2분쯤 지난 뒤 다시 머릿속에 영상이 확 떠올랐다. 그리고 내 머릿속엔 1년 만에 다시 만난 이자벨 님의 이지적인 모습이 보이기 시작했다.

역시 예전과 같은 모습이다. 몸에 딱 맞는 회색 슈트에 파란 눈동자가 돋보이는 멋진 은테 안경, 짙은 회색 머리카락을 이마 위 일자로 다듬은 매무새가 수학 공식처럼 딱 부러진다. '이 세상에서 가장 많은 비밀을 알고 있는 정보의 여신'이라는 별칭에 어울리는 모습이랄까. 여자의 몸으로 초인적인 힘도 없이, 단지 그 뛰어난 두뇌만으로 젊은 나이에 이오타 왕국 방첩국장 자리에 올랐다는 사실은 이자벨 님이 이미 보통 사람의 영역을 훨씬 넘어섰다는 것을 의미한다.

항시 차분한 표정 위에 엷은 미소를 머금은 그녀가 먼저 입을 열었다.

『미온 군, 오랜만이야. 오랜만에 가 봤더니 일 그만두었다고 하던데?』

『미안해요. 제가 알려 드렸어야 하는 건데.』

『아니야, 정보국 국장이면서 그런 정보도 먼저 알아내지 못한 내 잘못이지. 후후.』

지적인 분위기를 물씬 풍기는 그녀는 슬쩍 눈웃음을 보였다. 확실히 이자벨 님은 세상 최고의 엘리트면서도 권위 의식 같은 건 조금도 느낄 수 없는 대단한 여자다. 물론 그 상냥함 뒤에 숨어 있는 칼날로 지금까지 몇 명의 정적(政敵)들을 제거했을지, 그건 알고 싶지 않은 일이지만.

『그런데 미온 군, 스왈로우 나이츠의 기사가 되었다며? 벌써 지명도 한 번 다녀오고 고향도 구하고 동료도 구해 주고. 열심히 사는 것 같아서 기쁘네.』

『아하하, 역시 알고 계셨군요.』

역시나 내가 뭘 하는지 다 알고 있었다. 아마 내 속옷이 몇 개고 어제 내가 침대를 태워 먹었다는 사실까지 파악하고 있을지도 모른다. 하지만 백성들의 혈세를 제 뒷조사하는 데 쓰는 건 공무원으로서 문제가 있지 않을까요.

『저, 이자벨 님. 부탁드릴 것이 있어요.』

『부탁? 으음, 뭘까?』

설마 오늘 아침 지스킬이 중독 증세를 보였다는 사실까지는 아직 모르겠지, 라는 생각에 내가 정중하게 물었다.

『글룸허츠라는 독사의 뱀독을 치료할 수 있는 해독제가 어디 있는지 알고 싶습니다.』

『해독제?』

그녀도 예상치 못한 부탁이라는 듯 안경 너머로 조금 놀란 눈빛을 보였다. 세계에서 가장 방대한 정보를 축적한 인트라 무로스라면 그 해독제가 어디 있는지 분명히 알고 있을 것이다. 이자벨 님이 모른다면 그건 세상 누구도 모른다는 말이 된다.

그녀가 정색하며 되물었다.

『그건 왜 물어보는 거지? 혹시 네가 물린 거야?』

『아, 아니에요.』

『그럼 그게 왜 필요한 거야?』

『제 소중한 동료가 죽어 가고 있어요. 베르스 왕국의 힘만으로는 해독제를 구할 수가 없어서 어쩔 수 없이……..』

『예상대로구나. 네 동료가 귀부인의 저급한 장난에 당한 것이로구나.』

역시 이자벨 님은 순식간에 무슨 상황인지를 유추해 대답했다.

『부탁드립니다! 제가 할 수 있는 최선을 다해서 보답할게요! 무례한 부탁이라는 건 알고 있지만…… 이제 열하루가 지나면 지스 경은 죽습니다. 제 룸메이트예요. 아무에게도 피해를 주지 않고 자기 혼자 사라지겠다며 꼬맹이 주제에 관까지 준비한 그 불쌍한 녀석에게, 꼭 해독제를 먹여서 살려 놓고 왜 그렇게 삐뚤어졌냐고 멱살 잡고 화내고 싶어요. 평생 그 녀석이 날 미워하더라도, 살았으면 좋겠어요. 그렇게 허무하게 끝나 가는 인생을 손

놓고 지켜보고 싶진 않아요!』

　이자벨 님은 잠시 생각에 빠졌다가 나직하게 말했다.

　『미온 군은 여전하구나. 어른이 될 생각은 없는 거니?』

　『……발전이 없어서 죄송합니다.』

　『미안하지만 그런 희귀한 해독제는 우리 이오타에도 없어.』

　『……!』

　나는 가슴이 내려앉는 것 같았다.

　그녀가 대안을 말했다.

　『하지만 독물학(毒物學)에 정통한 교수라면 알고 있지. 그 여자라면 아무리 희귀한 뱀독이라 하더라도 해독하는 법을 알고 있을 거야.』

　『그분이 누구죠! 알려 주세요!』

　그런데 여자라고?

　『흐음.』

　그녀가 난감한 듯 입을 꼭 다물며 고개를 기울였다.

　『글쎄, 미온 군이 갈 수가 없는 곳일 텐데…….』

　『제발 말씀해 주세요.』

　『마키시온 제국의 과학 연구소 소드람에 있는 상급 교수 메데이아가 전 세계 최고의 독물학 권위자야. 그 사람이라면 해독제를 만들 수 있을 거야.』

　머릿속이 그 자체로 거대한 정보 데이터베이스나 다름없는 이자벨 님은 타자기로 쳐내는 것처럼 내게 말해 주었다.

하지만 그녀는 불길한 첨언을 붙였다.

『미온 군. 이 일, 포기할 수 없어?』

『왜, 왜요?』

『메데이아 교수에게서 해독제를 받는다는 것은…… 아니, 그만두자.』

그녀는 고개를 저으며 말을 끊은 뒤에 진지하게 내게 충고하는 것이었다.

『너 같은 타국인이 소드람에 들어간다는 것은 자살행위나 다름없어. 그곳은 마키시온 제국이 기밀 연구를 진행하는 곳이니까. 설사 메데이아 교수를 만난다 하더라도 해독제를 얻기는 쉽지 않을 거야.』

『괜찮습니다. 제게 그 정보를 알려 주신 것만으로도 정말 감사합니다. 나머지는 제가 어떻게든 해 볼게요.』

『직접 너를 도울 수가 없어서 미안하구나. 공식적으로는 나는 너와 얘기하면 안 되는 입장이야. 그리고 지금 이 말, 곧 다시 듣게 될 거야.』

다시 듣는다고? 그런 의아한 말을 남긴 이자벨 님은 먼저 연결을 끊었고, 곧바로 머릿속의 영상이 사라져 버리며 나와 손을 잡고 있던 텔레레이디와 순식간에 분리되는 현기증을 다시 느꼈다.

연결이 끝난 뒤에 그녀는 아직도 실감 나지 않는 듯, 땀방울이 맺힌 얼굴을 손바닥으로 꼭 누르며 헤헤 웃는 것이었다.

"와아아, 오늘은 참 대단한 날이네요. 인트라 무로스와 연결해 보다니. 그것도 크리스탄센 국장님과 통화하게 될 줄이야. 예상대로 정말 아름다운 분이에요. 국왕 전하조차도 그분과 만날 수는 없을 거예요!"

그녀가 얼떨떨한 얼굴로 신이 나서 말하고 있었다. 그럴 만도 한 것이 아신위를 제외한 여성 중 최고의 출세를 한 커리어 마스터 이자벨 님은 전 세계 직업 가진 여성들에게 추앙의 대상인 데다, 공식적인 자리에는 모습을 드러내지 않은 채 수많은 소문과 추측만 무성한 분이기 때문에 그녀로서는 텔레마코스를 통해 지켜본 것만으로도 흥분할 수밖에 없었다.

"기사님은 정체가 뭐예요? 어떻게 이자벨 님과 그렇게 친한 거죠?"

"그건."

나는 난감한 웃음을 보이며 말했다.

"비밀입니다아."

여기서 내 장미꽃 날리던 10대를 자랑해 봐야 뭐하겠누.

"하아, 하지만 이 감동도 곧 끝이로군요."

그녀가 서랍에서 작은 앰풀 하나를 꺼내며 한숨을 내쉬었다. 나는 그것을 보자 심하게 인상을 찡그릴 수밖에 없었다. 저 앰풀은 '그녀'를 떠오르게 한다.

그녀는 피를 똑 닮은 물약이 들어 있는 앰풀을 따며 씁쓸하기 그지없는 미소와 함께 읊조리는 것이었다.

"당신은 모를 거예요, 이 약이 얼마나 지독한 것인지."

"……알아요."

나는 조그맣게 중얼거리며 그녀가 그 약을 입속에 털어 넣는 모습을 지켜보았다. 그리고 그녀는 잠깐 눈을 감은 채로 고개를 젖히고 있었다. 나는 그런 텔레레이디를 바라보며 내 10대를 함께했던 그녀가 떠올라 가슴이 미어지는 것 같았다.

잠시 후 그녀의 몸이 엷게 떨리며 감은 두 눈에서 눈물이 흐르기 시작했다. 어째서인지 모르겠지만 저 약을 먹으면 눈물이 흐른다고 한다. 그리고 이윽고 정신을 차린 그녀가 손가락으로 계속 쏟아지는 눈물을 닦아내며 말했다.

"이것으로 텔레마코싱이 끝났습니다."

"예, 감사합니다."

나는 씁쓸한 표정으로 고개를 조금 숙여 인사했다. 그 약이 무엇인지 궁금한가?

그녀가 말했다.

"몇백 번을 해 봐도 기억을 잃는다는 것은 끔찍해. 아, 죄송합니다. 혼잣말이에요."

그건 지금까지의 통화 내역을 모조리 그녀의 머릿속에서 지워버리는 약이었다. 사람들은 텔레마코스를 통해 아주 비밀스러운 통화를 할 때가 많고 그 때문에 그것을 연결해 주는 텔레레이디들은 기밀 유지를 위해 통화가 끝난 후 약을 마셔 통화 기억을 머리에서 지워야 했다. 저 약의 이름은 잘 기억이 안 나지만, 나는 '없는 편이 좋았을 망할 놈의 약'이라고 부른다.

이제 그녀는 자신이 이자벨 님을 봤다는 것도, 내가 동료를 구하기 위해 곧 마키시온 제국으로 가야 한다는 것도 모두 망각했으리라. 그때 그녀가 말했다.

"저어, 저는 지금 기억이 지워져서 당신이 땀투성이로 이곳에 들어왔을 때의 모습까지만 기억하지만요. 당신 참 멋진 사람이네요."

"예? 그걸 어떻게 알죠?"

"이것 보세요, 이 손가락."

눈물로 얼룩진 그녀가 왼손을 보여 주며 방긋 웃었다. 그녀는 새끼손가락부터 세 개의 손가락을 굽히고 있었다.

"그게 무슨 의미죠?"

"비밀이지만, 저는 기억을 지우는 약을 마시기 전에 이렇게 표시를 해 둬요. 제가 텔레마코싱해 드린 분이 그럭저럭 괜찮은 사람이면 하나를 굽혀 놓고, 제법 멋진 사람이라면 두 개를 굽혀 놓고, 아주 마음에 들었다면 세 개를 굽혀 놓거든요. 그래서 기억을 잃은 뒤 제 손가락을 보고⋯⋯ 아아, 내 손가락이 두 개 굽혀 있으니까 이 사람은 멋진 사람이었구나 하고 짐작하는 거예요. 무슨 통화를 했고 이름이 무엇인지 아무것도 기억하지 못하지만, 최소한 제가 통화를 연결해 준 사람이 좋은 사람이었는지는 알고 싶으니까요. 보세요, 이렇게 당신은 세 개나 굽혀 있으니까 아주 좋은 사람이에요."

그녀가 약의 후유증으로 계속 흐르는 눈물을 닦으며 그렇게
말했다.

10.

나는 다시 달리기 시작했다. 왕궁 마구간이 있는 곳을 향해 줄
기차게 내달리는 와중에도 내 머릿속은 예의 텔레레이디 생각으
로 가득 차 있었다.

지금까지 내가 유일하게 사랑했던 그녀 역시 텔레레이디였다.

그녀가 했던 말이 있다.

"기억을 지우는 약 따위는 없어."

그녀 역시 그 약을 몇천 번은 마셨을 것이다. 그리고 그녀는
깨달았다. 그건 기억을 지우는 지우개가 아니라 기억 위에 새카
맣게 덧칠을 해서 볼 수 없게 하는 검은 물감이라는 것을.

즉, 분명히 머릿속에 그 기억은 남겨져 있지만 떠오르지 않을
뿐이라는 것이다.

그녀가 텔레마코스를 마치고 집에 돌아오면 한참 동안 소리
없이 눈물을 흘렸다. 그 약을 하루에도 몇 번이나 마셔서 엉켜
버린 머릿속이 제자리를 찾지 못해 방황하는 것이다. 그건 마치
기억상실증을 겪는 것과 비슷하지 않을까.

값비싼 텔레마코스를 이용한 통화라는 것은 사실 대부분이 은밀하거나 역겹거나 잔인하거나 음탕한 것들이 많다고 한다. 남들에게 밝혀서는 안 되는 추한 비밀들을 사람들은 텔레마코스에서 속삭이는 것이다.

　그리고 텔레레이디가 그 추함을 받아들이고 전달한다.

　"모르겠어. 아주 끔찍한 것을 본 것 같은데, 기억이 나질 않아."

　그럴 때마다 그녀는 내게 파고들었고 나는 그런 그녀를 껴안고 위로해 주었다. 강제로 뒤엎어진 기억들이 밤마다 무의식의 수면으로 떠오를 때마다 그녀는 눈물을 흘렸다.

　텔레레이디는 보통 20대에 그만두게 된다고 한다. 왜냐하면 그 약의 부작용 때문에 그 이상 텔레마코싱을 계속하면 정신이 돌이킬 수 없을 부서져 버리기 때문이었다. 그런데 그녀는 불행하게도 너무 일찍 정신이 붕괴했다. 아직도 내 몸 구석구석에 그녀의 눈물이 남아 있는 것 같다.

　아아, 이제 기억이 났다. 그 약의 이름은 므네모시아(Mnemosia), 어원은 '소중한 기억'이라고 한다.

　"아니, 당신! 지금 뭐 하는 거요!"

　내가 말을 묶어 둔 줄을 풀고 말 위에 올라타자 관리인쯤으로 보이는 남자가 황급히 뛰어왔다.

　"당장 내려요! 함부로 왕실 말을 타면 어쩌겠다는 겁니까!"

　내가 헤헤 웃으며 어떻게든 빨리 좀 말을 빌려 보려고 말을 꺼냈다.

"저 기산데요, 기·사. 그러니까 말 타는 직업이라서."

"아, 기사고 수의사고 간에 당장 내려요!"

"아니, 여기 말도 많은데! 그리고 이거 애당초 왕실에서 공용으로 사용하는 말이잖아요!"

나는 화딱지를 냈다. 정말 이 '왕립 마구간'에는 수백 마리의 말이 가지런히 묶여 한가롭게 건초 더미를 우적우적 씹고 있었다. 이건 소가 아니야! 달릴 때 쓰라고 있는 거라고! 그리고 난 지금 달려야 해!

하지만 관리인은 가차 없이 내 앞을 가로막았다.

"아, 말을 쓰고 싶으면 절차를 밟고 오란 말입니다!"

"절차?"

"일단 행정부 별채에 가셔서 일차 승인을 받으시고 그 서류를 가지고 본채에 가셔서 말을 분실하면 손해배상을 하겠다는 임차계약서를 쓴 뒤, 뒤에 왕궁에 가셔서 배상을 못할 시에 보증을 설 5급 이상 관리 나리의 서약을 받으시고 그 뒤엔……."

"그거 올해 안에 끝납니까?"

그전에 지스 경이 죽겠다! 에라 모르겠습니다!

나는 말고삐를 확 끌며 말에 박차를 가했다. 이놈도 오랜만에 달리는 것이 좋은지 히이잉! 콧소리를 내며 확 앞발을 들어 올리고는 달리기 시작했다.

"거, 거기 서라! 이 말 도둑 기사 나리!"

관리인이 허겁지겁 쫓아오며 소리쳤다. 거 참 복잡하게도 부르는군.

"돌아와서 처벌받을게요!"

"이, 이름이라도 알려 줘요!"

"키스 세자르!"

나는 커다랗게 소리친 뒤에 미친 듯이 내달렸다. 긴 금발을 깃발처럼 길게 날리며 왕궁의 대로를 전력으로 달리자 귀부인들은 멋지다며 내달리는 나를 향해 손수건을 던지는 것이었다. 느긋해서 좋으시겠습니다. 이쪽은 힘들어 죽겠구만!

이대로 마키시온 제국까지 논스톱이라는 결심으로 왕궁 정문을 향해 달릴 때였다.

타아아아앙!

난데없는 총성과 함께 총알이 내 옆을 홱 지나자 놀란 말이 몸을 틀었고 나는 그대로 낙마할 뻔했다. 대뜸 날 쏴 죽이려던 자의 정체는 역시나 아이히만 대공이었다. 그가 권총의 총구를 훅 불며 태연하게 말했다.

"흐음, 엔디미온 군. 어딜 그리 급히 가나?"

"대공! 대공께선 항상 사람 부를 때 총을 쓰십니까!"

죽을 뻔했잖아요!

그러나 폭력 관리 아이히만 할아범은 뭐 대수냐는 듯이 시큰둥하게 말하는 것이었다.

"그러기에 불렀을 때 멈췄어야지."

못 들어서 죄송하네요!

그때 나를 추격하던 병사들이 달려와선 내게 창을 들이대며 말에서 내리라고 외치기 시작했다. 망할!

그런데 아이히만은 무슨 생각이 들었는지 손을 내저으며 병사들을 물리는 것이었다.

"하지만 나리, 말 도둑은 체포해야……."

"나 재무대신 아이히만 그나이제나우 공작의 보증으로 이 애송이에게 말을 빌려 주었네. 불만 있나?"

"아, 아닙니다! 실례했습니다!"

아이히만의 눈초리에 바짝 얼어 버린 병사들은 고개를 조아리며 물러가 버렸다. 나는 얼떨떨한 얼굴로 아이히만을 바라보다가 뒤늦게 고개를 팍 숙였다.

"가, 감사합니다. 아이히만 대공!"

"후후, 뭔가 또 말썽을 피우려는 겐가? 그런데 자네, 신성한 왕궁에서 말을 내달렸다간 사형이라는 것을 아직 모르나 보군. 내가 안 멈추게 했으면 벌집이 되었을 게야."

그, 그랬구나!

"마키시온 제국에 가려고 합니다! 비록 지명받은 건 아니지만…… 한시가 급합니다. 처벌은 돌아와서 받겠습니다."

"마키시온? 그 먼 나라까지 왜?"

"소드람에 있는 메데이아 교수를 만나려고 합니다."

순간 나는 깜짝 놀랐다. 이 무서운 대공이 흠칫 놀란 표정을 짓는 모습을 본 것은 처음이었던 것이다. 그가 턱을 쓰다듬으며 나를 빤히 바라보자 나는 의아했고 또 불안했다.

"왜, 왜 그러세요?"

"아니 뭐…… 자네 얼굴을 보는 것이 지금이 마지막인 것 같아서 잘 기억해 두려고. 그래도 자네, 제법 싹수가 있는 애송이였는데 죽어서 아쉽군그래."

아직 살아 있습니다만!

그는 담배를 문 잇새로 연기를 뿜으며 발걸음을 옮겼다. 그가 혀를 차며 중얼거렸다.

"인간을 만나러 가는 것이 아니었구먼."

그, 그게 무슨 소리입니까? 저기요! 아이히만 대공! 그게 무슨 뜻이냐고요!

이미 인간의 범주를 벗어난 강철 노인 아이히만의 입에서 인간이 아니라는 말을 듣는 괴(怪) 메데이아 여사는 대체 어떤 인물이란 말인가. 뭔가 더없이 무시무시한 위기 속으로 제 발로 뛰어들고 있다는 기분이 들었다. 지금이라도 그냥 돌아갈까. 그때 키르케 님의 목소리가 다시 들렸다.

　　힘들게 살기로 각오한 것이 아니라면 어설프게 착한 척하
　지 마.

"힘내자, 미온! 목표는 메데이아!"

나는 다시 말고삐를 다잡으며 왕궁 밖으로 달렸다.

11.

북녘 끝의 마키시온 제국까지 가려면 쉬지 않고 말을 달려도 열흘은 족히 걸린다. 하지만 그건 포장도로를 달렸을 때고 산길을 지름길 삼아 달리면 5일이면 가능할 것이다. 라고 유명한 모험가이자 지도 제작자인 예전 고객께서 말씀하셨다.

그리고 내가 마키시온 제국으로 향한 지도 4일이 지났다.

'이렇게 힘들다는 말도 해 줬으면 좋았을 텐데.'

나흘 동안 잠 한숨 안 자고 달린 나는 이미 극도로 지쳐 있었다. 잠깐씩 마을에 들러 말을 바꿔 탈 때마다 '서라! 말 도둑!'이라는 말을 들어야 했고, 거친 산길을 전속으로 달리며 끝없이 들썩거린 탓에 두 허벅지는 피멍으로 물들었으며, 입술은 바짝 마르고 나뭇가지에 할퀴어지고 모래바람에 뺨이 긁힌 탓에 곳곳에 생채기가 늘어 가고 있었다. 아아, 이 티 없이 고운 얼굴에 이런 가혹한 풍화작용이라니!

그때였다. 으슥한 한밤중의 오솔길을 내달리던 내 귀에 한 여자의 간절한 비명이 들려왔다.

"살려 주세요! 제발 살려 주세요!"

"응?"

나는 말을 멈추고 그 소리에 귀를 기울였다. 서늘한 달빛만이 가득한 산중이라서 시야는 전혀라고 해도 좋을 정도로 나빴다.

내가 소리쳤다.

"어디예요! 어디 있어요!"

"여기요! 도와주세요!"

으슥한 산속에서 애원의 목소리를 들었을 때 택할 방법에는 두 가지가 있다. 하나는 도와주는 것이고 다른 하나는 모른 척 가 버리는 것이다. 어떤 것이 현실적인 선택인지는 깊게 생각하지 않아도 뻔하다. 지금 내 머릿속도 시간 없으니까 무시하라고 소리치고 있었다.

"조금만 기다리세요! 제가 갈게요!"

나는 말에서 내려 그 목소리가 나는 곳으로 다가갔다. 이런 산속에서 여자 혼자 조난이라도 당한 것이라면 죽을지도 모른다는 생각이 퍼뜩 머리를 스친 탓이다.

"이쪽이에요! 이것 좀 풀어 주세요!"

"자, 잠깐만요."

피멍이 든 두 다리를 후들거리며 도와주러 가는 내 꼴을 보고 있자니, 내가 조난당한 것 같군. 어둠 속에서 헤맨 끝에 나는 나무에 묶여 있는 어스름한 여성의 실루엣을 볼 수 있었다. 다 찢겨 나간 옷에 희미한 달빛을 받은 얼굴은 고작해야 10대 후반쯤으로밖에 안 보인다. 행색을 보니 근처 마을 아가씨 같았다.

"너, 설마 강도들한테 당한 거야?"

"어서 풀어 주세요! 곧 강도들이 돌아올 거예요!"

"알았어. 금방 풀어 줄게."

나는 사실 좀 더 주의해야 했다. 칼 한 자루 없는 내가 이런 낯선 산길에서 생면부지의 여자를 구하려고 작정했다면 좀 더 정신을 바짝 차려야 했다. 그 당연한 생존 수칙을 증명이라도 하듯 그녀를 묶은 매듭을 풀고 있는 내게 험악한 사내 너덧이 나타난 것이다.

그 사내들은 얼어붙은 내 모습을 이리저리 상품 훑어보듯 하는 것이었다.

"뒷모습 보고 혹시나 했는데 역시나 남자네. 꼴을 보아하니 과부 마나님의 애첩 같은데, 견디다 못해 야반도주하시는 길이셨나?"

뭔 놈의 강도가 이리 상상력이 풍부해?

"이거, 이거 오늘 일 공치는 줄 알았는데 다행이구만. 우리도 나름 직업인인데 야근하긴 싫거든? 후딱 가진 거 다 내놓으셔. 협조해 줄 거지?"

그들은 들고 있던 칼이며 창으로 바닥을 툭툭 치면서 협박을 하기 시작했다.

비록 떼강도지만, 산속을 영업장으로 삼은 산악인으로서의 프라이드가 있는 자들이라면 말이 통할 것 같아서 내가 애원했다.

"동료가 죽어 가고 있어. 급히 소드람으로 가던 중이었다고.

그러니까 제발!"

"아아. 우리도 급하긴 매한가지야. 마키시온 제국령에서 강도질한다는 건 목숨 걸어야 하는 일이거든? 그러니까 가진 거 다 내놓으면 보내 준다니까. 알아들었으면 냉큼 꺼내 봐."

큭! 칼은커녕 돈 한 푼도 안 들고 왔다. 나는 너무 서둘렀던 나 자신을 자책하며 짜내듯이 말했다.

"돈이…… 없어. 아무것도 없어."

"뭐 그럼 어쩔 수 없지. 몸뚱이로 대신해라."

그들이 노끈을 꺼내 내 앞에 던지며 다리를 묶으라고 말했다.

"이, 이럴 시간 없어!"

"예쁜 친구, 칼 든 사람 앞에서는 고분고분해야 한다고 부모님이 안 가르쳐 주시던?"

고객으로부터 칼 든 사람을 제압하는 호신술을 배운 적은 있다. 그리고 실력이 몇 수 위가 아니라면 위험하니까 반항하지 말라는 경고도 들은 적 있다.

"……어쩔 수 없지."

나는 굵직한 노끈을 집어 들었다.

"이야앗!"

고개를 굽혔던 나는 순간적으로 나는 노끈을 채찍 삼아 맨 앞에 있는 자의 얼굴을 때렸다. 휘잉 소리와 함께 억센 동아줄이 강도의 눈을 긁고 지나갔고 얼굴을 감싼 그가 칼을 놓쳤다.

"이, 이 자식이!"

다른 강도들이 당황한 순간, 나는 칼을 주워 들고 여자를 묶고 있던 밧줄을 단번에 끊은 뒤 그녀의 손을 잡아끌었다. 주변은 어두컴컴하다. 조금만 벗어나도 암흑 속에 숨을 수 있다.

"도망치자!"

그녀는 얼떨떨한 얼굴로 내 손에 이끌렸고 '이런 망할! 잡아!'라는 고함이 내 뒤에서 들려오기 시작했다. 역시 내 판단대로 어둠 속에 숨은 우리가 숨을 죽인 채 엎드려 있자 그들은 곧바로 우리의 흔적을 놓쳤다. 여기저기에서 '이 새끼, 어디 숨은 거야!'라든가 '잡히면 배를 갈라 버린다!'라는 등등의 험악한 욕설들이 들려오다간 멀어져 갔다.

제법 잠잠해지기 시작하자 나는 슬쩍 고개를 들고 몸을 일으켰다.

"휴우, 살았다."

"당신 대체……."

그녀가 놀란 얼굴로 나를 바라보며 말했다.

"왜 날 구해 줬어요? 혼자 도망치는 게 좋았을 텐데."

"혼자 도망칠 거면 처음부터 구하려고 하지도 않았을 거야. 이래 봬도 나 기사라고."

나는 싱긋 웃으며 그녀에게 속삭였다. 그 말을 들은 그녀가 쓴웃음과 함께 고개를 절레절레 흔들었다.

"진짜 착한 사람이네. 이러면 내가 미안해지잖아요."

"응? 뭐가?"

그 순간 그녀가 품속에서 단도를 꺼내 내 목에 가져대 대는 것
이었다. 그녀가 한쪽 눈을 찡긋 감으며 말했다.

"혼자 도망치지 그랬어요."

12.

"아야야야야."

내가 다시 정신을 차리자마자 나는 뒷머리가 깨질 것처럼 아
파 신음을 토해냈다. 한패였던 그 여자에게 위협당한 직후 뒤에
서 다가온 누군가에게 머리를 세게 얻어맞은 것 같은데, 이후는
기억나질 않는다.

"여기는? ······우앗!"

나는 흡사 감옥처럼 보이는 이곳을 둘러보곤 사색이 되었다.
주변에는 나 외에도 여러 남녀가 몰려 앉아 있었고 그들도 나처
럼 발에 족쇄가 채워져 있었다. 그중 한 명이 나를 바라보며 입
을 열었다.

"청년, 정신 차렸소? 하도 식은땀을 흘려서 죽는 것이 아닌가
걱정했지 뭐요."

"제가 얼마나 정신을 잃고 있었죠! 여기는 어딘가요!"

나는 황급히 그에게 되물었고 뱃사람처럼 우람한 체구를 가진

그는 잠시 생각하다가 대답을 했다.

"족히 반나절은 쓰러져 있었지, 아마? 그리고 여기가 어딘지 정말 모르오?"

"잘 모르겠습니다만."

"마키시온에서 가장 큰 노예상의 지하 감옥이요. 요 위층이 노예시장이지. 잠시 후면 경매가 시작되겠구먼."

"겨, 경매라뇨?"

"그러니까 우리를 경매한다고. 이 나라 사람 아니오? 마키시온 제국의 노예제도를 모르나 보지?"

그는 아주 담담하게 말했다. 제길. 나는 힘이 풀려 어깨를 축 늘어뜨렸다. 순진하기 짝이 없는 나 자신을 책망했다. 보나 마나 그 강도 놈들이 나를 이곳에 팔아넘긴 것이리라. 여기까지 와서 경매를 당하다니! 당치도 않아!

그때 문이 덜컥 열리며 40대 정도로 보이는 모피 코트의 여인과 건장한 경호원들이 들어왔다. 여장부 같은 그녀는 제법 다정한 목소리로 이 방에 모여 있는 노예들에게 말했다.

"자아, 곧 경매가 시작된다. 족쇄를 풀어 줄 테니 목욕 준비해라."

노예상은 의외로 조금도 강압적이지 않았고 노예들도 반항할 생각은 없는 것 같았다. 멍하니 바라보는 나에게 나보다도 키가 큰 그 여자 노예상이 다가와 훑어보더니 후훗, 웃는 것이었다.

"산속 패거리들이 말한 정의의 기사가 바로 너로군. 두목한테

말 들었어. 자기를 구해 주려고 애썼다고 막 웃더구나."

"그, 그럼 설마 그 두목이라는 것이……."

"네가 구하려고 한 그 여자가 바로 그 패거리들의 두목이야.
2대째지."

으이구! 처음부터 함정이었냐! 아무리 피곤했다지만 그것조차
간파하지 못한 나 자신이 창피했다.

"말 들은 대로 계집애 같은 얼굴이로구나. 이 정도 되는 상등
품은 정말 처음이군. 씻기고 꾸미면 꽤 값을 받겠어. 이름이 뭐
지?"

"……."

그녀가 내 뺨을 쓰다듬으며 물었지만 나는 좌절감에 고개를
숙인 채 아무 말도 하지 않았다. 이것으로 마키시온 제국의 노예
로서 내 제2의 인생이 시작되는…… 것 따윈 싫다고! 제기랄!

경호원들이 내 이름을 불게 하려는지 내게 다가오자 그녀가
손을 내저었다. 무릎을 조금 굽혀 나와 눈높이를 마주한 그녀가
말했다.

"그 두목도 넌 괜찮은 녀석이니 잘 대해 달라고 부탁하더군."

"병 주고 약 주는군요! 당신들 때문에 내 동료가 죽게 생겼다
고!"

나는 노예 상인들의 우두머리를 확 노려보았다. 하지만 당장
에 따귀를 갈길 것 같았던 그녀는 도리어 피식 웃으며 날 바라보
는 것이었다. 거물의 냄새가 물씬 풍기는 여걸이었다.

"우리 제안 하나 할까. 아무리 우리가 노예를 공정하게 다룬 다고 해도 노예의 인생은 힘들고 수치스러워. 이대로 널 경매에 내보내 봐야 결국 밤이 외로운 귀부인들에게 팔려 갈 뿐이겠지. 너도 그런 건 싫지?"

그걸 좋아하는 사람이 있겠냐!

"그러니까 내 밑에 들어오는 거 어때. 마침 관리들 접대할 때 쓸 아름다운 청년이 필요했거든. 절대 민망한 짓거리 시키려는 거 아냐. 단지 시중을 들기만 하면 돼. 왠지 너라면 접대를 잘할 것 같은데 말이야."

뭐, 그건 베테랑이긴 하지만.

그녀는 사업가다운 어투로 말을 이었다.

"급료도 많이 주고 가둬 두지도 않을게. 마키시온 어딜 가도 내 밑에 있으면 어깨 펴고 살 수 있어. 이 정도면 봉 잡은 거 아 냐?"

주변의 노예들은 모두 부러움의 눈초리로 날 바라보고 있었 다. 그도 그럴 것이 이런 거물 노예상의 종이 된다면 자유만 없 을 뿐, 평생 안락한 인생이 보장된다. 탄광에서 중노동하는 것보 단 백만 배는 편안할 것이다.

난 곧바로 대답했다.

"전 지켜야 할 사람이 있어서 마키시온에 왔습니다. 당신 밑 에 들어갈 수 없어요."

내 반듯한 보랏빛 눈매를 본 그녀가 놀란 얼굴로 고개를 갸웃거렸다.

"뭔가 사연이라도 있나 봐?"

"당장 소드람에 가야만 해요. 제가 바라는 건 그것뿐이에요."

"소드람? 제국 과학 연구소 말이야? 정말 그곳에 가고 싶어?"

그녀가 그렇게 말하자 내 눈이 확 뜨였다.

"가게 해 주실 수 있나요?"

"소드람에서도 노예들을 사 가긴 해. 하지만 거긴……."

그녀의 말을 끊으며 내가 소리쳤다.

"부탁드립니다! 꼭 메데이아 교수를 만나야 해요!"

그녀가 내 간청에 눈매를 찡그리며 대답했다.

"거긴 어떤 노예도 가고 싶어 하지 않는 곳이야. 솔직히 우리도 양심이 있기 때문에 그쪽으로는 되도록 팔고 싶지 않다고. 게다가 메데이아 교수라면 그중에서도 위험천만한데."

"상관없어요! 제가 받을 몸값 다 드릴게요! 메데이아 교수를 만날 수만 있다면!"

그녀가 고개를 갸웃거렸다.

"희한한 녀석일세. 좋아, 지옥에 가겠다면 말리지 않겠어. 널 소드람에 팔아 주마. 그것도 마녀 메데이아에게."

노예상의 입가에 번지는 위험한 미소를 본 나는 침을 꼴깍 삼켰다. 어째서 메데이아라는 이름만 나오면 다들 이렇게 되는 거야?

"이제 이름을 말해 줄 수 있을까?"

"엔디미온 키리안, 미온이라고 불러 주세요."

"그래, 미온 군. 죽기 전에 이름 정도는 들어서 다행이야. 그럼 신체포기각서에 서명하러 가자."

"아, 예. 뭐든지…… 뭐라고요!"

죽어? 신체포기각서? 그게 무슨 소리입니까!

13.

결국 나는 그날부로 제국 과학 연구소 소드람에 '배달' 되었다. 허가받지 않은 자는 절대 출입할 수 없다는 연구소에 합법적으로 들어간 것이니 내 계획의 절반은 성공이다. 그러나 문제는 나머지 절반이었다.

"지금부터 각종 독극물에 대한 신체 반응과 그에 따른 해독 과정을 실습하겠습니다."

이곳은 소드람의 대강당. 얼음장처럼 차가운 여자의 목소리가 내 옆에서 들리고 있었다. 바로 내 옆의 젊은 여인이 내가 죽도록 만나고 싶었던 메데이아 교수였다. 예상을 깨고 서른도 안 넘긴 것 같은 젊은 여성이다. 인트라 무로스 국장 이자벨 님을 지적이고 빈틈이 없으며 상냥한 분이라고 평가한다면, 메데이아 교수는 거기에서 '상냥함'이라는 것만 쏙 빠져 버린 모습이었다. 이보다 더 정숙할 수는 없을 단정한 흑발에 새하얀 가운을 입고 있었고 아무 장식도 없는 치마 밑으로 검은색 스타킹을 입고 있었다. 무엇보다 저 눈동자는…….

'카론 경을 여성화시키면 딱 저거로군.'

절대영도의 눈빛으로 나를 바라보는 메데이아 교수의 시선은 '오늘의 실험재료는 몇 분이나 버틸까?' 였다. 예전 도마 위의 생선이 되었던 악몽이 오늘 이 위기를 경고하는 예지몽이었던 것일까!

자청해서 제국 과학 연구소 소드람의 임상실험재료 14호가 된 나는 일으켜 세운 수술용 침대 위에 묶인 채 수천 명이 넘는 의학도들의 호기심에 찬 시선을 한 몸에 받고 있었다.

나는 '어째서 최근에는 이렇게 자주 침대에 묶이게 되는 걸까?' 라는 울적함을 되씹었다. 분명 이번 달 점괘를 봤다면 '화상 조심. 익사 조심. 강도 조심. 무엇보다 침대 조심' 이라고 나왔을 것이다.

묶여 있는 나는 겨우겨우 고개를 돌려 그녀에게 조그맣게 말했다.

"저어, 메데이아 교수님. 이런 민망한 모습으로 만나 뵙게 된 것은 참으로 유감이지만 저는 베르스에서 이곳까지 애타게 교수님을 찾아왔습니다. 제가 교수님을 찾아온 이유는 다름이 아니오라……."

"입 다물어. 실험재료에겐 말할 권리가 없어."

내게 등을 돌린 그녀가 냉랭하게 말했다. 그녀는 내게 일말의 관심도 없어 보였다.

조교가 끌고 온 손수레에는 상당히 위험천만해 보이는 약물들이 담겨 있었고 그걸 이리저리 준비하던 메데이아가 자신의 학생들을 바라보며 입을 열었다.

"이제 실험을 시작하겠습니다. 가장 먼저……."

그녀가 뿌연 액체가 들어 있는 약병을 하나 꺼낸 뒤, 거기에 적혀 있는 이름을 읽었다.

"비소(砒素)부터 시작하겠습니다."

하필이면 비소! 그녀가 묶여 있는 내게 그 무시무시한 약병을 들고 걸어오더니 입을 벌리라고 태연하게 말하는 것이었다. 진짜 무섭잖아, 이 여자!

"메데이아 교수님, 저는 뱀독에 죽어 가는 동료를 구하기 위해 교수님을……."

"한 번만 더 내게 말을 걸면 이걸 먹인 뒤에 해독제를 주지 않겠어, 입 벌려."

아아, 냉정한 여왕님. 한마디라도 끝까지 좀 들어주실 수는 없나요.

결국 내 식도를 타고 비소가 들어갔다.

그녀가 젊은 원생들을 향해 말했다.

"이 비소화합물은 백색 분말의 형태로 존재하며 지금 이 실험 재료에게 투약한 것은 희석액입니다. 대 마키시온 제국에서는 곡식을 해치는 곤충들을 박멸하기 위한 농약에 이 비소를 사용하며 그에 따른 농민들의 중독에 대처하기 위해 지금까지 수많은 해독제를 개발해 왔습니다.”

내가 해충이냐! 이런 건 벼멸구나 메뚜기에게 먹이라고!

나는 대 마키시온 제국의 농업 발전을 위해 이 한 몸 불사르는 꼴이 되었고, 원생들은 내게 몰려와 초롱초롱한 두 눈으로 내 상황의 변화를 필기하기 시작했다. 메데이아는 들고 있던 지휘봉으로 내 하얀 목덜미를 가리키며 차가운 어조로 말했다.

“비소제를 이렇게 다량으로 마신 자는 가장 먼저 식도가 타들어 가는 작열감(灼熱感)을 느끼게 됩니다.”

그녀의 말대로 펄펄 끓는 수프를 단숨에 삼켜 버린 것 같아서, 나는 아무 말도 할 수 없었다. 누가 물 좀 줘!

“그 이후 위부(胃腑)의 심한 통증을 느끼게 되며 구토, 현기증, 토혈, 하혈의 증세를 동반하게 되고……”

어, 어떻게 멀쩡한 사람한테 독약을 퍼먹여 놓고 저렇게 태연하게 설명할 수가 있는 거냐고! 그녀는 지휘봉으로 내 민망한 곳을 가리키며 사무적으로 말을 이었다.

“경우에 따라 심한 자궁 출혈도 발생합니다.”

남자입니다만!

“이 상태를 계속 방치하면 마비 증세와 더불어 의식장애를 일으키며 결국 사망에 이르게 됩니다.”

알고 있으면 어서 해독제를 주세요! 라는 말은 그녀 말마따나 불타오르는 통증 덕에 입 밖으로 나오지 못했다. 내 상황을 체크하며 자못 불쾌한 표정을 보이던 그녀는 해독제를 가져와 마시게 했다.

내 입에 쓰디쓴 액체를 털어 넣은 그녀가 싸늘하게 말했다.

"왜 그런 표정으로 날 바라보는 거야. 실험재료가 될 걸 알고 여기 온 거잖아."

비소가 온몸을 헤집어 놓아 가슴이 깨질 것 같은 나는 겨우겨우 짜내어 입을 열었다. 식은땀이 비 오듯 떨어졌다.

"교수님에게…… 부탁하고 싶은 것이…… 있어요……."

"부탁?"

"전 베르스 왕국의 기사입니다. 죽어 가는 동료의 해독제를 얻기 위해 교수님을 찾아왔습니다. 교수님밖에는 도와줄 수 있는 사람이……."

"내 알 바 아냐."

메데이아는 차갑게 내게 등을 보인 뒤에 학생들에게 입을 열었다. 우아아아! 너무해!

"그럼 다음 독극물을 투여해 보겠습니다."

실험재료 14호의 기구한 운명은 이제 막 시작이었다. 그리고 실습은 몇 시간이 넘게 이어졌고 그동안 나 실험재료 14호는 '실수로라도 마셔서는 안 된다'는 오만가지 독극물을 먹었다가 또 해독제를 먹었다가 하며 천국과 지상을 오르락내리락해야만 했다. 덕분에 내가 거의 실신 일보 직전까지 갔을 때도 그녀는 계속 '다음 독극물은 매우 위험한 종류로……' 라고 말하며 섬뜩할 정도로 냉정하게 강의를 이어 가고 있었다. 감정이 퇴화한 맹독의 마녀가 아니고서야 어떻게 저럴 수가 있단 말인가!

솔직히 당장에라도 졸도할 것 같았지만, 나는 이런 상황에서도 어떻게든 정신을 차리려고 애쓰며 입술을 깨문 채 긴 눈썹을 파르르 떨고 있었다. 지금 여기서 기절해 버리면 메데이아 교수와 대화할 기회는 더 이상 없을지도 모른다.

이윽고 종이 울리며 수업은 끝났고 메데이아는 정말 참을 수 없는 고통 때문에 눈물로 얼룩진 내게 다가와 무감정하게 말했다.

"수업이 끝날 때까지 기절하지 않은 실험재료는 네가 처음이야. 덕분에 오랜만에 실습을 충실하게 할 수 있었다. 수고했다."

"이제…… 지스 경을…… 도와주세요."

"말했을 텐데. 알 바 아니라고."

순간 어떤 독을 삼켰을 때보다도 가슴 속에서 불이 일었다. 나는 그녀를 쏘아보며 커다랗게 소리치고 말했다.

"당신…… 독에 중독된 사람들을 구하기 위해 이런 연구를 하는 거잖아요! 그런데 정작 독사에 물려서 당신 외에는 세상 누구도 도와줄 수 없는 사람에게 관심이 없다면…… 당신은 왜 연구를 하는 거죠! 한 사람의 목숨도 구하지 못하는 주제에 뭐가 위대한 교수냐고!"

밖으로 나가던 학생들이 놀란 얼굴로 나를 돌아보았지만, 메데이아는 여전히 차가운 시선으로 날 응시할 뿐이었다. 이윽고 나는 정신을 잃었다.

14.

"으음."

꿈을 꿨다. 꿈속의 나는 얼어붙은 빙해(氷海) 속을 방황하는 열대어였다. 그러다 겨우 정신을 차리고 주변의 모습이 눈에 들어오자……. 뭐야, 이 꼴은!

"움직이지 말고 욕조 안에 있어. 잔독을 빼는 중이니까."

저 멀리 의자에 앉아 서류를 읽던 메데이아 교수가 날 흘낏 보고 말했다. 이곳은 교수의 연구실로 보였다.

"뭐, 뭐예요, 날 왜 이렇게!"

"오해하지 마. 해독 처치일 뿐이야."

나는 속옷만 빼고 모조리 발가벗겨진 채 커다란 실험용 욕조 안에 들어가 있었다. 물은 턱까지 차올라 있고 얼음이 가득 차 있어서 살갗이 하얗게 질려 있었다. 이 얼음물 속에서 내 긴 금발이 둥둥 떠서, 내 모습은 마치 기다란 황금 촉수를 가진 거대 해파리였다.

새하얀 가운이 무척이나 잘 어울리는 메데이아 교수는 서류를 내려놓고 실험 보고라도 하듯 말을 이었다.

"기적적이군. 네 몸에는 별다른 문제가 없어. 상당수가 중독 후유증으로 말을 못 하거나 팔다리를 못 쓰게 되기도 하거든."

그런 무서운 말 태연하게 하지 좀 마세요!

"또 실험재료 14호가 되는 것은 사양입니다."

나는 온기를 싸악 빼앗아 가는 추위에 떨며 말했다.

"그럴 일은 없어. 실험 계약은 한 번뿐이니까. 해독 치료가 끝나면 넌 다시 노예상에게 가게 될 거야."

"그럴 수는 없어요. 전 동료를 구하기 위해서 여기까지 온 거예요!"

"또 그 소리."

역시 교수라서일까. 제국 최고의 과학자라고 하기엔 믿기 힘을 만큼 젊은 나이인데도 그녀는 몹시 완고하고 보수적인 냄새를 풍겼다.

그런 그녀가 날 지그시 보며 입을 열었다.

"베르스의 기사라고? 그런 신분으로 실험재료를 자처했다니 믿어지질 않는구나. 그것보다 타국의 기사가 이 소드람에 들어오다니, 배짱이 좋은 건지 생각이 없는 건지. 내가 네 신분을 당국에 신고하는 즉시 넌 간첩죄로 체포되어 이곳에 침입한 이유에 대해 고문을 받게 될 거야. 그리고 네가 뭐라고 대답하든 결국 처형되겠지. 그걸 알고나 들어온 거냐?"

"그걸 각오할 만큼 중요한 일이니까요."

그녀는 물러서지 않는 내 부탁에 잠시 생각에 빠지더니 다시 입을 열었다.

"이곳에 목숨을 걸고 올 만큼 살리고 싶은 동료라, 오랜 친구인가?"

"아니요. 얼마 전에 처음 만난 녀석이에요. 성질도 나쁘고 날 싫어하죠."

내가 쓴웃음을 짓자 그녀가 인상을 조금 찡그렸다.

"이상한 녀석."

"글룸허츠라는 뱀에 물렸어요. 교수님이라면 해독제를 만들 수 있다고 들었습니다."

"고약한 독이로군. 하긴, 너희 후진국의 시시한 의학 수준으로는 고칠 길이 없겠지."

그 시시한 의학 수준을 가진 나라에 사는 한 소년 기사가 당신을 애타게 필요로 하고 있습니다!

메데이아는 학생들 앞에서만큼 차갑게 굴지는 않았다. 남들 앞에서 빈틈을 보이지 않는 것이 그녀의 처세술이었던가. 대충 성격이 짐작이 간다.

"베르스 왕국이라, 아이히만 공작과 오르넬라 성녀님은 잘 계신지 모르겠네."

"그분들을 아세요?"

"물론 알지. 그분들 모두 마키시온 제국대학 명예 교수야. 몇 년 전 초빙되어 와서 정치학과 신학을 강의한 적이 있거든."

'……역시 대단한 사람들이었군.'

"아직도 기억나. 권총을 꺼내 들고 정치야말로 전쟁이다! 라고 학생들에게 소리치며 강의하던 아이히만 공작과 숙취에 찡그린 표정으로 담배를 피워 물고 들어와서는 신을 어떻게 생각하느냐는 너희 자유니까 알아서들 자습해, 라고 한마디 던진 뒤에 나가 버린 오르넬라 성녀님의 모습을. 별 볼 일 없는 줄 알았던 베르스에도 저런 사람들이 있었구나 하고 깜짝 놀랐었지."

"아하. 아하하하. 그분들이 괴팍하죠, 좀."

당신도 만만찮아!

"후후. 이상하게도 그때 오르넬라 님의 그런 모습을 봤을 때부터 종교에 관심이 생겼어. 저런 사람도 신의 은총을 받았다면 어쩌면 나도 가능하지 않을까 하는 기대를……. 아! 내가 왜 네 녀석이랑 이런 대화를 하고 있는 거야!"

아니 왜 저한테 화를 내시는 겁니까!

"그런데 저기요."

"뭐."

"아까부터 의아했는데, 어차피 절 얼음물에 담가 두는 거면 이렇게 홀딱 벗길 필요까지는 없잖아요. 이런 꼴, 민망하다고요."

아무래도 이거 뭔가 이상해!

그러자 그녀가 쓰윽 고개를 돌려 서류를 집어 들면서 중얼거렸다.

"실험재료에겐 말할 권리가 없어."

"……이보쇼."

문득 생각이 들었다. 나는 학계에 대해서는 잘 모르지만, 그래도 저렇게 젊은 나이에 소드람의 대교수가 되려면 얼마나 노력을 해야 가능한 것일까. 천재성은 기본이고 거기에 자기 인생의 모든 것을 바쳐야 할 만큼의 노력과 남을 동정하는 데 시간을 낭비해서는 안 되는 냉정함도 필요했겠고, 무엇보다 자신을 시기하는 경쟁자들에게 흠 잡혀서는 안 되는 완벽한 자기방어가 필수였으리라.

그 흔한 반지니 목걸이 하나 없는 모습이 왠지 애처로워 보였고 또한, 메데이아 교수가 왜 하필 독물학을 선택했는지도 궁금해졌다.

내 심장이 멈춰 버릴 정도로 몸이 차가워져 가고 있을 때 그녀가 강의 다녀올 테니 옷 갈아입고 떠날 준비 하라고 말하며 밖으로 나서는 것이었다.

"해독제, 만들어 주실 거죠?"

그녀는 밖으로 나가려던 걸음을 멈추며 중얼거렸다.

"너 아직도 눈치채지 못한 거니?"

"네?"

"난 너와 이런 대화를 나눠선 안 돼."

이자벨 님의 예언대로 나는 저 말을 또 들었다.

15.

"아우우우, 추워라!"

메데이아 교수가 연구실을 나간 뒤, 나는 욕조 안에서 벌떡 일어났다. 그야말로 '냉동 미온'이 되기 일보 직전이었다. 아직 몸 안에 남아 있는 독기(毒氣)의 현기증과 피부가 하얗게 질려 버릴 정도의 추위 덕에 휘청거리며, 나는 젖은 속옷을 벗은 뒤 수건으로 몸을 닦아내고 새 옷으로 갈아입었다.

그녀의 빈틈없는 성격을 엿볼 수 있는 부분이랄까, 마른 수건과 내 체구에 꼭 맞는 남성용 옷을 욕조 근처에 준비해 놓아두었던 것이다. 순백의 고풍스러운 전통 의상이었는데 치마처럼 하늘거리는 바지에 소매 또한 품이 커 활동이 불편한 데다, 조금만 돌아다녀도 때 탈 만큼 새하얘서 도무지 이 불편한 옷의 용도를 알 수 없었다. 나중에 안 사실이지만 이것은 마키시온의 수의(壽衣)라고 한다. 메데이아 교수가 연구소에서 가장 빨리 구할 수 있는 남자 옷이었기 때문이리라. 이 연구소에서 가장 구하기 쉬운 옷이 송장에게 입히는 옷이라는 사실이 무척 서늘하다.

덜컥!

바지를 입었을 때 갑자기 문이 열렸다.

"와앗! 사람 있어요!"

깜짝 놀라 돌아본 내 눈앞을 거구의 사내가 뚜벅뚜벅 걸어오고 있었다. 제복이 터질 것 같은 근육을 가진 짧은 머리의 군인으로 날 노려보는 눈빛이 마치 자비심이라고는 없는 이단심문관 같았다.

"저어, 지금 메데이아 교수님을 찾아온 것이라면."

퍽!

"윽!"

다짜고짜 이놈의 커다란 주먹이 내 명치를 찔렀고 난 짧은 비명을 뱉으며 몸이 꺾여 바닥에 주저앉았다. 숨이 콱 막힌 나는 가슴을 쥔 채 겨우겨우 호흡을 뱉었다.

'메데이아 교수가 날 고발한 건가.'

그 생각이 머리를 스치는 순간 기계 인간 같은 이 거한이 내 긴 머리채를 잡고 날 억지로 들어 올린 뒤에 몇 번이나 말없이 주먹을 날렸다. 어떻게 손쓸 새도 없이 얻어맞은 내 몸이 심하게 들썩였다. 꽉 깨문 잇새로 신음이 새어 나오고 눈앞이 하얗게 질려 갔다.

'이, 이 자식, 진짜로 날 죽이려는…….'

만약 교수가 내 정체를 정부에 알렸다면 난 지금 이자를 어떻게든 쓰러트리고 한시 빨리 도망쳐야 한다. 마키시온 제국이 첩자를 인도적으로 다룰 거라고는 생각지 않으니까.

사람 때리는 일이 직업인 것 같은 이 작자는 쓰러질 것 같은 날 벽 쪽으로 집어 던졌다.

"크윽!"

쾅! 하는 소리와 함께 내 등이 연구실 벽과 충돌하면서 비명과 함께 피가 입 밖으로 터져 나왔다. 나는 바닥에 쓰러지려는 몸을 겨우겨우 추스르며 고개를 들어 그를 쏘아보았다. 나도 모르게 주먹에 힘이 들어갔다.

뚜벅거리는 군화 소리와 함께 그가 다시 내 앞에 다가와선 처음으로 입을 여는 것이었다.

"처음 네놈이 이곳에 올 때부터 널 주시했다. 아무래도 수상해. 신원을 밝혀라, 노예."

"보시다시피 실험재료 14호……입니다만."

나는 입가에 빨갛게 고인 피를 닦아내며 중얼거렸지만 곧바로 그의 커다란 손바닥이 얼굴을 때렸다. 핏물이 터졌다. 이런 단순한 공격쯤 마음만 먹으면 어떻게든 되받아칠 수 있지만, 그러지 않았다.

그가 다시 입을 열었다.

"노예상에게 물어보니 자청해서 왔다더군. 이곳에 실험재료로 오는 노예들은 모조리 다른 일은 할 수가 없는 병신들뿐이야. 그런데 너같이 어리고 예쁘장한 놈이 다른 편한 일거리 다 놔두고 죽을지도 모르는 여길 자청했다고?"

"좋아하거든요…… 독 마시는 거."

"수작 부리지 마! 이 첩자 새끼!"

그가 내 뺨에 손찌검하며 윽박질렀다. 순간 그의 손아귀가 내 목을 꽉 쥐었다.

"네놈이 메데이아 교수와 무슨 얘기를 나눴는지, 취조실에서 차근차근 들어 보도록 하지. 절대 잊지 못할 일주일이 될 거다."

일주일이라니! 그랬다간 지스 경이 죽는다고!

난 압착기처럼 내 목을 조르는 팔을 잡고 몸부림쳤지만 소용없었다. 눈앞이 검게 물들어 갔다.

"내 실험재료에게 뭐하는 짓이야!"

날카로운 목소리가 들리자 이 망할 놈의 고릴라가 겨우 날 놓았다.

"메데이아 교수, 강의 중이 아니었소?"

"혹시나 해서 와 봤더니, 멋대로 남의 연구실에 들어와!"

"교수, 나는 이 노예가 첩자로 보여 심문 중이었소."

"첩자? 그 증거는?"

"음, 아직 증거는 없지만……."

"모욕적이군! 내가 선택한 노예를 증거도 없이 첩자로 의심한다는 말은, 나 메데이아 교수를 첩자로 보는 것과 마찬가지 아닌가!"

작은 체구의 그녀는 한 치의 물러섬도 없이 거구의 사내를 쏘아보았고, 그는 일그러진 표정으로 메데이아를 바라보다 결국 밖으로 걸어 나가는 것이었다.

"메데이아 교수, 당신의 애국심을 의심하진 않겠소. 그러나 당신의 모든 것이 대 마키시온 제국의 것임을 한시도 잊지 말도록 하시오."

그녀가 제국의 소유라고? 나는 놀란 표정으로 그녀를 바라봤다. 구타의 화신 같던 그가 사라지자 메데이아가 내게 다가와 피에 젖은 입술과 빨갛게 부은 목을 훑어보더니만 힐난하는 표정으로 입을 열었다.

"왜 얻어맞기만 한 거냐. 이대로 저자에게 끌려가면 죽는다는 거 몰라?"

"저 평화주의자거든요. 제가 싸움 잘하는 얼굴로 보이세요?"

나는 한쪽 눈을 찡그린 채 웃었다. 하지만 그녀는 역시 교수님, 속지 않았다.

"내가 교수라는 사실 잊었어? 지금까지 수많은 몸뚱이를 다뤄봤어. 그 몸은 다듬어진 몸이야. 적어도 자기 방어 정도는 충분히 할 수 있었을 텐데."

"하지만 반격했다간, 교수님이 의심받았을 테니까요."

그녀는 조금 놀란 표정으로 날 바라보다가 한숨을 내쉬며 구급상자를 들고 와서 자리에 앉았다.

"여기 앉아. 치료해 줄게."

"아, 고마워요."

"자, 입 벌려. 조금 쓸 거야."

자신이 제조한 것 같은 무지하게 쓴 진통제를 내게 먹이고 상처에 약을 발라 주면서 아무런 말도 하지 않았다. 메데이아는 내 시선을 피하며 부산하게 손을 놀렸다. 나는 문득 그녀가 보통 여자라는 생각이 들었다.

단지, 평범하게 살 기회가 없었을 뿐이다.

그녀가 반창고를 잘라 내 눈가에 붙여 주고는 조그만 목소리로 물었다.

"이름, 말해 주겠어?"

"엔디미온 키리안입니다. 미온이라고 불러 주세요."

나는 헤헤 웃었지만 그녀는 차갑게 구급상자를 닫았다. 그녀가 자신의 책상에 놓여 있던 신체포기각서를 들어 보이며 빠르게 말했다.

"엔디미온 키리안, 너와의 계약은 이걸로 끝이야. 이제 여길 떠나 줘. 베르스로 돌아가든, 노예상에게 돌아가든."

"갈 수 없어요."

"너도 봤잖아. 이러다간 모두 위험해져."

"해독제…… 부탁합니다."

"날 보고 매국노가 되라는 거야?"

그녀가 파란 눈동자를 내리깔며 짜내듯 말했다.

"나도 너와 같은 노예야."

"네?"

"내가 이런 나이에 남들은 평생 도달할 수 없다는 소드람의 상급 교수가 될 수 있었던 이유는, 내 몸과 마음을 전부 마키시온 제국에게 바치겠다는 계약을 맺었기 때문이야. 내 연구는 제국을 위해서만 해야 하며 내 인생도 제국의 것이야. 그래서 내 어떤 지식도 제국의 허가 없이 네게 알려 줄 수는 없어. 아까 그

남자 봤지? 그자가 내 감시원이야."

"……."

"나의 주인, 제국을 배신한 대가는 사형이야."

가을바람 같은 목소리였다.

"미안해요, 괴롭게 만들어서."

메데이아가 해독제를 내게 준다면 그녀의 목숨이 위태로워진다. 나는 내 동료를 살리기 위해 또 다른 사람의 목숨을 위험하게 할 권리가 있을까?

"그때 나한테 소리쳤었지? 남의 죽음을 외면하는 주제에 왜 해독제를 연구하냐고."

그녀는 등을 돌린 채 말했고 나는 애써 태연한 척하는 것처럼 희미하게 떨리는 그녀의 어깨를 바라봤다.

"남동생이 하나 있었어. 살아 있었다면 지금쯤 너 정도 나이가 되었을까. 독버섯을 먹고 죽었는데, 모르고 먹었는지 알면서 먹었는지 아직도 모르겠어. 그때 우리는 살아 있다는 사실이 견디기 힘들 만큼 굶주려 있었으니까."

메데이아는 만지작거리던 약병을 놓쳤고 바닥 저 멀리 굴러가는 그것을 추억하듯 바라봤다.

"해독제는 있었지. 하지만 살 돈이 없었어. 중독에 시달리며 서서히 죽어 가는 동생을 지켜보며 내가 느낀 죄책감이 내가 독물학을 선택한 계기가 된 것 같아. 하지만 정신을 차리고 보니까 나는 이곳에 갇혀 군사용 독약을 연구하고 있더군. 가장 적은 양으로 가장 많은 사람을 죽일 수 있는 독이 무엇이냐고, 제국은 나한테 그것을 요구해."

그녀는 몸을 숙여 떨어진 약병을 다시 집어 들다가 툭툭 바닥에 눈물을 떨어트렸다.

"누군…… 살리고 싶지 않은 줄 알아?"

"미안해요."

나는 그녀에게 다가가서 손가락으로 눈물을 닦아 주었다. 내 얇은 손가락이 조심스럽게 메데이아의 눈가를 스치고 지나갔다.

"울지 마세요. 강요해서 미안해요."

나는 문득 내가 어리다는 생각이 들었다. 동료를 살리고 싶다는 생각에 다른 사람의 아픔을 눈치도 채지 못하고 상처만 주었다.

나는 머리를 긁적거리며 중얼거렸다.

"시, 실험재료 14호. 한 번 더 하라면 할게요. 의외로 제가 독에 강한 거 같아요. 그러니까 울지 마세요."

"무슨 엉뚱한 소리야, 바보."

그녀는 자신의 책상으로 걸어갔다. 그러고는 깃털 펜에 잉크를 찍어서는 내 신체포기각서 뒤에 뭐라고 빠르게 적었다.

그리고 그것을 내게 건네주었다.

"이걸로 너와의 계약은 끝이야, 돌아가."

"설마."

나는 각서 뒤에 쓰여 있는 알 수 없는 단어들을 보았다. 그녀는 말하지 않았다. 다만 그 차가운 눈으로 책상을 내려다보며 혼잣말을 했다.

"난 그냥 갑자기 떠오른 제조법을 근처에 있는 아무 종이에나 적어 놨을 뿐이야. 그리고 그게 우연히 네 계약서일 뿐이었고. 그것뿐이야."

나는 깜짝 놀라서는 메데이아를 바라보았다.

"이러면 당신이 위험해지잖아요!"

그녀는 다부진 얼굴로 말했다.

"세상에서 살릴 수 있는 사람이 나밖에 없다면 내가 할 수밖에 없는 거잖아."

"……."

"괜찮아, 이걸로 조금은 나를 사랑할 수 있게 될 거 같아."

얼굴도 모르는 다른 나라 사람 한 명을 살리기 위해서 자신의 인생을 건다. 그녀는 그 말도 안 되는 모험을 결심한 것이다. 가슴이 꽉 메어 왔다.

"고마워요. 절 믿어 줘서 정말 고마워요."

"무슨 소리야. 나는 그저 네게 계약서를 돌려줬을 뿐이야. 이제 우연이라도 우리가 다시 만날 일은 없어. 사라져. 이걸로 실험은 끝이야. 넌 내 인생에서 가장 말 안 듣는 노예였어."

그녀는 의자에 앉아서는 아주 어려워 보이는 두꺼운 책을 꺼내 들었다. 일부러 내게서 고개를 돌린 메데이아 교수를 향해 말했다.

"혹시 스왈로우 나이츠가 해외까지 지명을 갈 수 있게 된다면, 그때는 꼭 절 지명해 주세요. 그때는 노예가 아니라 신관기사로 언제라도 달려갈게요."

"흥, 이런 데서 영업하지 마."

"고마워요."

나는 고개를 숙여 메데이아에게 작별을 고한 뒤 연구실을 빠져나왔다.

남을 미워하면 자신도 미워지게 되고, 남을 사랑하는 만큼 자신도 사랑하게 된다. 세상은 항상 그 사랑을 시험하지만, 끝까지 포기하지 않는 자는 배신하지 않는다. 나는 그 낡고 오래된 말을 '어른 주제에' 여전히 믿고 있다.

16.

문제는 로비에서 터졌다. 소드람의 정문으로 나가는 로비에서 예의 '구타 고릴라'를 다시 만났고, 그는 아예 작정을 했는지 비밀경찰쯤으로 보이는 수상한 사내 넷까지 대동한 채 날 기다리고 있었던 것이다.

'망할!'

나는 순간적으로 몸을 180도 돌려서 아무렇지도 않게 반대 방향으로 걸어가려 했지만, 곧 그가 다가와 내 어깨를 잡았다.

"잠깐, 어딜 가는 거지?"

"메데이아 교수님이 실험 끝났다고 절 보냈습니다만. 이후에는 어딜 가든 내 맘이잖아요."

"건방 떨지 마! 아까는 어쩔 수 없이 물러섰지만, 역시 넌 의심스러워. 취조실로 가자."

"죄 없는 사람 이렇게 함부로 해도 되는 겁니까!"

"네놈이 죄가 있는지는 내가 판단한다! 잔말 말고 따라와!"

아! 왜 몰랐을까! 나는 말도 안 되는 억지를 들으며 이제야 이자의 속마음을 알았다. 실적이 필요했던 거다. 어디에나 이런 자가 있다. 증거가 중요한 게 아니다. 어떻게든 그럴싸한 죄목을 붙여 체포해 실적을 올린다. 그리고 그러기 위해서는 나처럼 하소연할 길 없는 노예가 가장 적합한 것이다.

나는 빠져나갈 방법을 궁리해 봤지만, 그전에 날 둘러싼 경찰들이 내 두 팔을 붙잡았다.

"소리쳐 봐야 도와줄 사람 없어. 노예 주제에 귀찮게 하지 말고 고분고분하게 굴어."

'끝장이다.'

나는 눈을 꽉 감았다.

그때였다. 낭랑한 청년의 목소리가 들려왔다.

"잠깐! 당장 멈추지 못하겠나!"

경찰들은 놀란 얼굴로 목소리의 주인공을 바라보았고, 나 역시 믿기지 않는다는 표정으로 그를 바라봤다.

"다, 당신은……."

생판 처음 보는 사람이잖아! 내 나이 또래로 보이는 그는 훤칠한 큰 키의 청년이었고, 입고 있는 군청색의 화려한 마키시온 기사단 제복이 예사롭지 않은 사내였다……는 것은 지금 별로 중요하지 않아! 대체 누구야, 저 남자는!

그를 보자 나보다 더 당황한 사람은 바로 날 취조실로 잡아넣으려던 거한이었다. 그와 경찰들은 그 청년을 보자 바짝 굳어서는 몸을 빳빳이 세우고 경계를 붙이는 것이었다.

"리젤 경께서 이런 곳까지 어쩐 일이십니까!"

리젤이라고 불리는 그 청년은 내게 다가와 정중하게 인사한 뒤에 날 잡으려던 자들을 확 쏘아보았다.

"네놈들, 이분께 무슨 짓을 한 건가!"

당신 누구야?

"이분이 어떤 분인 줄 알고 감히 이런 무례를 범하는 거냐!"

누구냐니까?

"이, 이놈은 메데이아 교수가 고용한 노예로 아무래도 의심스러워서……."

"미련한 놈들! 이분은 대 마키시온 제국군의 비밀 요원이시다!"

내가?

"현재 베르스 왕국 국적으로 신분을 숨기고 이곳에서 극비 임무를 수행하시는 중이야! 네놈들이 손댈 분이 아니야!"

"하지만 그런 소리는 못 들었는데…….'

"당연하지! 극비 임무를 너 따위 피라미에게 알릴 이유가 있겠나? 임무 중에 어떻게 정체를 밝힐 수 있겠어!"

비밀 요원? 극비 임무? 이게 뭔 소리래?

하지만 이 분위기에서 '뭔가 착오가 있으신 거 같은데 저 비밀 요원 아니라 왕실의 꽃 스왈로우 나이츠걸랑요'라고 말할 수야 없는 노릇이라서 나는 잠자코 듣기만 했다.

마구 꾸짖는 리젤 경의 호통에 그들은 대번에 내게 고개를 조아리는 것이었다.

"주, 죽을죄를 지었습니다! 임무 중이신 것도 모르고…….'

"아, 아닙니다. 열심히 일하다 보면 이런 일도 저런 일도 있을 수 있는 거고…….'

뭐가 뭔지 몰라서 횡설수설하는 내 팔을 리젤 경이 잡아끌고 밖으로 나갔다. 정문을 나가자 그가 방긋 웃으며 내게 속삭였다. 구불거리는 밝은 금발에 웃는 낯이 참으로 정겨운 사내였다.

"정말 위험했습니다. 조금만 늦었어도 정체가 탄로 날 뻔했군요."

"가, 감사합니다. 그런데 당신은 누구…….'

"이런, 소개가 늦었군요. 전 176호입니다.'

"아니 그렇게 말씀하셔도…….'

내가 누구보고 '안녕하세요. 임상실험재료 14호입니다'라고 소개해 봐야 알아들을 턱이 없지 않은가.

주변을 조심스레 두리번거린 리젤이 다시 속삭였다.

"이자벨 크리스탄센 국장님의 연락을 받고 당신을 돕기 위해 온 것입니다. 저는 이곳의 상급 기사로 위장 첩보 활동을 하고 있는 인트라 무로스 소속 첩보원 176호입니다."

"이자벨 님께서!"

너무 고마워서 눈물이 날 것 같았다. 이자벨 님은 날 걱정해서 이 사람…… 에 그러니까 176호, 리젤 경한테 알렸단 말인가.

"당신이 국장님의 지령을 받고 이곳에서 첩보 작전을 하시던 중 정체가 탄로 날 위기라는 급보를 받았습니다. 메데이아 교수를 유혹해 소드람의 연구 자료를 빼내셨다지요? 조국을 위해 그토록 위험한 일을 자청하셨다니, 저는 아직 멀었습니다. 존경스럽습니다."

"아하하. 뭐 조, 조국을 위해서라면 이 한목숨쯤…… 아하하……하하."

아니 대체 나에 대해 뭐라고 소개하신 겁니까, 이자벨 님!

리젤 경은 날카로운 눈매로 주변을 계속 바라보면서 말을 마쳤다.

"동지, 당신은 인트라 무로스 첩보원 중에서도 가장 위험한 임무를 맡은 특급 첩보원이라고 들었습니다. 크리스탄센 국장님의 총애를 받고 계시다니, 이거 주제넘게 질투심이 생기는군요. 그럼 저는 이만 가 보겠습니다. 이오타 왕국에 영광 있기를!"

"아하하. 예에…… 여, 영광…… 있어요……."

나는 내 입으로 '닥쳐! 내 조국은 베르스다!'라고 말했다가 먼 타향에서 눈을 감긴 싫었기 때문에 대충 우물거리며 황급히 자리를 떠났다.

그러니까 정리하자면 이자벨 님은 위장 간첩 리젤에게 나를 위기에 빠진 인트로 무로스의 특급 첩보원이라고 말했단 거로군. 게다가 그 정체는 '여자를 후려서 연구 자료를 빼내는 비정한 스파이'. 전직 호스트 돕겠다고 인트라 무로스의 힘을 동원할 수야 없는 노릇이니 그렇게 말한 것이겠지만, 이거 뭔가 대단히 우울해진다.

그건 그렇고 176호라니? 대체 이자벨 님은 스파이를 몇 명이나 뿌려 둔 거야! 설마 베르스 왕국에도 첩자가 있는 거 아냐? 가령 키스라든가……. 아냐, 그 인간만큼은 절대로 아냐. 밤낮 집구석에서 잠만 퍼질러 자는 게 뭔 놈의 첩보를 해.

"자, 이걸로 다 해결된…… 얼레?"

나는 소드람의 정문 앞을 나오며 아차! 하는 생각이 들었다. 돌아갈 말이 없다. 돈도 없다. 이제 남은 시간은 5일뿐인데 땡전 한 푼 없이 멀고 먼 제국 한복판에 멍하니 서 있는 것이다. 그렇다고 메데이아 교수에게 돌아가 노잣돈 좀 빌려 달라고 하면 진짜 화가 나서 독약을 퍼먹일지도 몰라!

그때였다. 시선 끝에 여자들로 둘러싸여 있는 남자가 들어왔다. 아가씨들은 그 남자가 아주 마음에 드는지 꺄아! 꺄아! 소리를 내며 반해 버린 얼굴로 들러붙어 있었다.

'거 뉘신지 모르겠지만 참으로 행복하시겠어. 누군 힘들어 죽겠구만!'

음. 그런데 저 바람둥이가 입고 있는 제복, 어디서 많이 본 것 같…….

"아! 미온 경! 여기예요!"

갑자기 그가 손을 막 흔들자 내 눈이 점점 더 커졌다. 설마 저 인간은!

나는 너무 어이가 없어 입을 벌린 채 그 자리에 굳었고 키스는 아하하하 방실거리면서 내게 손을 흔들며 달려왔다. 키스가 스왈로우 나이츠의 제복을 입은 모습은 처음 봤다. 솔직히 그 제복이 키스 하나만을 위해 만들어졌다고 해도 믿을 만큼 눈부신 모습이었다. 그리고 그 아름다운 제복을 입은 키스 경이 전쟁에서 살아 돌아온 서방님이라도 맞이하는 얼굴로 내게 달려오고 있었다.

"다, 다, 당신이 왜 여기에!"

"하하하하! 미온 거어어어엉!"

아 글쎄! 어째서 여기서 얼쩡거리고 있냐니까!

"역시 여기 계셨군요. 기다리고 있었습니다아."

"어떻게…… 내가 있는 곳을 알았죠?"

키스에겐 말한 적이 없다. 그렇다고 극도로 사이 나쁜 아이히만 대공이 알려 줬을 리도 없는데? 대체 이 멀고 먼 곳까지 어떻게 알고 온 걸까.

키스가 멍한 내 얼굴을 매만지며 깜짝 놀란 얼굴로 물었다.

"아니! 얼굴 꼬락서니가 이게 뭡니까! 무슨 고초를 겪은 거죠!"

난 한숨을 내쉬며 중얼거렸다.

"숲속에서 강도를 만나 노예상에 팔린 후 임상실험재료가 되어 맹독을 풀코스로 마신 뒤 얼음물 속에 처박혔다가 고릴라에게 폭행을 당하고 조금 전에는 생판 처음 보는 딴 나라 간첩 176호의 도움을 받았답니다아."

이건 내가 생각해도 너무 와일드한 인생 역정이다.

"아아! 미온 경, 항상 즐겁게 사시네요. 부러워요."

안 즐거워! 그렇게 부러우면 네가 해라, 좀!

"아무튼 여기 계속 있는 건 위험하니까 이만 떠납시다아."

여전히 주변에 달라붙어 있는 아가씨들은 '꽃이 둘이야!' 라면서 즐거운 비명을 질렀다. 잠깐 조용들 좀 해 주시구려. 오늘은 충격의 연속이라 머리가 아찔아찔하니까.

키스는 근처에 있는 나무들 속으로 날 끌고 데려갔다. 그의 손에 끌려가며 나는 다급하게 물었다.

"키, 키스 경. 내가 여기 있는지 어떻게 알았냐니까요!"

"그야 당신과 내가 운명의 끈으로 묶여 있어서……."

"농담하지 마!"

하지만 의문의 사나이 키스는 여전히 그 이유를 알려 주지 않았다. 아무리 생각해 봐도 의심스러운 인간이다. 이자벨 님께 물어보면 이 인간의 정체를 알 수 있을까.

"키스 경, 해독 방법 알아냈어요."

"그래요, 당신이라면 가능할 거라고 생각했어요."

키스는 엷게 웃으며 날 바라보았다. 이상하게도 이 사람은 뭐든지 알고 있다는 기분이 든다.

"말 가져왔어요. 같이 타고 가요."

"자, 잠깐! 말 한 마리를 같이 타고? 그래서야 5일 안에 도착할 수가 없잖아요!"

혼자서 쉬지 않고 달려도 겨우겨우 시간 안에 도착할 거리인데 두 명이 탔다가는.

"어머나, 제가 가져온 말은 보통 말이 아니랍니다아."

"잉? 보통 말이 아니면?"

나는 키스가 나무들 사이에 숨겨 둔 말을 보며 그게 무슨 의미인지 알 수 있었다. 그 말은 마치 하늘에서 내려온 신마(神馬) 같았다. 태어나서 저렇게 완벽한 말은 본 적이 없었다. 비단처럼 윤기가 흐르는 새카만 온몸은 군살 하나 없는 근육으로 이루어져 다부졌다. 그 완벽한 몸 위로 길고 새하얀 갈기가 흘러 기품을 더했다. 여느 말보다 크고 웅장해 후광마저 보이는 것 같은 저 말은 그야말로 신화에서 튀어나온 것만 같았다. 베르스에 저토록 훌륭한 말이 있었단 말인가.

키스가 자랑스럽게 어깨를 으쓱하며 말했다.

"이 말이라면 두 사람을 태우고도 다른 어떤 말보다도 빨리 달릴 수 있습니다. 베르스 왕궁에 단 한 마리밖에 없는 명마 중의 명마랍니다!"

"키스 경, 대단해! 이런 엄청난 말을 가지고 있는 줄은 몰랐어요."

키스에 대한 불신이 눈 녹듯 사라지고 존경심이 마구 우러나올 찰나, 키스가 먼저 훌쩍 올라타며 말했다.

"무슨 소리예요? 이건 카론 경 말입니다아."

훔친 거냐!

아니나 다를까, 믿을 구석이라고는 없는 인간이었지만 그래도 이 괴인 덕에 마지막 위기를 모면할 수 있었다.

나는 기쁜 마음으로 키스 뒤에 올라탔다. 키스가 확 고삐를 잡아끌며 외쳤다.

"가자! 카론 주니어!"

멋대로 이름 붙이지 마!

『Swallow Knights Tales』 2권에서 계속

제멋대로 만화극장

우호호호~ 미온 경~ 안녕하십니까~

카론에게 묻다

카론 경. 키스 경은 어떤 사람인가요? 요리를 잘한다는 건 알겠는데…

녀석은 요리도 잘한다.

어…어째서 이런 괴상한 사람이 단장인 거지…!!

특히 아침마다 끓여주는 따끈한 된장국은 최고지.

하아… 그러고 보니 벌써 10년째인가…

뭐…뭐… 뭐…

뭐라는 거야, 이 양반이~~!!

아이히만에게 묻다

한 번만 더 내 앞에서 그 이름을 꺼냈다간 바람구멍이 날 줄 알에!

뭐? 키스가 어떤 녀석이냐고??

컥!!

아…알겠습니다, 대굉!

왜…왜 이리 키스 경을 미워하는 것일까!!

왜…왜 날 떠난 거야~~ 왜애~~

더 이상 알아보지 말자……

※본문과는 전혀 관계없습니다.

한 귀로 듣고 한 귀로 흘리는 제멋대로 프로파일

엔디미온 키리안 편

■ 한 귀로 듣고 한 귀로 흘리는 제멋대로 프로파일

엔디미온 키리안(Endymion Kyriyan) 편

키 171cm. 키스나 카론과 비교하면 머리 하나는 작지만, 다리가 길고 늘씬한 체형이라서 실제보다 좀 더 커 보인다. 아무리 먹고 마셔도 뱃살이 붙지 않는 미러클 바디.

눈 동그랗고 투명한 보라색.

머리 엉덩이까지 내려오는 밝은 금발. 보통 노력으로는 관리할 수 없다. 아마 체중의 적잖은 부분이 머리카락 무게일 듯.

외모 아침에 동글동글해 보이는 것은 얼굴이 부어 있기 때문이다. 얼굴선이 매우 갸름하고 피부까지 좋아서 여자로 오해받을 정도다. 수염 같은 건 절대로 자라지 않을 것만 같은 곱상한 얼굴.

1. 어때요, 왕궁 생활은 즐거우신가요?

—저 그러니까 실은······.

키스: (갑자기 나타나 미온의 목을 휘감으며) 즐겁죠? 정말로 즐겁죠오? 그렇지요오?

―(식은땀을 흘리며) 즈, 즐겁습니다. 죽을 만큼 즐거워요!

(지금 미온은 손가락으로 바닥에 '살려 주세요'라고 쓰고 있다. ……도와주지 못해서 미안.)

2. 앞으로의 목표는?

―(기쁜 표정으로) 저, 정의를 지키고 싶어요!

(……촌스러.)

3. 생각해 보니까 다른 주인공들은 죄다 멋지게 악의 무리를 때려잡고 필살의 무기나 아이템들도 한두 개 정도는 가지고 있는데 말이죠.

―……뭐, 뭘 말씀하시고 싶은 건가요.

당신은 뭔가요?

―보, 보시다시피 신입사원, 아니 신입기자 엔디미온입니다. 필살의 무기는 없어도 필사적으로 살아가고 있어요. 아! 시시해서 미안하네요!

4. 거물 고객들이 참 많던데요, 그쪽 인맥에만 부탁해도 기사 자리쯤은 어렵지 않았을 텐데요?

―(당당하게) 그렇게 기사가 되는 건 의미가 없습니다.

지금은 뭐 의미가 있나요?

―……아까부터 뭘 말씀하시고 싶으신 거죠?

5. 그런데 10대 호스트라니, 애당초 그게 가능한가요?

―그러니까 판타지죠.

아니, 경우가 다른 거 같은데…….

6. 사귀었던 아가씨가 있었던 것 같은데요?

―에헤헤헤. 10대에 같이 동거했습니다(발그레).

지금은?

―묻지 마세요(우울).

7. 키스 세자르를 어떻게 생각하세요?

―앞으로 제 인생의 도전이 될 것 같은 사람이랍니다아.

8. 놀랍게도 명주작 알테어에게 검술을 배웠다고 하셨는데 그분 소개 좀 해 주실래요?

—알테어 님은 저보다 조금 연상입니다. 교황청 소속 성기사시죠. 아신의 힘을 받았기 때문에 사실상 보통 인간이라고 말할 수 없는 분이죠. 귀여운 외모에 상냥하고 검술도 대륙 최강이지만…… 성격에 어떤 문제가 있어서 방심할 수 없어요.

어떤 문제?

—아마 다음 권에서 나오지 않을까요?

9. 좌우명은?

—예전까지는 '언제나 진심으로 대하자', '꿈을 잊지 말자'.

지금은?

—'오늘도 무사히' (절실함).

10. 노래 잘해요?

—마지막 질문이 왜 이래요?

투덜거리지 말고 대답하세요.

—후후. 노래를 잘하냐고요? 저는 꾀꼬리 같은 목소리의 소유자랍니다. 기사단 들어온 뒤로는 노래 부를 일이 없긴 하지만 예전에는 업소에서 다소곳이 부르곤 했습니다. 에헴.

뭘 그렇게 우쭐해요?

인물소개

1. 엔디미온 키리안

스왈로우 나이츠 기사.

부모의 손에 이끌려 일찌감치 호스트 영재 교육을 받은 저주받은 인생. 그 저주는 기사가 되어서도 지긋지긋하게 따라붙어서 꿈에도 그리던 기사가 되었건만 팔자는 변치 않았다.

약한 주제에 지명 틈틈이 불타오르는 정의감 덕분에 한 달에 한 번꼴로 대위기에 처하는 기염을 토하지만, 어떻게든 살아남는 끈질긴 생명력이 또 대단하다. 동글동글한 미형에 선이 가는 체형, 세상에 둘도 없는 보라색 눈동자와 엉덩이까지 오는 긴 금발 등 여자로 오해받기 딱 좋은 조건을 모두 갖췄다. 별명은 미온. 룸메이트는 지스킬.

2. 키스 세자르

스왈로우 나이츠 단장.

깨어 있는 시간과 잠들어 있는 시간이 거의 같은 고양이의 환생 같은 남자. 깨어 있을 때도 별로 생산적인 일을 하는 것도 아니고 대체로 소파 위에서 빈둥거리고

있다. 인생을 전력으로 낭비하는 중이지만, 가끔 미온이
나 카론을 도와줄 때도 있다. 온종일 헤실헤실 웃는 얼
굴이 일품이지만 속마음은 도통 무슨 생각인지 알 길이
없다.

밝은 갈색의 곱슬머리에 빨간 눈동자. 키가 훤칠하고
군살 하나 없는 몸이 탄탄해서 육체적으로는 더없이 매
력적이지만 정신 쪽은 어쩐지 하자가 많다.

3. 카론 샤펜투스

헬스트 나이츠 부기사단장.

친구 잘못 둬서 고생하는 대표적인 케이스. 비상한 머
리 회전과 냉철한 판단력, 베르스 왕국 최고의 검술 실
력까지 갖췄지만, 정작 처세술을 모르는 무뚝뚝한 성격
덕에 출세와는 담쌓고 사는 비운의 기사다.

안 그래도 바쁜 사람인데 키스와 엔디미온 뒤치다꺼
리하느라 매일 두통이 늘어 가고 있다.

30대 초반이지만 키스와 함께 깜짝 놀랄 정도의 동
안인 데다 도도한 미모가 눈부신 인물이라서 속사정 모
르는 귀부인들의 밤잠을 설치게 하는 죄 많은 유부남.

4. 아이히만 그나이제나우.

베르스 왕국 재무대신.

사람들은 이 인물이 강대국의 귀족으로 태어났다면 세계의 패권을 바꿨을 거라 평할 정도로 정치 수완이 뛰어나다. 하지만 그런 그에게도 베르스는 벅찬 나라였다.

언제나 게으른 놈들의 이마에 구멍을 뚫어 줄 권총을 휴대하고 다니며 꽉 다문 입안에는 왕실의 멍청이들에게 들려줄 욕설이 가득하다.

5. 오르넬라 무티

베르스의 성녀.

사치, 음주, 흡연, 음란을 온몸으로 실천하는 무신론자 성녀님. 보는 이를 타락시켜 버릴 정도로 육감적인 몸매를 지녔지만, 그것에 홀려 몰려드는 불나방들의 최후는 항상 비참하다. 적현무 키르케 밀러스와 함께 여왕님의 로드맵을 명확하게 제시하고 있다.

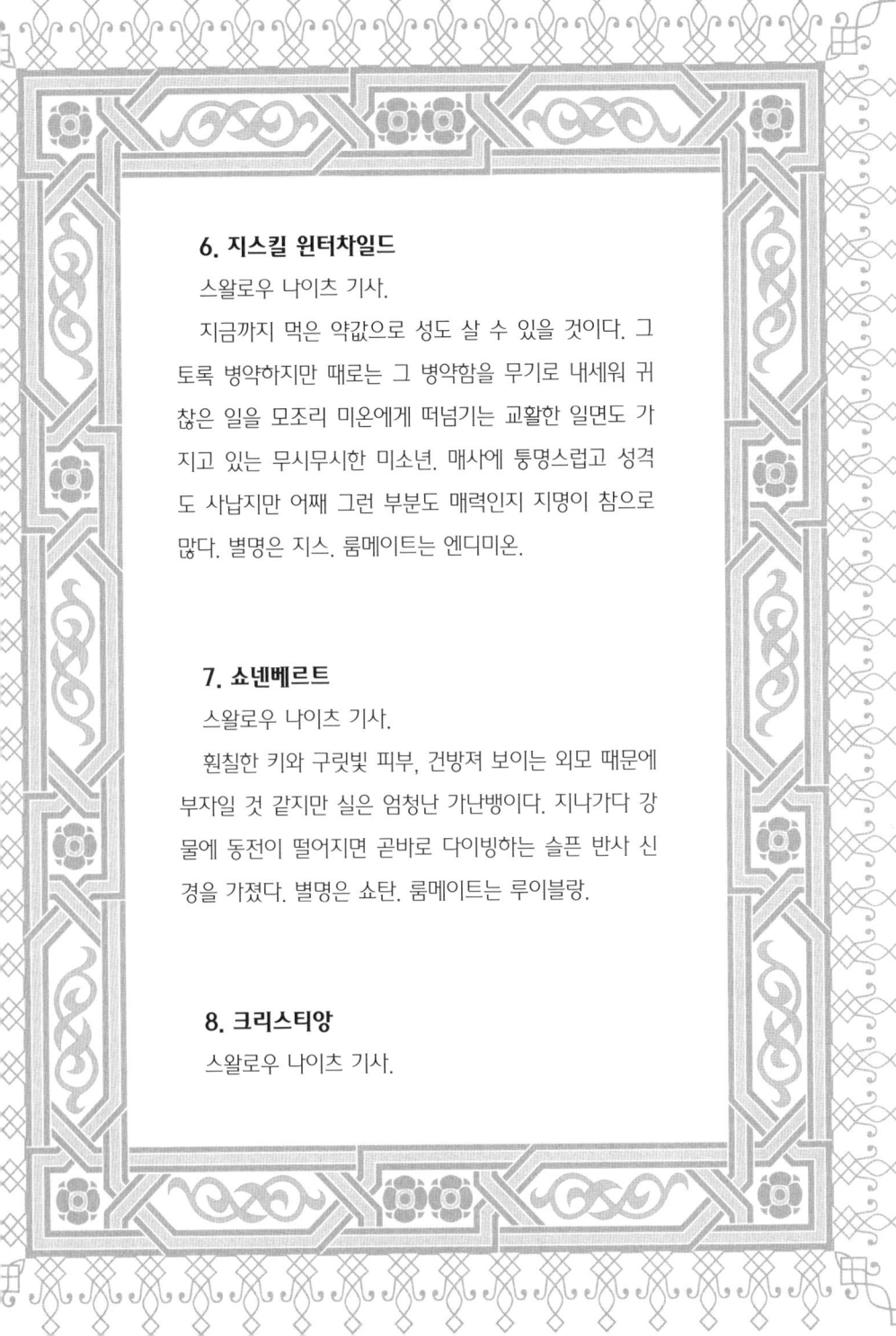

6. 지스킬 윈터차일드

스왈로우 나이츠 기사.

지금까지 먹은 약값으로 성도 살 수 있을 것이다. 그
토록 병약하지만 때로는 그 병약함을 무기로 내세워 귀
찮은 일을 모조리 미온에게 떠넘기는 교활한 일면도 가
지고 있는 무시무시한 미소년. 매사에 퉁명스럽고 성격
도 사납지만 어째 그런 부분도 매력인지 지명이 참으로
많다. 별명은 지스. 룸메이트는 엔디미온.

7. 쇼넨베르트

스왈로우 나이츠 기사.

훤칠한 키와 구릿빛 피부, 건방져 보이는 외모 때문에
부자일 것 같지만 실은 엄청난 가난뱅이다. 지나가다 강
물에 동전이 떨어지면 곧바로 다이빙하는 슬픈 반사 신
경을 가졌다. 별명은 쇼탄. 룸메이트는 루이블랑.

8. 크리스티앙

스왈로우 나이츠 기사.

내성적이고 도가 지나치게 착한 성격 때문에 주변 사람들을 당혹하게 하지만 불시에 폭언을 날리기도 하는 성직자 지망생이다. 별명은 크리스. 룸메이트는 랑시.

9. 랑시

스왈로우 나이츠 기사.

풀 네임은 조슈아 랑시. 외모는 어디를 봐도 깜찍한 소녀지만 성격은 어떻게 봐줘도 쾌활한 소년이다. 하지만 아직도 랑시가 목욕탕에 들어오면 다들 슬슬 자리를 피하고는 한다. 그럴 때마다 자신은 남자라고 소리치면서도 이상하게 치마를 고집하는 부조리한 소년이다. 룸메이트는 크리스티앙.

10. 루이블랑

스왈로우 나이츠 기사.

왕으로 태어났으면 한 달 안에 국고를 날려 먹었을 과소비의 화신. 저축이라는 단어를 이해하지 못하는 비렁뱅이라서 쇼탄과 함께 만성 적자에 쪼들리고 있다. 사

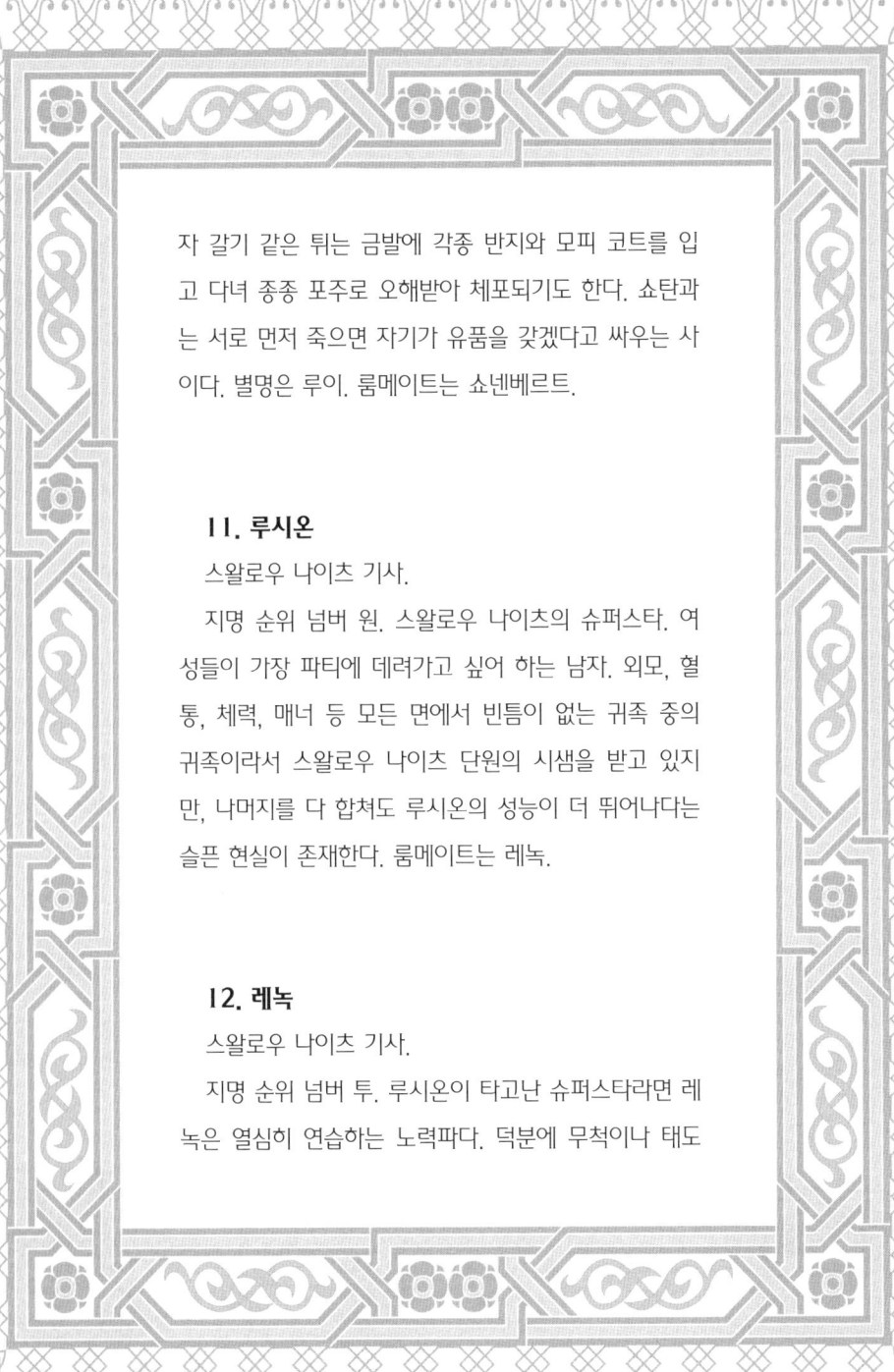

자 갈기 같은 튀는 금발에 각종 반지와 모피 코트를 입고 다녀 종종 포주로 오해받아 체포되기도 한다. 쇼탄과는 서로 먼저 죽으면 자기가 유품을 갖겠다고 싸우는 사이다. 별명은 루이. 룸메이트는 쇼넨베르트.

11. 루시온

스왈로우 나이츠 기사.

지명 순위 넘버 원. 스왈로우 나이츠의 슈퍼스타. 여성들이 가장 파티에 데려가고 싶어 하는 남자. 외모, 혈통, 체력, 매너 등 모든 면에서 빈틈이 없는 귀족 중의 귀족이라서 스왈로우 나이츠 단원의 시샘을 받고 있지만, 나머지를 다 합쳐도 루시온의 성능이 더 뛰어나다는 슬픈 현실이 존재한다. 룸메이트는 레녹.

12. 레녹

스왈로우 나이츠 기사.

지명 순위 넘버 투. 루시온이 타고난 슈퍼스타라면 레녹은 열심히 연습하는 노력파다. 덕분에 무척이나 태도

가 완고하고 뻣뻣해서 동료들과 충돌이 잦다. 룸메이트
는 루시온.

13. 페르난데스 라스팔마스

베르스의 왕자.

동화에서 튀어나온 것 같은 곱슬머리 미소년으로 어
린 나이에도 놀라운 왕의 재능을 보이고 있다. 온화하고
지적이며 의외로 심지가 굳은 성품을 지녔지만, 불행하
게도 검술과 궁술에는 재능이 없다. 국왕인 아버지와는
살짝 위험한 의심이 생길 만큼 하나도 안 닮았다.

14. 제냐 라스팔마스

베르스의 공주.

페르난데스의 여동생이다. 귀여운 인형처럼 생겼지만
마음에 안 들면 주저 없이 로우킥을 날리는 화끈한 공주
님이다. 자신의 이상형이 오빠라는 위험천만한 남성상을
가졌다.

15. 베르스 국왕

엔디미온을 비롯한 베르스 왕실 사람의 애증의 대상인 임금님. 어떻게 봐도 만두를 닮았다. 스왈로우 나이츠라는 치 떨리는 아이디어를 구상한 장본인도 바로 이 사람이다. 매일 온갖 치졸한 돈벌이를 구상해 왕실을 어수선하게 한다. 세계 최약소국의 국왕으로 항상 다른 나라에 무시당하고 이미 어린 아들이 자신보다 잘났다는 것을 알게 되어 기쁘기도 하고 쓸쓸하기도 한 중년의 가장. 별명은 만두국왕.

16. 이자벨 크리스탄센

이오타 왕국 방법기관 인트라 무로스 국장.

정보의 마녀. 그녀가 모르는 정보는 아무도 모르는 정보라는 말까지 있을 정도다. 위험한 정보를 다루고 머리가 아주 비상하며 항상 바쁜 데다가 와인을 매우 좋아한다는 독신녀의 모든 요소를 갖추고 있다. 하긴 어떤 남자가 자신의 모든 부끄러운 과거를 낱낱이 들춰낼 수 있는 무서운 여자에게 접근할 수 있을까?

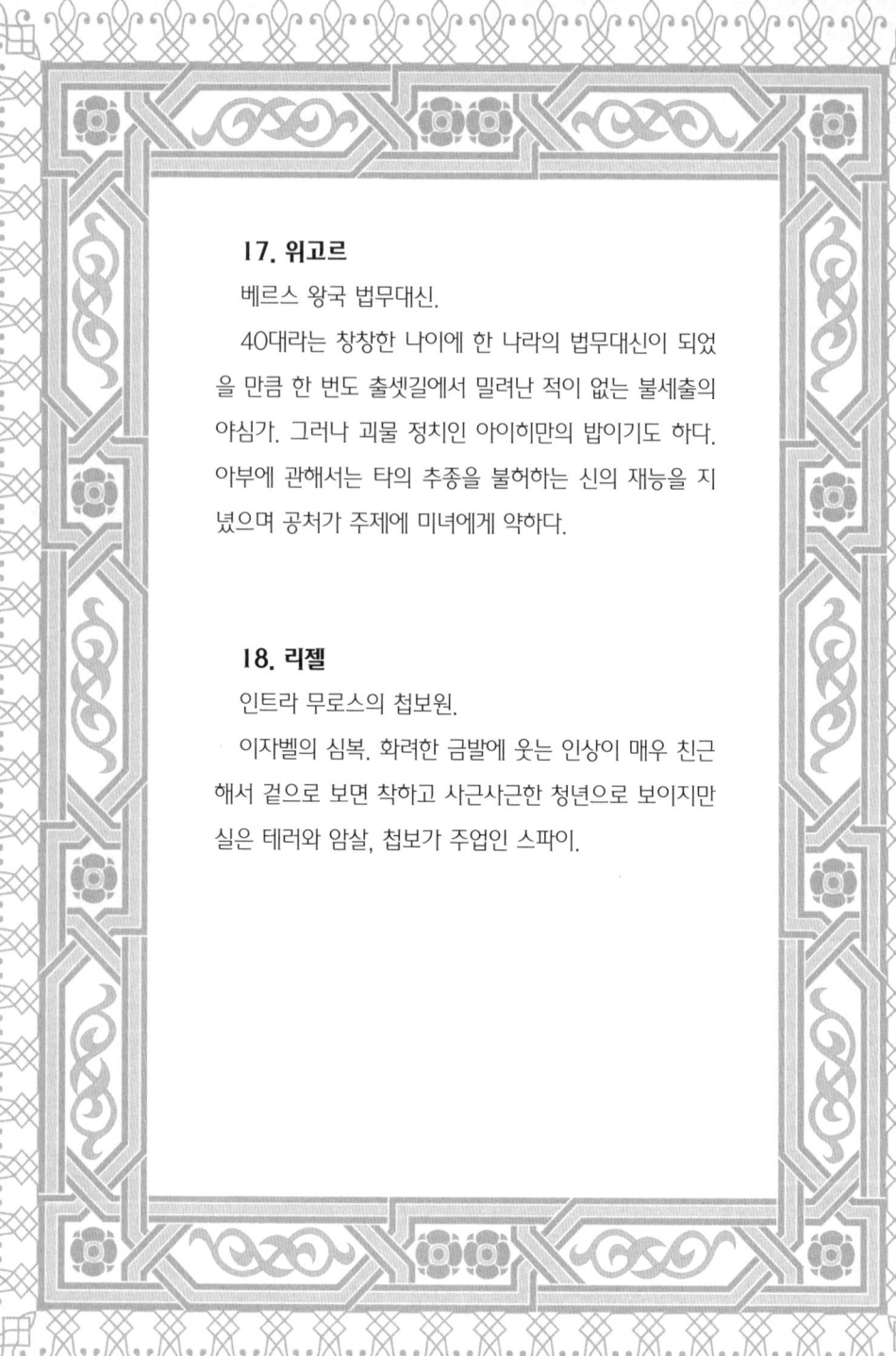

17. 위고르

베르스 왕국 법무대신.

40대라는 창창한 나이에 한 나라의 법무대신이 되었을 만큼 한 번도 출셋길에서 밀려난 적이 없는 불세출의 야심가. 그러나 괴물 정치인 아이히만의 밥이기도 하다. 아부에 관해서는 타의 추종을 불허하는 신의 재능을 지녔으며 공처가 주제에 미녀에게 약하다.

18. 리젤

인트라 무로스의 첩보원.

이자벨의 심복. 화려한 금발에 웃는 인상이 매우 친근해서 겉으로 보면 착하고 사근사근한 청년으로 보이지만 실은 테러와 암살, 첩보가 주업인 스파이.

또 다른 시선

엔디미온 키리안 『여우님의 보은』

1.

 키스 경을 한마디로 표현하면 '때려 주고 싶다!' 라고 할 수 있다. 아니 이미 때렸으니까 소원 성취한 건가? 하지만 이토록 귀여운 부하에게 돈 벌어 오라며 엄동설한에 내쫓는 상관 같은 건 몇 번이라도 때려 줘야 한다. 자기는 고양이처럼 만날 벽난로 옆에 널브러져 잠만 자면서!

 '아오, 내가 전생에 무슨 죄를 지었다고!'

 천신만고 끝에 도착한 왕궁 입구에서부터, 무릎까지 푹푹 꺼지는 설원을 뚫고 눈보라를 헤치며 리더구트로 걸어갔다.

 지명 떠날 때 내리기 시작한 눈송이는 지명에서 돌아올 때쯤엔 무자비한 폭설이 되어 베르스를 덮쳤다. 원래부터 미로 같은 왕궁은 눈이 쌓이자 죽음의 산맥이 되어 버렸다. 믿기 어렵겠지만, 눈 내린 왕궁엔 빙벽도 있고 크레바스도 있어서 조금이라도 방심했다가는 삼도천 건너기 딱 좋다. 평소엔 멀쩡하던 길이 삽시간에 봅슬레이 코스가 되어 나약한 인간들을 나락으로 빨아들이는 것이다. 나 역시 이 칠흑 같은 미로에서 조난당해 이미 같은 곳을 세 번째 돌고 있다. 여행 가방을 머리에 짊어진 온몸이 덜덜 떨린다. 나는 어째서 퇴근길에 대자연과 싸워야 하는 걸까. 그것도 왕실 한복판에서!

굳이 이런 날 죽은 강아지 5주년 추모식 같은 걸 치러야 한다며 날 지명한 귀족도 너무하지만, 주저 없이 날 팔아넘긴 악덕 포주 키스한테는 더 열 받는다. 리더구트에 도착하는 순간 얼음 채찍처럼 굳어 버린 내 긴 머리를 휘둘러 키스의 등짝을 후려쳐 주리라. 오직 그 일념 하나로 거친 눈보라 속을 헤쳐 나갔다.

'응?'

겨우겨우 찾아낸 리더구트로 다가가고 있을 때, 문득 묘한 냄새가 코끝을 스쳤다. 녹슨 냄새 같기도 하고 잘못 만든 소스 냄새 같기도 했다. 희미한 냄새였지만 눈보라 속에서 맡을 수 있을 정도라면 은은한 꽃향기 같은 게 아니다. 무엇보다 향기라고 부를 수 없는 자극적인 냄새였다. 익숙하지만 거부감이 느껴지는.

'대체 뭐지?'

그때 눈보라 속에서 무엇인가가 움직였다. 시야가 너무 나빠

음영만 보였을 뿐이지만 분명 어떤 커다란 것이 움직인 것이다. 빠르게 움직인 그것은 리더구트 앞 분수대 뒤편으로 숨어 버렸다. 그리고 그 움직임을 뒤따라 눈밭에 선이 그려졌다.

'이거였구나!'

나는 그 선을 따라가다 입을 쩍 벌렸다. 피였다. 검붉은 혈선이었다. 내가 맡은 날것의 냄새는 아까 움직인 그것이 흘린 피 냄새였던 것이다. 짐승일까? 왕궁엔 때로 근처 사냥터에서 몸을 다친 산짐승들이 내려올 때가 있다. 그리고 이런 폭설에 이런 엄청난 피를 쏟는다면 확실히 죽을 것이다. 죽어 가는 짐승을 모른 척하고 들어가서 숙면을 취할 만큼 난 냉정한 인간이 되지 못한다.

"도와줄게. 겁내지 마라아."

내 쪽이 겁이 나서(곰이면 어쩌지?) 쓸데없는 소릴 읊조리며 분수대 뒤편으로 걸어갔다. 안 그래도 어두운데 그늘진 분수대 밑은 거의 암흑이나 다름없었다. 그곳에 무엇인가가 웅크린 채 떨고 있었다. 나보다 크잖아!

'느, 늑댄가?'

그새 흘러내린 피가 눈밭을 검게 녹이며 퍼져 나가고 있었다. 이미 죽은 게 아닌가 싶을 정도로 많은 양이다. 점점 다가가 보니 몸을 움츠린 그것의 모습이 드러났다. 일단 늑대라고 하기엔 다리가 너무 길다. 멧돼지라고 하기엔 송곳니가 없고 곰이라고 하기엔 머리가 너무 작다. 그리고 무엇보다 짐승은 옷 같은 건 입지 않는다.

'사람!'

등골이 오싹했다.

"저, 정신 차려요!"

정체를 파악한 나는 그에게 달려갔다. 아무리 이 왕궁이 거칠어도 그렇지, 무슨 일을 당하면 이렇게 다친대! 그때 코트를 벗어 주려던 내 몸이 굳었다. 그가 날 바라본 것이다. 어둠 속에 드러난 두 눈엔 새빨간 빛이 맺혀 있었다. 귀신불처럼 달아오른 그 무서운 눈이 나를 노려보고 있었다.

"키……스 경?"

내 떨리는 목소리가 눈보라 속에 흩어졌다. 평소 같으면 그의 등짝을 두드리며 '이 양반이 이런 데서 뭘 하는 거야!' 라고 소리쳤겠지만, 지금의 나는 심장마저 얼어붙은 채 그를 바라볼 수밖에 없었다. 어떻게 다른 말을 할 수 있을까. 여우처럼 길게 찢어진 붉은 눈동자가 어쩔 줄 모르는 나를 노려보고 있었다. 그 모습은 차라리 짐승 같았다. 나를 조금도 기억하지 못하는 두 눈은 가까이 오지 말라는 적의를 가득 담았다. 찢어진 가슴의 상처를 두 팔로 감싸고 몸을 떨고 있었다. 무슨 일을 겪었는지 이성의 흔적은 남아 있지 않았다.

"자, 자, 장난하지 마세요. 화낼 거예요?"

난 굳은 얼굴을 움직여 억지로 웃었지만, 지금 이 상황이 짓궂은 장난 같은 게 아님은 이미 알고 있었다. 그 누구도 고작 장난을 위해 피를 흘리며 죽어 가지 않는다.

키스는 한 줌도 남지 않은 정신으로 나를 기억해내려고 애쓰는 얼굴이었다. 동시에 부상당한 짐승의 경계심으로 나를 노려봤다. 피가 빠져나가 몸을 떨면서도 정신을 잃지 않으려 필사적으로 이를 물고 있었다. 대체 무슨 일을 당한 것일까.

"저기, 키스 경."

나는 용기를 내서 그에게 다가갔다. 아무리 그래도 설마 날 물지는 않겠지? 그 순간 키스의 손끝이 움직였다.

"……!"

흡사 압축된 공기가 터지는 것 같은 폭음이 귀를 때렸다. 동시에 눈보라마저 끊어 버리는 바람이 내 옆을 스쳐 갔다. 얼굴을 가리며 비명을 지른 내가 정신을 차렸을 땐 어느 틈엔가 키스가 뽑은 검이 맹수의 송곳니처럼 나를 향해 있었다.

검기라고 할 수밖에 없는 칼끝의 바람은 설원 저 멀리까지 쌓인 눈을 자르고 일자로 선을 그었다. 검기는 눈 밑의 돌바닥까지 긁고 지나가 도화선이 타듯 불꽃이 튀어 올랐다. 검기에 쓸려 나가 일순간 멈췄던 눈발이 파리한 내 얼굴 위로 다시 떨어지기 시작했다.

방금 벼락처럼 검을 뽑은 것은 일종의 본능이었다. 너무 다쳐서 적과 아군을 구분하지 못하는 맹수의 방어 본능이었다. 내가 아주 조금만 더 옆에 있었다면 지금쯤 내 몸의 절반은 저 눈보라 속을 나뒹굴고 있었으리라. 상상도 못 할 검술이다. 키스가 이토록 무서운 능력자였던가. 그리고 대체 누가 이런 사람을 죽음의 일보 직전까지 몰랐을까.

"겁내지 마세요. 아무도 해치지 않아요."

나는 두 팔을 들어 올리며 나 스스로 놀랄 만큼 차분하게 말했다. 내 얼굴은 빙그레 웃고 있었다. 내 심장을 겨눈 칼끝을 바라봤다. 언제 찌를지 모를 칼끝이 격렬하게 떨리고 있었다.

카론 경이 떠올랐다. 그가 있었다면 어떻게든 해결했으리라. 하지만 이 눈보라를 뚫고 데려오는 것은 불가능하다. 지금 이 세상에서 키스 경을 구할 수 있는 사람은 나뿐인 것이다.

"괜찮아요. 내가 도와줄게요."

난 조심스레 그에게 다가갔다. 그는 흠칫 놀랐지만 피하지는 않았다. 어쩌면 더 이상 피할 힘이 남아 있지 않은 건지도 모르겠다. 나는 두 손을 뻗어 피가 흐를 만큼 검을 꽉 쥐고 있는 키스의 손을 조용히 잡았다. 그리고 달래듯 말했다.

"이제 쫓아오지 않아요."

나도 모르게 그렇게 말했다. 그저 막연한 직감에 의한 말이었다. 그 말이 통했는지 키스는 조금씩 손에서 힘을 풀었다. 나는 천천히, 온 정신을 집중하여 천천히 그의 두 손에서 검을 꺼냈다. 검을 빼앗자 키스는 이내 정신을 잃었다. 몸에 씌었던 악령이 떠난 것처럼 눈에 맺혔던 그 요사스런 빛이 흩어지며 내게로 몸이 무너져 내렸다.

2.

술에 진탕 취한 친구를 부축해 본 사람은 잘 알겠지만, 정신을 잃은 성인 남자를 업고 걷는 일은 보통 중노동이 아니다. 거기에다 등짝이 내 두 배는 되는 양반을 둘러업고 발이 푹푹 빠지는 눈보라 속을 걷자면 세상에 태어난 게 후회스러울 만큼 다리가 후들거리고 허리가 끊어질 것 같다.

키스를 업고 가까운 리더구트까지 오는 것만으로도 삭신이 쑤셔서 눈물이 핑 돈다. 키스를 왕궁병원이 아닌 리더구트로 데려온 것은 단지 병원이 너무 멀기 때문만은 아니다. 어쩐지 남들에게 보여서는 안 될 것 같다는 생각이 든 것이다.

내 고생은 여기서 끝나지 않았다. 키스를 자기 방에 데려다 놓고 치료를 해 줘야 했다. 불행 중 다행으로 키스의 방에는 각종 구급약이 상비돼 있었고, 나는 새벽이 다 되어서야 응급치료를 마치고 흐느적거리며 내 방으로 돌아갔다. 그리고 더 이상 아무런 생각도 하지 못하고 침대에 푹 쓰러져 잠들어 버렸다.

3.

"아앗! 늦잠 잤다!"

나는 눈을 번쩍 뜨며 외쳤다. 잠옷 차림 그대로 후다닥 내려 갔지만 브리핑은 끝난 지 오래였다. 그리고 기사들이 떠난 응접 실의 커다란 소파엔 늘씬한 사내가 대낮부터 늘어져 있었다. 평 소와 다를 바 없는 청바지에 하얀 셔츠 차림이었다. 뭐야, 저 인 간? 왜 저리 멀쩡해! 부, 부활했나?

내가 조심스레 말했다.

"……키스 경."

오후의 햇볕 밑에 누워 있던 키스가 나를 바라보며 해죽 웃었 다.

"미온 경, 늦잠 자셨네요. 벌금입니다아."

"아니 어제 지명에서 돌아왔으니까 오늘은 휴가잖아요! …… 가 중요한 게 아니고, 지금!"

나는 성난 얼굴로 성큼성큼 그에게 다가갔다.

"말해 봐요."

내가 정색을 하며 그를 내려다봤지만 그는 새침한 얼굴로 고 개를 갸웃거릴 뿐이었다.

"네에? 뭘 말하나요?"

순간 내 고운 이마에 힘줄이 돋았다.

"사랑스러운 부하한테 냅다 검기를 날려 놓고 자고 일어나니 다 잊어버렸다 이겁니까? 시치미 떼지 말고 이실직고하라니까!"

"무슨 소리예요? 악몽이라도 꿨어요?"

키스가 난감하게 웃었다. 얼레? 그 태연한 물음에 내 쪽이 확신을 잃었다. 나는 부리나케 밖으로 나가 어제의 분수대로 가 보았다. 수북이 쌓인 눈밭 어디에도 핏자국 같은 것은 남아 있지 않았다. 후딱 돌아와 키스 경의 방에도 들어가 봤지만 역시 깨끗했다. 아니 일단, 적어도 며칠은 자리에서 못 일어날 부상을 당한 키스가 저렇게 아무렇지도 않게 방구석을 굴러다니고 있다는 사실 자체가 황당하다. 귀신이 곡할 노릇이다.

"흐으으으음."

나는 의심 가득한 눈초리로 키스에게 다가갔다. 키스는 '당최 왜 그러시는지?' 라는 얼굴로 방글방글 웃고만 있었다. 뚱한 눈으로 그런 키스를 바라보던 내가 손가락으로 키스의 가슴팍을 푹 찔렀다. 어제 상처를 입은 바로 그 자리다.

"끼야아아아아악!"

머리카락을 쭈뼛 세우며 비명을 터트린 키스가 자기 입을 막았다. 내가 눈을 흘기며 물었다.

"호오, 어디가 많이 아프신가 봅니다?"

키스는 두 눈을 꽉 감고 가슴을 가린 채 고개를 세차게 저으며 말했다.

"아, 아무것도 아니에요. 그냥 목이 칼칼해서!"

듣던 중 허접스러운 변명이었다.

키스는 어찌나 아픈지 눈물까지 글썽거리고 있었다.

"호오, 눈물은 왜 또 흘리시나요?"

"아무것도 아니에요. 그냥 어렸을 때 들은 슬픈 이야기가 떠올라서!"

"……아, 그러세요?"

난 비정하게 키스의 가슴을 또 꾸욱 눌렀다. 초인종처럼 비명이 터졌다.

"꺄아아아아아!"

"어젯밤 슬픈 이야기도 이제 좀 떠오르십니까?"

"도, 도통 무슨 말씀이신지 모르겠사옵니다아."

키스가 소파에 몸을 웅크린 채 가슴을 철저하게 가드하며 종알거렸다.

"이거 이거, 말로 해선 안 되겠구만?"

이게 그래도 끝까지 시치미를 떼네! 누군 구해 주다 죽을 뻔했는데!

그때 키스가 소파를 폴짝 뛰어넘어 밖으로 도주했다.

"갑자기 중요한 일이 생겨서 이만!"

"거기 서! 이 못된 여우!"

"아, 그리고 미온 경은 늦잠 잔 벌로 신전 청소하세요오."

그게 보답이냐! 목숨을 구해 준 은인한테 베푼 여우의 보은이 그거냐고! 뭐 저런 막돼먹은 요물이 다 있냐!